荣 获

新闻出版总署优秀畅销书奖
全国优秀古籍图书普及读物奖
第十七届山西省优秀图书一等奖
第 二 届 山 西 出 版 政 府 奖
山西出版集团2008年度十种好书

全套藏书累计销售500万册

诸子百家卷

《诗经》《尚书》《礼记》《楚辞》《论语·大学·中庸》《孟子》
《老子》《庄子》《荀子》《韩非子》《孙子兵法·尉缭子·鬼谷子》
《墨子》《周易》《山海经》《吕氏春秋》《三十六计》

名家选集卷

《三曹诗集》	《陶渊明集》	《王勃集》	《王维集》	《孟浩然集》
《高适集》	《岑参集》	《李白集》	《杜甫集》	《白居易集》
《刘禹锡集》	《元稹集》	《李商隐集》	《李贺集》	《杜牧集》
《韩愈集》	《柳宗元集》	《李煜集》	《欧阳修集》	《王安石集》
《苏轼集》	《黄庭坚集》	《柳永集》	《秦观集》	《周邦彦集》
《李清照集》	《辛弃疾集》	《陆游集》	《范成大集》	《杨万里集》
《姜夔集》	《文天祥集》	《元好问集》	《唐寅集》	《张岱集》
《三袁集》	《李贽集》	《傅山集》	《纳兰性德集》	《袁枚集》
《郑板桥集》	《龚自珍集》			

史著选集卷

《左传》《国语》《战国策》《史记》《汉书》《后汉书》《三国志》
《资治通鉴》

综合选集卷

《唐诗三百首》《宋词三百首》《元曲三百首》《千家诗》《古文观止》
《汉魏六朝小赋骈文选》《唐宋八大家文选》《明清小品文选》

笔记杂著卷

《蒙学六种——三字经·百家姓·千字文·增广贤文·幼学琼林·格言联璧》
《颜氏家训·朱子家训》《世说新语》《金刚经·坛经·心经·地藏经》
《曾国藩家书》《菜根谭·小窗幽记·幽梦影》《浮生六记》《闲情偶寄》
《近思录》《徐霞客游记》《古代书信精选》

戏曲小说卷

《元杂剧精选》《西厢记》《牡丹亭》《长生殿》《桃花扇》《今古奇观》
《三国演义》《水浒传》《西游记》《红楼梦》《聊斋志异》《儒林外史》
《封神演义》《话本小说选》《文言小说选》

中国家庭基本藏书　名家选集卷

白居易集

—唐—白居易—著

孙安邦　孙翰铖—解评

山西出版集团
三晋出版社

博学工作室

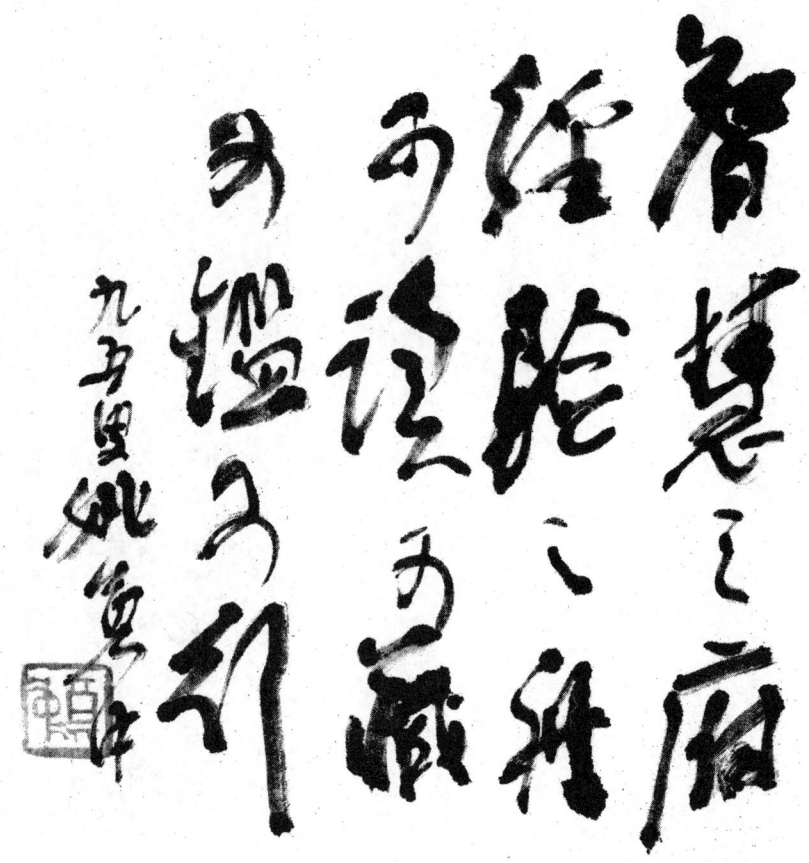

· 山西大学教授姚奠中先生为《中国家庭基本藏书》题词

前言

《白居易集》原诗文以《全唐诗》、《全唐文》为底本，选择了一百多首（篇）。遇有异文，参考中华书局《白居易集》及《白氏长庆集》等，择善而从。并在解评中注明"一作×"，供读者抉择。对诸本中出现的不同字词，据本人的认同，择其一而从之，恕不一一注明。

白居易诗文，据诗人临终前一年即会昌五年(845)所写《白氏集后记》自云："白氏前著《长庆集》五十卷，元微之为序；后集二十卷，自为序；今又续后集五卷，自为记。前后七十五卷，诗笔大小凡三千八百四十首。"虽罹兵燹(xiǎn)，有所散佚，但绝大多数保存下来、流传至今。宋绍兴刻本《白氏文集》七十一卷是今存最早的白集刻本，文学古籍刊行社有影印本；商务印书馆有《白氏长庆集》七十一卷本；上海古籍出版社有《白居易集笺校》本。

对于白居易的诗文，其好友元稹给予全面评价："大凡人之文，各有所长。乐天之长，可以为多矣。夫以讽谕之诗长于激，闲适之诗长于遣，感伤之诗长于切；五字律诗百言而上长于赡，五字七字百言而下长于情；赋赞、箴戒之类长于当，碑记、叙事、制诏长于实，启奏、表状长于直，书檄、词策、剖判长于尽。总而言之，不亦多乎哉！"（《白氏长庆集·序》）而明胡应麟《题白乐天集》则高度赞叹"唐诗文至乐天，自别是一番境界、一种风流……"

　　本集从白居易三千多诗笔中精选，主要是依据《中国家庭基本藏书》中"名家选集卷"编纂要求和读者对象，既考虑到思想性，又考虑到艺术性；既注意到提高，又照顾到普及。"题解"尽量交代清写作时间、地点、背景、意图等。"新解"、"新评"极力打破偏颇、狭隘观点的束缚和长期禁锢的桎梏；为弥补因思枯辞竭带来的重复，解评中针对性地吸纳引述了历代名家三百馀种著作文笔中评骘每首（篇）诗文的诗论、文论点评名段、名句及字词。

　　为方便读者，末附"白居易年谱简编"、"白居易著作主要版本"、"白居易研究主要著述"及《白居易集》名言警句"（在正文中用着重号标出）。

　　同过去白诗选本相比，本集中很大一部分是新选入的。"新选"、"新解"、"新评"，失当之处，尚祈方家、师长、朋侪教正。

孙安邦
2008年5月

关于白居易（代序）

吉川幸次郎

我以为，白居易（772—846）诗的特征，最明显的，就是它的繁复性。

与他并列的同时代诗人——韩愈的诗也是繁复的，但在韩愈那里，他喜欢用新奇冷僻的字，读者多注意冷僻的方面，繁复感便淡薄了。而在白居易那里，非常平易的，或是常见的词语不断出现，因而繁复感就更加显著。

当然，繁复未必不适合作诗，但至少，不适合写抒情诗。然而，他就以此法写诗，不仅《长恨歌》、《琵琶行》那样的叙事诗是如此，即使写抒情诗歌，也照样繁复。也就是说，他是用难以作诗的方法在作诗，在这点上，他是一个特殊的诗人。

那种特殊性，在中国历代的诗歌中也是特殊的。对于唐诗来说，就更为特殊。唐代继承了前代中国诗歌的传统，成了诗歌的黄金时代。这是因为，唐代的诗歌扬弃了中国前代诗歌所常有的叙述的平淡感（比如《文选》中的诗歌即是如此），而将它提炼成为高度凝练、概括的语言结晶。一般所谓的唐诗名作，人们一般所认为的唐诗，就是这种凝练的语言。

　　但白居易的诗不是这样。与其说使人感到是凝练的语言，毋宁说使人感到是缓慢松散的语言，与一般的唐诗有很大的不同。明代李于鳞的《唐诗选》中，白居易的诗一首也未收录，就是因为它和一般唐诗的感觉不同之故。

　　如注意到白居易诗歌这种繁复的特点与同时的韩愈是共通的话，就可以看到，他们所处的八世纪后半叶，即所谓"中唐"时代，乃是文学史上的一个转折时期；有着文学的重心由诗歌转向散文的征兆。因为，繁复对于散文世界，对于那需要雄辩的领域来说，本来就是远比诗歌领域更为适合的。

　　然而可以看到，白居易的繁复，与其说是那种时代风潮的反映，不如说，它更多的是一种自觉的、有意识的、带有见解的行为。那么，他的见解是什么呢？那就是，诗歌不能被特权所垄断。

　　一般抒情诗人所使用的凝练的语言，总焕发着隽丽的色彩，唐代的抒情诗人，也是如此。但这样的语言，容易成为一种特权的语言。有时过于华丽，有时过于简洁，有时又过于隐晦，难于理解。这能否作为大众的语言呢？他有着这样的担心。因此，就特意更多地使用通俗的、或者说是常见的、明了易懂的语言——我是这样认识的。

　　我之所以这样说，是因为其他诗人常用的那种凝练概括的语言，他原来也并不少用。比如有一首《香炉峰下新置草堂即事咏怀题于石山》这样长的题目的长诗，从各个方面咏唱了草堂生活的快乐后，跳出了如下两句：

　　　　舍此欲焉往，人间多险艰。

以此为结束。似使人看到，以前跌宕而下的语言之流，到此戛然而止，朝着别的方向飞跃而去。类似的飞跃性，在致好友元稹的诗《别元九后咏所怀》的结句中，也可以看到：

　　　　同心一人去，坐觉长安空。

还有《寄江南兄弟》的结句：

　　　　平地犹难见，况乃隔山川。

可见，此类飞跃性的、凝练概括的语言，他并非不善于使用。但他仅此而已。可以认为，他的不作此类诗，是有意识地控制着自己。即使这样做的结果，会产生某种松弛感，他也敢于用繁复的语言来叙述。宋朝的苏东坡称其诗为"白俗"，对于他来说，这也许是甘心情愿，或者，甚至是乐意接受的吧！

更重要的是，如把这种由于繁复而可以洞见其感情的扩张的语言，一句句好好品味的话，却未必会有浅薄之感。大致在各个部分，总有些引人入胜的东西。换句话说，他用不适宜作诗的语言繁复的方法，也可以写出诗来。而这一点，肯定正是他最大的苦心之所在。由于他对人类的热情，无论写出怎样松散的句子，也不会淡而无味，他实际上可以说，是一个繁复的艺术家。

只是他的短诗与长诗相比，难免显得差劲。繁复原本就是适合于长诗。他的短诗，尤其是晚年所作的七言律诗，像是把扩张的感情硬截下一段来的作品很多。这样的诗几达数百首。如阅读原诗集的话，这种琐碎的反复和堆砌，就产生一种压力。

日本人自平安朝以来，对他的诗感到亲切，主要就是由于繁复的一种结果——通俗平易的原因。江户时代的学者室鸠巢在《骏台杂话》中说：

> 我朝多有古时唐土文辞，能读李杜诸名家诗者甚少。即使读之，难通其旨。适有白居易的诗，平和通俗，且合于倭歌之风，平易通顺的程度，为唐诗中上等，故学《长庆集》之风盛行。

虽然看起来平易，但要在他确实平易的句子中，发现不仅仅是平易的内涵，这恐怕就是读者的任务了吧。

还有，担心诗歌会成为特权语言而反复思考的诗人们，不就应以其为榜样吗！江户时代十分杰出的学者伊藤仁斋跋《白氏文集》云：

> 目之以俗之处，此正白氏不可及之所。但伤稍冗。盖诗以俗为善。三百篇之所以为经者，亦以其俗也。诗以吟咏性情为本，俗则能尽其情。俗之又俗，固不可取；俗而能雅，妙之所以为妙。

（章培恒、李庆译）

吉川幸次郎(1904—1980)，日本著名汉学家，曾任京都大学名誉教授、日本"东方学会"会长、日本外务省中国问题顾问、日本中国学会评议员兼专门委员、日中文化交流协会顾问等。年轻时曾留学中国，晚年又多次率团访华，是中日文学、中日文化交流的使者。他毕生主要从事中国古代文学、历史及文化研究，是日本研究中国文学的泰斗，在国际汉学界负有盛名。不仅著作等身，且多独到见解。其《中国诗史》是日本知名作家、中国文学研究专家高桥知己(1931—1971)从吉川一生关于中国诗歌研究成果中严格挑选出的文章编辑而成的中国诗歌发展源流史，吉川幸次郎氏突破了中国学者长期以来形成的观念和方法，颇具参考、借鉴之价值。

　　以上"代序"选自《中国诗史》。

目录

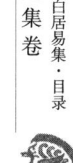

◎诗

读张籍古乐府

题解

《读张籍古乐府》约作于元和九年(814)前后。张籍(768？—830？)字文昌，祖籍吴郡(郡治江苏苏州)，后徙和州(今安徽和县)。贞元十五年进士，授太常寺太祝，历官秘书郎、国子博士，后升水部员外郎、主客郎中，官终国子司业。世称张水部或张司业。因家境困苦、官职低微，了解下层疾苦，故其诗多写当时社会现实。长于乐府，与王建齐名，并称"张王乐府"。有《张司业诗集》传世。同"元白"、李绅、王建积极倡导"新乐府运动"，反映民生疾苦，白居易对其乐府诗评价很高，多相互赠和之作。"乐府"本汉武帝设立的音乐机构，职掌搜集整理民间及文人诗歌，配以乐谱，供朝廷祭祀或宴会唱奏。这种入乐的诗歌和历代文人采用乐府旧题的拟作、创作，后来都称"乐府"，并衍变为诗歌名称。"古乐府"与元白倡导的"新乐府"相对而言，即"乐府"。

张君何为者？业文三十春。
尤工乐府诗，举代少其伦。
为诗意如何？六义互铺陈。
《风》《雅》比兴外，未尝著空文。
读君《学仙》诗，可讽放佚君；
读君《董公》诗，可诲贪暴臣；
读君《商女》诗，可感悍妇仁；
读君《勤齐》诗，可劝薄夫敦。
上可裨教化，舒之济万民；
下可理情性，卷之善一身。
始从青衿岁，迨此白发新。
日夜秉笔吟，心苦力亦勤。
时无采诗官，委弃如泥尘。
恐君百岁后，灭没人不闻。
愿藏中秘书，百代不湮沦；

愿播内乐府，时得闻至尊。
言者志之苗，行者文之根。
所以读君诗，亦知君为人。
如何欲五十，官小身贱贫。
病眼街西住，无人行到门。

新解

张君何为者？业文三十春。尤工乐府诗，举代少其伦——从"张君何为者"发问，而后回答，张籍其人以诗文创作为业已经三十年了，尤其是工于写作乐府诗，在他所处的时代少有人能同他相比，即无与伦比。"伦"，同等，相类。

为诗意如何？六义互铺陈。《风》《雅》比兴外，未尝著空文。读君《学仙》诗，可讽放佚君；读君《董公》诗，可诲贪暴臣；读君《商女》诗，可感悍妇仁；读君《勤齐》诗，可劝薄夫敦。上可裨教化，舒之济万民；下可理情性，卷之善一身——先提出问题。答以在《诗》"风、雅、颂"三种体裁和"赋、比、兴"三种创作方法外，从来没有"著空文"。白居易和元稹所倡导的"新乐府运动"明确地要求创作要继承《诗经》反映生活实际的优良传统，反对无病呻吟、内容空洞的诗歌。又举出张籍《学仙》《董公》《商女》《勤齐》四首诗，并分别说明旨在讽、诲、感、劝上做文章。针对当时皇帝、官贵学仙、炼丹企求长生不老，宰相董晋只身赴汴州说服劝阻叛将邓维恭，《商女》诗（今佚）、《勤齐》诗（今佚）劝喻妻子、丈夫；说明张籍的诗歌创作讽谏皇帝戒淫佚，教诲暴臣戒贪婪，感化悍妇行仁慈，劝解薄夫立敦厚，以求封建统治者有助于教育、感化黎庶百姓服从于封建秩序。"舒之济万民"，"卷之善一身"正是诗人"兼济"、"独善"的思想。《孟子·万章》有"故闻柳下惠之风者，鄙夫宽，薄夫敦"句，注曰："薄浅者更深厚。"说明"为诗"意在"济万民"、"善一身"。既是对张籍诗歌的肯定，也隐含白居易个人的初衷。

始从青衿岁，追此白发新。日夜秉笔吟，心苦力亦勤。时无采诗官，委弃如泥尘。恐君百岁后，灭没人不闻。愿藏中秘书，百代不湮沦；愿播内乐府，时得闻至尊——写张籍一生勤奋写作。"青衿"，古代士子所穿无领青色袍子。《诗经·郑风·青衿》："青青子衿，悠悠我心。"后则以之表士子进学之年。"始"，从童子入学开始；"追"，等到。犹言至今日夜吟诵写诗，心力交瘁，辛苦勤奋，写了很多诗。因为当时没有采诗官搜集，深恐抛弃如同泥土，更怕死（"百年"）后湮没无闻。希望收藏入图书馆，以保证世世代代不湮没；或者送教坊，时刻让皇帝听到这些诗的内容。"中秘书"，皇家收藏书籍之所。唐代设秘书省，收藏掌管图书经籍。"内乐府"，唐代设左右教坊，专为皇帝教练歌舞伎。古代有采诗之官，收集诗歌旨在"观风俗，知得失"（《汉书·艺文志》），让统治阶级了解风俗民情、政治得失，这也是作者创作乐府的主要动机和目的。

言者志之苗，行者文之根。所以读君诗，亦知君为人——意思是说"言"与"志"、"行"与"文"是枝叶与根本的关系。这里的文指诗文著作。前一句比喻是说语言文字似苗，思维意识是志，栽什么样种子生什么样苗，诚如《左传·襄公二十五年》"言以足志，文以足言"。后一句比喻则是说行是诗文创作的根本，行为是本质，诗文创作作为表现于外的东西，就如文论著作所谓的"子以四教：文、行、忠、信"（《论语·述而》），"夫文以行立，行以文传，四教所先，符采相济"（《文心雕龙·宗经》）。正因为如是，所以"读君诗"，也就知道"君为人"。"君"，对张籍的尊称。

如何欲五十，官小身贱贫。病眼街西住，无人行到门——写张籍客居的困窘。白居易《与元九书》："张籍五十，未离一太祝。"张籍中进士后，即官太常寺太祝，正九品，而且久不迁调。"如何欲五十，官小身贱贫"所述事实正是这样。不只官位未升调，而且害了一场眼病，几于失明，不得不仰人代书，其《与李浙东书》即是由韩愈代写的，书中就有"不幸两目不见物，无用于天下"。朋友戏称之曰"盲太祝"。末"病眼街西住，无人行到门"也是写实。这时张籍就住在长安朱雀门西街延康坊。"官小"，"贱贫"，"病眼"，"无人行到门"，张籍的景况足令人一洒同情之热泪。

白居易、张籍都是"新乐府运动"的中坚。在唐代诗歌史、新乐府运动中，"张王乐府"、"元白元和体"（长庆体）都占有重要地位。"新乐府运动"前有杜甫开创的优良传统，后有元结、顾况继其事，张籍、王建为先导，元白之际，提出了"为时"、"为事"的明确理论，创作了大量新乐府诗歌。如《师友诗传续录》所载："白居易、元稹、张籍、王建创为新乐府，亦复自成一体。"在贞元、元和年间新乐府运动同韩愈、柳宗元古文运动相继磅礴于唐代诗坛。

张籍、王建均擅长于乐府诗，为诗坛所称誉。《唐诗品汇》有"元和歌诗之盛，张王乐府尚矣"的品评。"张王乐府"上承杜子美，下开元白新乐府之先声，风格各有特点："张籍善言情，王建善征事。"（王世贞《艺苑卮言》）同元白相比，张籍乐府主要在描写客观现实，用事实说话，不加个人评论。白居易对张籍的乐府诗十分赞赏，这首诗题目直书《读张籍古乐府》，对张籍的乐府诗作了全面明确而又形象生动的评论，并举例分析了张籍诗歌的讽喻作用。在同代或后代也有写诗赞颂张籍乐府的，王安石就有《题张司业诗》曰："苏州司业诗名老，乐府皆言妙入神。看似寻常最奇崛，成如容易却艰辛。"白居易写此诗时尚未被贬到江州，他给张籍以很高评价，为张籍乐府张目，实际上也是对自己创作乐府诗目的的阐发，所以把这首诗排列于诗集卷首《贺雨》诗之后，为第二首。《养一斋诗话》甚至进而指出："……'为诗意如何？六义互铺陈。……所以读君诗，亦知君为人。'数语可作诗圭臬。予欲取之以为历代诗人总序，合乎此则为诗；不合乎此，则虽思致精刻，词语隽妙，采色陆离，声调和美，均不足以为诗也。学者可以知所从事矣。"

凶　宅

《凶宅》大约为元和四年（809）前后作于长安。当时，长安城传说有很多"凶宅"，特别是朝廷大官的宅第。因为古人迷信"风水"，以为住宅院落的地址、方向、构造、用料乃至建造的时日等，要是选择得不对，便会成为"凶宅"，对居住的宅主不吉利，甚至会致人于非命。另一种说法是认为房屋被鬼妖狐怪占据后，人若再搬进去住，同样会遭遇"凶"事。尽管极其愚昧和荒谬，但古人很迷信这种说法（也有不少人并不相信，且斥之为虚妄），直到今天有的人仍然相信。

> 长安多大宅，列在街西东。
> 往往朱门内，房廊相对空。
> 枭鸣松桂树，狐藏兰菊丛。
> 苍苔黄叶地，日暮多旋风。
> 前主为将相，得罪窜巴庸；
> 后主为公卿，寝疾殁其中。
> 连延四五主，殃祸继相锺。
> 自从十年来，不利主人翁。
> 风雨坏檐隙，蛇鼠穿墙墉。
> 人疑不敢买，日毁土木功。
> 嗟嗟俗人心，甚矣其愚蒙。
> 但恐灾将至，不思祸所从。
> 我今题此诗，欲悟迷者胸。
> 凡为大官人，年禄多高崇。
> 权重持难久，位高势易穷。
> 骄者物之盈，老者数之终。
> 四者如寇盗，日夜来相攻。
> 假使居吉土，孰能保其躬？
> 因小以明大，借家可喻邦。

周秦宅殽函，其宅非不同。
一兴八百年，一死望夷宫。
寄语家与国，人凶非宅凶！

这是一首援引历史事实，证明"凶宅"说法愚昧、虚妄的诗。

长安多大宅，列在街西东。往往朱门内，房廊相对空——首先提出问题，点明凶宅所在的地址、方向及现状。由于以其为凶宅，所以这些朱门大户的深宅大院，往往任其荒废，无人居住。

枭鸣松桂树，狐藏兰菊丛。苍苔黄叶地，日暮多旋风——猫头鹰鸣叫、野狐狸潜藏，苍苔布满，黄叶遍地，夜晚旋风，一片废墟。枭(xiāo)：猛禽，俗称猫头鹰。夜里出没，捕食鼠类，本属益鸟，迷信说法认为枭飞入人家鸣叫，就会家破人亡。旋风：是因气流旋转而形成的一种回风，迷信说法认为旋风是鬼怪在作祟。

前主为将相，得罪窜巴庸；后主为公卿，寝疾殁其中。连延四五主，殃祸继相锺。自从十年来，不利主人翁——叙述说明之所以一片荒凉的原因。当时，唐德宗死，顺宗已"病不能言"而继位，仅半年多宪宗继立，朝廷混乱，以致宦官擅权、官吏暴敛、节度使互閧、牛李党争已露端倪，将相易代频繁，或被贬流放，或寝疾卧病，以致"殃祸继相锺"、"不利主人翁"，而无人居住。

风雨坏檐隙，蛇鼠穿墙墉。人疑不敢买，日毁土木功——进而叙述因为风雨剥蚀、蛇鼠穿墉，造成院宅日毁，人疑而不敢买，形成空宅。

嗟嗟俗人心，甚矣其愚蒙。但恐灾将至，不思祸所从——诗人开始发议论了。真是俗人呀！也太愚昧了！只是害怕同样的灾祸降临，却不去想想是怎样酿成灾祸的。

我今题此诗，欲悟迷者胸。凡为大官人，年禄多高崇。权重持难久，位高势易穷。骄者物之盈，老者数之终。四者如寇盗，日夜来相攻。假使居吉土，孰能保其躬——进一步说明致祸的原因，要这些执迷不悟者醒醒。指出凡是做大官的人，年俸多，地位高，权势大，很容易骄纵，最容易招致皇帝的忌刻和同僚的排挤，再加上老迈的原因，是很难避祸免灾的。他们的被贬斥、流放或者死亡，都是自身所为的原因或者自然原因造成的，绝不是什么"凶宅"的缘故。有以上四种原因如同盗寇一般"日夜来相攻"，灾祸就是无可避免的了！即使是有"吉土"可居，哪谁能保证他做大官的不被贬斥、流亡和疾病、死亡呢？"吉土"，指风水好地。《礼记·礼器》云："因吉土以飨(饗)帝于郊。"注曰："王者所卜而居之土也。"

因小以明大，借家可喻邦。周秦宅殽函，其宅非不同。一兴八百年，一死望夷宫。寄语家与国，人凶非宅凶——诗人把"四者"提高到邦国的高度，以古喻今，借家喻邦。举周、秦为例，说明两代均都关中，均据崤陵、函谷关之险，周代自武王灭纣到赧王被秦灭，共历八百六十馀年，而嬴秦自始皇吞并六国至秦二世被杀于望夷宫，仅十多年。"一兴"、"一死"，对比强烈，是非鲜明，议论有力。末二句寄语深沉，得出使人信服而又无可辩驳的结论："人凶非宅凶"！

诗人写这首诗时尚未遭贬，"兼济"之志还是他思想的主要方面，所以面对"凶宅"之迷信和虚妄，仍然"大声疾呼，可破聋聩"（《唐诗别裁》）。

当时的长安，"凶宅"很多，据史书记载，有延康坊马镇西宅，有延寿坊裴巽宅，有昭国坊郑纲宅，有永乐坊凶宅……都是官僚名宦的深宅大院，因为迷信说是酿成"殃祸继相锺"（"锺"不能写作"钟"，是"聚集"的意思）的"凶宅"，所以没人敢入住，任其荒废。诗人对此直言相陈，说明是由于封建统治集团内部矛盾和大官僚位高权重、骄奢跋扈、勾心斗角，荒淫腐朽，自己招致被贬、被杀之祸，并非因为其宅"凶"。同时，诗人由家及国，并举历史事实，有力地证明了"凶宅"之妄和迷信之"愚"。

观刈麦

白居易于唐宪宗元和二年(807)任盩厔县(今陕西省周至县)县尉时所写。刈(yì)麦，割麦。题下原注"时为盩厔县尉"。县尉，唐初改书佐，寻改县正。唐高祖武德七年(624)复改县尉，其职责是"分判众曹，收率课调"。员额品秩，各因县之级别而异，少者一人，多至六人。职掌也不同，唐朝掌课调征收，判司户、司法等曹(曹即分科办事机构。当时尚书省六部及十六卫、各率府、王国、州县相当六部职署的统称)事务。

> 田家少闲月，五月人倍忙。
> 夜来南风起，小麦覆陇黄。
> 妇姑荷箪食，童稚携壶浆，
> 相随饷田去，丁壮在南冈。
> 足蒸暑土气，背灼炎天光，
> 力尽不知热，但惜夏日长。
> 复有贫妇人，抱子在其旁，
> 右手秉遗穗，左臂悬弊筐。

听其相顾言，闻者为悲伤。
家田输税尽，拾此充饥肠。
今我何功德，曾不事农桑。
吏禄三百石，岁晏有馀粮。
念此私自愧，尽日不能忘！

田家少闲月，五月人倍忙——写田家每逢夏收刈麦如同救火。"少闲月"、"人倍忙"本在情理之中，但第三、四句说明原因后，联系全诗，这种翻进一层的写法，给人留下深深思索的馀地。

夜来南风起，小麦覆陇黄——明写麦熟待割，更主要的是写妇姑、童稚、丁壮全家人通宵达旦，忙个不停。"覆"字揭示出两种景象：一是金黄色的小麦盖满田垅、丰收在望；二是为"家田输税尽，拾此充饥肠"下文铺垫。前四句交代节令、人和事。

妇姑荷箪食，童稚携壶浆，相随饷田去，丁壮在南冈——呼应"人倍忙"，无论是妇女（"妇姑"，这里泛指妇女），还是儿童（童稚，泛指小孩），送饭提水，"相随饷田去"，一片繁忙景象。而丁壮男子呢？正在"南冈"忙着割麦。"南冈"，犹"南亩"（"在昔闻南亩"）、"东皋"（"东皋薄暮望"）、"西畴"（"将有事于西畴"），泛指田地。

足蒸暑土气，背灼炎天光，力尽不知热，但惜夏日长——写丁壮刈麦"足蒸"、"背灼"的辛劳艰苦，看似写实，实际是说农民劳苦疲惫，但又"力尽不知热，但惜夏日长"，饱含着对农民因炎热"力尽"、"疲极"的深切同情。非不知热也，为全家人活命不得不如是也！这同唐代皇帝李昂（文宗）的"人皆苦炎热，我爱夏日长"不可同日而语。一个"惜"字，隐藏着多少复杂的感情，是怨是怒、是喜是忧，怎能理清？

复有贫妇人，抱子在其旁，右手秉遗穗，左臂悬弊筐。听其相顾言，闻者为悲伤。家田输税尽，拾此充饥肠——劈首一个"复"字，笔锋陡转，活脱脱展现出另一幅令人心碎的场景："秉遗穗"（秉，捡拾）的贫妇人，因为"家田输税尽"，只能拾此充饥肠，俨然一幅愁苦凄凉的拾麦图。诗人"相顾"，"闻"听此言，不禁为之"悲伤"。贫妇人如此，在南冈刈麦的"丁壮"能免此厄运吗……

今我何功德，曾不事农桑。吏禄三百石，岁宴有馀粮。念此私自愧，尽日不能忘——面对如此凄苦场面，诗人向自己发出质问：身为县尉，"有功德于民者，加地进律"（《礼记·王制》，意思是加封土地、赐予爵位），自己不能为民造福，又不事农桑，每年还拿上"三百石"俸禄、"岁晏（年终）有馀粮"？是自责，又何尝不是对所有官吏的责问呢！诗人自责、责人，乃至于对此不能释怀，"私自愧"而竟然"尽日不能忘"。比之于韦应物的"邑有流亡愧俸钱",高下轩轾,天壤之别。

　　这是一首著名讽喻诗。无论对比手法,还是翻进一层的写法,在艺术上都相当成功。而诗人在客观的叙述中抨击了和籴制度,在自责中谴责了官吏的鞭挞行径,在含蓄中矛头直指最高封建统治者,看似不经意地记述叙事,实则字字充满了对农民的同情,处处蕴含着对官吏的谴责,这才是《观刈麦》的最大艺术成功之点。

　　推行和籴制度,始于北魏,是历代朝廷向民间强制征购粮食的措施。到天宝年间(742—756),尤其是天宝十五载(756)之后唐德宗、唐宪宗时,和籴制度已一变而为强迫农民贱价出售,或先收购而后给钱。《资治通鉴·贞元三年十二月》载,当时不仅不能按规定给价,而且强迫农民远道送交京城行营,弄得农民"车摧马毙,破产不能支"。白居易任官的小山城盩厔,就在长安城西南一百三十里的地方,他又任专向农民征收粮食的县尉之职,所以"备谙此事,深知此弊"。如果缴纳不出,就要施以鞭挞。诗人高适任封丘县尉时,正是因为"拜迎长官心欲碎,鞭打黎庶令人悲"而挂冠辞去。白居易此时此际也是身为县尉,"亲自鞭挞,所不忍睹",在自领和籴又不忍鞭挞黎庶、同情农民疾苦的矛盾心理中写了这首诗。并上疏皇帝:"(配户督限)严加征催……迫蹙鞭挞,甚于税赋。"大声疾呼:"号为和籴,其实害人!"(《论和籴状·今年和籴折籴利害事宜》)真不愧擅写叙事诗的巨匠。其艺术手法既委婉又巧妙,虽未直写赋税繁苛,而强烈的讽喻意味自在其中。"唯歌生民病,愿得天子知",一位有良知的官吏,情的渗透,心的跳动,正是希望皇帝有所感悟! 直到近千年后的清朝乾隆皇帝爱新觉罗·弘历,也不得不承认"'力尽不知热'两句,曲尽农家苦心,恰是从旁看出。'贫妇'一段,悲悯更深,聂夷中诗摹写不到。"(《唐宋诗醇》)的确,在反映农民苦难生活方面,是具有相当深度的。

　　对比作为表现事物区别、差异、对立、矛盾的一种手法,能够尖锐鲜明地把事物的美丑、善恶、曲直、是非表现出来。《观刈麦》中既有农民酷暑劳累与痛苦的对比,又有农民之间丁壮与贫妇的对比,更有诗人与农民即官与民的对比,既难能可贵又发人深省。同时,"多触景生情,因事起意,眼前景,口头语,自能沁人心脾,耐人咀嚼"(《瓯北诗话》)。所以"自篇章以来,未有如是流传之广者"(《白氏长庆集序》)。

李都尉古剑

《李都尉古剑》是诗人于元和三、四年(808—809)官左拾遗、翰林学士时所作。都尉,官名。唐朝推行府兵制,每府置折冲都尉,掌教府兵军阵战斗之法,总其戎具、宿卫、资料、征役政令,统率府兵;置左右果毅都尉各一人为副。之外还有驸马都尉、奉车都尉等。"李都尉",待考。

古剑寒黯黯,铸来几千秋。
白光纳日月,紫气排斗牛。
有客借一观,爱之不敢求。
湛然玉匣中,秋水澄不流。
至宝有本性,精刚无与俦。
可使寸寸折,不能绕指柔。
愿快直士心,将断佞臣头。
不愿报小怨,夜半刺私雠。
劝君慎所用,无作神兵羞。

古剑寒黯黯,铸来几千秋。白光纳日月,紫气排斗牛——首句即照应题目。说明这柄宝剑铸造已几千年了,强调其古。不仅古,而且可贵、锋利。《拾遗记》卷十载:越王勾践以白牛白马祀昆吾山神,采金铸之,以成八剑。其一名"掩日",以之指日,则日光昼暗;其三名"转魂",以之指月,则蟾兔倒转。说明"白光纳日月"之来历。"紫气排斗牛"也有神话传说,《晋书·张华传》载:张华见有紫气夜冲牛斗,便问雷焕,雷焕说在豫章丰城(在今江西省)。"紫气"指宝剑之精气。张华便派雷焕到丰城任县令,果然挖出龙渊、太阿两柄宝剑(见《太平御览·兵部·剑下》)。"斗牛"指北斗、牵牛星,古以天上二十八宿(星座)对应地下区域,于是按二十八宿来划分九州,丰城正当斗、牛所指的区域之内,故断定宝剑在丰城(见《史记·天官书》)。

有客借一观,爱之不敢求。湛然玉匣中,秋水澄不流。至宝有本性,精刚无与俦——古剑太宝贵了,所以"有客借一观",但因太爱惜了都不敢要求,更别说迫求了。"湛然"以下进而铺写古剑之可贵。"湛然",言其光芒如澄澈的止水一般,故以玉作为盛剑的匣子。足见主人爱剑之深,不仅宝剑其内,而且金玉其外,同"爱之"句照应。顾肇仓、周汝昌二先生注据影宋本《太平御览·兵部·剑下》引《庄子·说剑》："干越之剑，匣而藏之，不敢轻用，宝之至也（今本《庄子·说剑》无此四句）。""秋水"：相传太阿剑色如秋水般澄澈（见《越绝书》），所以世间没有可以与之相比（侪）的。

可使寸寸折，不能绕指柔。愿快直士心，将断佞臣头——借物喻人。晋刘琨诗有"何意百炼钢，化为绕指柔"（《重赠卢谌》）之句，这里反其意而用之。意思是说古剑刚坚无比，只能使之折断，不能使之弯曲。言刚者不可化为柔，说古剑，借喻人的刚正不屈。那么古剑何以为用呢？诗人宣泄胸中块垒，要用古剑"将断佞臣头"。汉朱云曾对皇帝说：请给我一柄上方斩马剑，断佞臣一人（《汉书·朱云传》）。这也正是诗人的意愿。"佞臣"，指以谄媚得权柄的奸臣。

不愿报小怨，夜半刺私雠。劝君慎所用，无作神兵羞——则语重心长地劝戒世人，不要因小怨报私仇，使古剑蒙羞！"神兵"，谓兵器之神者，即指神奇的兵器，这里喻古剑。晋张协《七命》称宝剑为"希世之神兵"，后相沿以之为宝剑的代称（不是今所谓"神兵从天而降"的指人而说）。

白居易《白氏长庆集》收诗2800多首。其诗的主要特征是"老妪能解"的"浅易流畅，委曲详尽"和指斥时弊的"兼济天下"、"救济时病"。这首诗写古剑，意在需使用得当，用在最关键最有意义之处。比喻谏官应议论国家大事、朝政得失，即使是得罪权豪，遭受挫折打击，也在所不辞。亦不失"补察时政"、"泄导人情"之微旨。

云居寺孤桐

《云居寺孤桐》约作于元和四年（809）前后。诗人当时在长安，为进士考官，补集贤院校理，授翰林学士。是年诗人三十八岁，一心一意"唯歌生民病，愿得天子知"，屡陈时政，请降系囚、蠲租税、绝进奉、放宫人，又论裴均违制进奉银器、于頔不应暗进爱妾，宦官吐突承璀不当为制将统领……对朝廷一片赤诚，真是做到了"知无不言，言无不尽"的地步。但唐宪宗并不重视。这首诗就是在此期间所作自喻之词。

一株青玉立，千叶绿云委。
亭亭五丈馀，高意犹未已。
山僧年九十，清净老不死。

自云手种时，一颗青桐子。
直从萌芽拔，高自毫末始。
四面无附枝，中心有通理。
寄言立身者，孤直当如此。

诗人以孤桐自喻，力倡"直道"而行。

一株青玉立，千叶绿云委。亭亭五丈馀，高意犹未已——写云居寺孤桐亭亭玉立、枝叶繁茂，已高五丈馀，"高意犹未已"，还要往高长，意欲直插云霄……

山僧年九十，清净老不死。自云手种时，一颗青桐子。直从萌芽拔，高自毫末始。四面无附枝，中心有通理——写孤桐从手种到"亭亭五丈馀"，是年届九十的山僧，将一颗青桐子亲手种下，是从萌芽开始生长，那高达五丈馀，是"自毫末始"的。引出了手种的山僧，概括了从手种、萌芽到长成的时间、空间过程。孤桐的生长直到五丈馀，旁无附枝，而且是由根至梢，树干挺拔、脉络通直，顶天立地。"通理"，语意双关。看似写树干的通连脉络、纹理，实则暗用《易·坤·文言》"君子黄中通理，正位居体。美在其中，而畅于四支，发于事业，美之至也。"意思是"黄中通直者，以黄居中，兼四方之色，奉承臣职，是通晓物理也；……是美在其中。有美在于中，必通畅于外。"诗人以此比喻仕人内心须具有美德，也就是要正直，做人要"直道"而行。

寄言立身者，孤直当如此——寄言，寄托，托言。希望人们应当像孤桐一样"孤直"。"孤直"二字，概括全诗，概括一切，在"短峭中殊有远势"。

白居易早年为人如是，如古剑一样，宁折不弯；像孤桐一样，孤直顶天。表现了诗人青年时期的英锐之气。

后人给本诗以很高评价。《初白庵诗评》曰："言简而意尽，不在排比见长。"《唐宋诗醇》曰："香山集中古体多以铺叙畅达见长，短篇间以含蓄蕴藉生姿。此首短峭中殊有远势，'高意犹未已'五字尤妙。"

赠元稹

元稹和白居易都是中唐诗人，同是新乐府运动的倡导者，在中国文学史上并称"元白"。而且就在他们生活的那个时代，"言诗者称'元、白'焉"（《旧唐书·元稹传》)。因为他们主要文学活动在唐宪宗元和年间(806—820),所以把他们的诗及仿效他们的诗统称"元和体"。"稹尤长于诗,与白居易相埒,天下传讽,号'元和体'。"又因为他们的诗集分别称《白氏长庆集》《元氏长庆集》,故称他们的诗为"长庆体"(宪宗殁,穆宗继位,改年号为长庆,即821—824年。期间元白诗歌分别编辑成集,故名)。同时,他们积极倡导新乐府运动,又称他们的诗为"新乐府诗"。

"元白"在政治上、文学上志同道合,成莫逆之交。诗文唱和、书信往来,彼此交谊极深。就连《白氏长庆集》也是元稹"尽征其文,手自排缵,成五十卷,凡二千一百九十一首",编辑成集的。

"元白"诗歌唱和颇多,在《白氏长庆集》中如《赠元稹》《寄元九》《和元九悼往》《曲江忆元九》《八月十五日夜禁中独直对月忆元九》《叹元九》《忆元九》《见元九》等俯拾即是(尚不含题中未出现"元稹"、"元九"者)。

这首诗是诗人最早赠元稹之作。从《酬元九〈对新栽竹有怀〉见寄》题下作者原注知,这首诗作于元和初年。元和元年元稹以左拾遗屡上疏论时事直言,被贬为河南县(今属洛阳)尉;元和四年元稹因弹劾节度使严砺违法加税诸事,为执政者所忌,还,命分司东都(洛阳),本诗即写于元稹在洛阳时。

自我从宦游,七年在长安。
所得惟元君,乃知定交难。
岂无山上苗,径寸无岁寒。
岂无要津水,咫尺有波澜。
之子异于是,久要誓不谖。
无波古井水,有节秋竹竿。
一为同心友,三及芳岁阑。
花下鞍马游,雪中杯酒欢。
衡门相逢迎,不具带与冠。
春风日高睡,秋月夜深看。
不为同登科,不为同署官。
所合在方寸,心源无异端。

作为诗人最早赠元稹的一首诗,自我从宦游,七年在长安。所得惟元君,乃知定交难——写诗人从进士及第授校书郎的贞元十九年(803),到元和四年(809)前后，七年在长安，所交的挚友只有元微之你一人，这才知道交友难啊！

岂无山上苗，径寸无岁寒。岂无要津水，咫尺有波澜。之子异于是，久要誓不谖——接着用"岂无"两个反问句，肯定元稹这个人有异于他们，很多年以来相互唱和使人永远不会遗忘。"要津"，水陆要冲之地。古诗有"何不策高足，先据要路津"之句，后以居要职者为要津。"之子"，第二人称，犹言这个人。"谖"，忘也。"要"，即"和"（hè），跟着唱。

无波古井水，有节秋竹竿——两个巧妙的比喻。"有节秋竹竿"乃全诗之主旨，为人为官之道在"有节"，在"人格"，这是元白交谊最根本最关键的因素。诗人另一首诗《赠微之》有云："昔我十年前，曾与君相识，曾将秋竹竿，比君孤且直。"是"有节秋竹竿"最好的注脚和阐释！

一为同心友，三及芳岁阑。花下鞍马游，雪中杯酒欢。衡门相逢迎，不具带与冠。春风日高睡，秋月夜深看——忆及往昔的交游情谊。自从成为同心好友，"三及"即多次同处，那真是美好的年华，或是花间跨马游赏，或是雪天饮酒欢唱，两人横门、陋室相互迎送，不着那些佩带冠冕，春风红日高升睡觉，秋月夜阑更深看花，自由自在，风流潇洒，无拘无束。

不为同登科，不为同署官。所合在方寸，心源无异端——是说两个人交游日深友谊无限，既不是为了同登皇榜，也不是为了同署官位，那是为什么呢？"所合在方寸，心源无异端"。"方寸"，又作"方寸地"，指心。这正是两位诗人友谊的真谛之所在！

"有节秋竹竿"是全诗的主旨。元稹在后来的和诗中，也拈出此句着笔。这是元白彼此对"孤且直"的赞许，也是元白为人处世做官的原则。诗中"秋竹"同《云居寺孤桐》之"孤桐"，相映成趣，足以说明元白的相同志趣及其在当时刚正不阿的处世态度。"无波古井水，有节秋竹竿"，对后世影响很大。宋代大词人苏东坡的〔临江仙〕词中"无波真古井，有节是秋筠"，承白诗之语，而改"竿"作"筠"，《瓮牖闲评》则评论认为"改'竿'为'筠'，遂觉差逊"，是很有道理的。

杂兴三首

《杂兴》三首一般认为是白居易在唐宪宗元和四年（809）前后官左拾遗时的诗作。而《诗笺》认为是诗人献给唐穆宗（821—824年在位）的谏诫之作。无论是宪宗，还是穆宗，总之这三首诗是分别托楚、越、吴三朝的事，借古讽今，旨在劝谏当

名家选集卷

时的皇帝远声色、戒游乐、杜奢侈。

<h1 style="text-align:center">（一）</h1>

楚王多内宠，倾国选嫔妃。
又爱从禽乐，驰骋每相随。
锦韝臂花隼，罗袂控金羁。
遂习宫中女，皆如马上儿。
色禽合为荒，刑政两已衰。
云梦春仍猎，章华夜不归。
东风二月天，春雁正离离。
美人挟银镝，一发叠双飞。
飞鸿惊断行，敛翅避蛾眉。
君王顾之笑，弓箭生光辉。
回眸语君曰："昔闻庄王时，
有一愚夫人，其名曰樊姬，
不有此游乐，三载断鲜肥。"

　　"楚王多内宠"是第一首。劝谏皇帝不应像楚王那样"色禽"两荒，既荒于女色，又荒于游猎。

　　楚王，诗中指楚灵王(姓芈，名围)，在作令尹时，曾杀害一官员，夺其妻子；后作楚王，建造华丽的章华宫，常常入云梦泽打猎，最后被缢死，其事详见《左传》及《国语·楚语》。

　　楚王多内宠，倾国选嫔妃。又爱从禽乐，驰骋每相随。锦韝臂花隼，罗袂控金羁。遂习宫中女，皆如马上儿——写楚灵王荒淫无道，本来宫中就多宠幸，还要在全国选美充做嫔妃。又爱以追逐禽兽为乐，每每乘马驰骋追随禽兽。"从禽"，即狩猎时追逐禽兽。《易·屯卦》："即鹿，无虞以从禽也，君子舍之。"楚灵王打猎时，佩带用皮革做的装饰极为华丽的臂衣，肩上驾着凶猛的隼鹰，穿着松软华美的衣服，连马络头都是用金装饰的。"韝"(gōu)，皮做的臂衣；"臂"诗中用作动词，即使隼立在人臂上；"隼"(sǔn)，鸷鸟猛禽，打猎时以之捕鸟、兔之类小动物。"金羁"，用金装饰的马络头。曹植《游侠篇》有"白马饰金羁"句。同时，训练宫女，使她们一个个都像善于骑射的"马上健儿"一样。

色禽合为荒,刑政两已衰。云梦春仍猎,章华夜不归——是说楚灵王好女色,爱打猎,荒淫不堪,腐败成习,疏于朝政国事。到春天仍然去云梦泽打猎,到夜晚在章华台淫乐,以致刑法紊乱、政令不行。"色禽",伪古文《尚书》中《五子之歌》有:"训有之:内作色荒,外作禽荒。"

东风二月天,春雁正离离。美人挟银镝,一发叠双飞。飞鸿惊断行,敛翅避蛾眉。君王顾之笑,弓箭生光辉——是说,东风吹拂,初春二月天,大雁北归,行列分明("离离"),楚灵王又带着教习好的美人,挎着箭镞闪亮的弓箭,出来打猎。美女手执弓箭,一箭射中两只大雁("鸿")。原来整齐的雁行(háng)由于受惊飞散,打乱了原有的行列,纷纷收拢翅膀躲避美人的箭镞。"蛾眉",形容女子细长美丽的眉毛,借以指女子的容貌美丽,诗中则借指射雁的美女。君王看着"一发叠双飞"的美人得意地一笑,不只这位射雁的美人受到宠幸,就连她用的弓箭也显得"光彩"。极力烘托楚王和美人因射中大雁而异常高兴的情态。

回眸语君曰:"昔闻庄王时,有一愚夫人,其名曰樊姬,不有此游乐,三载断鲜肥。"——是宫女对君(诗中指楚王)所说的话。这位射中双雁的美人回头告诉楚王说:"过去听说楚庄王时,有一位愚蠢的夫人,名叫樊姬。庄王好狩猎,她极力劝阻,庄王不听,于是她就三年不吃肉,庄王受到感动,不再猎荒。"(详见《列女传》)"鲜肥",指禽兽鲜美的肉。

历代诗评家对这首诗评论很多。如《诗筏》说:"白乐天自爱其讽谕诗,言激而意质,故其立朝侃侃正直……《杂兴诗》'楚王多内宠'一篇,指点色禽之荒,婉切痛快,字字炯戒……"《载酒园诗话》说:《诗归》选白颇有具眼处。如《杂兴》诗曰'楚王多内宠……'此诗用意落笔,无限曲折蕴藉,初读之,不信其出白手也。从未见选者,此可谓出珊瑚于海底矣。"给予极高评价。

其他句评也颇多,如评"色禽"句"说得悚然"(《唐诗归》"谭云");评"愚夫人"三字"妙"(《唐诗归》"钟云");评"昔闻"几句"偶然得此超妙绝句,不可无一,不可有二"(《王闿运手批唐诗选》);评末句"便止了,遂为妙结"(《唐诗归》"谭云"),等等。足见诗评家与读者之激赏。

尤其是以射雁美人嘲笑樊姬不懂打猎之乐,而称之为"愚夫人"的艺术表现手法非常高超。诗人就是利用美人不恰当的嘲笑,而不加一句自己的评论,反过来却给了好猎的皇帝和自作聪明的宫女以辛辣的讽刺。

(二)

越国政初荒,越天旱不已。

风日燥水田,水涸尘飞起。

国中新下令,官渠禁流水。

流水不入田,壅入王宫里。

馀波养鱼鸟,倒影浮楼雉。

澹灩九折池,萦回十馀里。

四月芰荷发,越王日游嬉。

左右好风来,香动芙蓉蕊。

但爱芙蓉香,又种芙蓉子。

不念阊门外,千里稻苗死。

"越国政初荒"是第二首。劝谏皇帝不应像越王那样只顾游乐,强占水田,而不顾百姓死活。越王勾践被吴王夫差打败后,"卧薪尝胆",经多年努力,终于灭掉吴国。诗中"越王"当指勾践,以其灭吴后的事为背景。

越国政初荒,越天旱不已。风日燥水田,水涸尘飞起——写越国朝政荒废的同时,连天气也干旱不已。风吹日晒将水田都吹晒干了,到处流水枯涸,尘土飞扬,一片荒凉景象。

国中新下令,官渠禁流水。流水不入田,壅入王宫里——写面对国内一片干旱景象,越王不但没有设法防治干旱,反而"新下令":流水禁止放入官渠。官渠无水,"流水不入田",那么流到什么地方去了?下句回答曰:"壅入王宫里。""壅",堵塞,阻挡,一个"壅"字,把皇宫堵塞流水,不许百姓用水的霸道行径暴露无遗。"壅入王宫里"干什么用呢?

馀波养鱼鸟,倒影浮楼雉。澹灩九折池,萦回十馀里。四月芰荷发,越王日游嬉。左右好风来,香动芙蓉蕊。但爱芙蓉香,又种芙蓉子。不念阊门外,千里稻苗死——逐一作了回答:养鱼养鸟,种荷游赏。皇宫里流水不断,水波荡漾,弯弯曲曲,绕来绕去,长达十馀里。四月里荷花开,越王日日游赏嬉戏。水流潺潺,风吹水波动,芙蓉香飘来,越王只知喜爱芙蓉香,又种下芙蓉子。一心想的是戏游、花香,哪里还知道皇宫外"千里稻苗死"呢?"阊门",实有此门,是吴国姑苏城西门,吴王阖闾所筑。晋陆机《吴趋行》有"阊门何峨峨,飞阁跨通波"之句。诗写越国,以"阊门"借指皇宫宫门。

"越国政初荒"是这首诗之主旨。越王勾践曾"卧薪尝胆",深知亡国之耻,但他灭掉吴国后,并没有很好汲取吴王夫差的教训,这首诗就是以他灭吴后的事为背景的, 但多系假托和想象之辞。据《唐会要》卷三十"杂记"诸有关条目记载, 元和年间皇帝几乎年年在宫中大兴土木或者疏浚池沼。本诗无疑是借古喻今、讽刺时政, 警戒唐宪宗。

（三）

吴王心日侈，服玩尽奇瑰。
身卧翠羽帐，手持红玉杯。
冠垂明月珠，带束通天犀。
行动自矜顾，数步一徘徊。
小人知所好，怀宝四方来。
奸邪得藉手，从此幸门开。
古称国之宝，谷米与贤才。
今看君王眼，视之如尘灰。
伍员谏已死，浮尸去不回。
姑苏台下草，麋鹿暗生麑。

"吴王心日侈"是第三首。劝谏皇帝不应像吴王那样贪图享受，追求服饰器玩，以免奸佞之徒投其所好。

吴王心日侈，服玩尽奇瑰。身卧翠羽帐，手持红玉杯。冠垂明月珠，带束通天犀。行动自矜顾，数步一徘徊——"吴王"，指夫差。春秋末期霸主之一。他北与齐、晋争霸，南胜越国，所以骄傲自大，听信奸佞，终被越王勾践灭掉。这首诗所写的是根据《左传·哀公元年》的记载："今闻夫差次有台榭陂池焉，宿有妃嫱嫔御焉。一日之行，所欲必成，玩好必从。珍异是聚，观乐是务，视民如仇，而用之日新。夫先自败也已，安能败我？"同时加以想象、发挥而成的。

这八句诗写吴王夫差日渐骄奢，服饰穿戴和玩赏使用的都是奇珍异宝。"玩"读wàn；"瑰"读guī。睡的是"翠羽帐"，用的是"红玉杯"；帽子垂以"明月珠"，带子束以"通天犀"；走起路来走几步停一停，自我陶醉、自我得意。"翠羽帐"是用翠鸟羽毛织成的帐子。《楚辞·招魂》有"翡帷翠帐"之句，是一种很贵重的东西。"红玉杯"是用红玉做的酒杯，"其石则赤玉玫瑰"（《史记·司马相如列传》）。"赤玉"就是红玉。据《洛阳伽蓝记》记载："琛常会宗室，陈诸宝器……赤玉卮数十枚，作工奇妙，中土所无，皆从西域而来。"可知红玉杯的珍贵罕见。"明月珠"，古代稀有的宝珠，即《史记·李斯列传》所说"垂明月之珠"者。"通天犀"，犀牛角中心有一条白纹道贯通的叫"通天犀"，《抱朴子》记述通天犀可以"骇鸡"、"分水"。《唐会要》卷二十九所载元和七年(812)二月赐宰臣李吉甫的"通天犀带"就是用这种角作装饰物的带子。正因为这样，所以吴王走起路来矜持、顾盼、洋洋得意，就像《孔雀东南飞》所说的"五里一徘徊"，走几步停一下，欣赏自己的宝物。

小人知所好，怀宝四方来。奸邪得藉手，从此幸门开——写由于吴王的贪婪追求，一些投其所好、逢迎巴结的小人，带着宝物从四面八方来献宝。其实质如《论语·阳货》所说"怀其宝而迷其邦"。绝没有无缘无故献宝的人。因为献宝才得以取得皇帝的信任，达到升官发财的目的。这些人用不正当手段取得皇帝的欢心，此风一长，于是幸门大开。

古称国之宝，谷米与贤才。今看君王眼，视之如尘灰——说国家的珍宝是谷米粮食和贤能有德才的人。古代由于技术落后，视粮食为至宝，无论行军打仗，总是粮草先行，同时视人才为宝。如《越绝书》所说："所谓实者，谷米也，得人心，任贤士也。凡此四者，邦之宝也。"《文选》张衡《东京赋》也说："所贵惟贤，所宝惟谷。"然而在吴王眼里，则视"谷米"、"贤才"如"尘灰"。

伍员谏已死，浮尸去不回。姑苏台下草，麋鹿暗生麑——写吴王不听忠言劝谏，杀害忠臣，结果遭到杀身灭国之祸。据《史记·伍子胥列传》记载，吴王不听伍员(字子胥)忠心谏言，反而给剑令他自刭，并用皮革包裹其尸体丢入江中。伍子胥自杀前曾告其舍人曰："必树吾墓上以梓，令可以为器；而抉吾眼县(悬)吴东门之上，以观越寇之入灭吴也。"果然，不久吴国被越国灭掉。正如结二句所说，吴国灭亡后，姑苏台(亦作"姑胥台")由过去的繁荣而成一片废墟。成为麋鹿、野猪成群结队的地方。而且麋鹿已经生下小鹿(即"麑")，完全应了《越绝书》所断言的："今不出数年，鹿豕游于姑胥之台矣！"

"吴王心日侈"是这首诗的关键所在，正是因为他的奢侈腐化、贪图享受，重用小人、不听忠谏，招致败亡。诗人借古喻今，旨在讽诫当时的统治者。

唐宪宗时，许多地方官员讨好皇帝，交结权贵，甚至企图通过这种手段谋得宰相之职。如于頔、裴均、王锷等都是这样的人。所以说《杂兴》三首是针对当时朝廷官贵的。诗人另外有《论于頔、裴均状》、《论裴均进奉银器状》、《论王锷欲除官事宜状》等奏状，所奏请制裁的正是进贡舞女、钱物、银器和向皇帝讨好的官员如于頔、裴均、王锷之流。《杂兴》三首是诗人实有所指的，就是那些向皇帝进贡"月进"、"羡馀"及珍玩、美女的官贵们！

宿紫阁山北村

这首诗约作于元和四年(809)。此前一年，白居易被任命为左拾遗。左拾遗为
谏官，即所谓"身是谏官，手请谏纸，启奏之外，有可以救济人病，裨补时阙，而难
于指言者，辄咏歌之"(《与元九书》)的角色。在元和十年(815)冬诗人遭贬后所
写的回忆文章《与元九书》中写道："闻《乐游园》寄足下诗，则执政柄者扼腕矣。
闻《宿紫阁村》诗，则握军要者切齿矣。大率如此，不可遍举。不相与者，号为沽名，
号为诋讦，号为讪谤。"《宿紫阁村》即本诗，记述一次游览的见闻，锋芒所向直指
"握军要者"。

唐代中晚期，皇帝宠信宦官，派遣他们为监军或将领。尤其是唐德宗之际，始
设左右神策军护军中尉，均由宦官担任。他们是皇帝的禁卫军，又是亲信，军权在
握，故气焰嚣张、为所欲为、横暴跋扈，不仅欺压百姓，甚至废帝弑君。

紫阁山，在长安西南，因"旭日射之，烂然而紫，其形上耸，若楼阁然"而得名，
系终南群峰之一，以风景优美著称。诗中所写正是诗人游览时夜宿山北村农家亲
眼所见，俨然一幅触目惊心的"抢劫"图。

> 晨游紫阁峰，暮宿山下村。
> 村老见余喜，为余开一尊。
> 举杯未及饮，暴卒来入门。
> 紫衣挟刀斧，草草十馀人。
> 夺我席上酒，掣我盘中飧。
> 主人退后立，敛手反如宾。
> 中庭有奇树，种来三十春。
> 主人惜不得，持斧断其根。
> 口称采造家，身属神策军。
> "主人慎勿语，中尉正承恩！"

晨游紫阁峰，暮宿山下村。村老见余喜，为余开一尊——点明事件发生的时
间、地点、人物。由于"晨游"后"暮宿"，诗人投宿会见村老。村老敞开柴扉，喜
迎客人，满心欢悦，开酒接风，一派畅快欢娱场面，为下文伏笔起到有力的反衬作

用。"尊",同"樽",酒具。

举杯未及饮,暴卒来入门。紫衣挟刀斧,草草十馀人。夺我席上酒,掣我盘中飧。主人退后立,敛手反如宾。中庭有奇树,种来三十春。主人惜不得,持斧断其根——是全诗的主体,写暴卒抢食、砍树。正当诗人与村老"举杯未及饮"时,"暴卒来入门"。这群"紫衣挟刀斧,草草十馀人",一见丰盛的酒席,一拥而上,"夺我席上酒,掣我盘中飧",狼吞虎咽,如同风扫残云,霎时间杯盘狼藉,活画出一幅喧宾夺主、反客为主的场面,以致诗人、"主人退后立,敛手反如宾"了。"紫衣",唐代官制,三品以上文臣武将服紫衣,是最高级的官服。这里具体指禁卫军——神策军官服。据《旧唐书·职官志》:"贞元(唐德宗年号,785—805)中,时置神策军护军中尉,以中官(即太监)为之,时号两军中尉。贞元以后,中尉之权倾于天下,人主废立,皆出其可否。"神策军系皇帝卫兵。"草草",蛮横无理之状。"夺"、"掣",强要硬抢貌。"飧",本为熟食,诗中指下酒菜肴。"敛手",即叉手、拱手,双手交叉拱于胸前,示恭敬的姿态。"夺我"四句展现了抢酒而食的场面。"中庭"四句则描写砍伐奇树的场面。一棵生长三十年的"中庭""奇树",远不能同"盘中飧"相比,足见"主人惜不得"的"惜"护之深,但又不得不"持斧断其根",为什么?末四句作了交代。

口称采造家,身属神策军。主人慎勿语,中尉正承恩——给诗一个奇妙的结尾,交代清了事件发生的背景。"采造家",唐代采伐木材营造宫殿的人。当时,临时调遣神策军去完成采造任务。据《新唐书·百官志》记载,当时掌宫殿、官舍、军营等营造修建的是"将作监",下设四署及百工、军器诸监。"神策军",本天宝年间西部地方军队之称,后因"扈驾有功"故,而成为皇帝的禁卫军。《唐会要》载,唐德宗时分左右神策军,到元和年间,常常调神策军建造宫殿、城池。所以这里的"采造家"实属"神策军"的军籍。"口称"二字足见"暴卒"、"紫衣"的横暴跋扈、有恃无恐。末二句终于使诗人明白真相,恍然大悟,于是劝慰主人不要再多说了,他们的主子中尉是奉皇帝旨意行事的,其讽刺矛头所向十分明朗!正是那"切齿"者。

全诗采取了直白奔泻的多层次对比反衬手法。譬如,开篇亲切融洽的氛围与被抢食、砍树,屡遭侮辱的悲惨氛围的对比反衬;在人物形象上村老的淳朴好客与暴卒蛮横骄纵的对比反衬;在人物心理上村老面对抢食、砍树由退缩到抗争的对比反衬;诗中"余"由初相见暴卒时的抗争到最后"慎勿语"劝解的对比反衬;村老与"余"心理前后相反互逆变化的对比反衬……

白居易十分重视其讽喻诗。当时,其《秦中吟》《新乐府》等"指言天下事"有如《风》、《骚》而"长于激"、"直歌其事",具有强烈的战斗性。他以为"其不我非者,举世不过三两人",须待身后才可能得到理解和赏识,自信自励,确实是具有卓识远见的!

霍松林先生认为全诗采取画龙点睛法,最后把讽刺的矛头指向皇帝是"点睛",使全"龙"飞腾,将全诗的意义提到了惊人的高度,是颇有见地的。

诗中所写"唐世固有是事"(《容斋续笔》)。论者多认为诗中"中尉"指宦官吐突承璀。此人在元和初年系左神策军中尉。白居易文有《论承璀职名状》,反对朝廷让其兼充"诸军行营招讨处置使"。说明白诗"每与人言,多询时务;每读书史,多求理道。始知文章合为时而著,歌诗合为事而作"(《与元九书》),信然!

酬元九对新栽竹有怀见寄

这首诗题下原注云:"顷有赠元九诗云:'有节秋竹竿。'故元感之,因重见寄。""赠元九诗"指《赠元稹》("自我从宦游"),是诗人最早赠元稹之作。

元和五年(810)秋,元稹作《种竹》诗,序有"昔乐天赠予诗云:'无波古井水,有节秋竹竿。'予秋来种竹厅下,因而有怀,聊书十韵。"本诗即是对元诗的答和。

> 昔我十年前,与君始相识。
> 曾将秋竹竿,比君孤且直。
> 中心一以合,外事纷无极。
> 共保秋竹心,风霜侵不得。
> 始嫌梧桐树,秋至先改色。
> 不爱杨柳枝,春来软无力。
> 怜君别我后,见竹长相忆;
> 常欲在眼前,故栽庭户侧。
> 分首今何处?君南我在北。
> 吟我赠君诗,对之心恻恻。

昔我十年前,与君始相识。曾将秋竹竿,比君孤且直——追忆十年前,两人开始相识交往和写《赠元稹》诗的事。贞元十七年(801)冬,诗人31岁,元稹24岁,试书判拔萃科,元白二人和李复礼、崔玄亮、王起、吕炅诸人同及第。双方订交,即在此时。白居易《赠元稹》诗有"无波古井水,有节秋竹竿。一为同心友,三及芳岁阑"之句；元稹《种竹》诗有"昔公怜有直，比之秋竹竿"之句。

中心一以合，外事纷无极。共保秋竹心，风霜侵不得——写两人志同道合，既然心志相同，任凭外事纷纭多端，但此心不改，即便风霜侵袭，也共保此心（"秋竹心"）。正是《赠元稹》诗"不为同登科，不为同署官。所合在方寸，心源无异端"的最好说明和注脚。

始嫌梧桐树，秋至先改色。不爱杨柳枝，春来软无力——说也就是从十年前开始，不仅"有节秋竹竿"、"共保秋竹心"，而且对"梧桐树"的"秋至先改色"、"杨柳枝"的"春来软无力"开始不满和憎恶起来。诗人从另一个侧面说明两个人不只是"共保秋竹心""风霜侵不得"，同时对杨柳、梧桐的品格嫌弃、厌恶，不学那杨柳春斗艳、随风摆，要葆有"孤直""秋竹心"！元白的人格也正是如此。

怜君别我后，见竹长相忆；常欲在眼前，故栽庭户侧——是对元稹《种竹》诗"昔公怜有直，比之秋竹竿。秋来苦相忆，种竹厅前看"的答辞，反映出二人友谊之情深。

分首今何处？君南我在北。吟我赠君诗，对之心恻恻——写二人分隔南北，吟着这首诗时的感伤心情。"分首"二句故作问答。"分首"即"分离"。"君南我在北"是实写，当时元稹被贬为士曹参军在江陵，诗人在长安，一南一北。

元白赠答诗中，这是很典型也很有代表性的一首。元和初年，诗人有《赠元稹》诗一首，是最早赠元稹的。其中"有节秋竹竿"、"一为同心友"成千古名句。元稹的和诗《种竹》"昔公怜有直，比之秋竹竿……"是对《赠元稹》的答和之作。本诗又是白氏对元氏《种竹》诗的酬和，有"曾将秋竹竿，比君孤且直"可证。元白赠答诗还有很多首，这几首均以"秋竹竿"之"有节"相唱和、相勉励，并以竹之高节自喻、喻友。

感　鹤

约作于元和五年(810)前后。白居易上疏请罢讨王承宗兵，又论元稹不当贬，唐宪宗均不听。五月，左拾遗任满，改京兆府户曹参军。

> 鹤有不群者，飞飞在野田。
> 饥不啄腐鼠，渴不饮盗泉。
> 贞姿自耿介，杂鸟何翩翩。
> 同游不同志，如此十馀年。
> 一兴嗜欲念，遂为矰缴牵。

委质小池内，争食群鸡前。
不惟怀稻粱，兼亦竞腥膻。
不惟恋主人，兼亦狎乌鸢。
物心不可知，天性有时迁。
一饱尚如此，况乘大夫轩！

鹤有不群者，飞飞在野田。饥不啄腐鼠，渴不饮盗泉——写鹤(可以说一只野鹤，不合群的野鹤)，离开群体，在田里独自飞呀、飞呀。饥饿了连腐鼠都不吃，干渴了连盗泉也不喝。"腐鼠"，《庄子》曰："鸱得腐鼠，鹓雏过之，仰而视之曰吓……""盗泉"，《尸子》云："孔子过于盗泉，渴矣而不饮，恶其名也。"俨然一只极其高贵的鹤。

贞姿自耿介，杂鸟何翩翩。同游不同志，如此十馀年——写这只鹤姿质坚贞、志节高洁而不肯苟合，哪像杂鸟摇曳飘忽的轻浮样子！即使与之同游也不同志向，如此也十多年了。

一兴嗜欲念，遂为矰缴牵。委质小池内，争食群鸡前——笔锋陡转，写这只鹤一时起了贪欲的念头，即一念之误，就被猎者的弓矢射中抓住，并将它放在一个小池子里，由于饥饿，与群鸡争抢食物了。"矰缴"，缴，系弓矢的绳子，结绳于矢，谓之"矰缴"。"委质"，弃身，置身。

不惟怀稻粱，兼亦竞腥膻。不惟恋主人，兼亦狎乌鸢。——进一步写这只鹤的变化。诗中使用两个排比句式"不惟……兼亦……"，不只是"怀稻粱"，而且"狎乌鸢"。"怀"，思，这里作"贪欲"讲。"狎"(xiá)，戏弄。"鸢"(yuān)，鸱也。言其贪吃稻粱，狎弄乌鸦、鸱鹰。与乌鸢同流合污了。

物心不可知，天性有时迁。一饱尚如此，况乘大夫轩——是诗人的议论。人心(物心)不可知，但天性(本性)是可以改变的，能求得一饱尚且如此，何况能乘大夫轩呢！"大夫轩"，大夫之车曰轩。《左传·闵公二年》："卫懿公好鹤，鹤有乘轩者。"于是不得不感叹：一饱尚且如此，何况是迁升呢！

有的评论家认为本诗旨在"讽志在温饱的人，不能坚持操守"。《唐诗别裁》说："有以峻洁持身，而一念之误，遂丧生平者，故此诗讽之，元微之晚节亦蹈此患。"

白居易此诗是否有具体所指，且勿拘泥。但有感于鹤而发，对人生、对时世是一巨大的鞭挞。诗人当时目睹，身历，确有难言之隐，不吐不快，以此寓意方式，抒发内心抑郁之块垒，不能不说是一种解脱。后人有诗"笼鸡有食汤刀近，野鹤无粮天地宽"，可作此诗注脚。

赠　内

　　《赠内》("生为同室亲")是白居易写给妻子的一首诗。古代的士大夫常称妻子为内子，写给妻子的诗文，往往署以赠内或寄内。

　　诗人虽出生于官宦之家，但已经衰落，所以他童年家贫，游学四方，几经科考，直到元和二年(807)春(一说元和三年秋)才与杨虞卿的从妹杨氏完婚。这首诗是新婚后不久写给妻子杨氏的。同题诗尚有几首，这是最早的一首。

　　　　　　生为同室亲，死为同穴尘。
　　　　　　他人尚相勉，而况我与君？
　　　　　　黔娄固穷士，妻贤忘其贫。
　　　　　　冀缺一农夫，妻敬俨如宾。
　　　　　　陶潜不营生，翟氏自爨薪。
　　　　　　梁鸿不肯仕，孟光甘布裙。
　　　　　　君虽不读书，此事耳亦闻。
　　　　　　至此千载后，传是何如人？
　　　　　　人生未死间，不能忘其身。
　　　　　　所须者衣食，不过饱与温。
　　　　　　蔬食足充饥，何必膏粱珍？
　　　　　　缯絮足御寒，何必锦绣文？
　　　　　　君家有贻训，清白遗子孙。
　　　　　　我亦贞苦士，与君新结婚。
　　　　　　庶保贫与素，偕老同欣欣。

　　生为同室亲，死为同穴尘。他人尚相勉，而况我与君——诗开篇直截了当，不加隐饰，一语破的，将全诗就提到了生死与共、生死不渝的高度。"他人尚相勉，而况我与君。"紧接着一个反问句，使开头两句所说生死相依益发不可动摇、不可移易。诗人为人孤且直，对爱情也专一。人格何其高尚！

　　黔娄固穷士，妻贤忘其贫。冀缺一农夫，妻敬俨如宾。陶潜不营生，翟氏自爨薪。梁鸿不肯仕,孟光甘布裙。君虽不读书,此事耳亦闻。至此千载后,传是何如人——诗人连续举出古代四位名士:春秋时齐国的黔娄,春秋晋国的冀缺(即郤缺),东晋末年的陶渊明和梁鸿及其妻子的事做例子。告诉妻子并与之共勉,诗人一片诚意跃然纸上。黔娄,鲁恭公请他为宰相,齐威王聘他做卿士,他都不肯。因为家里极穷,死时被子太短都盖不住尸体。有人向他妻子出主意"斜其被则敛矣"。其妻以"斜之有馀,不若正之不足。先生生而不斜,死而斜之,非先生之意也"加以拒绝。"固",本来也。冀缺,其父为晋献公大夫郤芮,因被封于冀地而名冀缺。其妻与之相互敬重,过着农家田园生活,颇有贤德。"俨",庄重恭谨。陶潜,目睹社会黑暗、官场污浊,毅然决然"不为五斗米折腰",挂冠隐居,躬耕田亩,由于生活艰苦,常常挨饿。其妻翟氏勤俭理家,自己烧火做饭。"爨"(cuàn),烧火做饭。梁鸿,幼年孤贫,曾入太学,博极群籍。后归家乡,势家以其节操,多欲以女妻之,鸿均谢绝。而与同县富户孟氏之女孟光联姻。孟光丑陋但贤惠,鸿娶光时,妆奁简陋,但二人婚后相敬如宾,替人佣工,安贫乐道。诗人还告诉妻子:您虽没读过书,但耳闻过这四位名士的事,直到这千年以后,依旧流传,他们是什么人? 言外之意是千古流传的贤德之人。一些注析书误以为是传(chuán)。这里应作"传"(zhuàn),意思是"传记记载"或"书传、著作所录"。

人生未死间,不能忘其身。所须者衣食,不过饱与温。蔬食足充饥,何必膏粱珍? 缯絮足御寒,何必锦绣文? 君家有贻训,清白遗子孙——诗人从当时现实情况和个人实际说明人生在世,说到底也就是一个"温与饱"的问题。"不能忘其身"者不过是"衣食"而已。接着他告诉妻子:只要"足充饥","何必膏粱珍"? 只要"足御寒","何必锦绣文"? 更何况您家祖上有遗教,我又是一个"贞苦士",与您新婚燕尔,叙事实,摆道理,反复表白自己的看法,诉说自己的恳求。"膏粱珍",膏粱指肥肉精米;珍指珍馐,山珍海味。"缯絮",指粗糙无花纹的绸子和粗絮棉,诗中泛指粗劣的衣服。"锦绣文",指用丝线在绸缎上织绣的美丽花纹。据《后汉书·杨震传》载:杨震是杨氏先祖,杨震为太守时,"公廉"守法,不受贿赂。有人馈赠,他不受,说:"天知、神知、我知、子知,何谓无知?" 子孙常常是蔬食菜粥,徒步行路。有人劝他置买田产,他说:"使后世称为清白吏子孙,以此遗之,不亦厚乎!" "贻训"即指此。

我亦贞苦士,与君新结婚。庶保贫与素,偕老同欣欣——是对妻子的祝愿,也是对全诗的概括。"贞苦",言其节操坚贞、生活艰苦。"庶",希望;"素",清白。"欣欣",心情舒畅愉悦。

这首诗长达三十句,是白居易赠内诗中最长的一首。有告诫,有表白,有恳求,有祝愿。其言辞恳切、率直；其心愿诚挚、忠梗，足以打动人心。表现手法亦别具一格、自辟蹊径。

寄唐生

题解

　　这首诗是元和五、六年(810—811)在长安所作。"唐生"，即唐衢，河南荥阳人。善诗，一生坎坷，五十岁才做了个小官，见人文章有所伤叹者，即哭泣不已，世称"唐衢善哭"。白居易尚有二首《伤唐衢》详述其生平事迹。

贾谊哭时事，阮籍哭路歧。

唐生今亦哭，异代同其悲。

唐生者何人？五十寒且饥。

不悲口无食，不悲身无衣。

所悲忠与义，悲甚则哭之。

太尉击贼日，尚书叱盗时。

大夫死凶寇，谏议谪蛮夷。

每见如此事，声发涕辄随。

往往闻其风，俗士犹或非。

怜君头半白，其志竟不衰。

我亦君之徒，郁郁何所为？

不能发声哭，转作乐府诗。

篇篇无空文，句句必尽规。

功高虞人箴，痛甚骚人辞。

非求宫律高，不务文字奇。

惟歌生民病，愿得天子知。

未得天子知，甘受时人嗤。

药良气味苦，琴澹音声稀。

不惧权豪怒，亦任亲朋讥。

人竟无奈何，呼作狂男儿。

每逢群盗息，或遇云雾披。

但自高声歌，庶几天听卑。

歌哭虽异名，所感则同归。

寄君三十章，与君为哭词。

贾谊哭时事，阮籍哭路歧。唐生今亦哭，异代同其悲——以唐生之哭比贾谊、阮籍之哭，归结曰"异代同其悲"。"悲"什么？埋下伏笔。"贾谊"，汉洛阳人，文帝时博士。后出为梁王太傅，梁王堕马而死，他自伤身为太傅没尽到责任，哭泣年馀而卒。贾谊生前，对诸侯王超越身份、滥用名号乃至谋逆叛乱，屡上疏、陈政事，有"臣窃惟事势，可为痛哭者一、可为流涕者二、可为长太息者六，若其它背理而伤道者，难遍以疏举。"（《汉书·贾谊传》）所以说"哭时事"。"阮籍"，字嗣宗，三国魏尉氏人，嗜酒放荡，闭户读书累月不出；登山临水竟日不归。"时率意独驾，不由径路，车迹所穷，辄恸哭而反。"（《晋书·阮籍传》）因此说"哭路歧"。贾谊，汉代人；阮籍，三国魏人；唐衢，唐代人，所以说"异代"。

唐生者何人？五十寒且饥。不悲口无食，不悲身无衣。所悲忠与义，悲甚则哭之。太尉击贼日，尚书叱盗时。大夫死凶寇，谏议谪蛮夷。每见如此事，声发涕辄随。往往闻其风，俗士犹或非。怜君头半白，其志竟不衰——写五十岁就过着饥寒交迫的生活——但他不悲伤口中无食，也不痛苦身上无衣，悲什么呢？"所悲忠与义"，悲痛至极就哭。无论是"太尉击贼日，尚书叱盗时"，还是"大夫死凶寇，谏议谪蛮夷"，每见到这一类事，总是放声哭泣。每每听到唐生这些事，庸俗的人或以为非；有的人则怜惜你已经头发半白了，志气竟然还不衰退。诗中连举四位历史人物："太尉"，作者自注："段太尉以笏击朱泚。"段太尉，即段秀实，字成公，汧阳人，以边功官至泾原郑颍节度使。唐德宗朝为司农卿，值太尉朱泚叛立，谋以段为助，秀实佯许，及与朱泚议事自立，忽然夺过别人的笏板击朱，并破口大骂，致朱面破血流，而秀实被害（事见《旧唐书》《新唐书》本传）。"尚书"，作者自注："颜尚书叱李希烈。"颜尚书，即颜真卿，字清臣，临沂人，玄宗时为平原太守，安禄山反，独倡议讨伐。乱平，迁刑部尚书，封鲁国公。德宗时，慰谕李希烈，诟骂不绝于口，不久被缢死（事详见《旧唐书》《新唐书》本传）。"大夫"，作者自注："陆大夫为乱兵所害。"陆大夫，即陆长源，吴县人，《旧唐书》本传："字咏之，……贞元十二年授检校礼部尚书、宣武军行军司马，……性轻佻，言论容易，恃才傲物……"后总留后事，被乱军兵士"脔（切割成块）而食之，斯须骨肉糜散。""凶寇"，指乱军。"谏议"，作者自注："阳谏议左迁道州。"阳谏议，即阳城，字亢宗，北平人，初隐中条山，唐德宗召为谏议大夫。裴延龄谗毁陆贽，他独上书为陆贽辩白，又谏阻裴延龄为宰相："脱（倘）以延龄为相，城当取白麻（委任状）坏之。"（《旧唐书》本传）后因言事及其他罪名被迁道州刺史。"蛮夷"，道州地处湖南道县少数民族聚居之地。称"蛮夷"含贬斥色彩。

　　我亦君之徒，郁郁何所为？不能发声哭，转作乐府诗。篇篇无空文，句句必尽规。功高虞人箴，痛甚骚人辞。非求宫律高，不务文字奇。惟歌生民病，愿得天子知。未得天子知，甘受时人嗤——是说我也是你一流人物，抑郁愁闷能有什么作为呢？既然不能放声痛哭(唐生每值军宴与会，常"酒酣言事，抗音而哭")，只好转作写乐府诗，力求"篇篇无空文，句句必尽规"("规"，规谏之道)。"虞人箴"，《左传·襄公四年》载，周辛甲命百官各为箴辞，(常管山泽园囿的)虞人便以田猎为箴，劝谏戒田猎。诗人白居易后来于元和十五年(820)曾因唐穆宗好游猎而作《续虞人箴》。"骚人辞"，屈原曾因谏楚怀王被流放而作《离骚》。诗人表白我所写的箴也好，辞也好，不求宫律音节高妙，不求文字铺排新奇，主要目的就是抒发人民的疾苦，希望天子知道；在天子知道之前，心甘情愿受时人的嗤笑。"郁郁"，形容愁闷，抑郁。《史记》有"安能郁郁久居此乎"之句。

　　药良气味苦，琴澹音声稀。不惧权豪怒，亦任亲朋讥。人竟无奈何，呼作狂男儿——诗人以药良味苦、琴澹音稀，说自己同唐生一样不为人所理解。但是他既不惧惹怒权豪势要，又任凭亲戚朋友嘲笑讥刺，依然我行我素。弄得人家无可奈何了，就呼叫自己为"狂男儿"。"琴澹"，由于古琴曲调音节简单，对一般人而言并不动听，故曰"澹"；"声稀"即"声希"，"稀"当作"希"，正是"听之不闻名曰希"(《老子》)，所谓"无声曰希"、"大音希声"。

　　每逢群盗息，或遇云雾披。但自高声歌，庶几天听卑——写每当藩镇割据势力反叛被平息，或者被奸佞谗言所蒙蔽，我们依旧高声放歌，或许天子会放低耳朵俯听下情。"群盗"，一作"群动"，似作"盗"是(依下句之意)。"云雾披"，《史记·龟策传》："日月之明，而时蔽于浮云。"古文古诗多以"云雾"、"浮云"喻奸佞之类。"天听"，《尚书·泰誓》："天听自我民听。"本指"上天"的听闻，后来如《晋书·石崇传》："陛下天听四达。"是指天子听察下情。

　　歌哭虽异名，所感则同归。寄君三十章，与君为哭词——写这首诗寄给唐生后，"见仆诗而泣，未几而衢死"。(《与元九书》)诗中写自己"不能发声哭"，唐衢则"见仆诗而泣"，无声而哭谓"泣"。所以说，我这首诗歌和唐衢"哭"虽然不同，但两个人所感则同归。所以寄你三十章，给你作哭词。

　　《唐诗别裁》曰："白傅作诗，总是此音(惟歌生民病，愿得天子知……)。"唐衢善哭，诗人同哭，"歌以代哭，一篇本旨"。

　　白居易"志在兼济"，"行在独善"。《寄唐生》正体现了诗人这种理想和志向。身为谏官，月请谏纸，有可以"救济人病，裨补时阙，而难于指言者，辄咏歌之。"往往以忠臣义士的姿态，欲正君定国，唯恐所陈不激切，务求"篇篇无空文，句句必尽规"。

唐生人微官小,若无白氏此诗,其人不会名留千古,其诗不会显于后世。诚然,"此真奇人奇事也","幸而与香山相知,得附名于集,不然,千载而下,敦知头半白而志不衰之唐生也!"(见《石园诗话》)

伤唐衢二首(其二)

元和十年(815)十二月,诗人《与元九书》曰:"有唐衢者,见仆诗而泣,未几而衢死。"故知本诗作于此前。大约在白居易渭村丁母忧(元和六年)以后,贬谪江州司马(元和十年六月)之前。据内容可能在退居渭上丁忧时作。

忆昔元和初,忝备谏官位。
是时兵革后,生民正憔悴。
但伤民病痛,不识时忌讳。
遂作《秦中吟》,一吟悲一事。
贵人皆怪怒,闲人亦非訾。
天高未及闻,荆棘生满地。
惟有唐衢见,知我平生志。
一读兴叹嗟,再吟垂涕泗。
因和三十韵,手题远缄寄。
致吾陈杜间,赏爱非常意。
此人无复见,此诗尤可贵。
今日开箧看,蠹鱼损文字。
不知何处葬,欲问先歔欷。
终去哭坟前,还君一掬泪。

《伤唐衢二首》,这里选第二首。

第一首主要写诗人闻唐衢之死,悲痛不已。从而引出同唐衢偶相遇后,即"一言如旧识"。二人相别,依依不舍,"从此重相忆"。接着简单介绍了唐衢的身世、经历及遗文情况。

第二首则写诗人元和初身为谏官,作《秦中吟》,引起权贵的怪怒、非议。而只有唐衢赏识，"一读兴叹嗟，再吟垂涕泗"，并寄和诗三十韵。诗人开箧观看，睹物伤人，唏嘘感叹，热泪盈眶！

忆昨元和初，忝备谏官位。是时兵革后，生民正憔悴——自谦元和初年担任左拾遗(谏官)，不称职。"忝"，辱；"备"，充数。"是时兵革后，生民正憔悴"，说当时连年战乱之后，人民饥寒憔悴，不堪其苦。

但伤民病痛，不识时忌讳。遂作《秦中吟》，一吟悲一事——说自己悲悯同情民生疾苦、贫穷，用诗歌反映出来，顾不得也不考虑权贵们的禁忌避讳。于是作了新乐府《秦中吟》共十首，采取一吟悲一事的体例，抨击权贵。

贵人皆怪怒，闲人亦非訾。天高未及闻，荆棘生满地——写对《秦中吟》的反应。如《与元九书》所说："……有可以救济人病，裨补时阙，而难于指言者，辄咏歌之……岂图志未就而悔已生，言未闻而谤已成矣。……凡闻仆《贺雨》诗，而众口籍籍，已谓非宜矣。……闻《秦中吟》，则权豪贵近者相目而变色矣。……不相与者，号为沽名，号为诋訏，号为讪谤；苟相与者，则如牛僧孺之戒焉。乃至骨肉妻孥皆以我为非也。""贵人"，指权豪贵近；"闲人"，指一般官僚。"天高未及闻"二句是说皇帝还未及见到，无从听到其中所反映的情况，而权豪官贵已经怪怒、非议如荆棘遍地、动辄得咎了。

惟有唐衢见，知我平生志。一读兴叹嗟，再吟垂涕泗。因和三十韵，手题远缄寄。致吾陈杜间，赏爱非常意。此人无复见，此诗尤可贵——转而写唐衢见到《秦中吟》的态度。唐衢和诗人一见如故、相见恨晚，心有灵犀一点通，不仅反复吟读，初读大兴叹嗟，再吟竟然涕泪滂沱，而且和作了诗篇，共六十句三十韵，亲手题封，从远方寄来，对白居易的《秦中吟》给予高度评价，认为可以同陈子昂、杜甫相提并论、地位相等。鉴赏喜爱不是平常的意义，也不是出于一般的爱好。诗后原注："陈、杜，谓子昂与甫也。"如今，唐衢此人不可能见到了，但他和的诗"三十韵"即"此诗"还非常可贵。诗后原注："此诗尤可贵，谓唐衢诗也。"

今日开箧看，蠹鱼损文字。不知何处葬，欲问先歔欷。终去哭坟前，还君一掬泪——写诗人打开藏书的小箱子一看，蛀蚀书籍的白色小虫(蠹鱼)已蛀损了文字。诗稿尚在，那唐衢埋葬在何处呢？想向人打问，没有开口就泣不成声，抽咽不止了。结句诗人向唐衢表示，我最后总要去坟前哭祭，还给你一掬热泪。"箧"(qiè)，小箱。"歔欷(xū xī)，"因哭泣而气咽抽息。"终去"，而今没法去将来一定去的意思。"一掬"(jū)，一把，一捧。

白居易与唐衢邂逅相逢，如《伤唐衢》第一首所说："伊昔未相知，偶游滑台侧，同宿李翱家，一言如旧识。"二人"交心不交面，从此重相忆"。白居易写了《寄唐生》，并寄诗三十章给唐衢，唐衢收到诗不禁哭泣，但"未几而衢死"。两人相遇何其短暂，从此再未谋面，而唐已诀别人间，只有"遗文仅千首"，留给诗人。"今日开箧看，蠹鱼损文字"，睹物伤情，因物忆人，不禁唏嘘叹惋，抛洒一掬热泪！

对此，诗人在《与元九书》中也说："自登朝来，年齿渐长，阅事渐多，每与人言，多询时务；每读书史，多求理道，始知文章合为时而著，歌诗合为事而作。……其不我非者，举不过三两人。有邓鲂者，见仆诗而喜。无何而鲂死。有唐衢者，见仆诗而泣。未几而衢死。其馀则足下，足下又十年来困踬若此。呜呼！岂'六义'、'四始'之风，天将破坏不可支持耶？抑又不知天之意，不欲使下人之病苦闻于上耶？不然，何有志于诗者不利若此之甚也？"可作此诗之注脚。

悲哉行

约于元和初年(806—808)作。《悲哉行》，古乐府杂曲歌辞，传为魏明帝曹叡所创。如晋陆机、宋谢灵运、梁沈约等都有同题曲辞，都是因言客游感物忧思而作。

悲哉为儒者，力学不知疲。
读书眼欲暗，秉笔手生胝。
十上方一第，成名常苦迟。
纵有宦达者，两鬓已成丝。
可怜少壮日，适在穷贱时。
丈夫老且病，焉用富贵为？
沉沉朱门宅，中有乳臭儿。
状貌如妇人，光明膏粱肌。
手不把书卷，身不擐戎衣。
二十袭封爵，门承勋戚资。
春来日日出，服御何轻肥！
朝从博徒饮，暮有倡楼期。
平封还酒债，堆金选蛾眉。
声色狗马外，其馀一无知。
山苗与涧松，地势随高卑。
古来无奈何，非独君伤悲。

中国家庭基本藏书

悲哉为儒者，力学不知疲。读书眼欲暗，秉笔手生胝。十上方一第，成名常苦迟。纵有宦达者，两鬓已成丝。可怜少壮日，适在穷贱时。丈夫老且病，焉用富贵为——写贫寒儒者的悲惨际遇："悲哉为儒者"四句言其因为力学苦读，不顾疲倦，以致眼睛都快看不清了，执笔的手也因为长期摩擦而生了厚茧。"十上方一第"四句进而写苦读应试，赴考十次，才考中及第，成名太迟，纵然显达富贵，可已经两鬓斑白成丝。"可怜少壮日"四句写年轻少壮的时候，穷困贫贱，等到年纪已老大多病，纵然因中第而富贵，又有什么用呢？

沉沉朱门宅，中有乳臭儿。状貌如妇人，光明豪粱肌。手不把书卷，身不擐戎衣。二十袭封爵，门承勋戚资。春来日日出，服御何轻肥！朝从博徒饮，暮有倡楼期。平封还酒债，堆金选蛾眉。声色狗马外，其馀一无知——采用对比的手法，铺写封建贵族官僚子弟的淫佚放荡："沉沉"八句写深宅大院、朱漆大门里乳臭未干、奶腥气还没退的毛小子，一个个状貌如同女人一样，肌肤光亮、体态肥腴。他们手不拿书卷攻读，身从未穿戴盔甲打仗，然而二十岁时就袭封爵位，还不是承继他们祖上及父辈皇亲贵戚家族门阀的馀荫资本么！"春来"八句指出，春天他们日日出游，穿着轻裘，驾着肥马，何等的神气！早晨同博徒们饮酒无度，夜晚宿倡楼淫荡不堪！不惜"平封还酒债，堆金选蛾眉"，除了声色狗马、嗜酒淫荡外，其馀的则一无所知、什么也不懂得！

山苗与涧松，地势随高卑。古来无奈何，非独君伤悲——诗人发表议论，他将山苗与涧松作比较，说明山苗长在山上，涧松长在溪边，仅仅是地势高下不同造成的，就如同山苗与涧松一样，这种世族门阀与寒门出身的分别古已有之，并非你独自一人所伤悲。"独君"，又作"君独"。

古代，由于"世族"、"寒门"之差别，贫寒的士人根本无法同权贵子弟相提并论。白居易形象地将贫寒的士人比作"涧底松"、"涧松"；将权贵子弟喻为"山苗"、"山顶草"，但无论如何，山上的草再小，都比山间的松树地位高。这种不平等完全是由封建门阀制度造成的。

《新唐书·百官志》规定封爵分为王、嗣王、郡王、国公、郡公、县公、县侯、县伯、县子、县男诸等。各品级的官员，其子孙可由门荫得到相应的官阶，如一品官之子可得正七品上阶，二品官之子可得正七品下阶；……三品以上可荫至曾孙，五品以下可荫至孙(见《新唐书·选举志》)。而且这种"世胄蹑高位，英俊沉下僚"的状况，是"地势(地位)使之然，由来非一朝"，古已有之。

唐制所规定的世袭、世荫不必经过考试，就可以做高官；而一般读书人只能走科举考试这条路，甚至白首沉沦，一辈子也考不上。侥幸考中的，也只能从小官做起。反对这种不合理的门阀制度，正是诗人对贫寒士子的同情，也是写这首诗的初衷和主旨所在。

放　鹰

鹰，肉食性猛禽。其嘴弯钩锐利，四趾均具钩爪，翅膀劲健有力，飞行迅猛，栖息于山林或平原，白天出没捕食，素有"空中狮虎"之誉。鹰种类不少，"苍鹰"，又称"青鹰"、"黄鹰"、"鸡鹰"，体长510毫米，繁殖于东北，秋冬南迁，全国各地均能见到。"赤腹鹰"较小，繁殖于长江中下游及以南地区。"雀鹰"，体长450毫米，俗称"鹞"、"鹞鹰"，又称"鸥"。"松雀鹰"，即"雀鹞"，体长约280毫米，最小，繁殖于北方而在南方越冬。鹰类均善捕食，可以从幼鸟驯养成猎鹰。白居易《放鹰》即描写的是经驯化的猎鹰。

> 十月鹰出笼，草枯雉兔肥，
> 下鞲随指顾，百掷无一遗。
> 鹰翅疾如风，鹰爪利如锥；
> 本为鸟所设，今为人所资。
> 孰能使之然？有术甚易知。
> 取其向背性，制在饥饱时。
> 不可使长饱，不可使长饥。
> 饥则力不足，饱则背人飞。
> 乘饥纵搏击，未饱须縶维。
> 所以爪翅功，而人坐收之。
> 圣明驭英雄，其术亦如斯。
> 鄙语不可弃，吾闻诸猎师。

十月鹰出笼，草枯雉兔肥，下鞲随指顾，百掷无一遗——写每到秋冬十月，雉兔吃得很肥，主人放鹰出笼、驾鹰出猎，指顾之间，猎鹰捕抓雉兔，百无一遗。据《酉阳杂俎》记载："鹰四月一日停放，五月上旬，拔毛入笼。……八月中旬出笼。""鞲

"(gōu)"，亦作"韝"，革制箭套，驾鹰时套于左臂或两臂。诗中作动词用，犹驾鹰也。"指顾"，手之所指，目之所顾，极言捕雉兔之迅捷。

鹰翅疾如风，鹰爪利如锥；本为鸟所设，今为人所资——写猎鹰展翅疾飞如风，钩爪锋利如锥。本来是捕食鸟类所用，而今却为人所支配唆使。

孰能使之然？有术甚易知。取其向背性，制在饥饱时。不可使长饱，不可使长饥。饥则力不足，饱则背人飞。乘饥纵搏击，未饱须縶维。所以爪翅功，而人坐收之——诗人采用设问的方式，之后详加描写回答。"有术甚易知"，说"使之然"之"术"很容易了解，并引出后十句的详细描述。根据鹰的习性，掌握其饲驯规律，从而驾驭控制：既不让它长饱，又不让它长饥。"饥则力不足，饱则背人飞"具体写其"向背性"；"乘饥纵搏击，未饱须縶维"则具体写控制掌握其"饥饱时"。正是用这样的办法，所以才能发挥其爪翅之功捕获雉兔，而坐收其利。"纵"放也，放飞。"縶(zhí)维"，即系缚，取《诗经·小雅·白驹》"皎皎白驹，食我场苗。縶之维之，以永今朝"之意。

圣明驭英雄，其术亦如斯。鄙语不可弃，吾闻诸猎师——这是诗人的议论。一针见血地指出，贤明的君主驾驭英雄豪杰，他的方法或手段也就像驯鹰一样。"有术甚易知"之"术"，是指主人饲驯鹰的方法、手段；"其术亦如斯"之"术"，则特指君主控制和使用群臣的策略、手段。"斯"，如此，这般。"诸"，之于也。"猎师"，驯鹰人。最后进而肯定他所说的"圣明驭英雄，其术亦如斯"千真万确。"鄙语不可弃"，那是我从猎师那里听说的！

驯鹰在我国具有悠久的历史。在民间早就开始养鹰鹞来帮助狩猎。到白居易(772—846)所处的唐代，也就是一千二百年前，驯鹰已蔚然成风。当时，皇家、权贵出猎驾鹰带犬十分普遍。唐王室岐王出猎，驾有"北山黄鹊"，申王不仅有"青瑀鹘"，而且有"高丽赤鹰"。呼鹰走马，游乐成风。反映在绘画艺术上，著名画家吴道子、刁光胤、冯绍正、姜皎、边鸾都善于画鹰绘鹫。考古发掘中，唐代章怀太子墓、懿德太子墓中壁画，都有带鹰、养鹰的生动画面。

有唐一代咏鹰诗很多。较著名者如李白的《观放白鹰》，高适的《见人臂苍鹰》，杜甫的《画鹰》，章孝标的《鹰》，柳宗元的《笼鹰词》等，或五绝、五律，或七绝、七律，或赞鹰之形象，或写驾鹰出猎，而唯有白居易这首诗是详细描述驯鹰之法。不只介绍了驯鹰经验，而且联系揭露了统治者"驭英雄"之术亦如斯，寓意深刻，发人深省，令人警醒。

慈乌夜啼

《乌夜啼》最早是南朝宋临川王刘义庆所作。《乐府诗集·琴曲歌辞四·乌夜啼引》引唐李勉《琴说》："《乌夜啼》者，何晏之女所造也。初，晏系狱，有二乌止于舍上。女曰：'乌有喜声，父必免。'遂撰此操。"此为琴曲名。"慈乌"，即寒鸦，是乌鸦的一种。又称"鹎鶋"、"鹎乌"、"雅乌"、"楚乌"、"小山老鸹"……体长较"大嘴乌鸦"、"秃鼻乌鸦"、"白颈鸦"都小。大多数终年留居北方，冬季有少数亦见于华南一带。体黑而有紫色光泽，多鸣于清晨，传说能反哺，故称慈乌。

慈乌失其母，哑哑吐哀音。
昼夜不飞去，经年守故林。
夜夜夜半啼，闻者为沾襟。
声中如告诉，未尽反哺心。
百鸟岂无母？尔独哀怨深。
应是母慈重，使尔悲不任。
昔有吴起者，母殁丧不临。
嗟哉斯徒辈，其心不如禽。
慈乌复慈乌，乌中之曾参。

新解

这首五言古诗借慈乌反哺歌颂孝母之情。全诗十八句可分为三段。

慈乌失其母，哑哑吐哀音。昼夜不飞去，经年守故林。夜夜夜半啼，闻者为沾襟——写慈乌因失母而啼，经年昼夜守着故林，夜复一夜，夜半哀啼，闻者亦为之洒泪。奠定了全诗悲哀的氛围和情境。

声中如告诉，未尽反哺心。百鸟岂无母？尔独哀怨深。应是母慈重，使尔悲不任——为第二段，写乌夜啼好像告诉人们因为失母而未尽反哺之心，诗人展开想象，将乌啼之因归之于未尽反哺之心，突出了诗的主题。"反哺(bǔ)"，据说乌雏长成后，能衔食哺其母，即所谓"雏既壮而能飞兮，乃衔食而反哺"。"悲不任"，不胜悲哀。

昔有吴起者，母殁丧不临。嗟哉斯徒辈，其心不如禽。慈乌复慈乌，乌中之曾参——连续用典，联系吴起、曾参(zēng shēn)的往事，展开进一步的联想和议论，深化了讽喻的主题。吴起事见《史记·孙子吴起列传》，战国卫人，卓越的军事家，发誓"不为卿相"不回家。尝学于曾子。其母死，终不归，曾子为此而与吴起绝交。吴起后因变法为楚所杀。曾参事见《史记·仲尼弟子列传》，春秋鲁国人，以孝行著称，"孔子以为能通孝道，故授之业"。正因为如此，故诗中指斥吴起"其心不如禽"，褒扬曾参如"慈乌"。"不临"，不回家哭丧(哭丧曰临)。

新评

　　孝敬父母，尊重长辈，是中华民族的优良传统美德。这首诗借慈乌反哺彰明孝道，联系历史人物讽喻人事。尽管慈乌反哺无科学根据，但在文学上不妨以物语视之。以乌喻人，骂吴起"不如禽"，称颂"鸟中之曾参"。同时，讽刺了那些见利忘义、不如慈乌之徒。

燕诗示刘叟

题解

　　这首诗借咏燕，以燕喻人，是写给一位刘姓老叟的五言律诗。
　　题下原注："叟有爱子，背叟逃去，叟甚悲念之。叟少年时，亦尝如是。故作《燕诗》以喻之矣。"非常清楚地说明作本诗的缘由。

梁上有双燕，翩翩雄与雌：
衔泥两椽间，一巢生四儿。
四儿日夜长，索食声孜孜。
青虫不易捕，黄口无饱期。
嘴爪虽欲弊，心力不知疲。
须臾十来往，犹恐巢中饥。
辛勤三十日，母瘦雏渐肥。
喃喃教言语，一一刷毛衣。
一旦羽翼成，引上庭树枝。
举翅不回顾，随风四散飞。
雌雄空中鸣，声尽呼不归。
却入空巢里，啁啾终夜悲。
燕燕尔勿悲，尔当返自思：
思尔为雏日，高飞背母时；

当时父母念，今日尔应知。

这首咏燕诗摹写极为细腻传神。

梁上有双燕，翩翩雄与雌：衔泥两椽间，一巢生四儿。四儿日夜长，索食声孜孜。青虫不易捕，黄口无饱期——描写梁上双燕筑巢育雏的辛勤。正面写出了双燕衔泥筑巢，孵雏、捕虫、喂食的不易。

嘴爪虽欲弊，心力不知疲。须臾十来往，犹恐巢中饥。辛勤三十日，母瘦雏渐肥。喃喃教言语，一一刷毛衣——深入一层写雄雌双燕捕虫育雏艰难。尽管嘴爪疲乏困顿，但心力不知疲倦劳累；飞来飞去，不一会就十多次往返，只怕巢中雏燕忍饥受饿。就这样辛辛苦苦三十日，母燕消瘦了，雏燕却一天天长大长胖了。同时，呢喃教语，给每只雏燕一一刷洗毛羽，精心护理。"喃喃"，低柔之鸣叫声。

一旦羽翼成，引上庭树枝。举翅不回顾，随风四散飞。雌雄空中鸣，声尽呼不归。却入空巢里，啁啾终夜悲——则写雏燕羽翼长成，双燕将它们引上庭树枝学习飞翔，谁知一飞起再也不回来了；雄雌双燕在空中鸣叫，尽管声尽力竭也呼唤不回来，只有飞入空巢，终夜悲鸣了。如同父母，失子之痛，痛彻肺腑。"啁啾"诗中指悲啼的鸣叫。王维诗有"到大啁啾解游扬"，林逋诗有"乳雀啁啾日气浓"之句。

燕燕尔勿悲，尔当返自思：思尔为雏日，高飞背母时；当时父母念，今日尔应知——是诗人的议论。告诉雄雌双燕说你们不要这样悲啼，应当自己反思。想想你们是雏燕时，不也是高飞背离母亲吗？当时你们父母的思念，今天你们就应该知道了。

诗人写这首诗，完全是针对刘叟而作，且以诗示之。以燕喻人，寓意深刻。然而，就是作为一首咏鸟诗来看，不仅描摹极为细腻传神，而且生动感人。特别是"嘴爪虽欲弊"以下八句，情深、意切、句佳、辞柔，写雄雌双燕对雏燕的父母之爱，感人肺腑，引人垂泣！

采地黄者

元和六年(811)至元和八年(813)，诗人丁忧居渭村期间作。

"地黄"，玄参科植物名，其根可入药，具有滋补功效。曝干则色黑，即药中之生地，蒸熟者则曰熟地。

麦死春不雨，禾损秋早霜。
岁晏无口食，田中采地黄。
采之将何用？持以易糇粮。
凌晨荷插去，薄暮不盈筐。
携来朱门家，卖与白面郎：
与君噉肥马，可使照地光。
愿易马残粟，救此苦饥肠！

诗通过对比，借采地黄者之口，写出了采地黄者与朱门白面郎贫富悬殊、截然不同的两种生活状况。

麦死春不雨，禾损秋早霜。岁晏无口食，田中采地黄——句式很特殊，可以说倒装句式。"麦死春不雨，禾损秋早霜"，实际上是"不雨春麦死，早霜秋禾损"。如是句式，倒置了因果关系，突出了因春天不雨和秋天早霜所造成的恶果——"麦死"、"禾损"。春麦死、秋禾损，一年到头，夏秋无收，才造成"岁晏无口食，田中采地黄。"

采之将何用？持以易糇粮——明知而故意设问，具有加重语气作用，拿上这些地黄去换粮食。"糇"(hóu)，本指干粮，诗中泛指粮食。

凌晨荷插去，薄暮不盈筐——写采地黄。凌晨扛上插(同"锸"，刺土工具)去，直到天将黑也采不满一筐子。"薄暮"，近晚。《诗经·周南·卷耳》有"采采卷耳，不盈倾筐"句。怎样用地黄换糇粮呢？

携来朱门家，卖与白面郎——写采地黄者将采"不盈筐"的地黄拿到红漆大门富家子弟那里去卖。"白面郎"，即富家子弟。

与君噉肥马，可使照地光。愿易马残粟，救此若饥肠——是卖地黄者所说，意思是：给你喂你的肥马，可以使它浑身的皮毛更加润泽照亮地面。我愿意用地黄换你家马吃剩的饲料，救救我们饿得漉漉直响的肚肠。"噉"(dàn)，同啖、啗，食。"照地光"，犹言马毛润泽，照地有光。

全诗采用对比手法，以采地黄者用地黄换朱门富家马吃剩的饲料来充饥，所造成的强烈对比，反映了当时平民百姓与朱门富室两种截然不同的生活，在贫富悬殊中揭示了封建统治的黑暗。

村居苦寒

这首诗正如本诗首句所说,作于"八年十二月",即元和八年(813)十二月,诗人丁母忧,服除,仍居渭村时。《村居苦寒》,写居渭村私宅时所目睹的村民无衣无食的苦寒饥馁境况。

> 八年十二月,五日雪纷纷。
> 竹柏皆冻死,况彼无衣民。
> 回观村闾间,十室八九贫。
> 北风利如剑,布絮不蔽身。
> 唯烧蒿棘火,愁坐夜待晨。
> 乃知大寒岁,农者尤苦辛。
> 顾我当此日,草堂深掩门。
> 褐裘复絁被,坐卧有馀温。
> 幸免饥冻苦,又无垅亩勤。
> 念彼深可愧,自问是何人?

这首诗分两部分,前一部分写贫苦农民的饥寒生活;后一部分写诗人自己的舒适生活,形成强烈的对比。

八年十二月,五日雪纷纷。竹柏皆冻死,况彼无衣民。回观村闾间,十室八九贫。北风利如剑,布絮不蔽身。唯烧蒿棘火,愁坐夜待晨。乃知大寒岁,农者尤苦辛——是第一部分,前两句点明具体的年月日,这在白居易诗中不乏其例,但在其他诗人的作品中并不多见。后两句接着写就是这年这月这一天,天气大寒,竹柏竟然都冻死。竹柏耐寒,尚且冻死,足见酷寒之烈,何况那些无衣无食的村民呢?

回观村闾间,十室八九贫——写遍观整个村闾,十户就有八九户贫困不堪。"回",具有周遍的意思。"村闾(lǘ)",闾,古代以二十五家为一闾,这里犹言聚居的村庄、村落。

北风利如剑,布絮不蔽身。唯烧蒿棘火,愁坐夜待晨。乃知大寒岁,农者尤苦辛——接着写本来大雪纷纷,酷寒无比,还加上北风彻骨如同利剑刺人,但村民却穿着布絮难以遮体的衣服。又饥又冻,唯一的办法是烧点蒿蓬、荆棘之类的柴草取暖，愁苦地夜坐待旦，饥馁冻饿的漫漫长夜，难熬呀！诗人总结出了"乃知大寒岁，农者尤苦辛"的结论。这是诗人目睹体验的实况描写。

顾我当此日，草堂深掩门。褐裘复绁被，坐卧有馀温。幸免饥冻苦，又无垅亩勤。念被深可愧，自问是何人——是第二部分。诗人目睹村民的"苦寒"，回首看看自己：居住在私宅草堂，大门深闭；身穿褐色皮袍，盖着丝织绸被，或坐或卧都很暖和。每天待在宅内，不仅幸免了像村民那样的冻饥之苦，而且没有在垅亩田间辛勤耕作之累。最后感叹地说，想着你们村民的境况，自己深感惭愧，不禁自问：我是什么人呀？是内疚，是自责，还是慨叹？

白居易居渭村时，朝廷内则藩镇割据，外则吐蕃犯境，加之官吏、豪强、商贾、僧道及大批军队，不耕而食者占到唐王朝人口的半数，农民负担沉重，"回观村闾间，十室八九贫"，目睹农民"嗷嗷万族中，唯农最辛苦"（《夏旱诗》）的悲苦，发出"自问是何人"的感慨！尤其是一反古典诗歌中，把农民生活同富豪生活加以对比的常用手法，而是将农民的贫困同诗人自己的温饱加以对比，这种手法在古代诗人中极为少见，"自问是何人？"更为难能可贵！

其实，白居易居下邽渭村时，生活并不十分富裕。他身体多病，生活窘迫，常常靠元稹等友人大力接济。然而却能自与村民对比，感慨质问自己，实在令人钦佩！

本诗除了通俗流畅、纯用白描等白诗特有的通俗平易风格外，运用具体年月日不能不说是白居易诗歌一个独特的艺术手法。诚如宋王楙《野客丛谈》卷九所谓："乐天诗有记年月日者，于以见当时之气令，亦足以裨史之阙，如曰：'皇帝嗣宝历，元和三年冬；自冬及春夏，不雨旱燨燨。'有以见宪宗即位三年，久旱如此；又诗曰：'元和岁在卯，六年春二月；月晦寒食天，天阴夜飞雪；连宵复竟日，浩浩殊未歇。'又以见元和六年二月晦为寒食，当和暖之时，而霡霖大雪，其气候乖谬如此；又诗曰：'八年十二月，五日雪纷纷，竹柏皆冻死，况彼无衣民，'又见元和八年十二月大雪寒冻，民不聊生如此。按东汉书，延熹间大寒，洛阳竹柏冻死；襄楷曰：'闻之师曰：柏伤竹槁，不出三年，天子当之。'乐天此语，正所以纪异也。"

新制布裘

约作于元和初年。题作《新制布裘》，实则反映了诗人关切民生疾苦和对人民疾苦的深切同情。同杜甫的《茅屋为秋风所破歌》及白氏自己的《新制绫袄成感而有咏》同一题旨。

桂布白似雪，吴绵软于云。
布重绵且厚，为裘有馀温。
朝拥坐至暮，夜覆眠达晨。
谁知严冬月，支体暖如春。
中夕忽有念，抚裘起逡巡。
丈夫贵兼济，岂独善一身！
安得万里裘，盖裹周四垠。
稳暖皆如我，天下无寒人。

桂布白似雪，吴绵软于云。布重绵且厚，为裘有馀温——写当时"桂管"地区（在今广西壮族自治区）出产的木棉织成的"桂布"洁白如雪，苏州吴郡（今江苏苏州一带）出产的丝绵柔软于云，桂布既绵且厚，制成裘尚有馀温。"木棉"，是从南北朝时才用于中土。木棉有两种，木本木棉树所结的棉称为古贝、吉贝或劫贝，由海南传入；草本木棉，即今之棉花，由西域传入，名曰白叠。当时都是少见的特产品（因为棉花是宋元之际才逐渐普遍种植的）。

朝拥坐至暮，夜覆眠达晨。谁知严冬月，支体暖如春——写穿着这种布裘，从早晨坐到天黑，夜里覆盖身上睡到第二天凌晨，由于肢体暖和如同春天，所以谁还知道什么寒冬腊月不寒冬腊月。"支体"，即肢体，指全身。

中夕忽有念，抚裘起逡巡。丈夫贵兼济，岂独善一身——写半夜里忽然产生了一个念头，于是抚摸着布裘起来徘徊，走来走去，有所思忖。"逡巡"，欲进又退，徘徊不定。那么思忖什么呢？诗人想：大丈夫贵在兼济，岂在独善一身？"兼济"，意即"兼善"。《孟子·尽心》早有"得志泽加于民，不得志修身见于世；穷则独善其身，达则兼济天下"之句。白居易《与元九书》也说："古人云：穷则独善其身，达则兼济天下。仆虽不肖，常师此语。……故仆志在兼济，行在独善。"

安得万里裘，盖裹周四垠。稳暖皆如我，天下无寒人——写诗人想，"安得"即怎么能得到、哪里能得到、希望很快就能得到如布裘一样的万里裘，盖裹天下，使人人都安稳饱暖如我，从此天下再也没有受寒受冻的人！

诗人还有一首题为《新制绫袄成感而有咏》诗，有"水波文袄造新成，绫软绵匀温复轻。……百姓多寒无可救，一身独暖亦何情？……争得大裘长万丈，与君都盖洛阳城。"与本诗同一题旨。

新评

白居易诗中有很多首对贫苦人民充满了同情。他推己及人，难能可贵！

宋黄彻《碧溪诗话》曰："老杜《茅屋为秋风所破歌》云：'自经丧乱少睡眠，长夜沾湿何由彻。安得广厦千万间，大庇天下寒士皆欢颜，风雨不动安如山。呜呼！何时眼前突兀见此屋，吾庐独破受冻死亦足。'乐天《新制布裘》云：'安得万里裘……天下无寒人。'《新制绫袄成》云……皆伊尹身任一夫不获之辜也。或谓：子美诗意，宁苦身以利人；乐天诗意，推身利以利人，二者较之，少陵为难。然老杜饥寒而悯人饥寒者也，白氏饱暖而悯人饥寒者也。忧劳者易生于善虑，安乐者多失于不思，乐天宜忧。或又谓：白氏之官稍达，而少陵尤卑；子美之语在前，而长庆在后。达者宜急，卑者可缓也；前者唱导，后者和之耳。同合而论，则老杜之仁心差贤矣。"《柳南续笔》则说杜甫《茅屋为秋风所破歌》、本诗及孟贞曜《咏蚊》"'愿为天下嘁，一夜使景清。'三诗为题各异，而命意则同，盖皆仁人之言也。"诗人的确充满了对百姓的怜悯和爱护！

秦中吟

题解

《秦中吟十首》，如其序所云："贞元、元和之际，予在长安，闻见之间，有足悲者。因直歌其事，命为《秦中吟》。"这十首讽喻诗分别为《议婚》、《重赋》、《伤宅》、《伤友》、《不致仕》、《立碑》、《轻肥》、《五弦》、《歌舞》、《买花》，仅仅接触到唐德宗贞元(785—805)和唐宪宗元和(806—820)年间一些普遍的社会现象和问题，可是流传开去立即引起很大反响。对于"指言天下事，时人比之《风》、《骚》"(元稹《白氏长庆集》序)的《秦中吟》等数十章，"而众口藉藉，已谓非宜矣……闻《秦中吟》，则权豪贵近者相目而变色矣"。甚而至于"不相与者，号为沽名，号为诋讦，号为讪谤"(《与元九书》)。对于这些"众面脉脉，尽不悦"者，"扼腕"者，"切齿"者，诗人在其《伤唐衢诗》中亦有述说："忆昨元和初，忝备谏官位。是时兵革后，生民正憔悴。但伤民病痛，不识时忌讳。遂作《秦中吟》，一吟悲一事。贵人皆怪怒，闲人亦非訾。天高未及闻，荆棘生满地。"白居易从中进士后，积极入世，积极作诗，身为谏官后，朝廷政事有所不当，谏官有责任进言规谏。加之元和十年(815)六月，宰相武元衡被刺，诗人上书请查究刺客，便得罪了朝中幕后的文武官员，终被贬为江州司马。从此，诗人在苦闷矛盾之中，道家的清净虚无、佛家的悲观出世逐渐使白居易不再写讽谕诗章。这是后事。然而《秦中吟十首》同《新乐府》一样，旨在"上以风化下，下以风刺上"，"为君、为臣、为民、为物、为事而作"。意激而言质，是讽谕诗中的名篇。题目亦作《无名税》。

重　赋

厚地植桑麻，所要济生民。
生民理布帛，所求活一身。
身外充征赋，上以奉君亲。
国家定两税，本意在爱人。
厥初防其淫，明敕内外臣：
税外加一物，皆以枉法论。
奈何岁月久，贪吏得因循。
浚我以求宠，敛索无冬春。
织绢未成匹，缲丝未盈斤。
里胥迫我纳，不许暂逡巡。
岁暮天地闭，阴风生破村。
夜深烟火尽，霰雪白纷纷。
幼者形不蔽，老者体无温。
悲端与寒气，并入鼻中辛。
昨日输残税，因窥官库门：
缯帛如山积，丝絮如云屯。
号为羡馀物，随月献至尊。
夺我身上暖，买尔眼前恩。
进入琼林库，岁久化为尘。

　　《重赋》是针对唐德宗时地方官吏恣肆搜刮民脂民膏、无度挥霍浪费，向皇帝进贡邀宠的"羡馀钱"，"有感而发"。

　　全诗可分五个段落。厚地植桑麻，所要济生民。生民理布帛，所求活一身。身外充征赋，上以奉君亲——诗人首先提出了自己的主张，最紧要的是"济生民"，让农民能活下去，丰衣足食；而"身外"即一身生活需要之外所馀部分，作赋税上缴，"以奉君亲"（"君亲"，指皇帝）供统治阶级享用。"厚地"，犹言高天、后土（见《后汉书·仲长统传》），不是指"肥沃土壤"。理，即治，避李治名讳改。白居易身为封建官吏，处于经过战乱的中唐贞元、元和之际，这种认识和主张是无可非议的，也是具有客观积极意义和作用的。

国家定两税，本意在爱人。厥初防其淫，明敕内外臣：税外加一物，皆以枉法论——用语非常委婉，用心十分良苦，为民呼吁又不敢触怒皇帝，于是一方面肯定朝廷颁布"两税法"，"本意在爱人"（作"忧人"误）；一方面颂扬"明敕内外臣"，在两税之外不得"加一物"的最高统治者。"厥初"，当初，开始；"淫"，淫滥过度的滥增税额；"敕"，诏令。而实际上呢，当时赋税繁苛，民不聊生，诗人也深知个中蹊跷。

奈何岁月久，贪吏得因循。浚我以求宠，敛索无冬春。织绢未成匹，缫丝未盈斤。里胥迫我纳，不许暂逡巡——笔锋陡转，尖锐地揭露了"贪吏"的横征暴敛、巧取豪夺。描写了农民的难得温饱，深受敛索之苦。承上"皆以枉法论"，暴露了因循承袭旧法，"浚民之脂膏以实之"（《国语·晋语》）的"无冬春"的夏秋两征。据《旧唐书·德宗本纪》载："建中元年春正月丁卯朔……大赦天下，自艰难以来，征赋名目颇多，今后除两税外，辄率一钱，以枉法论。"这是当时赦书中所说，对农民的赋税并未减轻。为了"求宠"，借以升官加禄，贪吏敛索，里胥迫纳，不许暂缓片刻。里胥，即里正，唐制百户为里，设里正掌管督察和"课植农桑，催驱赋役"。"逡巡"，迟缓的意思。这几句真实生动，概括力很强。

岁暮天地闭，阴风生破村。夜深烟火尽，霰雪白纷纷。幼者形不蔽，老者体无温。悲端与寒气，并入鼻中辛——表达诗人对农民悲惨遭际的深切同情。是白居易长期深入体察民情的真切描述。《礼记·月令》有"孟冬八月……天气上腾，地气下降，天地不通，闭塞而成冬。"是古人对气候变化的一种想象和臆测。早在《易·坤卦》中就有"天地变化，草木蕃。天地闭，贤人隐"的说法。"霰"（xiàn），即米雪，是雨点在空中遇冷气而凝结为小颗粒落下。"幼者形不蔽，老者体无温"的惨状，在当时具有普遍性和典型意义。"悲端"，《梁书·明山宾传》："追忆谈绪，皆为悲端。"本指足以使人悲伤的事情。

昨日输残税，因窥官库门：缯帛如山积，丝絮如云屯。号为羡馀物，随月献至尊。夺我身上暖，买尔眼前恩。进入琼林库，岁久化为尘——进一步抨击统治者的贪得无厌、搜求无度。通过"输残税"者"因窥官库"所见进而把矛头直指封建皇帝。唐德宗时在奉天曾置琼林、大盈二库，别藏贡物，"既平朱泚之后，属意聚敛，藩镇常赋之外，进奉不已。剑南西川节度使韦皋有'日进'，江西观察李兼有'月进'，他如杜亚、刘赞、王纬、李锜，皆侥射恩泽，以常赋入贡，名为'羡馀'……户部财物，所在州府及巡院，皆得擅留，或矫密旨加敛，或减刻吏禄，或鬻蔬果，往往私自入，所进才十二三，无敢问者。刺史及幕僚至以进奉得迁官。"（《文献通考·土贡条》）这是很好的说明。"残税"，指未交租税的馀额。"缯帛"二句用"山积"、"云屯"比喻囤积之多。"赋税的盈馀"日进、月进，均名之为"羡馀"，进献给皇帝邀宠。"夺我身上暖，买尔眼前恩"的结果是官吏加官晋爵，而人民却食不果腹、衣不蔽体。

最后是"进入琼林库,岁久化为尘"。"琼林库",在这里已经是泛指皇帝个人私赃贮藏所。因为缯帛、丝絮堆如山丘、囤积如云,结果是"岁久化为尘"。也只有诗人这样"通达治体"的官员,才能"于时政源流利弊言之了然"(《唐宋诗醇》)。

《重赋》劲直沉痛,先从正面立论,而后分层次深入叙事,矛头所向,切中时弊,直指封建皇帝。唐德宗昏庸贪婪,《唐会要》《新唐书》《旧唐书》等都有明确具体的记载。聚敛钱财,岁进钱物,谓之"羡馀",谓之"月进",谓之"日进",并在奉天(今陕西乾县)置"琼林"、"大盈"库收藏,以至"岁久化为尘"。

白居易曾身为谏官,在左拾遗任上先后多次疏谏。他在《论于頔、裴均状》中指出:"窃见外使入奏,不问贤愚,皆欲仰希圣恩,傍结权贵。上须进奉,下须人事,莫不削减军府,割剥疲人。每一入朝,甚于两税。又闻于頔、裴均等,数有进奉,若又许来,荆襄之人,必重困于剥削矣。"又在《论王锷欲除官事宜状》中力谏王锷在淮南"五年诛求,百计侵削,钱物既足,部领入朝,号为羡馀,亲自进奉。凡有耳者,无不知之。今若授同平章事,臣恐四方闻之,皆谓陛下得王锷进奉而与宰相也。"对于頔、王锷"欲入朝事宜"提出"三不可",而且反复申明"深为不可"、"深不可也"的理由。

同时还有《论于頔所进歌舞人事宜状》《论裴均进奉银器状》,都是在短时间之内"前件所进"基础上,"既有所闻,不敢不奏"的。仍然是针对于頔、裴均、王锷之流"性本贪残,动多邪巧,每假进奉,广有诛求"而发。

"有阙必规,有违必谏;朝廷得失无不察,天下利病无不言",甚至"陛下言动之际,诏令之间,小有遗阙,稍关损益,臣必密陈所见,潜献所闻"(元和三年进《初授给遗献书》)。是身为谏官的初衷,授任拾遗的职责,对朝政得失直言极谏,在诗文中自然也是"为时"、"为事"而作。《新乐府》《秦中吟》无不是他"稽政"、"为君、为臣、为民"而直歌其事的表现。

轻　肥

《秦中吟》十首之一。《论语·雍也》有"赤之适齐也,乘肥马,衣轻裘"之句,杜子美《秋兴八首》也有"同学少年多不贱,五陵裘马自轻肥"的诗句。轻裘,肥马,借指达官显宦,兼喻其奢靡生活。因末句"是岁江南旱,衢州人食人",故题目又作《江南旱》。

唐代中叶,宦官专权。据《新唐书·宦者传上》记载,皇帝为了直接掌握军权,在朝里特设禁军，悉委宦官执掌。又据《通鉴·唐纪五十三》记载，元和四年(809)"南方旱饥"。江淮一带旱灾，从元和三年(808)冬直到元和四年(809)春，出现诗中所谓"人食人"惨状。面对如此现实，诗人还曾上疏，请求减免赋税。对于宦官的奢华淫佚、挥霍无度，"衢州人食人"的惨景，是他"在长安闻见之间，有足悲者。因直书其事"而成。况且身为谏官，月请谏纸，更应当"有阙必规，有违必谏；朝廷得失无不察，天下利病无不言"，这是"国朝置拾遗之本意"，白居易直言敢谏，亦不负身为左拾遗并以诗"稽政"之初衷。

意气骄满路，鞍马光照尘。
借问何为者，人称是内臣。
朱绂皆大夫，紫绶或将军。
夸赴军中宴，走马去如云。
樽罍溢九酝，水陆罗八珍。
果擘洞庭橘，脍切天池鳞。
食饱心自若，酒酣气益振。
是岁江南旱，衢州人食人！

意气骄满路，鞍马光照尘——诗凌厉的气势，先声夺人。《史记·管晏列传》所谓"意气扬扬，甚自得也"。那种意满骄横，骑马飞驰，不可一世的样子，令人急于知晓，这是些什么人呢？ "骄满路"，犹言驰骋间"意气"骄横，充满道路；"光照尘"，是说鞍饰光辉，照亮灰尘。突现出骑马飞驰者的骄横跋扈。

借问何为者，人称是内臣——用问答形式承上文，点明了"内臣"(宦官)。但不是作者描述而是路人的答问，既避免了平铺直叙，又把"意气"、"鞍马"落到实处。突兀跌宕之中，转换极为自然。

朱绂皆大夫，紫绶或将军。夸赴军中宴，走马去如云——是对人物身份衣饰的具体描摹和驰马出行目的的交代。这些内臣都是"朱绂"、"紫绶"，《唐书·舆服志》载："亲王缥朱绶，四彩；……一品绿绶绶，四彩；……二品、三品紫绶，三彩。"唐代官印都是佩带的，当时以系印的丝绳(绂、绶)颜色区分官职高低，朱绂、紫绶都是高级官员(即大夫或将军)，当时侍卫皇帝的神策军均由内臣管领，所以到军中赴宴，骄横跋扈，"走马去如飞"。把赴宴的洋洋自得神态和纵马疾驰情状描绘得栩栩如生。

樽罍溢九酝，水陆罗八珍。果擘洞庭橘，脍切天池鳞。食饱心自若，酒酣气益振——是诗的主体，写出了军中宴席的无比丰盛，写出了内臣酒足饭饱后的得意忘形。前边四句"九酝"、"八珍"和"洞庭橘"、"天池鳞",山珍海味,一应俱全。"樽罍",盛酒之器。"九酝",据《西京杂记》载,这种美酒"以正月旦作酒,八月成,名曰酎,一曰九酝"。后汉南阳郭芝有九酝春酒法。"水陆",统指水陆所产各种美味。"八珍",指八种珍贵食品。《周礼》注:"珍谓淳熬、淳母、炮豚、炮牂、捣珍、渍、熬、肝菁也。"还有龙肝、凤髓、鲤尾、鸮炙、猩唇、豹胎、熊掌、酥酪蝉之说;有的又说有驼蹄、鹿唇等,说法颇多。天池鳞,天池所产之鱼,扬州有天池,众说不一。"溢"、"罗",用词绝妙!"食饱"、"酒酣"两句把酒足饭饱后内臣得意之情模拟得惟妙惟肖。

是岁江南旱,衢州人食人——是写实。衢州,唐州名,治所在今浙江衢县,当时发生旱灾。极尽率直之妙,诚如《唐宋诗醇》所说"结句斗绝,有一落千丈之势"。从而揭出主题。

《轻肥》又题作《江南旱》。全诗十六句,前十四句以凌厉的气势,明快的旋律,"抶雷掀电",绘声绘色地描写了内臣的志满意得、飞扬跋扈。诗的前八句突出其"骄",后六句突出其"奢"。内臣的朱绂、紫绶,走马如云和九酝、八珍,食饱自若,同"衢州人食人"两种截然相反的社会现象并列,不需任何议论,就形成极其鲜明强烈的对比。前十四句诗和后两句诗也是个强烈的对比。在人物描写上,既写形,又传神,达到了"形真而圆,神和而全",形神兼备、神完气足的境地。

"夸赴军中宴,走马去如云",同第一、二句前后呼应,互为补充,突出其骄与奢,但又角度不同,用笔各异。前十四句俨然一幅内臣淫乐图。在对内臣淋漓尽致的描绘之后,诚如霍松林先生所谓"又'悄焉动容,视通万里',笔锋骤然一转",用"人食人"的惨象,一乐一悲,在判若天渊的冷峻比并之中结束。

买 花

题目一作《牡丹》。是著名的《秦中吟》十首中最后一首。《秦中吟》是白居易诗中最早的组诗,以"直歌其事"为特点。

> 帝城春欲暮,喧喧车马度。
> 共道牡丹时,相随买花去。
> 贵贱无常价,酬直看花数。
> 灼灼百朵红,戋戋五束素。
> 上张幄幕庇,旁织巴篱护。

水洒复泥封，移来色如故。

家家习为俗，人人迷不悟。

有一田舍翁，偶来买花处。

低头独长叹，此叹无人喻。

一丛深色花，十户中人赋。

全诗分两大部分。前十四行写京城官宦贵戚买花。

帝城春欲暮，喧喧车马度。共道牡丹时，相随买花去——即点明地点（"帝京"）、时间（"春欲暮"）和官贵车水马龙、熙来攘往买花的杂乱情境。当朝人李肇《国史补》记述："京城贵游尚牡丹三十馀年矣，每春暮，车马若狂，以不耽玩为耻。执金吾铺官围外寺观种以求利，一本有直数万者。"前两行堪称"实录"。"长安三月十五日，两街看牡丹，奔走车马。慈恩寺、元果院牡丹先于诸牡丹半月开，太真院牡丹后于诸牡丹半月开。"（宋人钱易《南部新书》）可作参证，说明种牡丹卖花历久不衰。诗人以"喧喧"状"车马度"之狂乱，诉诸听觉；"车马度"前缀"喧喧"，写车马奔走之杂沓，付诸视觉，正所谓"声态并作"！展现出买花的忙乱场面。

贵贱无常价，酬直看花数。灼灼百朵红，戋戋五束素。上张幄幕庇，旁织巴篱护。水洒复泥封，移来色如故。家家习为俗，人人迷不悟——在前四行铺排的基础上，写花价之昂贵和移花之精心。"无常价"，没有固定的价钱；"酬直"，即酬值，价钱；依据花的优劣，看情况讨价。"灼灼百朵红，戋戋五束素"。"灼灼"（zhuo 入声），形容花的鲜艳光彩，《诗经》中所谓"灼灼其华"写桃花，这里喻牡丹之红艳。"戋戋"（jiān）：众多貌。《易经·贲卦》旧注云："束帛，指五匹帛"。"五束素"，即二十五匹帛。"素"，历来解说有分歧，一说指花的代价；一说是用来束花的。笔者以为是指白色的牡丹花。"上张幄幕庇"四句写对牡丹花善加保护。上边蓬上幄幕庇护，旁边织上巴篱护持，又是水洒，又是泥封，所以移来的牡丹花同原来一样鲜丽，色彩一丝也没变。但是，面对如此豪奢之举，家家习以为常，人人迷而不悟。"上张幄幕庇"，据《云溪友议》载："白居易初为杭州刺史，令访牡丹花，独开元寺僧惠澄近于京师得此花栽，始植于庭，阑围甚密，他处未之有也。时春景方深，惠澄设油幕以覆其上。"可作为这句注脚，足见珍惜之深。"巴篱"，《史记·张仪传》索隐谓"今江南亦谓苇篱曰芭篱。"如今又称篱笆。

有一田舍翁，偶来买花处。低头独长叹，此叹无人喻。一丛深色花，十户中人赋——为第二部分，是在第一部分如实客观描写的基础上，诗人的议论。但诗人没有直接议论，而是借一位"偶来买花处"的"田舍翁"（庄稼汉，农夫）的"长叹"表现诗人对此的态度。"叹"什么？没有人晓谕。非"无人喻"也，乃不便直言剖白之谓而已。最后两句是诗人的感慨：一丛花的价值，竟然抵得十户中等人家所纳的赋税数额。这两句也可以说是"实录"。据说封建时代按家产多少把农户分为上户、中户、下户三等，按等级纳税。有唐一代晚期，最贵的一株牡丹达到数万钱。这里所写毫无夸大之辞！

这首诗敢于直面矛盾，谱写诗人对劳动人民的同情，反映劳苦大众的心声，实属难能可贵！

历代对这首诗褒贬不一。除了对末二句，或认为"讽意俱于末二句结出"（《唐诗别裁集》）；或认为"言者无罪，闻者足戒"（《网师园唐诗笺》），未见贬抑之论。但对全诗则有褒有贬，褒多贬少。贬者如《载酒园诗话又编》："《秦中吟》、《喜雨诗》、《哭孔戡》、《宿紫阁村》皆乐天得意作。《紫阁村》尚有《石壕吏》遗意。《秦中吟》末篇'一丛深色花，十户中人赋'，差可讽咏。馀皆骨弱体卑，语直意浅。虽欲以广宸听，副忧勤，而'言之无文，行之不远'，去《祈招》之义远矣。……吾读白讽喻诗，每叹其有美意而无佳词也。"褒者如"《秦中吟》为香山得意之笔也"（《放胆诗》）；"白乐天《秦中吟》等，五言而能质古，足以当采风之献"（《读雪山房唐诗序例》）；"冯班曰：白公讽刺诗，周详明直，娓娓动人，自创一体，古人无是也。凡讽喻之文欲得深隐，使言者无罪，闻者足戒，白公尽而露，其妙处正在周详，读之动人，此亦出于《小雅》也。"（《唐宋诗醇》）

清人潘德舆《养一斋诗话》则总评《秦中吟》曰："白诗虽时伤浅率，而其中实有得于古人作诗之本旨，足以扶人识力、养人性天，不可不分别择出，以求益焉。……若《重赋》诗：'夺我身上暖，买尔眼前恩。'《伤友》诗；'虽云志气高，岂免颜色低？'《不致仕》诗：'朝露贪名利，夕阳忧子孙。'《买花》诗：'一丛深色花，十户中人赋！'劲直沉痛，诗到此境，方不徒作。若概以浅率目之，则谬矣。"见仁见义，孰是孰非，读者尽可评判！

新乐府并序

"乐府"本是汉武帝刘彻所设立的朝廷音乐机关，主要目的是搜集和整理民间及文人的诗歌，配以乐谱，供朝廷祭祀演奏或宴会时唱奏。后来这类入乐的歌诗，和历代文人采乐府旧题的拟作、创作，统统叫做"乐府"。乐府，也就由音乐机关名称，逐渐衍变为诗歌体裁的名称。

到了诗歌的黄金时代——唐代，大诗人杜甫以"乐府"的形式，即事而名篇，创作了许多反映当时社会现实和民生疾苦的不朽作品,譬如《哀江头》《悲陈陶》及"三吏"、"三别"诸多名篇。既丰富了乐府体裁的内容,同时为乐府诗的发展和完善奠定了坚实的基础。

到中唐之际,尤其是唐宪宗李纯元和初年(806—810),诗人李绅作"乐府新题"二十首(今佚)给元稹,元稹和诗十二首。白居易扩大题材范围,丰富创作内容,创作了五十首诗,名之为"新乐府"。而且在"新乐府序"(即本文)中,明确阐述了创作的目的,特别是诗人用自己创作的"新乐府凡二十首","新乐府凡三十首"(均归入"讽喻"诗范畴)实践了他的创作主张。广泛地反映了唐初至中唐之际,诗人认为有关"政教"的政治、乐舞、边疆、宗教、婚姻诸方面的重大事情,深刻地揭露了当时腐朽的社会现象和尖锐矛盾,具有一定的进步意义。

序曰:凡九千二百五十二言,断为五十篇。篇无定句,句无定字,系于意,不系于文。首句标其目,卒章显其志,《诗》三百之义也。其辞质而径,欲见之者易谕也。其言直而切,欲闻之者深诫也。其事核而实,使采之者传信也。其体顺而肆,可以播于乐章歌曲也。总而言之,为君、为臣、为民、为物、为事而作,不为文而作也。元和四年为左拾遗时作。

序曰——序,序言、序文,亦曰叙,古已有之。《周易》"言有序",乃谓"次第";《周礼》郑玄注"序",则引申为依次第分列。最早的序在于介绍述评一部著作或一篇文章,前者如杜预《春秋序》,后者如皇甫谧《三都赋序》。有唐一代,又用于赠序类文章,柳河东有《送薛存义序》。作为书籍的序言和文章体裁之一,又写作"叙",《汉书》有"叙传",《说文解字》有"叙"。如今,序一般是作者陈述作品的主旨或者著述的经过。他人对著作的介绍评述也称序。在《白居易集》中就有很多"序",如《游大林寺序》、《送侯权秀才序》、《荔枝图序》、《琵琶引序》、《放言诗序》、《策林序》、《故京兆元少尹文集序》、《因继集重序》及《序洛诗》等多种不同类型的序。

凡九千二百五十二言,断为五十篇——白居易有"新乐府"共五十首,篇目不爽。而字数却相差一百七十多字。或者是作者又加删定,或者系流传抄刻脱漏,不得而知。

篇无定句,句无定字,系于意,不系于文——诗人的新乐府诗形式自由活泼,打破传统定式的束缚,其诗在三、七相间为主的基本句法上,并用五、六、九、十言,甚至十一、十二字杂言句法句式,灵活多变,以求更好地表达内容,即"系于意不系于文",以内容来确定形式。

首句标其目,卒章显其志,《诗》三百之义也——是说新乐府在刻意承继《诗经》的传统。不论是内容,抑或形式,都在效法和继承:《毛诗》有大序,《新乐府》有是总序;《毛诗》每篇有小序,《新乐府》每首也有小序;《诗经》每篇以首句作题目,《新乐府》亦如此;《诗经》多数在篇末阐发题义,《新乐府》每首末均点明主旨收结。正所谓"《诗》三百之义也"。

其辞质而径,欲见之者易谕也。其言直而切,欲闻之者深诫也。其事核而实,使采之者传信也。其体顺而肆,可以播于乐章歌曲也——是诗人对"新乐府"诗确定的遣辞、用语、记事、行文的标准和要求:文辞质朴刚劲、直截了当,读起来才能通俗易晓、不言而喻;用语直书不讳、激切浅近,听的人才能深刻领会、引以为戒;而记事内容客观真实,采用者才能有根有据、使人信服;而诗体文字流利通畅,谱曲者才能播于乐章、适于歌唱。

总而言之,为君、为臣、为民、为物、为事而作,不为文而作也——犹言无论读者对象是什么人("为君、为臣、为民、为物、为事"),作诗遣词都要做到"不为文而作","不为作诗而作",也就是反对那些"嘲风雪,弄花草"之类脱离实际的创作倾向,"有所为而作"。

《新乐府序》很短,但非常重要。作为《新乐府》五十首的总序,白居易明确地提出了他的创作主张和目的。不是为诗歌而诗歌。是为了反映社会现实,以求达到自己改革的主张。他在《与元九书》中说:"古人云:穷则独善其身,达则兼济天下,仆虽不肖,常师此语。……言而发明之,则为诗。谓之'讽谕诗',兼济之志也……"此时,白居易和元稹等共同倡导的"新乐府"运动,给予诗歌的发展以深刻的影响,这些讽喻诗既继承了从《诗经》开始的优秀古代文学遗产,又接受了历代民间文学的优良传统,这对他的诗歌包括一些长篇诗歌,从内容、语言乃至艺术手法都有影响,不只在情调上同民歌接近,而且带有民歌的风味,形成其讽谕诗、"新乐府"诗的一个显著的艺术特色,使之成为其诗歌的主流和精华部分。白诗这种题材和风格、内容和形式的密切结合、和谐统一及其独创精神、思想内容,流传很广、影响深远,无论在当时,还是之后,为诸多人所崇尚、所效仿,并誉之曰"元和体",成为"一代之文学"。所谓"元和体",又成了通俗歌行的代名词。这些具有完美艺术形式和高度艺术成就的诗歌,在古今中外普遍流传,深深地打动着读者的心灵,正是元稹所说"以讽谕之诗长于激"也。

上阳白发人

题解

　　上阳，唐宫名。上阳宫在东都洛阳皇城西南，洛水和谷水之间，唐高宗上元年间(674—675)敕修(《唐六典》卷七)。白发人，指白发宫女。题下小序曰："愍怨旷也。"原注："天宝五载已后，杨贵妃专宠，后宫人无复进幸矣。六宫有美色者，辄置别所，上阳是其一也。贞元(785—804)中尚存焉。"

　　古代，无夫之女曰怨女；无妻之男曰旷夫。"怨旷"在这里对举，实际只写了怨女，即被幽禁在宫中的"无复进幸"的女子，而且是远在洛阳行宫的白发宫女。

　　诗题，敦煌写本、复宋刻《白氏讽谏》等作《上阳人》；现依影宋本、《元氏长庆集》。

　　诗中"君不见昔时吕向《美人赋》"原自注"天宝末，有密采艳色者，当时号花鸟使。吕向献《美人赋》以讽之。"吕向，字子回，开元十年(722)召入翰林，兼集贤院校理。据《旧唐书》、《新唐书》本传文意，吕向献赋似在开元之际，而不在天宝末年，同白居易原注稍有出入。另外，诗人有《请拣放后宫内人状》，故有的论者认为，白居易于元和二年(803)授翰林学士，元和三年授左拾遗，仍充翰林学士。拾遗即言官，一定是在上此奏状同时又赋此诗，以抒其怀。

　　上述"天宝五载"即746年。历代纪年唯有唐明皇天宝三年正月"改年曰载"，即天宝三载(744)至十五载(756年，亦即唐肃宗至德元年)，至德二载(757)至至德三载(758年，亦即唐乾元元年)，不称"年"而曰"载"。

上阳人，红颜暗老白发新。

绿衣监使守宫门，一闭上阳多少春。

玄宗末岁初选入，入时十六今六十。

同时采择百余人，零落年深残此身。

忆昔吞悲别亲族，扶入车中不教哭。

皆云入内便承恩，脸似芙蓉胸似玉。

未容君王得见面，已被杨妃遥侧目。

妒令潜配上阳宫，一生遂向空房宿。

宿空房，秋夜长，夜长无寐天不明。

耿耿残灯背壁影，萧萧暗雨打窗声。

春日迟，日迟独坐天难暮。

宫莺百啭悉厌闻，梁燕双栖老休妒。

莺归燕去长悄然，春往秋来不记年。

唯向深宫望明月，东西四五百回圆。

今日宫中年最老，大家遥赐尚书号。

小头鞋履窄衣裳，青黛点眉眉细长。

外人不见见应笑，天宝末年时世妆。

上阳人，苦最多，少亦苦，老亦苦，

少苦老苦两如何？

君不见昔时吕向《美人赋》，

又不见今日上阳白发歌。

上阳人，红颜暗老白发新——白居易的《新乐府》二十首几乎全是用的先呼题目名，后述题名事这一相同笔法。而题名涉及人的更为明显。如《陵园妾》开篇"陵园妾，颜色如花命如叶"。"上阳人"、"陵园妾"都是诗中主人公的自称，不同于《卖炭翁》《新丰折臂翁》等开头作为题名的人，是作者亲见其人而听其言、观其行；而是并未亲见其人，只是依据所闻，构想其人其事。

绿衣监使守宫门，一闭上阳多少春——与《陵园妾》"命如叶薄将奈何，一奉陵园年月多"及以后两诗所述，亦笔法相同。前四句自述生平简况。

玄宗末岁初选入，入时十六今六十。同时采择百馀人，零落年深残此身——自述被初选入宫至今，也就是从16岁至今60岁，同时入宫的百馀美女如今死得只留下自己一人。只一个"残"字，悲苦之极！如"一肢虽废一身存"（《新丰折臂翁》）、"万人死尽一身存"（《江南遇天宝乐叟》），无非聊以自慰之辞。前八句，简明扼要地勾画出上阳宫的沉寂和老宫女的孤哀，概括一生。

忆昔吞悲别亲族，扶入车中不教哭。皆云入内便承恩，脸似芙蓉胸似玉。未容君王得见面，已被杨妃遥侧目。妒令潜配上阳宫，一生遂向空房宿——追忆往事。一个"脸似芙蓉胸似玉"的青春少女，忍着悲痛离别亲族，被强迫"扶入车中"，抱着"入内便承恩"即受到皇帝恩宠的希望入宫。结果呢？连皇帝的面都没见上，就被杨贵妃忌妒（"侧目"），悄悄发配（"潜配"）到上阳宫，如"茕茕守空房"（曹丕《燕歌行》）、"冷冷守空房"（傅玄《秋胡行》）的女子一样，"一生遂向空房宿"。写出了一个少年美女毕生独宿的孤单苦痛之情，揭示出之所以沦为上阳人的原委。

宿空房，秋夜长，夜长无寐天不明。耿耿残灯背壁影，萧萧暗雨打窗声。春日迟，日迟独坐天难暮。宫莺百啭悉厌闻，梁燕双栖老休妒。莺归燕去长悄然，春往

中国家庭基本藏书

秋来不记年。唯向深宫望明月，东西四五百回圆。今日宫中年最老，大家遥赐尚书号——首句同"春日迟，日迟独坐天难暮"，诗人妙用"夜长苦天不明，日迟苦天不暮"两个具体场面和情境，极写被幽禁的凄怨孤独。一是秋夜的秋风、暗雨、残灯、空房，夜长无寐，壁影相吊，真有李清照"伤心枕上三更雨，点滴霖霪，点滴霖霪，愁损北人，不惯起来听"之感；一是春暮的日迟、独坐、愁厌、难暮，日长难熬，孤独无双，说是"梁燕双栖老休炉"、"春往秋来不计年"，实则"唯向深宫望明月，东西四五百回圆"，幽居深宫，望月生叹，月有阴晴圆缺，人却永离无欢！在上阳宫四十多年，月缺月圆不就是"四五百回圆"么？"不计年"，实在是一日一月也没忘计。写尽了从月出望到月落，数十年如一日长夜难眠的苦痛和煎熬。"今日宫中年最老，大家遥赐尚书号"，是上阳人自述自己不幸中之万幸。上阳宫百馀人差不多都死了，到今天宫中数我年纪最老，而且皇帝还远远地赐给我一个"尚书"的名号。以上是上阳人的自述。"大家"在这里需要作一准确解释："（李国辅）私奏曰：大家但内里坐，外事听老奴处置。"（《旧唐书·宦官》）《太真外传》有"愿大家好住，妾诚负国恩，死无恨矣。"蔡邕《独断》则直接指出："亲近侍从官，称天子曰大家。"（《称谓录》）所以，"大家"系指皇帝。

　　小头鞋履窄衣裳，青黛点眉眉细长。外人不见见应笑，天宝末年时世妆。上阳人，苦最多，少亦苦，老亦苦，少苦老苦两如何？君不见昔时吕向《美人赋》，又不见今日上阳白发歌——写诗人对上阳人的同情和咏叹。"小头"四句是诗人听上阳人自述后，所想象的上阳人的形貌和对此装饰的感慨。由于长期幽居深宫，还是天宝末初选入宫时的"时世妆"：小头履，窄衣，青黛细长眉。据陈寅恪先生考证的确如此。《新唐书·五行志》和《安禄山事迹》均有"簪步摇钗"、"衿袖窄小"的记载，但天宝末年早已无此类装束了，如《才调集》卷五元稹的《有所教》和白居易的《和梦得游春诗一百韵》都是"画短眉"、"时世宽装束"了。感慨之馀，不乏同情。"上阳人，苦最多"五句先向读者提出问题，又向君王提出了质问。正反映了诗人"惟歌生民病，愿得天子知"的良苦用心，饱含着讽喻意味。

　　《上阳白发人》是一首通俗易懂，具有民歌情调的讽喻诗。诗中运用了多种艺术手法，句式自由，转换灵活，句法多样，错落有致，音韵和谐，形象生动，融叙事、抒情、写景、议论、描写、刻画于一炉。表达了诗人"救济人病，裨补时阙"的社会理想。塑造了一个终生幽禁深宫的上阳老宫女典型形象。通过老宫女的悲惨遭际和绝望情愫，极形象而又概括地反映了"后宫佳丽三千人"的可怜命运，"以讽之"的矛头直指最高统治者。是有唐一代以宫女为题材的诗歌中少有的名篇。

　　一反过去各种段落分法，按照靳极苍先生以诗人构想的上阳人形象和自述，最后引发自己对上阳人的感慨，前后分两大部分，由上阳老宫女自述，因感其苦多，而作诗以寄讽，更其理顺情合，感人至深。"东西四五百回圆"比之于李煜"问君能有几多愁？恰似一江春水向东流"更为具体形象，更为深挚动人！

新丰折臂翁

这首诗是白居易《新乐府》二十首之一，题下小注"戒边功也"。天宝年间（742—756）唐玄宗穷兵黩武，对西南少数民族屡屡发动战争，压迫兄弟民族。诗人借新丰老翁之口，以其不愿参加战争"偷将大石捶折臂"，"臂折来来六十年"的亲身经历，表现人民反对不义之战的情绪。是新乐府中的一首著名的讽喻诗。

"新乐府"继承杜甫《哀江头》、《兵车行》等歌行体"就事命题"的文学形式，进行创作。正如施蛰存先生所说："元、白的'新乐府'……只是继承杜甫的诗艺创造。所谓'新'，是指新的题目，并不是新的曲调。""杜甫、元稹、白居易所作，都是概括诗的内容以定题目。……元稹、白居易的《新乐府》，也还是诗，可以称为乐府诗，而绝不是乐府。"对于"乐府古题"与"乐府新题"，"乐府"与"新乐府"须严格区分，不可混淆。

新丰老翁八十八，头鬓眉须皆似雪。
玄孙扶向店前行，左臂凭肩右臂折。
问翁臂折来几年？兼问致折何因缘？
翁云贯属新丰县，生逢圣代无征战。
惯听梨园歌管声，不识旗枪与弓箭。
无何天宝大征兵，户有三丁点一丁。
点得驱将何处去？五月万里云南行。
闻道云南有泸水，椒花落时瘴烟起。
大军徒涉水如汤，未过十人二三死。
村南村北哭声哀，儿别爷娘夫别妻。
皆云前后征蛮者，千万人行无一回。
是时翁年二十四，兵部牒中有名字。
夜深不敢使人知，偷将大石捶折臂。
张弓簸旗俱不堪，从兹始免征云南。
骨碎筋伤非不苦，且图拣退归乡土。

臂折来来六十年，一肢虽废一身全。

至今风雨阴寒夜，直到天明痛不眠。

痛不眠，终不悔，且喜老身今独在。

不然当时泸水头，身死魂孤骨不收。

应作云南望乡鬼，万人冢上哭呦呦。

老人言，君听取，君不闻开元宰相宋开府，

不赏边功防黩武。

又不闻天宝宰相杨国忠，欲求恩幸立边功。

边功未立生人怨，请问新丰折臂翁。

新丰老翁八十八，头鬓眉须皆似雪。玄孙扶向店前行，左臂凭肩右臂折。问翁臂折来几年？兼问致折何因缘——开篇首句诚如总序所确定的"首句标其目"。"新丰老翁八十八"照应题目。欲戒边功，何情何事，便从事写起。"新丰"，唐代县名，在今陕西临潼，点明事情发生的地点；"老翁"，引出人物，一位鬓须皆白八十八岁的人。老翁由玄孙搀扶着向店前走来，最引人注目的是左臂很好而右臂折——折臂。于是给读者带来一连串疑问：这是怎么一回事？为什么出现这种事？使读者随着诗人诗思的意识激流进入诗中老翁遥远而悲愤的回忆。"翁云"以下是不堪回首的悲伤往事：

翁云贯属新丰县，生逢圣代无征战。惯听梨园歌管声，不识旗枪与弓箭。无何天宝大征兵，户有三丁点一丁。点得驱将何处去？五月万里云南行——首先表白了自己的"贯属"时代，那是一个"惯听梨园歌管声，不识旗枪与弓箭"的歌舞升平、狼烟警息的年代。"无何"，不久，形势陡变，"天宝大征兵"，三丁抽一。接着用一问一答点明了"驱将"的去处、时间、里程。"驱将"，赶着走……和平的氛围被打破，战争灾难降临。

闻道云南有泸水，椒花落时瘴烟起。大军徒涉水如汤，未过十人二三死。村南村北哭声哀，儿别爷娘夫别妻。皆云前后征蛮者，千万人行无一回——前四句，写征战之地的艰难条件。"泸水"，小说描写，此水扔进鹅毛即沉，"炎天毒聚"、"有人渡水，必中其毒；或饮此水，其人必死"。加之"椒花落时"（照应"五月"）瘴烟四起的热瘴季节，也就如下文所谓"水如汤"，"未过十人二三死"。真是危难重重。后四句面对生离死别，焉能不村南村北哭声一片？何况"皆云"（都说）过去出征的人，"千万人行无一回"。于是诗意再进一层。

是时翁年二十四，兵部牒中有名字。夜深不敢使人知，偷将大石捶折臂。张弓簸旗俱不堪，从兹始免征云南。骨碎筋伤非不苦，且图拣退归乡土。臂折来来六十年，一肢虽废一身全。至今风雨阴寒夜，直到天明痛不眠。痛不眠，终不悔，且喜老身今独在。不然当时泸水头，身死魂孤骨不收。应作云南望乡鬼，万人冢上哭呦呦——写当时老翁二十四岁，青春年华，应征名册中就有他的名字。"兵部"属尚书省，据《唐六典》卷五记载："兵部尚书、侍郎之职，掌天下军卫武官选授之政令。凡军帅卒戍之籍……""凡诸州诸府应行兵马之名簿，器物之多少，皆申兵部。"唐代实行的征兵制，被征者的名册，由地方衙署报送兵部统一掌管。那么怎么才能不去服兵役呢？万般无奈，演出了一场"夜深不敢使人知，偷将大石捶折臂"的惨剧。由于臂折不能拉弓、不能执旗，这才免去云南服兵役。接着四句叙述了折臂的痛苦和缘由。使用否定之否定句式，骨折筋伤并不是不痛苦，"且图"同"从兹"对举，只不过图个能够回归故乡罢了。"臂折来来"，《全唐诗》本等妄改作"此臂折来"，在唐代，"来来"系常用口语，用法同"来"，是从折臂时起直到今天的意思。也就是说从折臂至今已经六十年了，一肢虽然残废但却保全了一身（能活到今天）。尽管说至今遇到风雨天、阴寒夜，一直痛到天明而不能安睡；但痛得不能安睡，也还是永远不后悔，为什么？"且"，连词。幸喜的是老汉我至今还活在人世。不然的话，当时的泸水边，会有我身死的孤魂，连骨头也无人收埋。应该说是作了远在云南的望乡鬼，在那万人冢上呦呦（yōu yōu）地哭叫。诗中作者原注："云南有万人冢，即鲜于仲通、李宓曾覆军之所也。"当时，白族首领阁罗凤在云南建立了南诏国，与唐王朝有藩属关系，唐王朝利用阁罗凤牵制吐蕃。由于云南太守张虔陀的侮辱、勒索，激起变故，阁罗凤杀死张，占领了很多地方。天宝十载（751）四月，剑南节度使鲜于仲通带兵八万攻打，阁罗凤派人讲和，鲜于仲通不听，结果在西洱河溃败。十三载（754）六月，宰相又兼领剑南节度使的杨国忠派剑南节度留后李宓领兵七万去攻打，结果李宓被擒，全军覆没。杨国忠竟然谎报战功，隐瞒真相；并派御史分道抓壮丁，枷锁强送入伍。送别这些被抓壮丁的父母妻子，哭声震天。而且先后几战，死亡将近二十万人。诗中间接地反映了这些历史真实事件。

老人言，君听取，君不闻开元宰相宋开府，不赏边功防黩武。又不闻天宝宰相杨国忠，欲求恩幸立边功。边功未立生人怨，请问新丰折臂翁——是诗人听了老翁的叙述后，抒发自己的情感。可以说是"卒章显其志"了。诗人一连举出了开元、天宝两朝宰相：一"君不闻""开元宰相宋开府，不赏边功防黩武"，原注云："开元初，突厥数寇边，时天武军子（牙）将郝云岑（灵荃）出使，因引特（铁）勒回鹘部落，斩突厥默啜，献首于阙下，自谓有不世之功。时宋璟为相，以天子年少好武，恐徼功者生心，痛抑其党（赏）。逾年，始授郎将。云岑（灵荃）遂恸哭呕血而死也"（括弧内据《新唐书·突厥传》改）。"宋开府"：宋璟，开元间官侍中（即宰相），后改授开府仪同三司，唐时人习惯称之为"宋开府"。这两句是说，宋璟不主张对在边地立了战功的将领以特别奖赏,是为了防止穷兵黩武,即极力反对边战。二"又不闻""天宝宰相杨国忠,欲求恩幸立边功",原注云:"天宝末,杨国忠为相,重构阁罗凤之役,募人讨之,前后发二十馀万众,去无返者。又捉人连枷赴役,天下怨哭,人不聊生,故禄山得乘人心而盗天下。元和初,而折臂翁犹存,因备歌之。"这两句是说,杨国忠作右相,兼领剑南节度使,是为了求得恩宠,极力挑起战争以立边功。一个极力反对边战,一个极力挑动边战,孰是孰非,诗人让读者"请问新丰折臂翁"。敦煌本"请问"又作"君不见"。那么新丰折臂翁何以回答呢?读者自己去思考!"呜呼,为民父母者,奈何使天下有折臂翁乎!"(《唐诗快》)

　　这是一首抒情言志,即事言情,寓情于事,而又"长于讽咏"的"极工之作"。诗借老翁之口,对"穷兵黩武之祸,慨切言之"(《唐诗别裁》),"便不伤于直遂,促促刺刺,如闻其声,而穷兵黩武之祸,不待言矣。末又以宋璟、杨国忠比勘,开元、天宝治乱之机,具分于此,前事不忘,后事之师也,可谓'诗史'。"(《唐宋诗醇》)全诗既着意于事,又借事托情,在叙事中步步紧逼,层层推进,而其气势若常山之蛇,逶迤绵延,"极尽草蛇灰线、伏脉千里之妙,又具一波三折、意态横生之趣。"老翁之情愫,诗人之感慨,两种情感在诗中荡漾;"首句标其目","卒章显其志",首尾照应又回环往复,巧妙而又曲折地表达了诗人反对战争的思想。事件的展开和意绪的阐发交织流动,复杂曲折的情感在明白晓畅的语言氛围中生发奇趣,成为白氏新乐府诗中尤非他篇所可及的讽喻名篇!

两朱阁

　　系白居易《新乐府》三十首之一,旨在"刺佛寺寝多也"。题目亦取诗的首句。"两朱阁"亦作"两珠阁"。有唐一代,皇帝为公主生前或死后立寺、立观的很多。《唐会要》十九载:贞元十五年(799)唐德宗李适追封两个女儿贞穆公主、庄穆公主。贞穆、庄穆就是唐安公主、义章公主(《元白诗笺证稿》)。十七年(801)又为之分别立庙靖安里、嘉会里。两处可能就是两公主生前的宅第。诗中所云"贞元双帝子",总之是指两位公主。本诗正是以两公主死后立寺为背景,从一个侧面反映出当时佛寺之多,以致大量侵占民宅、祸害百姓的事实。

　　　两朱阁,南北相对起。
　　　借问何人家?贞元双帝子。

帝子吹箫双得仙，五云飘飘飞上天。

第宅亭台不将去，化为佛寺在人间。

妆阁伎楼何寂静，柳似舞腰池似镜。

花落黄昏悄悄时，不闻歌吹闻钟磬。

寺门敕榜金字书，尼院佛庭宽有馀。

青苔明月多闲地，比屋疲人无处居。

忆昨平阳宅初置，吞并平人几家地。

仙去双双作梵宫，渐恐人间尽为寺。

两朱阁，南北相对起。借问何人家？贞元双帝子——诗开篇一个三言句，三个五言句，其他十六句七言到底，正所谓《新乐府序》之"篇无定句，句无定字。"第一句"两朱阁"即诗的题名，最后一句"渐恐人间尽为寺"，照应小序"刺佛寺寝多也"，寓讽喻之义。完全是模仿《诗经》"首句标其目，卒章显其志"。因为这四句相当于序言、前言之类，可视为非诗的本体，所以不用七字句，而以杂言出之。看见长安大道边两座红楼相对着，从而引出第三、四句的一问一答，上句问、下句答。这种句式在唐诗中多见，且以"借问"发出，如"借问酒家何处有"等，答句采用叙述式。《新乐府》中也有类似问答句式，如第三十一首《缭绫》"织者何人衣者谁"二句，不同在这是双问双答。"贞元"年号不必多讲，"帝子"则王子、公主均可称呼。

帝子吹箫双得仙，五云飘飖飞上天。第宅亭台不将去，化为佛寺在人间——是在说明朱阁来历之后，用秦穆公女弄玉吹箫引凤、得道成仙的典故来比喻，叙述两位公主薨后，其宅第被改作佛寺。春秋时，萧史善吹箫，秦穆公将女儿嫁给他后，二人吹箫模仿凤鸣，引来凤鸟，双方跨凤飞升而去（《艺文类聚·仙道》引《列仙传》）。诗借以指"贞元双帝子"。五云，《周礼·春官》："保章氏……以五云之物，辨吉凶"。《艺文类聚·天部·云》引《河图》有"昆仑山五色云气"之说。"将"，动词，携带之意。

妆阁伎楼何寂静，柳似舞腰池似镜。花落黄昏悄悄时，不闻歌吹闻钟磬——写公主第宅改作佛寺后的无比寂静状况。昔日公主的妆阁伎楼人去阁楼空旷，那柳条好像婀娜的舞腰，那池塘恰似映照倩影的明镜；春去秋来、花落凋零、静悄悄的黄昏时刻，已听不到昔日的箫管歌吹，听见的只有梵音钟磬，照应"化为佛寺在人间"。

寺门敕榜金字书，尼院佛庭宽有馀。青苔明月多闲地，比屋疲人无处居——写敕建佛寺的空房闲地之多和佛寺比邻百姓的无房居住。诗人用对比的手法叙述，一方是"疲人"（又作"齐人"、"齐民"）无处居住；一方是尼院佛庭宽绰有馀、明月照射的长满青苔的空地。为什么呢？因为佛寺是皇帝诏命即"敕"建的，也只有皇帝敕建的才能称"寺"。"比屋"，《周礼·地官》"五家为比"。形容房子紧挨房子，拥挤不堪。""比屋疲人无处居"是个关键性句子，具有转折的作用。一转而到"两朱阁"的初建。

忆昨平阳宅初置，吞并平人几家地。仙去双双作梵宫，渐恐人间尽为寺——"忆"，忆昔，记得。平阳，汉武帝姊封平阳公主；唐高祖第三女、柴绍之妻，曾起兵助高祖，后封平阳公主。唐德宗有十一位公主，诗中所说不知是那两位，且十一位中也没有什么平阳公主。这里似指唐德宗"贞元双帝子"。"忆昔平阳宅初置"是说记得第宅初建时，不知强占吞并了多少平民百姓的土地。如今公主双亡，第宅改佛寺，再这样下去，恐怕人间到处都变为佛寺了。梵宫，即佛寺；"人间"与"仙界"对举，含"凡间"、"人世间"双关意思。

诗人"刺佛寺寝多也"是"有所为而作的"。他指出的"文章合为时而著，歌诗合为事而作"，"为时"就是反映现实；"为事"就是写社会、百姓生活的真实。所以，《两朱阁》是针对当时的社会现实而写的。佛教从印度传入中国，到隋唐发展到极盛阶段，官、私办佛寺林立，大量占用土地和劳力，劳民伤财。白居易在其《策林·议释教》说："僧徒月益，佛寺日崇；劳人力于土木之功，耗人利于金宝之饰；移君亲于师资之际，旷夫妇于戒律之间。古人云：一夫不田，有受其馁者；一妇不织，有受其寒者。今天下僧尼不可胜数，皆待农而食，待蚕而衣。臣窃思之：晋、宋、齐、梁以来，天下凋弊，未必不由此矣。"是从生产的角度反对佛教，而本诗则从佛寺侵占都市民宅的角度予以讽谏。

到唐武宗时，由于信仰道教之故，于会昌五年(845)下诏灭佛，拆废寺庙(官建)四千六百馀所，招提、兰若(私建)四万多所；没收寺庙上等田几千万顷；僧尼还俗的二十六万多人，收奴婢十五万人……（见《唐会要》卷四十七《议释教》)。这从另一个侧面说明武宗之前佛寺之多、僧尼之多，祸国殃民、劳民伤财，诚难怪诗人一再上书和写诗净谏、讽喻。

涧底松

《涧底松》，元和四年(809)作。是《新乐府》五十首之一。本诗题旨"念寒隽也"。"寒隽"，诗中指出身社会下层而有才干的读书人。"涧底松"以松喻人，表达对下层知识分子的同情和对权贵垄断仕途、以贱废贤的不满。

有松百尺大十围，生在涧底寒且卑。

涧深山险人路绝，老死不逢工度之。

天子明堂欠梁木，此求彼有两不知。

谁喻苍苍造物意，但与之材不与地。

金张世禄原宪贫，牛衣寒贱貂蝉贵。

貂蝉与牛衣，高下虽有殊，

高者未必贤，下者未必愚。

君不见沉沉海底生珊瑚，

历历天上种白榆。

有松百尺大十围，生在涧底寒且卑。涧深山险人路绝，老死不逢工度之——写高大无比的松树，生长在深涧下身寒位卑。因为涧深路险绝无人行通路，所以老死也无人来度量选取因材使用。"围"，约两人胳膊合抱为一围。"工"，文中指伐木者。"度(duó)"，测度、测量。

天子明堂欠梁木，此求彼有两不知。谁喻苍苍造物意，但与之材不与地——写朝廷缺少栋梁之材，妙语双关：朝廷求材不得，深涧才俊待沽，彼此不知。谁能知晓苍天创造万物，却只赋予它高大伟岸的树干，而不给它生长壮大的好地方。"明堂"，古帝王祭祀、朝见之处，这里指朝廷。"造物"，造物主，创造万物。"与"，给予、赋予。

金张世禄原宪贫，牛衣寒贱貂蝉贵。貂蝉与牛衣，高下虽有殊，高者未必贤，下者未必愚。君不见沉沉海底生珊瑚，历历天上种白榆——写世代簪缨享受世禄的如金、张两家和贫穷寒素的孔子弟子原宪，后者牛衣挡寒，前者文冠貂尾，高下悬殊；但高贵者未必贤良，位下者未必愚蠢。君不见深深的海底生长着珍贵的珊瑚，而高高的天上反而清晰分明地种着并不珍贵的白榆。"金张"，指汉代的金日磾(mì dī)、张安世，汉昭帝、汉宣帝时的权臣，诗中以之代指贵族世胄。"世禄"，世代享受官禄。金日磾家自汉武帝时七代为内侍，张安世家自汉宣帝后，子孙世代为高官显宦。"原宪"，春秋时孔子弟子，贤能而家境寒素。"牛衣"，本为麻草编织的为牛御寒的麻片，贫寒之家用以遮体御寒，遂代指出身贫寒之人。《汉书·王章传》有"章疾病，无被，卧牛衣中。"之句。"貂蝉"，汉代贵族官帽上的装饰物。汉制，武官冠上饰，以貂尾，并以金蝉为文饰。"历历"，清晰分明的样子。"白榆"，古乐府中"天上何所有？历历种白榆"的"白榆"，本指星宿，诗中想象作一种较比普通的树。

白居易所处的中唐时代，由于贵族世胄倚赖世袭荫庇，其子弟无才德也可以得到高官厚禄，而寒微出身的知识分子只有一条科举之路，还常常被排挤、打击，沉抑下僚，"以贵贱相悬，朝野相隔"而仕进路绝。所以他向朝廷进策："拣金于砂砾，岂为类贱而不收？度木于涧松，宁以地卑而见弃？但恐所举失德，不可以贱废人。"（《策林》）并举出事例"况乎识度冠时，出自牛医之后；心计成务，擢于贾竖之中。"（《判》）"出自牛医之后"，即指原宪，（"擢于贾竖之中"系指桑弘羊）正好作本诗注解。晋代诗人左思"郁郁涧底松，离离山上苗；以彼径寸茎，荫此百尺条。世胄蹑高位，英俊沉下僚。地势使之然，由来非一朝。金张籍旧业，七叶珥汉貂。冯公岂不伟，白首不见招！"（《咏史》）则为本诗诗题之由来。

　　白居易本诗绝非所谓代表穷苦读书人的牢骚之作。当时，统治集团中"世胄蹑高位"的豪族贵胄集团，以出身于中下层的"英俊沉下僚"的贫寒读书人形成的官僚集团，党派之争日趋激烈，《涧底松》所反映的正是这一现实内容。诗人《策林》二十七"臣闻人君者无不思求其贤，人臣者无不思效其用；然而君求贤而不得，臣效用而无由，岂不以贵贱相悬，朝野相隔，堂远于千里，门深于九重？虽臣有悾悾之诚，何由上达？虽君有孜孜之念，无因下知。上下茫然，两不相遇。如此，则岂唯贤者不用，知又用者不贤。"同本诗意旨完全一致。实无所谓"牢骚"可言。《元白诗笺证稿》："白氏此题不独采用太冲（左思字）此诗（指《咏史》之二'郁郁涧底松……'）之首句以名篇，且亦袭取其全部之旨意。初视之，颇似为充数之作，但细思之，则知其实是有为而作，不同于通常拟古之诗篇也。拙著《唐代政治史述论稿》中篇论牛李党之分野，以为李党乃出自魏晋南北朝以来之山东旧门，而牛党则多为高宗、武后以来，用进士词科致身通显之新兴寒族。乐天即为以文学进用之寒族也。……乐天作此诗时，李吉甫虽已出镇淮南，犹邀恩眷。牛僧孺则仍被斥关外，未蒙擢用。故此篇必于'金张世禄'之吉甫，'牛衣寒贱'之僧孺，有所愤慨感惜。非徒泛泛为'念寒隽'而作也。"正说明本诗之现实意义。在艺术上，全诗喻意深刻，以松喻人。亦《唐宋诗醇》所谓"松是喻意，金张、原宪是正意，一结仍用喻意，比拟恰合。"诗中"牛衣"喻贫穷者之衣物，"貂蝉"喻官宦之衣物，"珊瑚"、"白榆"则喻人才之优劣，并不决定出身之高低。

缭　绫

　　《缭绫》是诗人"新乐府"五十首之一，题旨在于"念女工之劳也"。缭绫，又作"撩绫"。敦煌本作《撩绫歌》。是讽喻诗中的优秀代表作，乃白居易做谏官时所写。《与元九书》"身为谏官，月请谏纸，启奏之外，有可以救济人病，裨补时阙，而难于指言者，辄咏歌之。"所谓"救济人病，裨补时阙"正是指"新乐府"及《秦中吟》为代表的"讽谕"之作。

缭绫是一种产在吴越一带的非常珍贵的丝织品。价值昂贵，染织复杂，又颇费工夫。元稹《阴山道》诗云："挑纹变缎力倍费，弃旧从新人所好。越縠缭绫织一端，十匹素缣工未到。"这种供宫廷享用的缭绫，织十匹普通丝绸所费时间、物力，还抵不上织一匹缭绫的，耗时费力可想而知。而且宫廷一要就是千匹，足见染织女工的辛劳艰苦。

缭绫缭绫何所似？不似罗绡与纨绮；
应似天台山上明月前，四十五尺瀑布泉。
中有文章又奇绝，地铺白烟花簇雪。
织者何人衣者谁？越溪寒女汉宫姬。
去年中使宣口敕，天上取样人间织。
织为云外秋雁行，染作江南春水色。
广裁衫袖长制裙，金斗熨波刀剪纹。
异彩奇文相隐映，转侧看花花不定。
昭阳舞人恩正深，春衣一对直千金。
汗沾粉污不再著，曳土踏泥无惜心。
缭绫织成废功绩，莫比寻常缯与帛。
丝细缲多女手疼，扎扎千声不盈尺。
昭阳殿里歌舞人，若见织时应也惜。

诗人抒写缭绫，是从织染过程、工艺特色，写到织者、衣者的关系，从而提炼主题，反映社会真实的。

缭绫缭绫何所似？不似罗绡与纨绮；应似天台山上明月前，四十五尺瀑布泉。中有文章又奇绝，地铺白烟花簇雪——起句劈头发问，突如其来，让读者急切地等待回答、明了真相。回答是什么呢？首先答以"不似"：罗绡、纨绮（即精致的生丝绸织品，轻细有花纹的熟丝绸物）。然后答以"应似"。既然非一般丝织品所能比拟，因而使用了天然的景物相比："天台山上明月前，四十五尺瀑布泉。中有文章又奇绝，地铺白烟花簇雪。"连用比喻，既自然天成，又新颖贴切。自然者，缭绫产地在吴赵，天台乃越地之名山；天成者，缭绫、瀑布都可以以尺来计算。天台山在浙江天台，山上有瀑布悬，《太平寰宇记·天台县》："瀑布山，亦天台之别岫也。西南瀑布悬流，千丈飞泻，远望如布。"缭绫产于此，天台山瀑布亦在此，用天台山的瀑布形容绫绮，何其自然天成！新颖则在于照"瀑布"以"明月"；贴切则在于"四十五尺"写缭绫又写瀑布。以瀑布比丝绸，唐诗中并非仅有，徐凝写庐山瀑布"今古长如白练飞，一条界破青山色"与此异曲而同工。《周礼·考工记》云："画缋(绘)之事，杂五色……青与赤谓之文，赤与白谓之章。"故曰彩绘为"文章"。越地的名产比作越地的名山奇景：缭绫如同天台山高悬的瀑布在明月下"飞泻"，既喻其形似，又状其色彩，银光灿灿、炫人眼目，并以"天台"与下文"越溪"前后呼应。一连串比喻使缭绫之美已经精美绝伦、巧夺天工了，诗人还未辍笔，继续描写缭绫之奇绝："地铺白烟花簇雪。"那"铺白烟"般的底色，那"花簇雪"般的图纹，又两般比喻把缭绫的轻柔、明丽活脱脱托出，从质地、光感给人以极深刻的印象。

织者何人衣者谁？越溪寒女汉宫姬。去年中使宣口敕，天上取样人间织。织为云外秋雁行，染作江南春水色。广裁衫袖长制裙，金斗熨波刀剪纹。异彩奇文相隐映，转侧看花花不定——写如此精美奇绝的缭绫，"织者何人衣者谁"？答曰"越溪寒女汉宫姬"。诗人故设问答，引出"织者"、"衣者"。"越溪寒女"织而受"寒"，不能衣也；"汉宫姬"不织而衣。越溪在今浙江绍兴南。汉宫即唐宫，唐诗中多以汉喻唐而讽咏。"寒"而不得衣，"姬"(宫中美女)衣而却不织，对比何其尖显！"越溪女"织而不能自己御"寒"，原因何在？引领下文，因为"去年"皇帝就派"中使"(即太监)"宣口敕"(传来皇帝的口谕)，并从皇宫("天上")拿来图样命令民间织作，皇命难违，而且织染要求非常高："地铺白烟花簇雪"还不行，必须"织为云外秋雁行"、"染作江南春水色"。"织"、"染"难度就很大，织好染就后剪裁制熨更费工，务必达到"异彩奇文相隐映，转侧看花花不定"天衣无缝的惊人程度。那么越溪寒女究竟付出了多大的心血，也就不言而喻了。

昭阳舞人恩正深，春衣一对直千金。汗沾粉污不再著，曳土踏泥无惜心。缭绫织成废功绩，莫比寻常缯与帛。丝细缲多女手疼，扎扎千声不盈尺——写受宠的美姬身着这种价值千金的衣裙，"汗沾粉污"、"曳土踏泥"，任凭你精心剪裁，花色明丽、异彩夺目，普通的丝织物("缯"、"帛")无法比拟也毫不珍惜！谁又知道寒女由于"丝细缲(同缲，抽丝)多"纤手疼痛，谁又理会织机"扎扎"(yà yà)千声万声还"不盈尺"呢？二者形成多么鲜明的对比。

昭阳殿里歌舞人，若见织时应也惜——是诗人天真的希望和感叹，"昭阳舞人"乃至不敢直接斥责的皇帝，即使看见织缭绫也不会爱惜。"应也惜"(又作"不见织时应不惜"、"若见织时应合惜"。)婉转之中肯定了绝不会爱惜。

通过形象生动的细腻描写和一连串的影射对比，突出了缭绫织染的精美奇绝；设以问答，点明了织者、衣者；又以强烈的对比，突出了织者辛劳、衣者奢靡的悬殊差距。全诗层次分明、错落有致，波澜叠起、新意迭出，有如山阴道上，令人目不暇接之感。正是陈寅恪先生所论："全诗之中，痛惜劳工，深斥奢靡。其意既专，故其言能尽。其言能尽，则其感人也深。"最后曲折而又隐讳地影射出最高统治者的穷奢极侈和荒淫享乐。"异彩奇文"二句，写从不同角度看到的缭绫所呈现出的不同"文"、"章"，与"(安乐公主)有织成裙，值钱一亿。花卉鸟兽，皆如粟粒。正视、旁视、日中、影中，各为一色"(《资治通鉴》"唐中宗景龙二年")有异曲同工之妙。

卖炭翁

　　这是诗人又一首《新乐府》诗。小序云："苦宫市也。"所谓"宫市"，宫者，皇宫；市者，买也。本来皇宫所需物品，由官吏采买无可非议。但到中唐之际，尤其是唐德宗时，已成为一种掠夺手段。当时是宦官专权，更加肆行无忌，常常在长安东西市或热闹街坊设"白望"数十百人，看到需要的货物，便以低价强买，甚至分文不与，并要货主送进皇宫，还要勒索"门户"钱、脚价钱，却美其名曰"宫市"。《旧唐书》卷一四〇《张建封传》、《资治通鉴》卷二三五均有类似记载，而《韩昌黎集》卷七《顺宗实录》卷二记述颇详，之外还记有另一件事："尝有农夫以驴负柴至城卖，遇宦者称宫市，取之，才与绢数尺，又就索'门户'，仍邀以驴送至内(皇宫)；农夫涕泣，以所得绢付之；不肯受，曰'须汝驴送柴至内。'农夫曰：'我有父母妻子，待此然后食；今以柴与汝，不取直而归，汝尚不肯！我有死而已！'遂殴宦者。街吏擒以闻，诏黜此宦者而赐农夫绢十匹。然宫市亦不为之改易。谏官御史数奏疏谏，不听。"足见"宫市"为害之甚。诗人曾为谏官，自然洞悉个中情由，所以以《卖炭翁》为题，副题曰："苦宫市也。"隐晦地抨击宫市，深刻地揭露了"宫市"的罪恶本质。

卖炭翁，伐薪烧炭南山中。
满面尘灰烟火色，两鬓苍苍十指黑。
卖炭得钱何所营，身上衣裳口中食。
可怜身上衣正单，心忧炭贱愿天寒。
夜来城外一尺雪，晓驾炭车辗冰辙。
牛困人饥日已高，市南门外泥中歇。
翩翩两骑来是谁，黄衣使者白衫儿。
手把文书口称敕，回车叱牛牵向北。
一车炭，千馀斤，宫使驱将惜不得。
半匹红纱一丈绫，系向牛头充炭直。

《卖炭翁》是白居易讽喻诗中的名篇。

卖炭翁，伐薪烧炭南山中。满面尘灰烟火色，两鬓苍苍十指黑——"伐薪烧炭南山中"七字一是交代了砍柴烧炭的事，一是点明了砍柴烧炭的地点，即王摩诘"欲投人处宿，隔水问樵夫"的终南山。"伐薪烧炭"高度概括。"满面尘灰烟火色，两鬓苍苍十指黑"，活画出卖炭翁的形象及其"烧炭"的艰辛。那南山的"荒无人烟，豺狼出没"，那"披星戴月，凌霜冒雨"，不言而喻。

卖炭得钱何所营，身上衣裳口中食。可怜身上衣正单，心忧炭贱愿天寒。夜来城外一尺雪，晓驾炭车碾冰辙——"卖炭得钱何所营？"一问；"身上衣裳口中食。"一答。诗人对卖炭翁的家境、困顿，并未直说，而一问一答说明：贫到无立锥之地，断绝衣食来源，唯有"伐薪烧炭"一条生路，巧为下文铺垫。

可怜身上衣正单，心忧炭贱愿天寒——内心何其矛盾！"衣正单"当然希望天暖；"忧炭贱"自然盼望天寒，然而这对矛盾集中到卖炭翁身上，就谈不上"当然"、"自然"了。卖炭翁复杂的心理活动，冠以"可怜"二字，真令人唏嘘不已、催人泪下沾襟。这是全诗关键，即所谓"诗眼"也。

夜来城外一尺雪，晓驾炭车辗冰辙。牛困人饥日已高，市南门外泥中歇——真的盼来了寒风大雪，似乎不必"心忧炭贱"。"晓驾炭车辗冰辙"却使人对拂晓朔风凛冽，驾炭车辗冰辙，饥寒交迫"衣正单"的卖炭翁，眼含一眶热泪。满腔希望，结果呢？"牛困人饥日已高，市南门外泥中歇"的卖炭翁盼来的是什么呢？

翩翩两骑来是谁，黄衣使者白衫儿。手把文书口称敕，回车叱牛牵向北。一车炭，千余斤，宫使驱将惜不得。半匹红纱一丈绫，系向牛头充炭直——写"手把文书口称敕"的"黄衣使者白衫儿"。在唐代，宦官中品级较高的穿黄色，无品级的着白衫。他们手执皇帝的诏令(敕)，狐假虎威，蛮横无忌，不管你愿不愿意，就"回车叱牛牵向北"，因为是"宫使驱将"，竟然"一车炭，千余斤"给"半匹红纱一丈绫，系向牛头充炭直(值)"就完事了。全诗戛然而止，给人留下了太多太多的思虑、悬念……如此收束，不像《缭绫》和"新乐府"中有些诗那样"卒章显其志"地由诗人发出议论。

《卖炭翁》可以说是老幼皆知的名篇。诗人身为谏官多年，深谙宫市弊端。本诗小题即名曰"苦宫市也"。由卖炭翁的不幸遭际，即以个别表现一般的手法，控诉宫市的罪恶，在章法上独具一格。常言道"谷贱伤农"，此可谓"炭贱伤市"，炭贵绢贱，价值悬殊，民何以堪？本诗径直铺叙，与《顺宗实录》"宫中有要，市外物，令官吏主之。与人为市，随给其直(值)。"“贞元末，以宦者为使，抑买人物，稍不如本估。……其论价之高下者，率用百钱物，买人直数千钱物……将物诣市，至有空手而归者。"所载不殊。由"可怜身上衣正单"二句，向后半首"夜来城外一尺雪"过渡，仍然集中于"卖炭得钱何所营？身上衣裳口中食"诗眼来描写。全诗灵活地使用陪衬手法，用"两鬓苍苍"突出年迈，用"满面尘灰"突出艰辛；以"一尺雪"、"冰辙"陪衬"衣正单"，以"一车炭，千馀斤"衬托"半匹红纱一丈绫"，或正衬，或反衬，都为主题衬托。诗结戛然而止，正如陈寅恪所云："篇末不着己身之议论，微与其他诗篇有异，然其感慨亦自见也。"同"新乐府"中《缭绫》诸篇"卒章显其志"不同，似乎更见含蓄有力，也更发人深思！后人给予极高评价："直书其事，而其意自见，更不用著一断语。"(《唐宋诗醇》)

总之，白居易敢于"代匹夫匹妇语"。"可怜身上衣正单，心忧炭贱愿天寒"，"不惟悉一时蠹弊，兼可作后世之前车"(《载酒园诗话》卷三)。"名为宫市，而实夺之"的宫市，乃"贞元末年最为病民之政"，危害极剧，全诗虽无一处提及宫市，其痼弊却充溢字里行间，这正是诗人创作上的妙处之所在。

井底引银瓶

诗题也就是诗的第一句。先呼题名，后述题名事，在白居易"新乐府"中不乏其例。不同的地方在于《上阳白发人》《陵园妾》等题名涉及人，而《井底引银瓶》是诗的首句。小题"止淫奔也"。防止"淫奔"，就是反对青年男女自由结合。在千馀年之前，身为封建官吏的诗人极力维护封建礼教和礼法，毫不奇怪，也无可非议。元代戏曲家白朴，曾采用此故事为题材，创作了杂剧《墙头马上》，对男女相爱的态度同白居易大相径庭，社会使然，对二白无须褒贬，不分轩轾。白居易敢于接触这一在唐代普遍的社会问题，并给予女主人公以少许同情，已属难能可能。

井底引银瓶，银瓶欲上丝绳绝。

石上磨玉簪，玉簪欲成中央折。

瓶沉簪折知奈何，似妾今朝与君别。

忆昔在家为女时，人言举动有殊姿。

婵娟两鬓秋蝉翼，宛转双蛾远山色。

笑随戏伴后园中，此时与君未相识。

妾弄青梅凭短墙，君骑白马傍垂杨。

墙头马上遥相顾，一见知君即断肠。

知君断肠共君语，君指南山松柏树。

感君松柏化为心，暗合双鬟逐君去。

到君家舍五六年，君家大人频有言。

聘则为妻奔是妾，不堪主祀奉蘋蘩。

终知君家不可住，其奈出门无去处。

岂无父母在高堂，亦有亲情满故乡。

潜来更不通消息，今日悲羞归不得。

为君一日恩，误妾百年身。

寄言痴小人家女，慎勿将身轻许人。

　　井底引银瓶，银瓶欲上丝绳绝。石上磨玉簪，玉簪欲成中央折。瓶沉簪折知奈何，似妾今朝与君别——采用比兴的手法，意思是从井底把银瓶吊起，刚要吊出丝绳断了；在石头上磨砺玉簪，就要磨成了又从中间折了。本来银瓶无法汲引，玉簪无法磨成，诗人却从另一个角度"破题"。银瓶沉了，玉簪折了，又有什么办法？就好似今朝我与你分别一样。通过这种比兴手法，一方面引出下文故事，一方面起到讽喻作用。"银瓶"系汲水的工具，容水器具。以比兴象征故事的始末。以下转入故事的经过。

　　忆昔在家为女时，人言举动有殊姿。婵娟两鬟秋蝉翼，宛转双蛾远山色，笑随戏伴后园中，此时与君未相识——是写妾还是女儿时的梳妆打扮和"笑随戏伴后园中"的欢乐。"举动"，一言一行。"殊姿"，姿质美好，仪态端庄。"婵娟两鬟秋蝉翼"，形容鬟发的美好透明，好比蝉翼一样。崔豹《古今注·杂注》释谓："魏文帝宫人……(莫)琼树乃制蝉鬓，缥缈如蝉，故曰蝉鬓。""宛转双蛾远山色"则极写用翠黛画眉好像远山之色漂亮艳丽，此用司马相如妻卓文君典，《西京杂记》记述文君"眉色如望远山。"回忆闺中的愉悦，正是衬托出奔后的痛苦。

　　妾弄青梅凭短墙，君骑白马傍垂杨。墙头马上遥相顾，一见知君即断肠。知君断肠共君语，君指南山松柏树。感君松柏化为心，暗合双鬟逐君去——写与"君"初见相恋的情状，竟至"逐君"(私奔)而去。"妾弄"二句似本"君骑竹马来，绕床弄青梅"(李白《长干行》)变化而来，"青梅"、"竹马"两小无猜。"傍垂杨"又作"依垂杨"。"墙头马上"，到元代，戏曲家白朴采用这一故事题材创作了杂剧《墙头马上》，流传至今。"断肠"言其难以割舍的相思之情。"君"指着山上的松柏起誓，对爱情忠贞不贰。古诗中松柏往往象征坚贞不变。由于你对我相知相爱，"松柏化为心"，痴情一片、衷心不渝，我才"暗合双鬟"跟你私奔。古时以发鬟装束区分女子婚否，未婚者头发梳成左右两鬟，已婚者则合为一鬟。"暗合"是因为私奔，偷偷将双鬟挽成单鬟。"暗合"句系诗眼，写出少女生活的转折，以象征的手法说明双鬟分梳的少女时代已经过去了。

到君家舍五六年，君家大人频有言。聘则为妻奔是妾，不堪主祀奉蘋蘩。终知君家不可住，其奈出门无去处——写私奔到君家的情状。"大人"，古代对父母尊长的敬称，这里是女方对男方父母的指称。"频"，多，烦也。"频有言"，犹常常唠叨。封建时代，旧的礼法有严格规定，只有经过"问名"、"纳采"等订婚仪式，才能取得"妻"的合法地位。"聘则为妻奔是妾"是《礼记·内则》明文规定的。因为不是"妻"，所以不能作主妇，也不能主祀。没有资格捧着祭物去祭祀祖先，甚至连妾的地位也轮不上。"蘋蘩"，两种水菜，在古代当作祭品。《诗·召南·采蘋》及《采蘩》记载只有"妻"奉蘋蘩"主祀"。妾没有合法的地位。"其奈"，无奈，无法；"不堪"，忍无可忍。知道在你家终究不能长留，离开可又无别的去处。终被赶了出来，无容身之地。人海茫茫，何去何从？言其"无去处"。

岂无父母在高堂，亦有亲情满故乡。潜来更不通消息，今日悲羞归不得。为君一日恩，误妾百年身——言其欲留不能、欲去又难的尴尬处境。"岂"，难道，反问；与"亦"对举，还，正诘。难道我没有父母在家吗？是肯定语气，而且还有亲朋很多在故乡。那为什么说"无去处"呢？"潜来"二句作出回答。"潜来"，暗自来。是说当初私奔来，又同父母不通音信，如今悲伤羞愧无颜回去。"为君一日恩"二句可以看出男主人公软弱无能，责备之意显而易见：还不是为了你一时的恩爱之情，耽误了我终身的大事。

寄言痴小人家女，慎勿将身轻许人——是对世人的劝慰。"痴小"，痴心少女、痴情女子。寄语给痴心的少女们，千万不要轻率地将身许人！

古诗中多有此类描写爱情之作，杜子美诗"不嫁惜娉婷"，元微之《莺莺传》等，都告诉人们"盖士之仕也，犹女之嫁也；士不可轻于从仕，女不可轻于许人也。"（《升庵诗话》）这种悲剧性爱情故事在中唐贞元、元和间是一种比较普遍的社会风气。"始乱终弃"，在贞元间习以为常，"此不须博考旁求……夫始乱终弃，乃当时社会男女间习见之现象。乐天之赋此篇，岂亦微之《和李校书新题乐府序》所谓'病时之尤急者'耶？"（《元白诗笺证稿》）。

对于"始乱终弃"，元稹处之泰然，不以为非，而白居易则深为不满。诗中的少女正是为爱情付出了一切，结果呢？自己失去了一切，这在封建社会是女性的必然结局。

诗人在诗题下注有"止淫奔也"之语，是一个封建官吏对封建礼法的本能维护。然而在叙事中，由于理性的诉说、真实的表现，结果是适得其反——主观上在肯定它，客观上却在否定它，谈何"止"呢！许多杰出的古典名篇的生命力，恰恰是体现在这一矛盾冲突上，而成为不朽之作。

秦吉了

题解

　　"秦吉了"，即鹩哥，亦称"吉了"、"了哥"、"结辽鸟"等。鸣禽，头部有黄色肉冠，嘴、脚色红，形似鹦鹉，亦能模仿人说话，声音比鹦鹉大，产于云南、广西和海南岛。《旧唐书·音乐志》载："岭南有鸟，似鸜鹆而稍大，乍视之，不相分辨；笼养久，则能言，无不通，南人谓之吉了，亦云料。开元初，广州献之，言音雄重如丈夫，委曲识人情，慧于鹦鹉远矣，疑即此鸟也。"关于"秦吉了"，还有一种传说："昔有丈夫与女子相爱，书札相通，皆凭一鸟往来。此鸟殊解人意，忽对女子曰：'情急了。'因名此鸟为'情急了'。"后人取吉利之意，用作"情吉了"、"秦吉了"。如李白"安得秦吉了，为人道寸心"（《自代内赠》）。偶翻宋吴曾《能改斋漫录》，卷十五有《吉了禽》云："……廉州民获赤白吉了……白者久而能言，笑语效人……凡宾客奴仆，一过而皆知其名位。苟饲之或不如所欲，家有弊事，亦以告人。……"诗人题下自主："哀冤民也。"诗中用以喻御史、拾遗、补阙诸谏官。是《新乐府》五十首中之一篇。写于元和四年(809)。

> 秦吉了，出南中，彩毛青黑花颈红；
> 耳聪心慧舌端巧，鸟语人言无不通。
> 昨日长爪鸢，今朝大觜乌；
> 鸢捎乳燕一窠覆，乌啄母鸡双眼枯。
> 鸡号堕地燕惊去，然后拾卵攫其雏。
> 岂无雕与鹗？嗉中肉饱不肯搏。
> 亦有鸾鹤群，闲立飏高如不闻。
> 秦吉了，人云尔是能言鸟，
> 岂不见鸡燕之冤苦？吾闻凤凰百鸟主，
> 尔竟不为凤凰之前致一言，安用噪噪闲言语！

这首诗题下诗人自注："哀冤民也。"即一篇之主旨。

秦吉了，出南中，彩毛青黑花颈红；耳聪心慧舌端巧，鸟语人言无不通——说明了秦吉了的产地、毛色及其能鸟语人言的本领。其鸣声嘹亮，婉转动听，能发出或低沉或高亢又富于旋律的多种音调，会仿鸟鸣，惟妙惟肖；会说简单的话语和乐曲。

昨日长爪鸢，今朝大觜乌；鸢捎乳燕一窠覆，乌啄母鸡双眼枯。鸡号堕地燕惊去，然后拾卵攫其雏——互文互意。意思是昨日长爪鸢扑翻了燕窠，惊飞了乳燕，掠去了燕卵；今朝大嘴乌又啄瞎了母鸡双眼，趁母鸡堕地哀号，还抓走了鸡雏。活画出长爪鸢、大嘴乌的贪暴、残酷。"鸢"(yuān)，鹞子。"大觜乌"，即乌鸦。元稹有《大觜乌》诗，白居易有《和大觜乌》诗，都提到乌有两类，小嘴者为慈乌；长嘴者为"大觜乌"，性较凶猛。"攫"(jué)，用爪钩抓取。

岂无雕与鹗？觜中肉饱不肯搏。亦有鸾鹤群，闲立飏高如不闻——则以质问的口气写雕和鹗，它们因为觜中肉饱不肯为保护鸡、燕而搏击；鸾、鹤则闲立或高扬，好像看不见，对鸡、燕的遭遇不闻不问。"雕"，即鹫鸟，性凶猛，嘴爪强劲锐利，捕食野兔、山羊。"鹗"(è)，猛禽，状略类鸢而翼较长，俗称鱼鹰，嘴短脚长，常飞翔于水上，捕食鱼类。"鸾"，羽毛五彩，古代人们视之为凤凰一类，把它神化。《广雅·释鸟》曰："鸾鸟，凤皇属也。"《说文·释鸟》则认为"鸾"，赤神灵之精也。赤色，五彩鸡形；鸣中五音，颂声作则至。"鹤"，白鹤。"岂无"、"亦有"，充满了感情色彩。

秦吉了，人云尔是能言鸟，岂不见鸡燕之冤苦？吾闻凤凰百鸟主，尔竟不为凤凰之前致一言，安用噪噪闲言语——也是以质问之语，问秦吉了：人都说你能言会道，难道你看不见鸡、燕的冤苦！我听说凤凰是百鸟之主，你竟然也不到凤凰面前为鸡、燕说上一句话！哪里用得着你吱吱喳喳闲说话？"凤凰"，雄为凤，雌为凰。古代传说中的神鸟，称"羽类之长"。《山海经·南山经》有一段神奇的记载："丹穴之山……有鸟焉，其状如鸡，五采而文，名曰凤皇：首文曰德，翼文曰义，背文曰礼，膺文曰仁，腹文曰信。是鸟也，饮食自然，自歌自舞，见则天下安宁。""不为"，不在。

这是一首旨在"哀冤民"的以鸟喻人的寓言诗。《元白诗笺证稿》评曰："诗中之雕鹗，乃指宪台京尹搏击肃理之官，鸾鹤乃指省阁翰苑清要禁近之臣，秦吉了即指谓大小谏。是此篇所讥刺者至广，而乐天尤愤慨于冤民之无告，言官之不言也。……夫身受侵苦之冤民，多不敢自陈，职司辇毂之京尹，又少能绳制，而有言责者，复不为诉一言于君上，乐天此篇所深慨者，其在斯乎？"

诗人运用比拟象征的手法，将鸟的世界作为唐代社会的一个缩影，用各种禽鸟比拟唐王朝统治集团内部各级官吏乃至皇帝。诗中以鸢、乌比拟以强凌弱，以大欺小，残害无辜的豪强恶霸；以雕、鹗比拟践踏国法，中饱私囊，草菅人命的执法官吏；以凤凰比拟至高无上的皇帝；以秦吉了比拟明知不谏、熟视无睹、避重就轻的谏官；以鸡、燕比拟受尽凌辱、弱肉强食、横被残害的平民百姓。诗人广为设喻，比拟贴切，寓意深刻，锋芒所向，直至皇帝。正如《新乐府序》所指出的："其辞质而径，欲见之者易谕也。其言直而切，欲闻之者深诫也。其事核而实，使采之者传信也。其体顺而肆，可以播于乐章歌曲也。总而言之，为君、为臣、为民、为物、为事而作，不为文而作也。"对受尽压迫凌辱的冤民寄予深切的同情。同时，诗人在谏官左拾遗任上，也确实直言敢谏，提出了许多对平民百姓有益的建议。

写秦吉了"彩毛青黑花颈红"，其实是有错误的。秦吉了头颈后有裸露的呈鲜黄色的肉质垂片，而非红色，也没有红色花羽毛。这是诗人观察不细的失误。

采诗官

题解

《采诗官》是《新乐府》五十首的总结性诗篇。正如《元白诗笺证稿》所说的："乐天《新乐府》五十篇，每篇皆以卒章显其志，此篇乃全部五十篇之殿，亦所以标明其五十篇之旨趣理想者也。"

白居易早年曾撰《策林》六十九《采诗》"以补察时政"，有"欲立采诗之官，开讽刺之道，察其得失之政，通其上下之情……"之说。希望朝廷恢复古代采诗官制度："选观风之使，建采诗之官"，"日采于下，岁献于上"，"然后君臣亲览而斟酌焉，政之废者修之，阙者补之；人之忧者乐之，劳者逸之。"尽管唐朝廷并未实行采诗制度，但其富有的现实精神已成为宝贵的文化财富。

《采诗官》题下原注："监前王乱亡之由也。"历史上，周代曾设采诗官，通过到王畿及诸侯国采诗，使最高统治者知道各地民情风俗、政治得失。《汉书·艺文志》载："古者采诗之官，王者所以观风俗，知得失，自考正也。"

采诗官，采诗听歌导人言。
言者无罪闻者诫，下流上通上下泰。
周灭秦兴至隋氏，十代采诗官不置。
郊庙登歌赞君美，乐府艳词悦君意。
若求讽谕规刺言，万句千章无一字。
不是章句无规刺，渐及朝廷绝讽议。
诤臣杜口为冗员，谏鼓高悬作虚器。
一人负扆常端默，百辟入门两自媚。
夕郎所贺皆德音，春官每奏唯祥瑞。

君之堂兮千里远，君之门兮九重闼；

君耳唯闻堂上言，君眼不见门前事。

贪吏害民无所忌，奸臣蔽君无所畏。

君不见：厉王、胡亥之末年，群臣有利君无利？

君兮君兮愿听此：

欲开壅蔽达人情，先向歌诗求讽刺。

采诗官，采诗听歌导人言。言者无罪闻者诫，下流上通上下泰——"采诗官"，《汉书·食货志》："春秋之月，群居者将散，行人振木铎行于路以采诗，献之太师，比其音律，以闻于天子。故曰：王者不窥户牖而知天下。"设采诗官，主要目的是通过采诗听歌，了解民情，疏导人言。采诗者以诗反映社会情况，有的寓以讽刺之意，不致违犯法规律条，还可以使在位者有所警诫，上下通气，沟通思想，统一意见。古代，早在《毛诗序》中就说："上以风化下，下以风刺上，主文而谲谏，言之者无罪，闻之者足以戒，故曰风。"《易经·泰卦》也说："天地交而万物通也，上下交而志同也。"

周灭秦兴至隋氏，十代采诗官不置。郊庙登歌赞君美，乐府艳词悦君意。若求讽谕规刺言，万句千章无一字。不是章句无规刺，渐及朝廷绝讽议。净臣杜口为冗员，谏鼓高悬作虚器——说自从周亡以后，秦、汉、魏、晋、宋、齐、梁、陈、隋、唐十个朝代，都不设采诗官。历代郊祭天地或庙祭祖先，都是歌功颂德；齐梁陈诸朝乐府歌词也是以雕饰艳丽、吟风弄月的形式，写统治阶级的奢靡享乐，如果想见到讽谏规刺的诗，那是万句千首也没有一个字的。"不是"，又作"自始"，意思是说从秦开始就没有规谏讥刺的诗歌，逐渐地在朝廷里就断绝了讽议。因为"绝讽议"，所以"净臣杜口为冗员"。"净臣"是指御史、拾遗等掌谏议的官。既然净臣都闭口不向皇帝进谏，自然成了无事可做的冗（rǒng）闲官员。于是"谏鼓"（即"敢谏鼓"，又名"登闻鼓"）高高挂在朝堂大门外也不过是装点门面的虚设而已。

一人负扆常端默，百辟入门两自媚。夕郎所贺皆德音，春官每奏唯祥瑞。君之堂兮千里远，君之门兮九重闼；君耳唯闻堂上言，君眼不见门前事。贪吏害民无所忌，奸臣蔽君无所畏——进一步写"谏臣杜口"、"谏鼓高悬"后，皇帝一个人端坐在宝座上不吭声，不征询群臣意见、不过问政教得失；群臣百官（即"百辟"）进入朝堂大门也是相互讨好、彼此逢迎。"负扆"，据《礼记·明堂位》记载，天子见诸侯时，背屏风（即"负扆"）而立，所以叫"负扆"。官居"夕郎"者所上奏折都是免税、赦罪的恩诏；身为"春官"的所上奏折无非奉贺、赞颂"祥瑞"。"夕郎"，《汉官仪》载："黄门郎（宫廷近侍）日暮入对青琐门拜，故谓之夕郎。"唐代称给事中（属门下省)为"夕郎"或"夕拜"。"德音",唐代皇帝的一种诏书(犹后代之"恩诏"),多为免赦之类。"春官",武则天光宅元年(684),改礼部尚书为春官尚书,这里指礼部官员。唐时,礼部掌管礼仪祭祀贡举诸事。凡有"景云"(大瑞)、"白狼"(上瑞)、"苍乌"(中瑞)、"嘉禾"(下瑞)等"祥瑞"出现,均由礼部主管的员外郎岁终向皇帝报告(《新唐书·百官志》)。"君之堂兮千里远"以下是说皇帝住在皇宫里,重门深闭,与外界隔绝,其殿堂、宫门虽不远,却如在千里之外、九重深处,他耳能听到的唯有殿堂上说的话,眼却看不见门前的事。正因为这样,所以贪官污吏残害百姓无所顾忌,奸佞谗臣蒙蔽皇帝无所畏惧、"閟"(bì),闭门。

君不见:厉王、胡亥之末年,群臣有利君无利?君兮君兮愿听此:欲开壅蔽达人情,先向歌诗求讽刺——是诗人的感慨、议论。"厉王、胡亥之末年",有的版本作"厉王炀帝之末年",又作"厉王、胡亥、炀帝之末年"。"厉王",周厉王,西周末期最昏暴的共主,对议论他的人不惜派人监视、告密、残害、杀戮。大臣劝阻,竟然说:"防民之口,甚于防水;水壅而溃,伤人必多:民亦如之"(《史记·周本纪》),朝中再也无人敢说话,最后被国人驱逐出境。"胡亥",即秦二世,《史记·秦始皇本纪》说他听信权臣赵高的话,深处宫中,拒绝劝谏,甚至以诽谤治罪,这位竟然相信"指鹿为马"的昏君终被赵高杀死。故有"群臣有利君无利"之叹之疑。有鉴于此,诗人发出忠告:君王呀,君王呀!但愿你:要想开启蒙蔽通达民情,了解民间疾苦,就首先要从诗歌里面寻求讽谏。"壅蔽",《楚辞·九辩》:"何氾滥之浮云兮,猋壅蔽此明月。"蒙蔽、隔绝的意思。"人情",民情,民间疾苦;唐代避唐太宗讳,以"人"代"民"。

复古采诗,是白居易蓄意已久的愿望。在元和四年(809)作《新乐府》五十首之前,就说:"今有司欲请于上,遣观风之使,复采诗之官,俾无远迩,无美刺,日采于下,岁闻于上,以副我一人忧万人之旨,识者以为何如?"(《进士策问五道》)在《读张籍古乐府》《寄唐生》及《与元九书》中,均曾畅论采诗。《新乐府》五十首则每首都具有现实内容,或"愍怨旷",或"戒边攻",或"念寒隽",或"苦宫市",或"止淫奔",或"哀冤民"……都针对当时现实而发,直接向最高统治者诤谏、讽议。《采诗官》则是"监前王乱亡之由",对五十首的总括,说明其创作之目的——"唯歌生民病,愿得天子知"。对于当时的封建士大夫能做到这种程度,已属难能可贵了!

《采诗官》"言者无罪闻者诚"一语,已申明作诗之旨,"讽刺时事婉而多风"。"新乐府以此篇为结后之作,正如常山之蛇尾,与首篇有互相救护之用。其组织严密,非后世摹仿者,所能企及也。"(《元白诗笺证稿》)给予十分恳切的评价。

总之,《新乐府》五十首,诚如《说诗晬语》《钝吟杂录》等所论评的:"指论时事,颂美刺恶,合于诗人之旨;忠志远谋,方为百代鉴戒。诚杰作绝思也!""能道尽古今道理","奇逸极言,出人意表","风时赋事,美刺兴比,欲尽备夫六诗之义,大哉洋洋乎!"历代都给予极高的评价。

归田三首(其二)

《归田》原诗三首,这里选其二。是元和七年(812)丁忧居渭村时所作。白居易后期写了不少仿陶渊明的"陶体诗",与陶在思想上艺术上发生了共鸣。这首诗就是《归园田居》一样的田园诗。

种田意已决,决意复何如?
卖马买犊使,徒步归田庐。
迎春治耒耜,候雨辟菑畬。
策杖立田头,躬亲课仆夫。
吾闻老农言,为稼慎在初。
所施不卤莽,其报必有馀。
上求奉王税,下望备家储。
安得放慵惰,拱手而曳裾?
学农未为鄙,亲友勿笑余。
更待明年后,自拟执犁锄。

种田意已决,决意复何如? 卖马买犊使,徒步归田庐——诗开始,就直截了当地写自己归田的决心。下面的"卖马买犊"、"春治耒耜"、"躬亲课仆"、"闻老农言"……都是由"意已决"(一作"计已决")引发的。到底是否归田? 对诗人来说,内心是有矛盾的,但经过再三思虑,终于下了归田的决心,不再疑虑。"决意"是全诗关键,他把马卖掉,买回小牛,自己以步代骑,徒步到田里,徒步返回家,就是"决意"后的行动。

迎春治耒耜,候雨辟菑畬。策杖立田头,躬亲课仆夫——是"归田"以后的行动,诗人开始学习做一个地道的农夫:春天来了,购置耕田的农具——耒(lěi)、耜(sì);下了雨啦,立即开垦田地。"菑"(zī),垦种一年的地;"畬"(yú),垦种过两年的地。他挂着拐杖立在田头亲自督促仆人种地。

吾闻老农言,为稼慎在初。所施不卤莽,其报必有馀——进而写诗人虚心向

中国家庭基本藏书

老农请教、学习，从起初就谨慎细致地种田。所做的一切都不草率而为，以换来好的收成。"其报必有馀"就是说你很细致地种地，就会丰收，土地对你的回报必然就多。说明诗人归田种地是认真的、一丝不苟的。

上求奉王税，下望备家储。安得放慵惰，拱手而曳裾？——写诗人感情产生变化，同普通农夫一样，上要交纳税收，下则储存粮食，为国为家，不能再放任懒惰，不能再过那种拱手曳裾的闲逸排场生活。

学农未为鄙，亲友勿笑余。更待明年后，自拟执犁锄——写诗人感情升华，认识到学农种田并不低下可鄙，告诉亲友不要笑话自己，等到明年后，还要亲自犁地锄田了。表现了对归田生活的满怀信心。

全诗形象地表现了诗人弃官归田的决心和行动。

诗写"归田"，事实上白居易并未真正归田，后来在官场上一再受挫之后，他由"兼济天下"转向了"独善其身"；诗作也由讽喻谏劝而出现感伤闲适。关注时政、抨击权贵、极言直谏的白乐天，真的开始"乐天知命、随遇而安、息事宁人"了。长期处在"兼济"与"独善"的矛盾之中和"仕"与"隐"的徘徊之间，无疑是他对当时政治感到失望后的思想反映。

白居易后期写的如本诗一样、数量可观的仿陶之作，正是对陶渊明从思想到艺术上的更深理解认识和共鸣。尽管如此，但以诗人的创作功力，加之仿效陶体，故这首诗写得极为流畅自然、浑然一体，既有陶诗的淳朴浑厚，又不失他个人的平易风格，不仅形象鲜明而含意深沉，同时描写细节而又不琐屑。

观　稼

《观稼》是一首模仿陶渊明田园诗的古体诗。在经历了仕宦生涯的种种坎坷之后，白居易渐渐"超然"起来。他十分仰慕陶渊明，前边所写《归田》同这首《观稼》都是效仿陶体诗抒写自己对田园隐居的向往和对农村生活的体验。

> 世役不我牵，身心常自若；
> 晚出看田亩，闲行旁村落。
> 累累绕场稼，喷喷群飞雀；
> 年丰岂独人？禽鸟声亦乐。

田翁逢我喜，默起具樽杓；

敛手笑相延，社酒有残酌。

愧兹勤且敬，藜杖为淹泊。

言动任天真，未觉农人恶。

停杯问生事，夫种妻儿获；

筋力苦疲劳，衣食长单薄。

自惭禄仕者，曾不营农作；

饱食无所劳，何殊卫人鹤？

　　世役不我牵，身心常自若；晚出看田亩，闲行旁村落。累累绕场稼，喷喷群飞雀；年丰岂独人？禽鸟声亦乐——前两句开首就写出了诗人不为人世间的事所困扰，身心常感到自如的淡泊心境：傍晚时出来散步，看田里的庄稼，无意中来到一个村落旁。看到一堆堆绕场堆积的庄稼，又看到一群群叽叽喳喳叫的飞雀；碰上丰收年景，岂止是人欢喜，连飞禽鸟雀的鸣叫都欢乐。似在写鸟，其实还是在写人。诗人由鸟的欢叫，想到了人的欢乐。诗人此时的心境很好，感到了人的欢悦，才听到禽鸟的鸣叫欢快。在写法上也很像陶渊明的诗。写诗人看到的丰收景象。

　　田翁逢我喜，默起具樽杓；敛手笑相延，社酒有残酌。愧兹勤且敬，藜杖为淹泊。言动任天真，未觉农人恶——由丰收景象写到获得丰收的农家。田翁看见诗人来了非常高兴，立即斟酒接待，恭敬地缩手延请饮秋社日祭土地神剩馀的酒。对一位不速之客，田翁如此恭敬真诚地待客，使诗人非常感动，同时深感愧疚，于是放下藜木拐杖留下来。"言动"二句写田翁本性天然朴质，待客毫无做作之状，使诗人觉得农夫一点儿也不让人厌恶。诗人同田翁之间身份地位的隔阂消除了，两个人无拘无束地交谈起来。

　　停杯问生事，夫种妻儿获；筋力苦疲劳，衣食长单薄。——叙诗人放下酒杯，询问田翁有关耕种生计方面的事，才知道田翁全家妻儿老小都在种地，而且不管再苦再累，即使精疲力竭地劳作，仍然"衣食长单薄"，吃不饱、穿不暖。这时，诗人才真实深切地了解到农民生活并不像他一向所想象的那样：丰收了就有吃有穿！

　　自惭禄仕者，曾不营农作；饱食无所劳，何殊卫人鹤——是诗人了解田翁情况后的自惭和自责。诗人愧疚地说自己这样一个做官享受朝廷俸禄的人，并没有从事耕作，饱食终日，不劳而食，同卫懿公养的鹤有什么分别呢？"营"，从事。"殊"，别，区别。"卫人鹤"，春秋时卫懿公喜欢养鹤，鹤的食物极好，而且能坐车。言其生活无异于鹤。

诗人写《观稼》，由"稼"而引出人——田翁及其全家。他在田翁家做客，耳闻目睹其困苦生活，从而自惭、自责。诗人在叙述过程中写出了自己由不了解实情，到知道真相，及感情的变化，是白诗的显著特点。从语言艺术风格上看，这首诗"天真自然，平实古拙"而且节奏舒缓自如，无不颇似陶渊明的诗。但从思想内容上分析，陶诗的主要内容在于写自己在农村环境中的闲适自在生活，即使提到了生活困顿，仍然在抒发主观的思想情感，充满浪漫主义色彩。而白诗不由自主地要把诗的思想内容打上现实主义精神的烙印，尽管诗的开头写了自己的闲适心情，但听到田翁生活之苦时，他又转向对社会问题的思考和感慨。这种具有现实主义精神的田园诗，不论其如何在形式上与早期的田园诗相似，但其实质毕竟不同，因为它打上了白居易自己及中唐以来田园诗的印记。总之，陶诗、白诗同标榜为田园诗，但二者很难同日而语！

晚　燕

燕，即"燕子"，又称"乙"、"鹣鹕"、"玄鸟"、"玄禽"、"乌衣"、"鸷鸟"、"朱鸟"、"游波"、"天女"、"神女"、"燕燕"等。体长在130毫米—185毫米之间，翼尖长，尾羽分开似剪刀。是一种捕食昆虫的农业益鸟。为人们熟悉和常见的有"家燕"、"金腰燕"、"灰砂燕"。灰砂燕，又叫"沙燕"，是燕中最小的一种，繁殖于我国北部，夏季在长江流域常见。历代著名诗人几乎都有咏燕之作。

> 百鸟乳雏别，秋燕独蹉跎；
> 去社日已近，衔泥意如何？
> 不悟时节晚，徒施功用多。
> 人间事亦尔，不独燕营窠！

这首诗写秋燕衔泥筑巢。燕子秋天营窠，有悖事理，颇令人费解。

百鸟乳雏别，秋燕独蹉跎——写百鸟由春经夏，孵卵、乳雏，雏鸟都同雌鸟分离，只有秋燕还是光阴虚度。"别"，一作毕。"蹉跎"（cuō tuó），本指失足、颠蹶，诗中引申作时间流逝、光阴虚掷。

去社日已近,衔泥意如何——写秋祭土神的社日即将来临,你秋燕衔泥意欲何为?

不悟时节晚,徒施功用多——由上自问而自答。不知道时节已晚了,衔泥也徒劳无功,没什么用处了。

人间事亦尔,不独燕营窠——出乎意料。既然秋燕衔泥徒劳无用,诗人却辩解说人间事也是那样,不单单是秋燕筑巢这样。"窠"(kē),鸟巢。晋左思《蜀都赋》有"穴宅禽兽,窠宿异禽"之句。

这是一首有悖事理、别有所指的寓言诗。燕子筑巢那是春夏之交的事,绝不会在秋天始来衔泥营窠之理。很显然,诗人以"秋燕营窠"设喻,对那些"不悟时节晚,徒施功用多("功"又作"工")"者进行了尖刻而又辛辣的嘲讽和鞭挞。

洛中偶作

题下原注:"自此后在东都作。"这首则是长庆四年(824)除太子左庶子分司东都,始卜居洛阳履道里后不久所作。除此之外,尚有《洛下卜居》等。"洛中",犹"洛下",即洛阳。

五年职翰林,四年泣浔阳。
一年巴郡守,半年南宫郎。
二年直纶阁,三年刺史堂。
凡此十五载,有诗千馀章。
境兴周万象,土风备四方。
独无洛中作,能不心悢悢!
今为春宫长,始来游此乡。
徘徊伊涧上,睥睨嵩少傍。
遇物辄一咏,一咏倾一觞。
笔下成释憾,卷中同补亡。
往往顾自哂,眼昏鬓苍苍。
不知老将至,犹自放诗狂!

五年职翰林，四年泣浔阳。一年巴郡守，半年南宫郎。二年直纶阁，三年刺史堂。凡此十五载，有诗千馀章——好似官历表，罗列了诗人十五年间所作官职：元和二年被由盩厔(周至)尉调充进士考官，补集贤院校理，十一月五日授翰林学士，至元和六年四月丁母忧去职居渭村，正好五年。元和十年六月因上疏直谏，连连被诏贬江州("浔阳"，即江州)司马莅任，至元和十三年十二月迁忠州刺史四年。元和十四年春到忠州任，次年冬召回长安，一年(隋改州曰郡，称刺史曰郡守、太守)。元和十五年冬被召为尚书司门员外郎，半年("南宫"，尚书省之别称)。自长庆元年拜尚书主客郎中、知制诰，加朝散大夫，除中书舍人，至长庆二年七月出为杭州刺史，二年("直纶阁"，在中书省为皇帝掌制诰；"纶"，指最高统辖的、皇帝的，亦即"王言"。《礼记·缁衣》："王言如丝，其出如纶。")。自长庆二年出为杭州刺史，至长庆四年五月任满，三年。就在这十五年宦海沉浮中，诗人还写了一千多首诗章。"载"，年也，《尔雅·释天》："载，岁也。夏曰岁，商曰祀，周曰年，唐虞曰载。"

　　境兴周万象，土风备四方。独无洛中作，能不心悢悢——是说，他的诗句描摹景物、叙述事物包罗万象，土俗风情，题材无所不包。而遗憾的是，独独没有在洛中的诗作，所以不能不心中怅惘。"悢悢(láng)"，怅然、怅惘。

　　今为春宫长，始来游此乡。徘徊伊涧上，睥睨嵩少傍——写诗人为太子左庶子分司，是"春宫长"(太子宫称"春宫"，原误作"春官")。刚到洛中作官，所以说"始来游此乡"。"徘徊伊涧上"二句是说诗人欣赏风景，啸傲林泉，游览嵩岳，登攀少室。"徘徊"、"睥睨"(pì nì)，本意是往返回旋，用眼斜视，诗中犹言游览欣赏景致。"伊涧"，二水名：伊水源出河南卢氏熊耳山，东北流经嵩县、伊阳、洛阳等地，入洛水；涧水源出河南渑池白石山，在洛西流入洛水(参见《尚书·禹贡》)。"嵩少"，二山名：嵩山，五岳之中岳，在河南登封北，有太室、少室等三峰，西曰少室山。

　　遇物辄一咏，一咏倾一觞。笔下成释憾，卷中同补亡——是写诗人游览风光、啸傲山川，遇物都要作诗，所到都会饮酒，"斗酒诗百篇"，引觞饮酒，必然赋诗。后两句是说由于"独无洛中作"，所以要偿憾、补缺，每到一处必然要写诗。"笔下"，下笔写诗；"释憾"，补偿遗憾。"卷中"，指个人诗集、诗卷；"补亡"，晋代束皙有《补亡诗》，原为《诗经》中仅存目而无词的几篇，他补齐了，这里是借用以指弥补洛中无作之遗憾、不足。

　　往往顾自哂，眼昏鬓苍苍。不知老将至，犹自放诗狂——是说，常常是看看自己的形容而自笑，即顾影自笑，笑自己老眼昏花、两鬓苍苍(有的版本即作"须鬓苍")。但却不知老之将至，还在自己发诗思狂想。也就是王羲之"当其欣于所遇，暂得于己，快然自足，不知老之将至"(《兰亭序》)的意思。早于王羲之的《论语》

中就有"不知老之将至云尔";后于王羲之的大诗人杜子美也有"丹青不知老将至,富贵于我如浮云"之句。

这首诗别开生面,诗人先给自己编制了一幅居官图,罗列了十五年间的宦海升沉,记录了十五年来赋诗的概数。而且无论是得是失、是浮是沉,所到之处,"遇物辄一咏,一咏倾一觞"。诗人坚信"大丈夫所守者道,所待者时。时之来也,为云龙,为风鹏,勃然突然,陈力以出;时之不来也,为雾豹,为冥鸿,寂兮寥兮,奉身而退。进退出处,何往而不自得哉?"(《与元九书》)因为"独无洛中作",所以要"释憾"、"补亡";尽管"眼昏鬓苍苍",仍然"不知老将至","犹自发诗狂"。这也就是白氏一生作诗最多,其诗保存下来最多,流布最广的原因之所在。

微雨夜行

元和十年(815),诗人被贬为江州司马,赴江州途中作。

<blockquote>
漠漠秋云起,稍稍夜寒生。
但觉衣裳湿,无点亦无声。
</blockquote>

这首小诗写诗人微雨夜行中的种种感觉。

漠漠秋云起,稍稍夜寒生——"漠漠",状秋云密布的样子;"稍稍",拟秋夜感到寒意生。诗人一路走,一路看,一路听,一路感,起初只看到阴云密布,接着感到身上有点冷。走着走着,觉得衣服有点湿。从而引出后两句。

但觉衣裳湿,无点亦无声——衣服湿了,但却没有感到雨点打在脸上,而仔细听听,又没有雨声。"无点"是写感觉;"无声"是写听觉。既无点,又无声,可知道衣裳湿了,可见他还是有所觉,要不就是用手摸了。因为微雨不会很快湿了衣裳,也许是夜行久了,感觉到"夜寒",才发现衣裳湿了。既显得十分自然,又显得非常真实。

这首诗只有二十个字,但却写出了诗人在微雨、秋夜、行路中的一系列感觉——首句是诉诸视觉所看到的;第二句是诉诸触觉所感到的;第三句是诉诸触觉所摸到的；第四句是视觉、听觉、触觉都有所感觉的。诗中写"微雨"，却没出现一个"微"字，也没出现一个"雨"字。而是通过自己一系列的感觉，细腻而又逼真地描写了秋天蒙蒙细雨的特点。诗句明白如话，用字准确精练，同时处处围绕和照应题目。

夜　雪

大约是诗人贬谪江州时作，时在元和十年（815）冬。

> 已讶衾枕冷，复见窗户明。
> 夜深知雪重，时闻折竹声。

已讶衾枕冷，复见窗户明——首句突如其来，"衾枕冷"前置"已讶"，说明因少见、少有而感到惊讶，足证寒冷极了，写的是人的感觉。次句"复见"又惊讶，是因"窗户明"。漆黑的夜晚，突然发现窗外很亮，自然惊讶不已，写的是人的视觉。诉诸视觉也好，凭借感觉也好，究竟为什么深夜"衾枕冷"、"窗户明"呢？

夜深知雪重，时闻折竹声——是读者要知道的答案。因为"雪重"，竹枝尚嫩不胜其压而时有断折声传来。

短短二十个字，用"讶"、"见"、"知"、"闻"四个词，折射出人。就是这个人在惊讶，复看见，能感知，才听见。让读者看到诗人一夜未眠，那举目频频外瞧的动作，那一直在关切雪势与竹情的神态，活脱脱呈现在读者面前。

这首诗没有从正面描写夜寒雪大，而是采取烘托陪衬的艺术手法，既描绘出了夜雪的寒冷和皎洁，又烘托出了人物的动作与神态。睡眠中因感到寒冷而醒，又看到窗户透亮，判断已下雪了；从竹枝压折的声音，断定雪下得很大，仅仅二十个字，描摹得细腻曲折，而不平直呆板。

尤其是写雪的诗作很多，但写夜雪的很少见，所以更显得别致独特，自成一格，是一首立意不俗、别具风采的小诗。

欲与元八卜邻先有是赠

"元八"，即元宗简，时俗以兄弟排行(háng)呼之，故称元八。如元稹排行第九，白居易有《寄元九》《与元九书》等。类似者在《白居易集》中比比皆是。写给元宗简的尚有《和元八侍御升平新居四绝句》《曲江夜归闻元八见访》……白氏与元宗简是结交二十多年的诗友。元宗简，字居敬，河南人，举进士后历官侍御史、员外郎、京兆少尹。宗简死后，白氏为其文集(《元少尹文集》)作序，即《白氏文集》卷六十八《故京兆元少尹文集序》。"卜邻"，选择邻居，"孟母三迁"也是为选择好邻居。即所谓"非宅是卜，惟邻是卜"(《左传·昭公三年》)。《和元八侍御升平新居四绝句》注云"时方与元八卜邻。"元和五年(810)春，白居易所居长安新昌坊，与元宗简所居升平坊东西为邻；元和六年白母卒时，白居易所居长安宣平坊，又与元宗简所居升平坊南北相邻。《四绝句》分别为《看花屋》《累土山》《高亭》《松树》。最后一首《松树》"白金换得青松树，君既先栽我不栽。幸有西风易凭仗，夜深偷送好风来。"说明二人已结邻。本诗约作于元和五、六年。

> 平生心迹最相亲，欲隐墙东不为身。
> 明月好同三径夜，绿杨宜作两家春。
> 每因暂出犹思伴，岂得安居不择邻？
> 可独终身数相见，子孙长作隔墙人。

这首诗写卜邻之契及之所以卜邻之故。全诗可分两部分：

平生心迹最相亲，欲隐墙东不为身——连用典实写卜邻结邻的美好愿望，后四句写卜邻择邻的恳切心情。起联"最相亲"三字，为全诗主脑，以下或写卜邻结邻之契，或写卜邻择邻之故，都从此三字生发而出；"不为身"三字，不想进身高位、谋求升官，其前置以"欲隐墙东"用典，意思是隐居墙东，出自《后汉书·逸民传》："初，(逢)萌与同郡徐房、平原李子云、王君公相友善……房与子云养徒各千人，君公遭乱独不去，侩牛自隐，时人谓之论曰：'避世墙东——王君公'"。"墙东"已成隐者的居处代名词。

明月好同三径夜，绿杨宜作两家春——写"素月当天，绿杨拂地，虽佳景天然，只能独赏；今与卜邻，三径则清辉同照，两家则春色平分，其乐弥多。""三径"，指庭园中三条小路。赵岐《三辅决录》："蒋诩，字元卿，舍中竹下开三径，惟求仲、羊仲从之游。"陶渊明也有名句"三径就荒，松菊犹存"(《归去来辞》)。后以之用作隐士住处的代称。"绿杨"则用南齐陆慧晓、张融结邻典故："慧晓与张融并宅，其宅有池，池上有二株杨柳。(何)点叹曰：'此池便是醴泉，此木便是交让。'"(见《南史·陆慧晓传》)"两家春"，即两家同春，平分春光。这两句是说与元八结邻，友好相结，明月同享、春光同分。

每因暂出犹思伴，岂得安居不择邻？可独终身数相见，子孙长作隔墙人——"意极明畅，言暂出犹思，何况久住？更愿子孙芳邻永结。交情至此，深挚无伦矣。"(俞陛云《诗境浅说》)"暂出"，指临时出游。"安居"，诗中指长久居住。"岂得安居不择邻"，《荀子·劝学》："居必择乡，游必就士。"《晏子·内篇》："君子居必择居，游必择士。"说明暂出思伴侣，久居更须择邻居。结二句是说岂止你我二人要终身友善相处，连子孙后代也要长久地作一墙之隔的邻人。"可独"，岂独，岂止是……"数"，屡次，屡屡。

历代诗中结邻佳句很多，如"两岸人烟分市色，一溪灯火共书声"(吴泰来)，"井泉兮地脉，砧杵共秋声"(徐铉)，"隔篱分井水，穿壁共灯光"(梅尧臣)及"名园相倚杏交花"(杜牧)等，同"绿杨宜作两家春"臻于同妙！

这首诗最大的特色是对仗、用典。独特之处是"论句法则层层推进，论交情则愈转愈深。在七律中此格甚少，词句亦流转而雅切也。……"(《诗境浅说》)句法上"句句细点，一层深一层。"用语上"两家意，语语夹写，一步深是一步。"(《唐诗别裁集》卷一五)颔联对偶工整，脍炙人口，"明月三径夜"、"绿柳两家春"明丽似画图。不难想象，几株奇树，一泓清水，池中线鳞，岸边绿柳，在如此幽雅的园庭之内，诗人与元八，无论是月下对酒、柳荫赋诗，还是池畔观鱼、小径信步，优哉游哉，悠然自得！仅仅十四个字，充满诗情画意，引发读者多少美丽的想象和奇妙的回忆。尾联"数"(shuo)用入声，违反律诗定格(应用平声字)，于是下一字"相"(xiāng)用平声，加以补救，成为一种"拗格"。

白牡丹

诗人有同题《白牡丹》两首。一首为《白牡丹》(和钱学士作)，系五言律诗，吟诵"素华人不顾，亦占牡丹名"、"众嫌我独赏，移植在中庭……对之心亦静，虚白相向生"的白牡丹。感叹"始知无正色，爱恶随人情。岂惟花独尔？理与人事并。君看入时者，紫艳与红英。"由白牡丹而人，又及紫艳与红英。是一首由彼及此，由花及人,寓意深邃,有感而发的讽喻诗。另一首就是本诗,系七绝,已非和诗,而是自叹。仍以"素华人不顾,亦占牡丹名"诗意,抒写自己被委为东宫左赞善大夫,"被人还唤作朝官",而实属"闲官"的抑郁失志和愤懑之情。

> 白花冷澹无人爱,亦占芳名道牡丹。
> 应似东宫白赞善,被人还唤作朝官。

这首诗是白居易元和十年(815)在京城长安所作。"白花"二句,与被列为讽喻诗的《白牡丹》中"素华人不顾,亦占牡丹名"同一情思,同一机杼,同一慨叹;不同处在于和钱学士作是感人,为人鸣不平,这里是叹己。也就是在这一年六月,李师道派人刺杀主张平定藩镇叛乱的宰相武元衡,白居易身非谏官却上疏直谏,请求惩办凶手,结果遭到政敌谗毁,被贬为江州司马。

白花冷澹无人爱,亦占芳名道牡丹——以花起兴,以花喻人,白牡丹受到冷落无人爱护,但还占据着芳名叫做牡丹。

应似东宫白赞善,被人还唤作朝官——由花及人,以人作结,应该像东宫左赞善大夫白居易一样,被人仍然还唤作朝官。

这首诗被列入"杂律诗",即"或诱于一时一物,发于一笑一吟,率然成章,非平生所尚者。"同其"讽喻诗"、"闲适诗"、"感伤诗"一样虽"志在兼济,行在独善",而实际上是在二者之间徘徊、矛盾着,也在他的创作中长期地并且普遍地存在着、相互掺和着。有时"志在兼济",有时"行在独善",有时又"丈夫贵兼济,岂独善一身"。但在总的创作倾向上,在"兼济"和"独善"的矛盾中,"兼济"仍然占着主导方面。表现在这首诗中也是如此。对于左赞善大夫这个东宫官,掌侍从、护养的闲职,白居易是不甘屈从和忍受的。对于出处进退、立身处世他有自己的见解,也是决不会沉沦和缄口的。

江南遇天宝乐叟

本诗约于长庆(唐穆宗李恒年号821—824)三年(823)前后在杭州所作。天宝乐叟,即诗中"病叟"(又作"老叟")。天宝系唐明皇年号(742—756)。天宝叟于安史之乱后,"漂沦到南土",在杭州同白居易相遇,时白氏在杭州刺史任上。

白氏将这首诗归入"感伤诗",即在《与元九书》中所说"又有事物牵于外,情理动于内,随感遇而形于叹咏者一百首,谓之感伤诗。"诗歌通过同天宝乐叟的对话,从侧面反映出自天宝十四载(755)安禄山之乱后,半个多世纪唐代社会盛极而衰的巨大变化,寄寓着诗人的感昔伤今之情。

> 白头病叟泣且言,禄山未乱入梨园。
> 能弹琵琶和法曲,多在华清随至尊。
> 是时天下太平久,年年十月坐朝元。
> 千官起居环佩合,万国会同车马奔。
> 金钿照耀石瓮寺,兰麝熏煮温汤源。
> 贵妃宛转侍君侧,体弱不胜珠翠繁。
> 冬雪飘飖锦袍暖,春风荡漾霓裳翻。
> 欢娱未足燕寇至,弓劲马肥胡语喧。
> 豳土人迁避夷狄,鼎湖龙去哭轩猿。
> 从此漂沦落南土,万人死尽一身存。
> 秋风江上浪无限,暮雨舟中酒一尊。
> 涸鱼久失风波势,枯草曾沾雨露恩。
> 我自秦来君莫问,骊山渭水如荒村。
> 新丰树老笼明月,长生殿暗锁春云。
> 红叶纷纷盖攲瓦,绿苔重重封坏垣。
> 唯有中官作宫使,每年寒食一开门。

这首诗由天宝叟同诗人的对话两部分组成。自开篇至"枯草曾沾雨露恩"二十四句系第一部分,都是天宝叟叙说怀念华清宫昔日繁华和感慨自己漂沦南土的话;从"我自秦来君莫问"至终篇八句是诗人告诉天宝叟华清宫当今状况的话,为第二部分。

白头病叟泣且言,禄山未乱入梨园。能弹琵琶和法曲,多在华清随至尊。是时天下太平久,年年十月坐朝元。千官起居环佩合,万国会同车马奔——首句写天宝叟头发已白又有病,一遇到诗人,未曾说话就泣不成声。"泣",小声哭;"言",不能自已,写天宝叟边哭边说、呜咽泣诉。都诉说了些什么呢?

说自己从安史之乱前就进入梨园。唐明皇通音律,设教坊,选"坐部伎"、"立部伎"、"雅乐部伎"等子弟三百人,亲自教于梨园,称为"皇帝梨园弟子"。宫女数百人,也称梨园弟子,称作"法部",住在太极宫内宜春北院。法部曲"曲声清而近雅",乐器除琵琶,还有铙、钹、钟、磬等。《霓裳羽衣曲》就是著名的法曲之一。在梨园会弹琵琶又会奏法曲。"琵琶"即《琵琶宫声》,曲调名;"法曲",道教乐曲。由于"明皇既知音律,又酷爱法曲"(《唐书·礼乐志》),所以他"多年华清随至尊"。"华清",华清宫;"至尊",封建社会称颂皇帝,至高无上、尊崇无限。唐开元年间(713—741)直到天宝初年,安禄山之乱前,"天下太平",唐明皇年年十月间都要到华清宫的最高处朝元阁坐朝。"千官"二句犹言朝廷诸多官员,天下万国使臣都要来朝拜会见。"万国",在周代本指诸侯,在唐代则指节度使,即"藩镇"。"会同",《周礼·大宗伯》:"时见曰会,殷(众)见曰同。"诗人未直写朝会仪式,而是用"起居环珮合"、"会同车马奔"来烘托渲染朝会盛况,重点在写人。"千官",言其多也;"起居",特指给皇帝行礼;"环珮合",《史记·孔子世家》:"夫人……环珮玉声璆然。"《后汉书·皇后纪序》:"动有环珮之响。"《宋书·后妃传论》:"环珮系响。"所以这里是形容千官所佩环珮声响成一片。环珮,系玉制的圆形或其他形状的佩饰。古代贵族男女都佩系玉饰于腰带之间,一走动即叮当作响。"万国",亦言其多;"会同车马奔",言所乘车马同时急驰奔走,同"十月离宫万国朝"(权德舆《朝元阁》)都是形象地极言朝会之盛。

金钿照耀石瓮寺,兰麝熏煮温汤源——前一句言游山的贵族妇女多,据《玉台新咏序》、《唐书·舆地志》记载,贵族妇女以头饰多少定品级。那镶嵌金花宝石的首饰,如"首饰花"、"花钿"、"花钗"都属"金钿"一类,多到把骊山深洞的石瓮寺都照亮了。石瓮寺"在骊山半腹石瓮谷中,有泉激而似瓮形,因是名谷,以谷名寺"(《南部新书·己》)。后者是说骊山温泉之源好像被兰麝熏煮一样,从源头一流出来就带有香味。这两句对寺庙、温泉以极度称赞。

贵妃宛转侍君侧,体弱不胜珠翠繁。冬雪飘飖锦袍暖,春风荡漾霓裳翻——贵妃是天宝乐叟特别记忆的人物,她"宛转"(美好顺从貌)地服侍君王(唐明皇),那"体弱"、"娇无力"的样子,珠玉首饰满头("不胜",禁不住),锦袍温暖裹体,宫外"冬雪飘飖",宫内却"春风荡漾"和暖如春天,欢跳着霓裳羽衣舞。专述杨贵妃的受宠情景。以上八句极言朝会、温泉、侍君的盛况。

欢娱未足燕寇至,弓劲马肥胡语喧——在笔法上同"骊宫高处入青云"(《长恨歌》)。紧接"渔阳鼙鼓动地来",同样是盛极一转,安史之乱发生了,"燕寇至"、"胡语喧",因安禄山是胡人"夷狄"之属——故有此语。

幽土人迁避夷狄,鼎湖龙去哭轩猿——于是长安一带(属古幽地)民人因唐明皇逃走而四散奔逃。"鼎湖"典出《史记·封禅书》,黄帝采铜铸鼎,鼎成,骑龙上天……后来用此典故喻皇帝死亡。《史记·五帝本纪》曰:"黄帝姓公孙,名轩辕。"

这里比喻唐明皇死去。

从此漂沦落南土，万人死尽一身存。秋风江上浪无限，暮雨舟中酒一尊。涸鱼久失风波势，枯草曾沾雨露恩——是说安禄山之乱及其酿成的后果。乐叟也因此"漂沦到南土，万人死尽一身存"，不过自己还侥幸活着，只是"漂沦憔悴，转徙于江湖间"(《琵琶行序》)罢了。"秋风江上浪无限，暮雨舟中酒一尊"正是对此"漂沦"生涯的形象描写。忧愁似浪而"无限"，只有暮雨孤舟、一樽相伴、用酒消愁。接着用"涸鱼"、"枯草"自喻，而今如涸鱼被困，失去了乘风破浪的"风波势"；又似枯草风折，但曾经沾过皇帝的"雨露恩"，永远记在心中。以上是天宝乐叟的话，主要怀念昔日在宫中的繁华，慨叹今天的漂沦。

我自秦来君莫问，骊山渭水如荒村。新丰树老笼明月，长生殿暗锁春云。红叶纷纷盖攲瓦，绿苔重重封坏垣。唯有中官作宫使，每年寒食一开门——是作者的话。顾学颉先生认为此诗是白居易44岁时初任江州司马时作。"莫问"是不需怀疑之意，是说我的话都是真切可靠的：骊山、渭水已经如同荒凉的村落；新丰(骊山所在地)树老枯枝败叶笼罩着月亮，一片昏暗；连长生殿(在华清宫内，亦名集灵台，是祈神之所)都如同锁住黄昏一般，永远幽晦；秋来红叶零落("纷纷")覆盖着"攲瓦"(倾斜不正的瓦)；厚厚绿苔遮掩着"坏垣"(倾圮的宫墙)。"纷纷"，零落貌，"重重"，严实貌；到处是极其衰颓破败的景象。唯有充作宫使的"中官"(太监)，每年寒食节照例来祭奠一番，这才开一次门。

本诗通过天宝乐叟回忆昔日的繁盛和自己的漂沦，以及作者的亲身所见所知，感昔伤今，既感昔时之不当，又伤当今之可忧，深喻讽今之意。诗中处处呼应，事事关联，承转无痕，过渡自然。正如《唐宋诗醇》所论："前叙乐叟之言，天宝旧事也。后叙告乐叟之言，乱后景象也。俯仰今昔，满目苍凉，言外黯然欲绝。乐叟未必实有其人，特借以抒感慨之思耳。"结尾两句，总括全诗，又上承"千官起居环珮合"八句的繁华，下转"骊山渭水如荒村"七句的凄清，令人嗟叹，耐人寻思。虽无一感伤之词，却感伤极深；虽无一讽喻之语，而讽喻之意极切，是一首艺术性很高的感伤诗杰作。

放旅雁

这首诗题下自注："元和十年(815)冬作。"这一年白居易被贬江州司马。"旅雁"，雁系候鸟，随气候变化而迁徙，春天北来，秋天南飞，故称"旅雁"。诗中特指在旅途中的鸿雁。"放"，放飞也。意寓一种反战、厌战的情绪。

九江十年冬大雪，江水生冰树枝析。
百鸟无食东西飞，中有旅雁声最饥。
雪中啄草冰上宿，翅冷腾空飞动迟。
江童持网捕将去，手携入市生卖之。
我本北人今谴谪，人鸟虽殊同是客。
见此客鸟伤客人，赎汝放汝飞入云。
雁雁汝飞向何处？第一莫飞西北去。
淮西有贼讨未平，百万甲兵久屯聚。
官军贼军相守老，食尽兵穷将及汝：
健儿饥饿射汝吃，拔汝翅翎为箭羽。

九江十年冬大雪，江水生冰树枝析。百鸟无食东西飞，中有旅雁声最饥——先点明地点、时间，说明事情，且照应题目。元和十年冬天由于九江郡大雪，使江水结冰、树枝劈裂。"析"，《说文》："析，破木也。"即劈开，劈裂。因此，所有的鸟儿东飞西飞找不到食物，其中数旅雁的哀叫声最哀切。多种版本"析"作"折"。

雪中啄草冰上宿，翅冷腾空飞动迟。江童持网捕将去，手携入市生卖之——由"最饥"引发而出，因为在雪里啄草充食，冰凌上歇宿，以致翅膀冷冻，连升空飞动也很迟缓，于是就被江边的儿童持网捕捉而去，携带到市集活生生地卖掉。

我本北人今谴谪，人鸟虽殊同是客。见此客鸟伤客人，赎汝放汝飞入云——写诗人对旅雁因同情而赎买放飞。诗人说我本来是北方人，今因被贬谪而来；我是人你是鸟，虽然相异却同是客。见了你这只客鸟，引起我的伤感与同情，所以赎买你放你飞翔入云。"伤"，伤感，同情；"客人"，指旅居在外的人，这里是诗人自指。

雁雁汝飞向何处？第一莫飞西北去。淮西有贼讨未平，百万甲兵久屯聚。官军贼军相守老，食尽兵穷将及汝：健儿饥饿射汝吃，拔汝翅翎为箭羽——是诗人借以抒写感慨和同情。"雁雁汝飞向何处？"先询问，接着叮嘱鸿雁，首先千万不要飞到西北去。"第一"，首先，诗中具有特别强调的意思。为什么"第一莫飞西北去"呢？后面六句可以说是回答。因为淮西地方为讨贼正在打仗，双方有百万甲兵多年了聚集屯驻在那里。官军和贼军相互对峙时间很久了，由于"食尽兵穷"很快就要涉及你：兵士们因为饥饿不堪会射杀你来充食，而且会拔掉你的翅膀翎毛来做箭羽。"淮西有贼"，元和九年八月，彰义军节度使吴少阳死，其子吴元济取代之，并以蔡州拥兵拒唐，唐宪宗遣数十万军马平叛，相持对阵，胜败难分。"老"，即《左传》僖公四年、二十八年所谓"师老矣"、"且楚师老矣"。意即两方相持的时间很久了。"健儿",《唐会要》卷七十二载:"(天宝)十四载十一月二十七日,于京师招募十万众,号曰'天武健儿'。"(《军杂录》)卷七十八又载:"大历十二年五月十日……兵士量险隘招募,谓之'健儿'。"(《诸使杂录》)诗中即指兵士。"箭羽",古代箭由三部分组成:前端系金属或骨、石所制的箭镞,中间为竹制的箭杆,尾端是鸟羽所做的箭羽。

白居易于元和十年(815)冬被贬为江州司马,赴任途中写了很多首诗。尽管遭贬斥,他仍然对唐王朝忠心一片。《放旅雁》就写他对藩镇割据的斥责,称之"淮西有贼"、"贼军"。同时在江州路上作的《登郢州白雪楼》自注云:"时淮西寇未平。"诗中"说道烟尘近洛阳",是说吴元济未平,另一地方割据者李师道暗使部将在洛阳城内叛唐,响应吴元济。足见白居易对藩镇割据的反对,这也是诗人对劳苦大众深受战乱之苦的同情。

画竹歌并引

题解

《画竹歌》是长庆初年在杭州所作。当时白居易五十一岁,唐穆宗被宦官扶上皇帝宝座,此位皇帝迷信方士,一心求长生不老,不理朝政,于是"国是日荒,朋党倾轧,两河再乱,民生益困",诗人屡上书谏奏。长庆二年(822)正月,又上疏论河北用兵诸事,不听。于是自求外任。七月,白氏自中书舍人除杭州刺史。由于宣武军乱,汴途阻塞,取道襄汉赴任,十月一日才到杭州。本诗大约写于抵杭州后的长庆二年末或长庆三年(823)。"引",引子。这里是比喻引起正文的话。

协律郎萧悦善画竹,举时无伦。萧亦甚自秘重,有终岁求其一竿一枝而不得者。知予天与好事,忽写一十五竿,惠然见投。予厚其意,高其艺,无以答贶,作歌以报之,凡一百八十六字云。

植物之中竹难写,古今虽画无似者。
萧郎下笔独逼真,丹青以来唯一人。
人画竹身肥拥肿,萧画茎瘦节节竦。
人画竹梢死赢垂,萧画枝活叶叶动。
不根而生从意生,不笋而成由笔成。

野塘水边碕岸侧，森森两丛十五茎。

婵娟不失筠粉态，萧飒尽得风烟情。

举头忽看不似画，低耳静听疑有声。

西丛七茎劲而健，省向天竺寺前石上见。

东丛八茎疏且寒，忆曾湘妃庙里雨中看。

幽姿远思少人别，与君相顾空长叹。

萧郎萧郎老可惜，手战眼昏头雪色。

自言便是绝笔时，从今此竹尤难得！

诗引中"协律郎"，属太常寺。掌管音乐及监试乐人之官。萧悦，兰陵(今山东临沂市)人。《唐朝名画录》载："萧悦工画竹，有雅趣。说者谓墨竹肇自明皇，萧悦得其传，举世无伦。""无伦"，无与伦比，当世无比。"予"，第一人称。"天与"，天赋，天生。"好事"，一种爱好。"惠然"，这里有爱敬之意。"贶"，赐予，赠给。"引"题中作名词用，指画。这段引主要在说明写这首诗的因由、原委。而且指明全诗一百八十六字。

植物之中竹难写，古今虽画无似者。萧郎下笔独逼真，丹青以来唯一人——说明植物中数竹难画，从古至今没有画得相同的。而萧悦笔下所画的竹却非常逼真，他是中国古代有绘画艺术以来唯一的画竹高手。"丹青"，二者是国画中两种常用的颜色，后来以丹青指绘画艺术。

人画竹身肥拥肿，萧画茎瘦节节竦。人画竹梢死羸垂，萧画枝活叶叶动——用比较的手法，说明别人画的竹子，不是干肥臃肿，便是竹梢死板瘦弱；而萧悦画的竹子，则茎节瘦劲挺拔，枝叶灵活飞动。

不根而生从意生，不笋而成由笔成。野塘水边碕岸侧，森森两丛十五茎。婵娟不失筠粉态，萧飒尽得风烟情——说竹画无根而能生竹、无笋而能成竹，都是画家自己着意构思成图的，并用生花妙笔在纸上挥洒而成画的。画面上野塘水边曲折的堤岸旁，繁茂挺拔地耸立着两丛十五茎青竹，娟丽美好，新竹的皮上附着一层白色粉状物，萧疏飒爽，青嫩带粉，俨然活着的竹子，挺立在雾霭风烟之中。

举头忽看不似画，低耳静听疑有声。西丛七茎劲而健，省向天竺寺前石上见。东丛八茎疏且寒，忆曾湘妃庙里雨中看——写诗人抬头看画，忽然觉得不是画，低头静听好像有竹叶飔飔声。再仔细端详，西边七茎青竹丛生挺拔劲健，记得("省")在天竺寺前石上看见过；东边八根青竹疏朗峻直，想起曾在湘妃庙里雨中看到。

幽姿远思少人别，与君相顾空长叹。萧郎萧郎老可惜，手战眼昏头雪色。自言便是绝笔时，从今此竹尤难得——写诗人面对竹画，感叹此画气韵生动、高情远致、不落俗套，但很少有人能鉴赏识别。意思是看不出、看不懂，感受不到。故有"与君相顾空长叹"之感慨：萧郎、萧郎！可惜老了，手抖颤，眼昏花，头发雪白。萧郎自己说这幅画便是绝笔，从今以后这种竹画尤其难得！

这是一首题画诗。从"引"到全诗，都围绕着萧悦及赠给自己的画展开描写。并且使用对比的手法，抒发个人观赏的联想和感受，对画激赏的同时，对画家的贫困老昏以深切的同情。

这首诗用典有非常的独到之处，字字句句围绕画竹及画家。特别是引证用典无不与"画"与"竹"有关。"竹"是全篇之核心和关键。形容竹子色态的美好——"婵娟"，是暗用晋左思《吴都赋》"其竹则笰筹篠簜……檀栾蝉蜎，玉润碧鲜"之典；曾忆湘妃庙里雨中看竹，是引用《太平寰宇记(补)·岳州·巴陵县》"君山"、《山海经》"洞庭之山"、《史记》"湘山祠"、"湘君"等关于湘水二女神——湘君、湘夫人的传说和神话故事，给读者以想象的馀地。

《四溟诗话》对"西丛"四句以高度评价，认为"造语清润，读者襟抱洒然，能发万里之兴，所谓淘沙拣金，难得之句也"。《唐宋诗醇》则断言"波澜意度直逼子美堂奥，与香山平日面貌不类，盖有意规仿子美题画诸作而为之者"。

真娘墓

《真娘墓》题下自注："墓在虎丘寺。""真娘"，即贞娘，吴中名伎，有苏小小之誉，死后葬于吴宫之侧。陆广微《吴地记》载："虎丘山寺侧有贞娘墓，吴国之佳丽也。行客才子多题诗墓上。"《清一统志》也有"江苏苏州府：真娘墓在虎丘寺侧"的记载。

> 真娘墓，虎丘道。
> 不识真娘镜中面，惟见真娘墓头草。
> 霜摧桃李风折莲，真娘死时犹少年。
> 脂肤荑手不牢固，世间尤物难留连。
> 难留连，易销歇。塞北花，江南雪。

真娘墓，虎丘道。不识真娘镜中面，惟见真娘墓头草——诗开端先点明真娘墓所在地点。诗人说虽然看不到真娘在镜中的美丽容貌或不认识真娘真面目,只能看得见真娘墓头上的荒草,犹言到过真娘墓地——苏州府虎丘寺。

霜摧桃李风折莲,真娘死时犹少年——连用比喻。"霜摧"、"风折"比拟艳似桃李花、娇如莲花的真娘,惨遭摧残蹂躏,流落风尘,死时还是少年女子。诗中充满同情与怜惜。

脂肤荑手不牢固,世间尤物难留连——极写真娘的美艳动人。用肤如凝脂比喻真娘的皮肤洁白柔滑;用茅草嫩芽比喻真娘的纤手细腻白嫩。《诗经·卫风·硕人》:"手如柔荑,肤如凝脂。"诗中以之代指美女。"不牢固",犹言美人如花,但流落风尘之中容易摇落凋谢,何言"牢固"。"世间尤物难留连"中"难留连",与上文"不牢固"前后呼应。"尤",特异。尤物谓特殊人物,古诗中特指美貌女子。《左传·昭公二十八年》:"叔向之母曰:'夫有尤物,足以移人。'"

难留连,易销歇。塞北花,江南雪——以塞北花、江南雪的短暂一现,比喻"难留连"、"易销歇"。

全诗多用比喻、比拟。以"桃李"、"莲"喻人;以"脂"、"荑"喻肤、手;以"塞北花"、"江南雪"喻短暂的青春。真娘,如苏小小、薛涛一代名伎,身殒而芳名犹存,其墓引来无数游客题诗凭吊。唐代举子谭铢题墓绝句云:"武丘山下冢累累,松柏萧条尽可悲。何事世人偏重色,真娘墓上独题诗。"(《唐诗纪事》)本诗正是针对这种情况有感而发的。诗人固然对不识真娘面、唯见墓头草不无惋惜之感,特别是对"霜摧"、"风折"受尽蹂躏的早夭寄托了深深的叹惋和痛惜。"尤物难留连"为一诗之主旨,青春美貌如塞北之花、江南之雪,何其短暂!诗人劝诫世人,切不可为留连尤物贻误生命,赋予了本诗以警世劝人的社会意义。清人沈德潜给予本诗"不着迹象,高于众作"及"笔力高绝"(《唐诗别裁集》卷八)的评判。

长恨歌

这首长达120句的叙事名篇,作于元和元年(806)。当时诗人正在盩厔县任县尉,也就是诗人高适不愿"拜迎长官"、"鞭挞黎庶"而挂冠辞去的官职。《长恨歌传》记载:元和元年冬十二月,白居易及友人陈鸿与琅琊王质夫,相携游仙游寺,有感于唐明皇、杨贵妃的故事,质夫举酒于乐天,说"乐天深于诗,多于情者也",希望他"润色之"、"试为歌之"。白居易"因为《长恨歌》"。诗人通过传说,着力刻画唐明皇、杨贵妃的爱情和爱情被毁灭后生离死别的憾恨,同时表达了愿普天之下有情人皆成眷属的美好愿望。其中也有白居易个人爱情生活的不幸，他曾有一段痛楚的经历，他深深爱着一个名叫湘灵的女子，却未能如愿以偿、结成连理。在其诗中有《寄湘灵》、《冬至怀湘灵》及《生别离》、《潜别离》都同《长恨歌》词语、意境有相同或完全相同之处。所以"此恨绵绵无绝期"，不只是唐明皇、杨贵妃爱情悲剧的怅恨，也未超越了白居易本人的爱情未遂的怅恨。这种由爱情失落而引起的千古之恨，是诗的主题，是故事的焦点。"长恨歌"，歌"长恨"，这是深埋在诗字里行间一颗牵动人心的种子。至于"长恨"什么、为什么"长恨"，诗人没有直接铺叙、抒写，而是用诗化的故事、优美的形象、精练的语言和叙事与抒情相结合的艺术手法，一层一层、一步一步地展示给人们，让读者自己去体味、去揣想、去感受。

> 汉皇重色思倾国，御宇多年求不得。
> 杨家有女初长成，养在深闺人未识。
> 天生丽质难自弃，一朝选在君王侧。
> 回眸一笑百媚生，六宫粉黛无颜色。
> 春寒赐浴华清池，温泉水滑洗凝脂。
> 侍儿扶起娇无力，始是新承恩泽时。
> 云鬓花颜金步摇，芙蓉帐暖度春宵。
> 春宵苦短日高起，从此君王不早朝。
> 承欢侍宴无闲暇，春从春游夜专夜。
> 后宫佳丽三千人，三千宠爱在一身。
> 金屋妆成娇侍夜，玉楼宴罢醉和春。
> 姊妹弟兄皆列土，可怜光彩生门户。
> 遂令天下父母心，不重生男重生女。
> 骊宫高处入青云，仙乐风飘处处闻。
> 缓歌慢舞凝丝竹，尽日君王看不足。
> 渔阳鼙鼓动地来，惊破霓裳羽衣曲。

这首长诗可以分为四章。

汉皇重色思倾国，御宇多年求不得。杨家有女初长成，养在深闺人未识。天生丽质难自弃，一朝选在君王侧。回眸一笑百媚生，六宫粉黛无颜色。春寒赐浴华清池，温泉水滑洗凝脂。侍儿扶起娇无力，始是新承恩泽时。云鬓花颜金步摇，芙蓉帐暖度春宵。春宵苦短日高起,从此君王不早朝。承欢侍宴无闲暇,春从春游夜专夜。后宫佳丽三千人,三千宠爱在一身。金屋妆成娇侍夜,玉楼宴罢醉和春。姊妹弟兄皆列土,可怜光彩生门户。遂令天下父母心,不重生男重生女。骊宫高处入青云,仙乐风飘处处闻。缓歌慢舞凝丝竹,尽日君王看不足。渔阳鼙鼓动地来,惊破霓裳羽衣曲——是第一章。畅叙杨贵妃擅宠的情状。首句突兀而来,故事就从此写起。

汉皇重色思倾国——七个字极其省俭却又含量极大、分量极重,可以视作全诗纲领。提纲挈领,既唤起故事,又统领全诗。"倾国",《汉书·外戚传》有"一顾倾人城,再顾倾人国",后来成为对美女的常用形容词。由"重色"而"求色"、"选美",在"安史之乱"前,唐玄宗于开元二十四年(应为二十五年)"惠妃薨,帝悼惜久之,后庭数千,无可意者"(《旧唐书·杨贵妃传》),后来总算将"回眸一笑百媚生,六宫粉黛无颜色"的杨贵妃,"选在君王侧"。接着描写杨贵妃如何美貌、如何娇媚,进宫后如何因色而得到专宠,以致"后宫佳丽三千人,三千宠爱在一身"。且不说自己"承欢侍宴"、"夜专夜",就连"姊妹兄弟皆列土"。而唐明皇呢? 诗人反复渲染皇帝得到贵妃后,如何纵欲、如何行乐,正像陈鸿《长恨歌传》所记述的"与上行同辇、居同室、宴专席、寝专房;虽有三夫人、九嫔、二十七世妇、八十一御妻,暨后宫才人、乐府妓女,使天子无顾昐意。自是六宫无复进幸者",终日沉湎于酒色歌舞之中。

春宵苦短日高起,从此君王不早朝——正是这些酿成了"渔阳鼙鼓动地来,惊破霓裳羽衣曲"的"安史之乱"。这一段揭示出"长恨"的悲剧根源——迷恋误国!

白居易的诗,自己分为讽喻诗、闲适诗、感伤诗、杂律诗四类。而《长恨歌》被归入他的《与元九书》所说的"事物牵于外,情理动于内,随感遇而形于叹咏"的感伤诗。过去往往以"讽刺深隐,意在言外"的史笔论之。其实诗人只不过是应陈鸿、王质夫之请,以史实为基点、为素材,而"润色"创作的在"特殊环境中、特殊条件下,表现出特殊性格的两个真挚相爱、以至混淆生死、混淆人神的纯情者特殊人物形象"(见靳极苍先生《长恨歌及同题材诗详解》)。是典型的文学人物、艺术典型。《长恨歌》已非史实记载,而成为文学作品。正如陈寅恪《元白诗笺证稿》所说的:"唐人竟以太真遗事为一通常练习诗文之题目。"诗人就是根据当时民间的传说、街谈巷议,从其中蜕化出这个婉转动人、回环曲折的故事。

九重城阙烟尘生,千乘万骑西南行。
翠华摇摇行复止,西出都门百馀里。

六军不发无奈何，宛转蛾眉马前死。
花钿委地无人收，翠翘金雀玉搔头。
君王掩面救不得，回看血泪相和流。
黄埃散漫风萧索，云栈萦纡登剑阁。
峨嵋山下少人行，旌旗无光日色薄。
蜀江水碧蜀山青，圣主朝朝暮暮情。
行宫见月伤心色，夜雨闻铃肠断声。

　　九重城阙烟尘生，千乘万骑西南行。翠华摇摇行复止，西出都门百馀里。六军不发无奈何，宛转蛾眉马前死。花钿委地无人收，翠翘金雀玉搔头。君王掩面救不得，回看血泪相和流。黄埃散漫风萧索，云栈萦纡登剑阁。峨嵋山下少人行，旌旗无光日色薄。蜀江水碧蜀山青，圣主朝朝暮暮情。行宫见月伤心色，夜雨闻铃肠断声——是第二章。正叙唐明皇西行幸蜀和马嵬坡赐死之事。具体描述了安史之乱中，唐明皇携杨贵妃仓皇出逃和杨贵妃被处死的情景，以及杨贵妃死后唐明皇继续西逃"登剑阁"、"到峨嵋"、"进行宫"，朝朝暮暮思念杨贵妃，"见月伤心"、"夜雨闻铃断肠"，"血泪相和流"的极端悲痛之情。
　　这段由"渔阳鼙鼓动地来，惊破霓裳羽衣曲"暗转而来，一气直下。
　　九重城阙烟尘生，千乘万骑西南行。翠华摇摇行复止，西出都门百馀里。六军不发无奈何，宛转蛾眉马前死。花钿委地无人收，翠翘金雀玉搔头。君王掩面救不得，回看血泪相和流——写"六军不发"，要求处死杨贵妃，把唐玄宗的迷恋女色全归之于杨贵妃，酿成了"宛转蛾眉马前死，花钿委地无人收"所谓"女色祸国"的历史悲剧。杨贵妃之死是故事发展的关键情节，唐明皇、杨贵妃的帝妃淫乐这才化为一场生离死别的爱情悲剧。杨贵妃赐死后，唐明皇继续西南而逃，由"君王掩面救不得"到"回看血泪相和流"，描写唐明皇的无可奈何。
　　黄埃散漫风萧索，云栈萦纡登剑阁。峨嵋山下少人行，旌旗无光日色薄。蜀江水碧蜀山青，圣主朝朝暮暮情。行宫见月伤心色，夜雨闻铃肠断声——风云山水、旌旗日月，睹物伤怀，极写唐玄宗的悲恸、思念之情。"行宫见月伤心色"二句，"暗摄下意，盖以幸蜀之靡日不思，引起还京之彷徨念旧，一直说去"(《瓯北诗话》)。

　　此章承上"汉皇重色思倾国"、"从此君王不早朝"，到"君王掩面救不得"，诚如《唐宋诗醇》所说："情文相生，沉郁顿挫，哀艳之中，具有讽刺。""欲不可纵，乐不可极，结想成因，幻缘奚罄？总以为发乎情而不能止乎礼义者戒也。"其实，杨贵妃何罪之有？从上章"渔阳鼙鼓动地来"二句，到本章"行宫见月伤心色"二句，在情节结构上均有暗摄下意、一气直转之妙。中间暗藏马嵬改葬情节，评论者誉之为"行文飞渡"之法。

> 天旋日转回龙驭，到此踌躇不能去。
> 马嵬坡下泥土中，不见玉颜空死处。
> 君臣相顾尽沾衣，东望都门信马归。
> 归来池苑皆依旧，太液芙蓉未央柳。
> 芙蓉如面柳如眉，对此如何不泪垂。
> 春风桃李花开日，秋雨梧桐叶落时。
> 西宫南内多秋草，落叶满阶红不扫。
> 梨园弟子白发新，椒房阿监青娥老。
> 夕殿萤飞思悄然，孤灯挑尽未成眠。
> 迟迟钟鼓初长夜，耿耿星河欲曙天。
> 鸳鸯瓦冷霜华重，翡翠衾寒谁与共。
> 悠悠生死别经年，魂魄不曾来入梦。

　　天旋日传回龙驭，到此踌躇不能去。马嵬坡下泥土中，不见玉颜空死处。君臣相顾尽沾衣，东望都门信马归。归来池苑皆依旧，太液芙蓉未央柳。芙蓉如面柳如眉，对此如何不泪垂。春风桃李花开日，秋雨梧桐叶落时。西宫南内多秋草，落叶满阶红不扫。梨园弟子白发新，椒房阿监青蛾老。夕殿萤飞思悄然，孤灯挑尽未成眠。迟迟钟鼓初长夜，耿耿星河欲曙天。鸳鸯瓦冷霜华重，翡翠衾寒谁与共。悠悠生死别经年，魂魄不曾来入梦——是第三章。描写唐明皇西宫南内的悠悠思旧之情。照应首章"尽日君王看不足"的迷恋之深，次章"回看血泪相和流"的思念之切。唐明皇、杨贵妃帝妃之恋，在民间久远流传已经转化而成人间企慕和向往的纯真爱情故事。诗人由切身的爱情不幸，转换角色，站在个人和常人的角度描写帝妃爱情，已视之为人间的男欢女爱。所以诗里行间充溢着无限的寂寞悲伤、回忆思念。紧承上章杨贵妃被赐死后唐明皇继续西逃的"朝朝暮暮"思念之深，本章抓住人物的伤情和遗恨，由西逃还都路上的追怀相忆，写到回宫后的睹物思人。

　　天旋日转回龙驭，到此踌躇不能去。马嵬坡下泥土中，不见玉颜空死处。君臣相顾尽沾衣，东望都门信马归——写唐明皇因思念贵妃，踌躇伤怀、珠泪沾衣，迷迷惘惘，信马而归。

归来池苑皆依旧，太液芙蓉未央柳。芙蓉如面柳如眉，对此如何不泪垂。春风桃李花开日，秋雨梧桐叶落时。西宫南内多秋草，落叶满阶红不扫。梨园弟子白发新，椒房阿监青娥老。夕殿萤飞思悄然，孤灯挑尽未成眠。迟迟钟鼓初长夜，耿耿星河欲曙天。鸳鸯瓦冷霜华重，翡翠衾寒谁与共——极写唐明皇回宫后触景生情、睹物伤心，一年四季因物是人非而引发的酸楚凄婉、缠绵悱恻的苦苦相思情愁：面对春夏"春风桃李"、"池苑芙蓉"赏心悦目的景色，抑或秋冬"秋雨梧桐"、"落叶飞红"的愁思伤怀的气象，盼来的却是那身临"夕殿萤飞"、"孤灯挑尽"的彻夜难眠和"鸳鸯瓦冷"、"翡翠衾寒"的无人与共。描述得婉转动人，渲染得寂凉悲恸，无不令人回肠荡气、伤心垂泣。

悠悠生死别经年，魂魄不曾来入梦——亦暗摄下意。

叙唐明皇西逃后回銮路上、回宫之后对杨贵妃的深切思念伤怀之情。诗人极尽描摹渲染之能事。尤其是"归来"之后十六句采用因物及人的艺术联想和铺排渲染的描写手法，正所谓"见芙蓉怀媚脸，遇杨柳忆细腰"（元·白朴《秋夜梧桐雨》），由池苑芙蓉而想到杨贵妃如花的面庞，由未央之柳而想到杨贵妃婀娜的娇姿；由梨园椒房想到人事皆非，由夕殿孤灯想到生离死别；无论是"春风桃李"，还是"秋雨落叶"，怨萤飞，怨孤灯，怨长夜，怨霜华，怨衾寒，一个"怨"字，都是对杨贵妃的无尽思慕、无限怀恋。全章睹物思人，因人忆旧，时异境殊，忆思尤甚！开章只"天旋日转"四字"但觉叙事明畅，不知简径至此"（《中晚唐诗叩弹集》）。束尾"魂魄不曾来入梦"，因为由"夕"入"夜"，直至"曙"，彻夜"未成眠"，自然"魂魄不曾来入梦"了。人不能相见，梦不能相逢，把思念之情推到了极致。

临邛道士鸿都客，能以精诚致魂魄。
为感君王展转思，遂教方士殷勤觅。
排空驭气奔如电，升天入地求之遍。
上穷碧落下黄泉，两处茫茫皆不见。
忽闻海上有仙山，山在虚无缥缈间。
楼阁玲珑五云起，其中绰约多仙子。
中有一人字太真，雪肤花貌参差是。
金阙西厢叩玉扃，转教小玉报双成。
闻道汉家天子使，九华帐里梦魂惊。
揽衣推枕起徘徊，珠箔银屏迤逦开。

云鬓半偏新睡觉，花冠不整下堂来。
风吹仙袂飘飘举，犹似霓裳羽衣舞。
玉容寂寞泪阑干，梨花一枝春带雨。
含情凝睇谢君王，一别音容两渺茫。
昭阳殿里恩爱绝，蓬莱宫中日月长。
回头下望人寰处，不见长安见尘雾。
唯将旧物表深情，钿合金钗寄将去。
钗留一股合一扇，钗擘黄金合分钿。
但教心似金钿坚，天上人间会相见。
临别殷勤重寄词，词中有誓两心知。
七月七日长生殿，夜半无人私语时。
在天愿作比翼鸟，在地愿为连理枝。
天长地久有时尽，此恨绵绵无绝期。

　　"临邛道士鸿都客"至"此恨绵绵无绝期"是第四章。诗人极尽夸张、想象之能事，借用道士之术，"上穷碧落下黄泉"，帮助唐明皇寻找杨贵妃。

　　诗的前三章是以唐明皇为主展开描写。这一章则由道士引起，而叙事却以杨贵妃为主而展开。本来前三章诗至"悠悠生死别经年，魂魄不曾来入梦"，把唐明皇、杨贵妃的"长恨"之"恨"描摹得"无一字不深入人情，而且刺心透髓"（《唐诗快》），备述始末，无以复加，达到了《林泉随笔》所谓"托为声诗以讽时君，而垂戒来世"之目的，故事情节至此似乎可以结束了，但诗人笔锋陡折，另启蹊径，别开境界，借助想象的翅膀，构思了一个更加形象动人的虚无缥缈的海上仙山，不仅使故事更加回环曲折、波澜起伏，而且把悲剧故事的情节推向高潮。

　　临邛道士鸿都客，能以精诚致魂魄。为感君王辗转思，遂教方士殷勤觅。排空驭气奔如电，升天入地求之遍。上穷碧落下黄泉，两处茫茫皆不见。忽闻海上有仙山，山在虚无缥缈间。楼阁玲珑五云起，其中绰约多仙子。中有一人字太真，雪肤花貌参差是。金阙西厢叩玉扃，转教小玉报双成。闻道汉家天子使，九华帐里梦魂惊。揽衣推枕起徘徊，珠箔银屏迤逦开。云鬓半偏新睡觉，花冠不整下堂来。风吹仙袂飘飘举，犹似霓裳羽衣舞。玉容寂寞泪阑干，梨花一枝春带雨。含情凝睇谢君王，一别音容两渺茫。昭阳殿里恩爱绝，蓬莱宫中日月长。回头下望人寰处，不见长安见尘雾——诗人写道士能以自己的灵魂找来杨贵妃的魂魄，使唐明皇见到杨贵妃。想见到杨贵妃，要"精诚致之"，"精诚变天地"、"精诚所至，金石为开"。

道士受命，上至九天的最上层（"碧落"），下至大地的最底层（"黄泉"），"东方第一天有碧霞遍满，是云碧落"（《唐诗解》引注），"地中之泉，故曰黄泉"（《左传·隐公元年》杜注），升天入地，奔走如电，找啊，找啊，找到了"其中绰约多仙子"的虚无缥缈、楼阁玲珑的仙山。仙子"中有一人字太真"。又经侍女小玉转报西王母的侍女董双成，才找到了正在九华帐里睡梦中的杨贵妃（字"太真"）；杨贵妃闻讯从梦中惊醒，"揽衣推枕"急急起身；"云鬓半偏"顾不得妆扮，"花冠不整"来不及整冠，急于见到使者；快速下堂，那美丽步履"犹似霓裳羽衣舞"不减当年。一旦见到使者，那惊喜落泪的样子——"玉容寂寞泪阑干，梨花一枝春带雨"，美丽极了，动人极了！那"含情凝睇"的感激目光，那"一别"不相见，"两渺茫"、"恩爱绝"、"日月长"，久别的思念和孤寂，倾吐不尽；那"回头下望"、"不见长安"，既听不到又见不着的更深的想念，何以寄托呢？

唯将旧物表深情，钿合金钗寄将去。钗留一股合一扇，钗擘黄金合分钿。但教心似金钿坚，天上人间会相见。临别殷勤重寄词，词中有誓两心知——前六句回答是用赠旧物寄托深情。把昔日唐明皇给她的钿盒、金钗，钗留一股，盒留一扇，另一半捎给唐明皇，表白了自己的一往情深，也盼望唐明皇心如钿、钗一样坚固，无论天上、人间，总会再相见的。后二句"临别殷勤重寄词，词中有誓两心知"，只有两个人心里知道的是什么呢？

七月七日长生殿，夜半无人私语时。在天愿作比翼鸟，在地愿为连理枝。天长地久有时尽，此恨绵绵无绝期——重申前誓，同唐明皇"展转思"相照应，起到了深化和渲染"长恨"主题的目的。"两心知"的内容就是"在天愿作比翼鸟"而比翼双飞，"在地愿为连理枝"而相并常聚。这是两个比喻夫妇情爱的典故，"南方有比翼鸟焉，不比不飞，其名谓之鹣鹣"（《尔雅·释地》）。这种青赤色似凫的比翼鸟，"一目一翼，相得乃飞"；连理枝乃本异而枝干连生为一，即汉乐府《孔雀东南飞》"枝枝相覆盖，叶叶相扶将"者。

末尾"天长地久有时尽，此恨绵绵无绝期"——是诗人对全诗所写故事的感慨之语。也正是诗人所谓"事物牵于外，情理动于内"的叹咏。《老子》有"天长地久，天地所以能长且久者，以其不自生，故能长生"。这里"此恨绵绵无绝期"则比天地还要长久，虽然把唐明皇、杨贵妃两人的"长恨"推到极致，但读来反觉得情真意切、动人心脾，令人击节叹赏、不能自已。好就好在诗人叙事以情为主进行创作，结尾两句又以情而结，把读者完完全全引入情中，也以情为主，所以诗中人物千回百转、淋漓尽致的心理表现和"长恨"之情，使故事更加婉转动人，感染着千百年来的一代代读者。

《长恨歌》叙述故事，塑造人物，不仅将叙事、写景、抒情巧妙地结合起来，而且善于运用景物烘托人物的心境。诗中从春到夏、从昼到夜、从现实到梦幻，或浓艳，或淡远，或飘逸，或惨切，往复回环，层层渲染，跌宕起伏，一唱三叹，使读之者如坠入愁云惨雾之中而不能自已。

唐明皇、杨贵妃的宫廷秘闻，由唐明皇的重色到痴情，直至发展为生死同一、仙凡无别、至情无上、纯情之极的境地，所以在社会上广为流传，早已家喻户晓，成为更加吸引读者和深为人们同情的爱情悲剧故事。正如清人赵翼所说："其事本易传，以易传之事，为绝妙之词，有声有色，可歌可泣，文人学士既叹为不可及，妇人女子亦喜闻而乐诵之。是以不胫而走，传遍天下。"（《瓯北诗话》）历代诗论家也都给予极高的评价："盖时俗讹传，本非实事。……特一时俚俗传闻，易于耸听，香山竟为诗以实之，遂成千古耳。"（《瓯北诗话》）"如此长篇，一气舒卷，时复风华掩映，非有绝世才力未易到也。"（《唐宋诗举要》"吴北江曰"）"收纵得宜，调度合拍"（《养一斋诗话》卷一），"意险而奇，文平而易"（黄滔语），"浏漓顿挫，独出冠时"（翁方纲语），"乐天之妙，妙在全不用才学，一味以本色真切出之，所以感人最深"（《唐诗快》）……

白居易从切身的情感经历出发，去体味人物的心理，去发现人物内心的隐秘，其中既有个人感情的不幸，又表达了愿天下有情人皆成眷属的美好愿望，是不分古今、无论中西的一种对美好失落而引起的千古之恨。诚然"直陈时事，而铺写详密，实如画出……当为古今长歌第一"（《四友斋丛说》卷二五）。"若讳马嵬事实，则'长恨'二字无著落矣。"（《隐居诗话》）《长恨歌》，歌"长恨"，"此恨绵绵无绝期"！

琵琶行并序

《琵琶行》又作《琵琶引》。"引"、"行"均属乐府歌辞和古诗的体裁。徐师曾《文体明辨序说》云："步骤驰骋，疏而不滞者曰'行'。"

白居易于元和十年，被贬为江州（今江西省九江市）司马。翌年（元和十一年，即816年），秋天送客湓浦口，遇夜弹琵琶歌女，借写其生平际遇，宣泄满怀抑郁。

琵琶女本长安故倡女，因年老色衰沦落为商人妇；诗人被谗遭贬，借题发挥，抒发个人"天涯沦落之恨"。正如陈寅恪先生所说："直将混合作此诗之人与此诗所咏之人二者为一体，真可谓能所双亡，主宾俱化，专一而又专一，感慨复加感慨。"同被沦落，真情实感，映发无遗。"描写情事，如泣如诉"、"神气生动，字字从肺腑中流出也"（洪迈《容斋随笔》卷之七），遂极刺激淋漓之致。

元和十年，予左迁九江郡司马。明年秋，送客湓浦口，闻船中夜弹琵琶者。听其音,铮铮然有京都声;问其人,本长安倡女,尝学琵琶于穆、曹二善才,年长色衰,委身为贾人妇。遂命酒,使快弹数曲。曲罢悯然。自叙少小时欢乐事,今漂沦憔悴,转徙于江湖间。予出官二年,恬然自安,感斯人言,是夕始觉有迁谪意。因为长句,歌以赠之。凡六百一十二言,命曰《琵琶行》。

序称六百一十二言(今传实为六百一十六字)清楚地交代了《琵琶引》写作的时间、地点、人物及起因。"左迁":亦作"左转",犹言贬官。古代以右为上、以左为下,右尊左卑。左,表示贬官降级;迁,官位变动。"九江郡":隋设郡,唐为江州浔阳郡。"九江郡"、"江州"、"浔阳城"在诗中三者为一地。"司马":本地方刺史属下分掌军事的副职,到白居易时不过是备员而已,且多以处置由京官贬谪外官者。诗人在其《江州司马厅记》中有"……故自五大都督府至于上、中、下郡,司马之事尽去,惟员与俸在。——凡内外文武官左迁右移者递居之"之说。又有"江州,左匡庐,右江湖,土高气清,富有佳境;……惟司马绰绰,可以从容于山水诗酒间。由是郡南楼、山北楼、水溢亭、百花亭、风篁、石岩、瀑布、庐宫、源潭洞、东西二林寺、泉石松雪,司马尽有之矣。……案《唐六典》:上州司马,秩五品,岁廪数百石,月俸六七万"的记载。如此看来,白居易被贬谪之江州司马,"官足以庇身,食足以给家"。且自认"苟有志于吏隐者,舍此官何求焉?"这篇记作于元和十三年(818)七月八日,是写作《琵琶引》后的第三年,当时诗人并未消沉,尚在进与退、入世与出世的升沉矛盾之中斗争和抉择。

"明年":第二年。即元和十一年(816),在江州溢浦口送客船上,听琵琶女自诉生平、"快弹"琵琶,因"年长色衰"而沦落江湖的遭遇,联系自己被贬官二年,这天晚上("是夕")才开始感到自己有了被贬谪的意识。"溢浦口":溢水入长江处,也叫溢口。"京都声":有京城长安弹琵琶的特色、味儿。"穆、曹二善才":唐代琵琶的泛称。穆、曹均系当时琵琶名手,元稹《琵琶歌》也提到过。"予":第一人称,我。"出官":被贬出京城作官。"因为长句":所以作此长篇,歌以赠之,取名为《琵琶行》。

《琵琶引》《琵琶行》,行,乐府歌辞体裁,常常同"歌"并称"歌行"。《唐音癸签》区分:"行"是"衍其事而歌之",而"歌"是曲的总称。有的论者认为"引"乃"行"的草书,以致误"行"为"引",谨作参考,聊备一说。

浔阳江头夜送客,枫叶荻花秋瑟瑟。

主人下马客在船,举酒欲饮无管弦。

醉不成欢惨将别，别时茫茫江浸月。
忽闻水上琵琶声，主人忘归客不发。
寻声暗问弹者谁，琵琶声停欲语迟。
移船相近邀相见，添酒回灯重开宴。
千呼万唤始出来，犹抱琵琶半遮面。

　　浔阳江头夜送客，枫叶荻花秋瑟瑟。主人下马客在船，举酒欲饮无管弦。醉不成欢惨将别，别时茫茫江浸月。忽闻水上琵琶声，主人忘归客不发。寻声暗问弹者谁，琵琶声停欲语迟。移船相近邀相见，添酒回灯重开宴。千呼万唤始出来，犹抱琵琶半遮面——是第一段。首句七字高度概括，人物、地点、时间、事件一目了然。第二句烘托出秋夜送客的寂寥落寞环境氛围。枫、荻对举，红白相间，是秋日江滨特有的景物，给人一种秋风瑟瑟之感(所以有的版本擅自改"瑟瑟"作"索索")。旧解"瑟瑟"为风吹草木声，有动感，色声俱备；苏仲翔、顾肇仓、周汝昌先生依明人何良俊《四友斋丛说》"杨升庵云：白乐天《琵琶行》'枫叶荻花秋瑟瑟'，此瑟瑟是珍宝名，其色碧……"，并引白诗"半江瑟瑟半江红"证之，称"尤为妙绝"。诗无达诂，只要不违反客观实际，可以多解并存。"主人下马客在船"，语语相关，主人送客同下马上船，设宴举酒相送，当时酒宴均有歌伎在旁弹唱，名为"侑酒"。但是今夜"欲饮无管弦"。主客相别，对饮闷酒，既无歌伎弹唱，又见"茫茫江浸月"，前后衬托，为"醉不成欢惨将别"烘染气氛，又为"忽闻水上琵琶声"巧妙铺垫。"惨"字刻骨！为下文伏线。正因忽然传来琵琶声声，主人忘了回家，客人忘了启航。"忘"、"不"亦相关联。这才"空谷足音"，引出"寻声暗问"、"移船相邀"。对琵琶女的出场极尽烘托、渲染之能事。这还不够，琵琶女从"欲语迟"、"邀相见"、"添酒回灯重开宴"，仍然没有出场，又经一番"千呼万唤始出来"，而且是"犹抱琵琶半遮面"。这段描写好似戏曲的序幕，蕴含着女主人公不愿见人、又不能明说，"天涯沦落"的难言之隐。刻画琵琶女不出频唤、欲出又难的复杂心理矛盾，入木三分！

转轴拨弦三两声，未成曲调先有情。
弦弦掩抑声声思，似诉平生不得志。
低眉信手续续弹，说尽心中无限事。
轻拢慢撚抹复挑，初为《霓裳》后《绿腰》。
大弦嘈嘈如急雨，小弦切切如私语。
嘈嘈切切错杂弹，大珠小珠落玉盘。

间关莺语花底滑，幽咽泉流冰下难。

冰泉冷涩弦凝绝，凝绝不通声渐歇。

别有幽愁暗恨生，此时无声胜有声。

银瓶乍破水浆迸，铁骑突出刀枪鸣。

曲终收拨当心画，四弦一声如裂帛。

东船西舫悄无言，唯见江心秋月白。

【新解】

　　转轴拨弦三两声，未成曲调先有情。弦弦掩抑声声思，似诉平生不得志。低眉信手续续弹，说尽心中无限事。轻拢慢捻抹复挑，初为《霓裳》后《绿腰》。大弦嘈嘈如急雨，小弦切切如私语。嘈嘈切切错杂弹，大珠小珠落玉盘。间关莺语花底滑，幽咽泉流冰下滩。冰泉冷涩弦凝绝，凝绝不通声渐歇。别有幽愁暗恨生，此时无声胜有声。银瓶乍破水浆迸，铁骑突出刀枪鸣。曲终收拨当心画，四弦一声如裂帛。东船西舫悄无言，唯见江心秋月白——是第二段，着力描摹琵琶女高超的演奏艺术。前两句写校弦定音，"未成曲调先有情"，在弹奏之始就蕴含着一个"情"字。接着六句写使用"掩抑"的指法，低眉信手似不经意地弹奏，如诉平生，弹出了自己无限的伤心往事。诗人《五弦弹》"第五弦声最掩抑"也是指这种弹奏指法。弹奏《霓裳》与《绿腰》的指法更加复杂奇妙："拢"，用手指按捺的"叩弦"法，"捻"，揉弦法；"抹"，顺手下拨，"挑"，反手回拨，两种左手按弦的指法，两种右手弹弦的拨法，左按右弹，拨法娴熟，指法灵巧。《霓裳》，即《霓裳羽衣曲》；《绿腰》，琵琶曲名，又作《六幺》《录要》，一名《乐世》，在当时的京城长安流行。元稹《琵琶歌》有"曲名无限知音鲜……《六幺》散序多拢捻"。"言《六幺》者谓之'转关'：取其声调闲婉。元微之诗云'《凉州》大遍最豪嘈，《录要》散序多拢捻'。……王建《宫词》云：'琵琶先抹《绿腰》头（按"头"即散序）……'"（《苕溪渔隐丛话》前集卷十六引）。

　　大弦嘈嘈如急雨，小弦切切如私语。嘈嘈切切错杂弹，大珠小珠落玉盘。间关莺语花底滑，幽咽泉流冰下难。冰泉冷涩弦凝绝，凝绝不通声渐歇。别有幽愁暗恨生，此时无声胜有声。银瓶乍破水浆迸，铁骑突出刀枪鸣。曲终收拨当心画，四弦一声如裂帛——在上述概括琵琶女借乐曲抒发抑郁之情的徐缓声调中，更加形象地模拟比喻琵琶的弹奏声。"大弦"、"小弦"二句先用叠字词拟声，又用"急雨"、"私语"加以形象描摹，一个声音沉重似急风暴雨，一个声音促急如儿女私语，诗人《秦中吟·五弦》"大声粗若散，飒飒风和雨；小声细欲绝，切切鬼神语"可以作为注脚。"嘈嘈切切"，两种旋律"错杂"地重复出现，两种乐曲，连贯交替，恰似"大珠小珠落玉盘"，既有视觉娱目，又有听觉悦耳，正当你沉湎于耳闻目感的愉悦之际，又出现了更加动人的优美旋律："间关莺语花底滑，幽咽泉流冰下难"。"间关"，鸟语声；"滑"，状莺声婉转流走。"幽咽"，流水声，"冰下难"对"花底滑"。莺语花底、泉流冰下，形容滑涩（"难"）两种意境，即"冰泉呜咽流莺涩"（元稹诗句）之谓。"冰泉冷涩"承上，亦元稹《何满子歌》所云"冰含远溜咽还通，莺泥晚花啼渐懒"句意。古曲弹奏一般先散拍慢调起引，渐渐越来越疾快紧凑，快到一定的节拍会发生变化，由滑转流走而戛然咽涩停顿——"弦凝绝"，由"凝绝不通"而"声渐歇"。这个曲调由"冷涩"而"凝绝"的"声渐歇"过程，反映在视觉、听觉上，则是由视觉形象的优美烘托听觉感知的美妙，又由视觉形象的冷涩强化听觉感知的突变，才会出现"别有幽愁暗恨生，此时无声胜有声"馀味无穷的感人境界，使人隐约感到弹琵琶者似有更深的愁恨即将爆发而出。

银瓶乍破水浆迸，铁骑突出刀枪鸣。曲终收拨当心画，四弦一声如裂帛——则是琵琶女由"幽愁暗恨"突然迸发出的最高音。这高音突然如"银瓶乍破"，壮阔似"铁骑突出"，水浆迸发，刀枪齐鸣，震撼人心。最后收拨在弦心一画，"四弦一声如裂帛"，戛然而止，收到了惊心动魄、荡气回肠的艺术效果——"东船西舫悄无言，唯见江心秋月白"。侧面烘托的环境描写给读者留下了更广阔的思索回味馀地。

> 沉吟放拨插弦中，整顿衣裳起敛容。
> 自言本是京城女，家在虾蟆陵下住。
> 十三学得琵琶成，名属教坊第一部。
> 曲罢曾教善才伏，妆成每被秋娘妒。
> 五陵年少争缠头，一曲红绡不知数。
> 钿头银篦击节碎，血色罗裙翻酒污。
> 今年欢笑复明年，秋月春风等闲度。
> 弟走从军阿姨死，暮去朝来颜色故。
> 门前冷落鞍马稀，老大嫁作商人妇。
> 商人重利轻别离，前月浮梁买茶去。
> 去来江口守空船，绕船月明江水寒。
> 夜深忽梦少年事，梦啼妆泪红阑干。

沉吟放拨插弦中，整顿衣裳起敛容。自言本是京城女，家在虾蟆陵下住。十三学得琵琶成，名属教坊第一部。曲罢曾教善才伏，妆成每被秋娘妒。五陵年少争缠头，一曲红绡不知数。钿头银篦击节碎，血色罗裙翻酒污。今年欢笑复明年，秋月春风等闲度。弟走从军阿姨死，暮去朝来颜色故。门前冷落鞍马稀，老大嫁作商人妇。商人重利轻别离，前月浮梁买茶去。去来江口守空船，绕船月明江水寒。夜深忽梦少年事，梦啼妆泪红阑干——为第三段。唐代弹琵琶有用手、用拨两种弹法，用手弹之法，谓之"搊弹"。"曲终收拨"启下，"沉吟"两句写琵琶女放拨停弹、整顿衣裳，"沉吟"、"敛容"，动作和谐却表情抑郁，似乎有满腹心事需要倾吐却欲语迟疑，欲言又止，充满内心矛盾；然而久久压抑又难以抑制，终至喷发而出。"自言"以下就是她长期压在心底的一腔悲愤情愫。她自报家门，家住京城曲江附近的虾蟆陵，《唐国史补》谓：下马陵，后人语讹为"虾蟆陵"。十三岁学成琵琶，而且是属教坊第一部；因为弹得好，竟使善弹琵琶的善才折服，被美貌的歌伎所忌妒；五陵的贵族子弟争着赏赐，每弹完一曲不知赏赐多少红色的绫绢。歌舞忘情时，不由自主地按拍击节，以至钿头被打碎、罗裙被酒污，形容豪华奢纵的歌舞生涯达到极致。

教坊，唐代官设教习歌舞场所，有左右教坊、内教坊之分，由中官为教坊使，掌优俳杂使。有在宫内的歌舞伎"内人"，有临时被召入宫的外间歌舞伎"外供奉"。"长安倡女"自然是与"五陵少年"打交道的挂名于教坊的外间歌舞女。"五陵"，长安北有汉代皇帝的长陵、安陵、阳陵、茂陵、平陵。五陵子弟有钱有势，常常以珍贵的织物相赠，叫做"缠头彩"。当时挽发为髻，以金玉宝石镶嵌为饰曰钿；钿头银篦是一种华贵的篦形发饰，用珠翠为花而绕之，极其时髦。据《演繁露》载：鱼朝恩一次就出锦三十匹为缠头之费。这里系用银篦以饰，歌则用手击节，首为之动，故曰"钿头银篦击节碎"。"血色"，裙色红艳如血。摹写恣情纵乐、狂歌醉舞的情景，栩栩如生，跃然纸上，比之晏几道"舞低杨柳楼心月，歌尽桃花扇底风"别有一番滋味在心头。如此纵情欢乐秋去春来，年复一年，朝朝暮暮等闲度日，最后是红颜已老，家人离散，门前冷落，不得不"老大嫁作商人妇"。"商人重利轻别离"，才落得"去来江口守空船"。面对"绕船月明江水寒"无可如何，尤其是孤寂的日子夜难眠，"夜深"还梦见年轻时青春年华赏心乐事，从梦中哭醒，眼泪冲掉妆痕流满面。同前"说尽心中无限事"互相照应、互为补充，成功地塑造了人物形象，谱写了一曲如怨如慕、扣人心弦的悲歌。"浮梁"，县名。唐属饶州，今属江西。"去来"，来来去去。"梦啼"，因梦而伤心啼哭。"阑干"，眼泪纵横。深刻地反映了封建时代地位低下的妇女所面临的困境与悲惨遭遇。

> 我闻琵琶已叹息，又闻此语重唧唧。
> 同是天涯沦落人，相逢何必曾相识！
> 我从去年辞帝京，谪居卧病浔阳城。
> 浔阳地僻无音乐，终岁不闻丝竹声。
> 住近湓江地低湿，黄芦苦竹绕宅生。

其间旦暮闻何物，杜鹃啼血猿哀鸣。
春江花朝秋月夜，往往取酒还独倾。
岂无山歌与村笛，呕哑嘲哳难为听。
今夜闻君琵琶语，如听仙乐耳暂明。
莫辞更坐弹一曲，为君翻作琵琶行。

　　我闻琵琶已叹息，又闻此语重唧唧。同是天涯沦落人，相逢何必曾相识！我从去年辞帝京，谪居卧病浔阳城。浔阳地僻无音乐，终岁不闻丝竹声。住近湓江地低湿，黄芦苦竹绕宅生。其间旦暮闻何物，杜鹃啼血猿哀鸣。春江花朝秋月夜，往往取酒还独倾。岂无山歌与村笛，呕哑嘲哳难为听。今夜闻君琵琶语，如听仙乐耳暂明。莫辞更坐弹一曲，为君翻作琵琶行——是第四段。这段诗人自叙迁谪被贬之感。本来听完琵琶曲就已叹惋不已，又听到这些身世悲凉的叹息感慨，更为其悲伤。才有"同是天涯沦落人，相逢何必曾相识"的同感，这也是全诗的主旨之所在。正因如此，故像旧相识的朋友一样，径直地述说谪居之慨：我从去年辞别京城长安，到贬所卧病，这浔阳城地处偏僻，一年到头也听不到丝竹音乐之声；而且住在江滨低洼湿地，住宅为黄芦苦竹围绕，一片凄凉景象。所见如此，听到的呢？从早到晚只有杜鹃啼叫猿声哀鸣。就是每逢"春江花朝"、"秋江月夜"，也常常是一个人取酒自斟独饮。难道无有山歌村笛？有也是众杂繁碎，不成音调。"呕哑"，亦作"呕鸦"、"呕轧"，与"嘲哳"（又作"啁哳"）大意相类，言其众杂。"呕哑"形容乐声杂乱，"嘲哳"摹拟声音繁细。杜牧"管弦呕哑，多于市人之言语"（《阿房宫赋》），潘岳"箫管嘲哳以啾嘈兮"（《籍田赋》）也说明"呕哑嘲哳"杂乱繁细不堪入耳。所以产生"今夜闻君琵琶语，如听仙乐耳暂明"的新鲜之感，便萌生"更坐"再弹一曲的请求和愿望，并进而把这件事"创作曲谱，配制曲词"即"翻作"《琵琶行》，以求久远流传。

感我此言良久立，却坐促弦弦转急。
凄凄不似向前声，满座重闻皆掩泣。
座中泣下谁最多？江州司马青衫湿。

　　感我此言良久立，却坐促弦弦转急。凄凄不似向前声，满座重闻皆掩泣。座中泣下谁最多？江州司马青衫湿——最后六句写琵琶女听了诗人自述遭遇后沉思站立了很久，又坐下上轴紧弦再弹一曲，不像刚才弹奏的曲调音节那样，而更加凄切悲恸，以致"满座重闻"都掩面而泣。哭而不出声为"泣"。但是座中泣下谁最多呢？"江州司马青衫湿"明确地告诉读者，这位江州司马连青衫都哭湿了。被贬江州任司马，着青衫——《旧唐书》卷四十五《舆服志》载："八品、九品服以青。"唐代官职卑微者着青衫，五品以上始着绯。"州司马"为从九品，官阶最低，自然是青衫了，亦颇含"沦落"之意。同被沦落，同声相应，同病相怜，谁泣下最多，不言而喻。正所谓"感商妇之飘流，叹谪居之沦落，凄婉激昂，声能引泣"（《唐贤三昧集》）。

新评

《琵琶行》系诗人"有事物牵于外，情理动于内，随感遇而形于叹咏"的对遭遇的感受之作，是"感伤诗"名篇。感商妇之飘零，叹贬谪之沦落，"满腔迁谪之感，借商妇以发之，有同病相怜之意焉。比兴相纬，寄托遥深，其意微以显，其音哀以思，其辞丽以则。……一弹再三叹，慷慨有馀哀。"（《唐宋诗醇》）曲穷其妙，辞尽其情，"司马迁谪，复当别离，此乐天之情也；嫁与商人，不得遂意，此妇人之情也。"（《而庵说唐诗》）曲折婉转，恻恻动人，各自有情；"结以两相叹感收之，此行似江潮涌雪，馀波荡漾，有悠然不尽之妙。……步步映衬，处处点缀"，遂成千秋绝调。以景结情，幽怨无限，韵味悠悠，真善于写情者也。寓抒情于叙事之中，借事抒情，一气呵成，在当时"胡儿能唱琵琶篇"，足见流传之广，千百年来又一直传布人口，又见传播之久。尤其是如霍松林先生所论，把处于封建社会最底层的琵琶女的遭际，同被压抑的正直知识分子的遭遇相提并论，相互映衬，相互补充，作如此细致生动的描写，并寄予无限同情，这在以前的诗歌中还是罕见的。

至于是否真为长安倡女所作，一直争论不休，莫衷一是。如《容斋五笔》卷七所云："白乐天《琵琶行》一篇，读者但羡其风致，敬其词章，至形于乐府，咏歌之不足，遂以谓真为长安故倡所作。予窃疑之，唐世法网虽于此为宽，然乐天尝居禁密，且谪宦未久，必不肯乘夜入独处妇人船中，权从饮酒，至于极弹丝之乐，中夕方去，岂不虞商人者它日议其后乎？乐天之意，直欲摅写天涯沦落之恨尔。"对白居易的《琵琶行》不必耿耿于是否真为长安倡女所作。在中国古代文学史上，叙事诗不多，长篇叙事诗更少，《琵琶行》与《长恨歌》均系不可多得的巨制。本诗写于元和十一年（816），是诗人贬官江州的翌年。元和十年，他因为以赞善大夫上书请求捕捉刺杀宰相武元衡的凶手，被指责越职奏事。又诬说他母亲因看花坠井而死，而他却做什么赏花诗、新井诗，有伤名教，被贬为江州司马。实际上是由于他的讽喻诗惹怒权贵，正所谓"始得名于文章，终得罪于文章"。他绝不会如《琵琶行》中所描绘的那样，"寻声暗问"、"移船相近邀相见"……而是通过细腻的人物刻画和细节描写，借弹奏琵琶，塑造了琵琶女这一完美的艺术形象。

《琵琶行》的音乐描写尤其令人赞叹，独具特色。音乐形象的描写很难捕捉，但白居易却善于借助各种修辞手法和词语运用使之成为易于感受的具体形象。"大弦嘈嘈如急雨，小弦切切如私语……大珠小珠落玉盘。间关莺语花底滑……银瓶乍破水浆迸,铁骑突出刀枪鸣"用生活中具体的声音所作的一连串比喻,形象而逼真地描绘不同的音乐节奏、乐曲旋律、音响效果。"未成曲调先有情"、"别有幽愁暗恨生"、"似诉平生不得志"、"说尽心中无限事"……弹琵琶女与听弹奏者的感情交流十分融洽。"此时无声胜有声"、"东船西舫悄无言"是以无声衬托有声;是一种虚中见实的艺术表现方法。

诗中的景物描写具有很好的渲染烘托作用。一诗之中,"月"字五见、"秋月"三出,各自有情。诗中语多情至,有借"枫叶荻花秋瑟瑟"抒写惜别的;有借"绕船月明江水寒"抒写琵琶女孤寂的;有借"黄芦苦竹绕宅生"抒写谪居卧病凄苦的……

对于这样的长篇排律,无论五言七言,是元白唱和常用的诗歌体裁和形式。排律的开创之功始于杜甫,而长到百韵的五七言排律却创始于元白。如《代书诗一百韵寄微之》等,是他们往还酬答的书信式的长诗,在晚唐诗坛争奇斗艳,影响深远。

花非花

取诗之前三字为题,好似《无题》诗。全诗仅四句,前两句是由三三构成的三字句,后两句都是七字句。这种格式运用三句式与七字句轮换,很像民间歌谣的三三七句式。又很像初期的词牌小令。无怪乎后来人们采用此诗句式入词,调名即曰〔花非花〕。这种诗与词相似的"诗犹小令"、"诗如小词"的现象,是否为唐代较早尝试填词的白居易的开山之作?

> 花非花,雾非雾,夜半来,天明去。
> 来如春梦几多时?去似朝云无觅处。

花非花,雾非雾——诗取前三字"花非花"为题。"花"又"非花","雾"又"非雾",就已给人以朦胧而不知所以之感。宋代大词人苏东坡有"似花还似非花,也无人惜从教坠"之句,出自其词作〔水龙吟〕,是咏唱杨花柳絮。而《花非花》却不知其所咏为何物?

夜半来,天明去——告诉读者这种"花非花,雾非雾"之物"来"、"去"的时刻,提供了点信息,但仍然使人懵懂。尽管隐约感到这是一种在夜间才开放的生命十分短暂的物种,但到底是什么呢?"夜半来"者,是春梦非春梦?"天明去"者,是朝露是晨曦?颇费猜测。前两句似真又幻、似实又虚。

来如春梦几多时——"来"者"如春梦"却不是春梦,而且像"春梦"一样,来去匆匆，时间很短暂。"几多时"即状其来时的仓促，易于幻灭。从而引出第四句"去"者。

去似朝云无觅处——"来"者如"春梦"，但又不是"春梦"。"去"者呢？"去"者似"朝云"，却又不是"朝云"。"春梦"易逝，"朝云"难留；"无觅处"，连寻找的地方都没有！有人认为在唐宋之际，常有客舍召妓伴宿者，正是夜半而来，黎明即去，笔者则以为是一种比喻。

白诗多通俗浅显，有老妪解诗之说。但《花非花》看似浅近却朦胧难辨，如同谜语一般。尽管晦涩、难于捉摸，它所咏之物始终不知为何物，而所取喻的"花"、"雾"却不能说不真切。尤其是四句二十六字很短，但提出了花、雾、春梦、朝云四种意象，运用了一连串的比喻，可谓博喻之冠。诗人不厌其烦地以诸多比喻之物，亦即喻体，形象鲜明地衬托突出一个始终未说明的喻意和不知为何物的喻本，即被比喻之物。耐人寻味，发人深思。有的鉴赏家认为，《花非花》同诗人的另一首诗《简简吟》有异曲同工之妙，都是在表现"一种对于生活中存在过、而又消逝了的美好的人与物的追念、惋惜之情。"

对于被比喻之物来说，或说是人，或说是物，读者尽可以依据个人的自身经历和生活经验去想象。而一连串的比喻意象环环紧扣，以生动鲜明的形象表达了"大凡世间美好的事物，都很难长久留存于世间"的思想，也正是诗人在《简简吟》中所描述的"大都好物不坚牢"之意。

诗虽短却极富情趣，无疑是在追求新的表现形式。诚如施蛰存先生所说，同传统形式的仄韵七绝如《期不至》四句七言相比，前两句采用三三句法，则成为一首"变格的仄韵七绝"，颇似七言乐府吴声歌曲。

邯郸冬至夜思家

这首诗是诗人冬至节在邯郸驿站所作。但作于何年？诸评家、选家认为作于贞元二十年(804)或永贞元年(805)冬至日。据笔者考证，应作于贞元十九年(803)，时白居易三十二岁，这一年春，始授校书郎，始假居长安常乐里。第二年即贞元二十年春，移家于秦，卜居渭上距长安约百里。贞元十九年冬十月曾到许昌诸地，这首诗当作于此时。

邯郸驿里逢冬至，抱膝灯前影伴身。

想得家中夜深坐，还应说着远行人。

这首诗表达了诗人对亲人的深切思念之情。

邯郸驿里逢冬至——"邯郸"，今河北邯郸市，当时系河北道磁州的属县。"驿"，驿站、驿亭，古代是供传递公文的人或者公办官员途中住宿休息之处。"冬至"，农历二十四节气之一，在农历十一月中，《月令七十二候集解》："十一月中，终藏之气，至此而极也。"大雪后十五天，"斗指子为冬至，十一月中"。相当于阳历十二月二十一日或二十二日，这一天黑夜时间是全年中最长的。过去凡逢元旦、寒食、端午、冬至等，都要休假。冬至日，皇帝要接受群臣庆贺，民间也相互馈赠酒食，换新衣服祝贺，一切如同年节，所以引起诗人乡思之情。

抱膝灯前影伴身——一个人冬至节在驿站孤孤单单、凄凄凉凉，更容易引发乡思情愫。

想得家中夜深坐，还应说着远行人——前两句正面写自己，后两句则转过笔锋写家。诗人心想，这个时候家中妻儿必然深夜围坐，还应该正在挂念着我这个远行的人。由自己孤独，想着家人的挂念。曲尽人情！

农历冬至的夜晚，诗人正旅居在邯郸的驿站。一个人自己在灯下，对影独坐，猜度着设想着家里人这时也许正在谈论、怀念着自己。曲折地写出了对家人的深切思念情怀。

宋人范晞文《对床夜话》将白居易这首诗同王建诗中的"家人见月望我归，正是道上思家时"相比，认为白诗"想得家中夜深坐，还应说着远行人"语颇直率，不如王诗"有曲折之意"。笔者以为王建诗《行见月》中"家人见月"二句思远格幽、淡宕多姿，极富曲折之意，而白诗"想得家中"二句则思接千里、跌宕动人，颇具直率之格。两首诗各有千秋，不可抑此扬彼！

见尹公亮新诗偶赠绝句

这首诗约写于元和初年，当时诗人被罢校书郎，他同元稹居华阳观，"闭户累月，揣摩时事，成《策林》七十五篇"之后，由盩厔尉调充进士考官这一时期。"尹公亮"，事迹未详。"新诗"，尹公亮所作诗。"偶"，有偶然之意。

袖里新诗十首馀，吟看句句是琼琚。

如何持此将干谒，不及公卿一字书？

唐代科举考试：考试之先，应考者拿着自己的诗文稿谒见公卿、名人，以邀取赞扬，请求推荐，一经荐举，考中的可能性就会很大。然而，大官宦推举的，一般都是与他们有着某种千丝万缕联系的人，其诗文好坏则是次要的。

袖里新诗十首馀，吟看句句是琼琚——是写尹公亮，这位青年诗人为了获取功名，袖里揣着自己写的诗，到处请士宦公卿举荐。那么这些新诗到底如何呢？后一句作了回答：试吟试看后，诗人觉得诗写得好，句句都是琼琚。"琼琚"，系美玉制成的佩饰物；诗中以之比喻诗句的美好。《诗经·卫风·木瓜》中有"报之以琼琚。""琼，玉之美者；琚，佩玉名。"（《毛传》）

如何持此将干谒，不及公卿一字书——写尹公亮的新诗，句句字字如珠玑美玉。既然如此，那能起到请托推荐作用么？后两句回答是：如果要拿上这样的诗，以私事向公卿名人请托推举，还不如公卿官宦一封简单的荐举书信。"干谒"，以私事向官贵请托。"一字书"，即"一纸书"，一封短信。

考试，科举考试，历史悠久，其来有自。隋炀帝创进士科取士。唐代皇帝大力提倡考试制度。唐太宗很矜持地宣扬"天下英雄入吾彀中矣"。有唐一代科举考试日趋完善，比较进步，但仍然弊端不少。当时常常由于考试不公或推荐的人未被录取而引起政治大风波，牛李党争就导源于是。诗中尹公亮诗如"琼琚"却干谒无门，官场失意。短短一首七言绝句，既是为尹公亮鸣不平，又揭露了当时科举考试的不合理不公正。

赋得古原草送别

题解

这是诗人十六岁时，即唐德宗李适贞元三年(787)为应考而试写的拟题之作。古代科举考试，凡指定、限定的诗题，题目之前须加"赋得"二字，作法与咏物诗相类，有严格的规矩：不仅限定题意，而且要求起承转合分明，格律精巧工整，全诗空灵浑成。所以说它源于应制诗，后来广泛应用于试帖诗，要求非常严格。

试帖诗（又称"赋得体"），起源于唐代。受"试帖"、"帖经"的影响而产生，类似于封建时代臣僚奉皇帝之命所奉和的应制诗，为科举考试所采用。无论是应制诗，还是试帖诗，多属于"五言六韵或八韵律诗，往往以古人诗句或成语为题，题前冠以'赋得'二字,且限韵脚。"到清代格律限制更严。加之内容是直接或间接为皇帝歌功颂德,还必须切题。正因为如此,所以历代佳作不多。史载这首诗是诗人十六岁时自江南入京,拜谒名士顾况时所投献的应考之作,故题前加上"赋得"二字。

以诗谒顾况,历史上传为佳话。据说"顾睹姓名,熟视白公,曰:'米价方贵,居亦弗易。'乃披卷。首篇曰:'咸阳原上草,一岁一枯荣。野火烧不尽,春风吹又生。'即嗟赏曰:'道得个语,居即易矣。'因为延誉,声名大振。"(唐·张固《幽闲鼓吹》。宋人笔记《复斋漫录》也有类似记载)诗也成为未应举时的名作。

题作"古原草送别",亦颇有深意。表面看来,于是草与送别似乎无涉。然而早在《楚辞·招隐士》中"王孙游兮不归,春草生兮萋萋",于是草与送别就结下了不解之缘。千馀年来,佳作寥寥,而《赋得古原草送别》写出了"古原草"的特色又紧密关切送别之意蕴,独具一格,别出新意。

离离原上草,一岁一枯荣。

野火烧不尽,春风吹又生。

远芳侵古道,晴翠接荒城。

又送王孙去,萋萋满别情。

这是一首比较标准的五言律诗。格律规整,韵脚分明,起承转合,奇妙无痕,情景交融,浑然天成。

离离原上草,一岁一枯荣——首联破题。"原上草"突兀而来,点破题面;"离离"状其破土而出,苗壮繁茂,气势非凡。虽由"春草生兮萋萋"脱化而来,却又不着痕迹。抓住"原上草"当春乃发的特征,写出了春草生命力无比旺盛的气象。春草春荣秋枯,年年岁岁往复循环;"一岁一枯荣",只有春草才是如此。"一"字复叠,咏叹不已;由枯而荣,生生不息,从而引出颔联。

野火烧不尽,春风吹又生——颔联承上。紧承首联"枯"、"荣",由字面一变而为形象生动的截然不同的画面:"野火"无情,烈焰飞腾,形成燎原之势,枯枝败叶,霎时化为一片灰烬;"春风"有意,冬藏乃发,蔚为绿的海洋,苗壮茂密,顷刻覆盖莽原大地。然而,潜藏地底"原上草"的根须是永远"烧不尽"的,一伺春风化雨,立即复苏,以不可遏止的迅猛长势,再一次覆盖大地。"吹又生"的蓬勃气势,使"春草"在烈火中再生,在烈火中永生,以顽强的生命回答烈火的凌厉肆虐。"野火烧不尽,春风吹又生"比之于宋人吴曾所谓"不若刘长卿'春入烧痕青'语简而意尽"(《能改斋漫录》)来,虽命意相似,而刘长卿诗句韵味之不足,同此联相较,差之何

中国家庭基本藏书

啻万里！确实是一副对仗极为工整的流水对。

远芳侵古道，晴翠接荒城——颈联续转。虽然继续在写"古原草"，而重心已落到滋育"原上草"的"原"——"古原"上，是送别的地点，切题并引出"送别"题意，续中一转；由颔联的流水对，颈联变为的对，妙在贴切自然、水到渠成，颇富变化之致。"远芳"、"晴翠"，"芳"曰"远"、"翠"曰"晴"，正是周啸天先生所说的，继续写"草之状态"，以更为具体、生动的博大意象，突出了沐浴阳光的"原上草"及其在古原上弥漫的清香。"侵"、"接"二字，"绘其虚神，善于体物，琢句尤工。"（《诗境浅说》）更进一步凸显了"古原草"蔓延扩展、生存竞争之强者的形象。"古道"、"荒城""言草所丛生之地"，紧切题中"古原"；"原上草"的"吹又生"生机勃勃、生气盎然，尽管道古城荒，依然使古原焕发了青春，成为"送别"的典型环境。但"远芳侵古道"也就是"晴翠接荒城"，两句诗同一个概念，是古诗所常犯的"合掌"之病。

又送王孙去，萋萋满别情——尾联结题。"不仅点明送别、结清题意，而且创造环境、关合全诗。"远芳"、"晴翠"、"古道"、"荒城"，诗人安排了春满人间、芳草历历在古道荒城送别的典型场所，该是多么富有诗意，又是多么令人惆怅！"王孙"原指王孙公子，是对古代贵族子弟的统称。这里则泛指行旅之人。上引《楚辞》成句是指看见萋萋春草而怀思行旅未归之人，此则转化其原意而用之，指看见萋萋春草而增添送别的惆怅愁情。从"古原"、"草"到"送别"，那萋萋春草似乎一叶叶、一片片都饱含着别情。诗尽管主要在咏古原草，但因是为送别而作，故结句要用春草王孙典故，点明送别之情，巧妙地关合全诗，结清意旨，的确有"赋得体"灵空浑成之感，成为千古绝唱。

作为一首应考的命题之诗，借草取喻，虚实兼写，自然而然地融入深切的生活感受。既符合应制诗的严格要求，十分得体，又字字真切、语语新异。颔联语简思畅，脱化无痕，天然名句，几希初唐；颈联草色关情，琢句体物，构思巧妙，绝非虚誉！这不能不说是《赋得古原草送别》的独特之处。

同时，从"王孙游兮不归，春草生兮萋萋"（《楚辞·招隐士》）将春草同送别的离思之情关联于一诗，历代文人墨客多有以春草喻离情之作，如谢灵运"萋萋春草生，王孙游有情"（《悲哉行》），江淹"春草碧色，春水渌波，送君南浦，伤如之何"（《别赋》），李煜"离恨恰如春草，更行更远还生"（〔清平乐〕）……然而，难能如本诗一样，看见萋萋春草而增添别情的新颖巧妙。

蘅塘退士《唐诗三百首》承《唐诗品汇》，将《赋得古原草送别》题为《草》加批，第一、二句批"诗比喻小人也"，第三句批"销除不尽"，第四句批"得时即生"，第五句批"干犯正路"，第六句批"文饰鄙陋"，收尾二句批"却最易感人"。系宋、明之人妄删"送别"、"赋得古原"，而题作《草》所导致的错误，有悖白居易创作初衷，且《白氏长庆集》分明为《赋得古原草送别》，蘅氏所为颇不足取。

自河南经乱关内阻饥兄弟离散各在一处
因望月有感聊书所怀寄上浮梁大兄
於潜七兄乌江十五兄兼示符离及下邽弟妹

"河南经乱"，指贞元十五年(799)二月宣武军节度使(治河南开封)董晋死后，其部下举兵叛乱及同年三月彰义军节度使(治河南汝南)吴少诚叛乱，不仅战争规模大而且持续时间长。"关内阻饥"，关内即唐代关内道，辖陕西中部、北部及甘肃、宁夏部分；"阻饥"，《尚书·舜典》有"黎民阻饥"句，艰阻饥饿之意。史载：贞元十四年冬无雪，长安一带发生饥荒，第二年夏又闹旱灾(《新唐书·五行志》《新唐书·德宗纪》)。当时，关中粮食赖南方接济，河南动乱，漕运受阻，所以发生饥荒。"浮梁大兄"，诗人的大哥白幼文，时为浮梁县(江西浮梁县)主簿；"於潜七兄"，诗人叔父白季康的长子，曾任杭州於潜县(属浙江省)尉；"乌江十五兄"，诗人堂兄，曾任乌江县(安徽省和县)主簿，贞元十七年七月卒。"符离"，系徐州属县，即今安徽宿县，其父白季庚官徐州别驾，在符离居住甚久。"下邽"，唐代县名，在今陕西渭南县，白居易祖籍太原，后徙韩城县(属陕西)，又迁下邽。其兄幼文、弟行简和幼美均随父在任所。

白居易所处的中唐时代，战乱频仍，灾荒不断，所以他从十多岁时就离家四处飘泊。贞元十五年，他为宣州所贡，即送往京城应考，翌年二月在长安考中进士。又依题中乌江十五兄于贞元十七年七月卒，本诗约作于贞元十五年春至十七年秋这段时间，也就是诗人由宣州之长安中进士前。

> 时难年荒世业空，弟兄羁旅各西东。
> 田园寥落干戈后，骨肉流离道路中。
> 吊影分为千里雁，辞根散作九秋蓬。
> 共看明月应垂泪，一夜乡心五处同。

时难年荒世业空，弟兄羁旅各西东——起联照应题目，领起全篇。"世业"，唐初行授田制，有"口分"田、"世业"田之别，"世业"田子孙可以继承。但到白居易时已废除,诗中泛指祖宗遗留世代相传的产业。由灾难起笔,勾勒出时局战乱动荡、社会家园荒残、家庭亲戚离散具有典型意义的现实生活画面,十分简洁地概括出"时难"与"年荒"造成的战乱饥馑、民不聊生,骨肉分散、流离失所的景象,重在写自家人的遭遇。

田园寥落干戈后,骨肉流离道路中——颔联则侧重写社会现实,战争之后田园荒芜,骨肉分散奔波在异域他乡道路之中。"寥落",土地废弃,无人耕种;"干戈",干,盾,防御武器;戈,戟类,进攻武器;常用以统称武器。诗中"干戈"指战争,《礼记·檀弓下》:"能执干戈以卫社稷。"《史记·儒林列传序》:"然尚有干戈……"

吊影分为千里雁,辞根散作九秋蓬——颈联一向为人所传颂,正面抒发自己郁结心中已久的离情别绪。以"雁"、"蓬"比喻兄弟分离、漂泊无定。既伤自己如同失群孤雁,吊影自怜,又哀弟兄好比断根飞蓬,风飘无定。这两句诗比拟形象鲜明、确切生动,具有很强的艺术表现力和感染作用。雁飞既行列齐整,又有次序,古人称作"雁行",常用以比拟兄弟。诗中则是说兄弟分散,如同失群孤雁,形容孤独凄凉。"吊影",对影自吊,孤凄伤感;"辞根",离开根,言其根断无依;"九秋",秋天三个月九旬,故称九秋;"蓬"草名,入冬蓬草离根随风飘荡不定,是谓"转蓬"、"蓬转"。

共看明月应垂泪,一夜乡心五处同——末联写诗人饱尝离别之苦,对月伤怀,联想到流落各地的兄长弟妹此刻都在仰望明月、思念亲人,彻夜无眠,一样"乡心"。"共看明月"对应题目中"望月有感"。运用同一事物("月"),引起异地亲人共同的思情("乡心")是诗人常常运用的艺术手法。"一夜乡心五处同"这样的结句,诗人在其他诗中多用,如"可怜秋思两心同"、"一把红芳三处心"等同一机杼、同一手法,发人深思。

全诗与题意"处处拍合,丝丝入扣,而一气流转,极自然宛畅之妙。出以口语,看似轻松,而沉痛在骨,白诗上乘也。"诗人以白描的艺术手法,一气贯注,八句如一句,用平易之常语,抒人所共有而又非人人均能道出的真情实感,确如刘熙载所说:"常语易,奇语难,此诗之初关也。奇语易,常语难,此诗之重关也。香山用常得奇,此境良非易到。"(《艺概》)此诗堪称"用常得奇"、情韵生动的名篇。

同时运用古诗传统的"复沓章法",起联侧重于写自家,颔联侧重于写社会,颈联侧重于写感受,末联侧重于写想象,从不同角度多侧面地反复叙说、咏叹,却使人无重复之感,有意象不同之思。既不用典故,又不事藻饰,是"专以道得人心中事为工"(《岁寒堂诗话》)的七律佳作。并于工整属对之中具有不同于乐府诗浅俗而流丽清雅的风姿,在一定程度上开宋代苏轼诗风之先河。

惜牡丹花二首（其一）

《惜牡丹花二首》题下原注："一首翰林院北厅花下作，一首新昌窦给事宅南亭花下作。"其一"惆怅阶前红牡丹"是诗人元和三至五年(808—810)官翰林学士时作。

惆怅阶前红牡丹，晚来唯有两枝残。
明朝风起应吹尽，夜惜衰红把火看。

牡丹芳艳绝美，国色天香，乃花中极品，历来有"百花王"之誉。古代，全国各地多植牡丹，尤其是越中(今浙江绍兴一带)水榭池台、道宫梵宇无不种牡丹。牡丹品种很多，据《群芳谱》记载，足有一百二三十种，其中以洛阳牡丹为天下第一。传说武则天游后苑，百花俱放，唯牡丹独迟，被诏贬洛阳，故洛阳牡丹冠天下。

惆怅阶前红牡丹，晚来唯有两枝残——首句点题，"惆怅"突兀而来，给人以错觉，造成不悦氛围。个中人物的愁思，阶院的清雅，牡丹的艳丽，历历如在目前。虽淡淡一笔，却渲染出牡丹盛开势将必败。对句把惆怅之情引向"晚来唯有两枝残"的境地。"晚来"，时间很短；"唯有"，只有、仅有；"两枝残"，言其少数残败。看似不经意，只有两枝花儿残败，却更加能够渲染出伤感的情致。正所谓从正面写"残"，令人更百倍"惆怅"！第二句的转折，虽强调了只有两枝残败，那么满庭院阶前的牡丹都在盛开，说明诗人惜花之甚、爱花之深，连"两枝"仅有的花开残败也观察注意到了。足见诗人对牡丹花情深意笃，都已晚来黄昏之际，还在花间流连观赏！

明朝风起应吹尽，夜惜衰红把火看——进一步写惜花之情。既然只有两枝残败，"似乎不必如此惆怅，然而一叶知秋，何况两枝？诗人从两枝残花看到了春将归去的消息"(葛晓音)，但是自然规律是不可抗拒的，诗人笔锋又转向"明朝风起应吹尽"，是想象，是担心，是忧虑。盛极必衰是自然规律，天有不测风云是意外灾祸。诗人在第二首中就想到了，一旦遇到突如其来的"风起"，那可就"寂寞萎红低向雨，离披破艳散随风"了。既然风雨莫测，春去难挡，花落不免，其情何堪？古人能够"昼短苦夜长，何不秉烛游"(《古诗十九首》)，那么我何不"夜惜衰红把火看"。于是趁着花儿尚未被风吹尽，夜里持着火把观赏。夜里把火赏花，那牡丹花恐怕更加浓艳迷人，那艳丽更加令人伤感。全诗几经转折，使诗人的惜花痴情抒发得淋漓尽致，至于花残之后诗人的心情又何以堪，也就不言而喻了。诗人在

中国家庭基本藏书

第二首中所抒写的"晴明落地犹惆怅,何况飘零泥土中?"是绝妙的回答!

牡丹花为历代诗人所激赏、所钟爱。然而白居易却别具一番情趣,他不曾陶醉流连于艳冶的花香花色之中。对于牡丹花纵有万般怜惜之情,也难以挽住春去的脚步,更难以逆料风雨突如其来的消息,所以夜间把火观赏牡丹,恐怕别有滋味在心头,寄寓另一番深情。

众所周知,在百花盛开、群芳竞艳的花季,牡丹花总是姗姗来迟,待到她占断春光、"竞夸天下无双绝,独立人间第一香"(皮日休《牡丹》)之际,一春花事已将尽期,历代诗人多愁善感,总是伤春惜花,百咏不厌,但很少有人"起就月中看"。而白氏却一改常态、一反常情,他不在花落之后始惜花,而在花期正盛时,想到必将红褪香消,把火观赏,艺术上独树一格、内容上立意新颖,既表现了对牡丹花的无比怜惜,又寄托了对岁月流逝、青春难驻的无限感慨。

全诗自然质朴,不事雕饰,层层深入,虚笔渲染,使用跌宕起伏的语气,故意造成一种写意的效果。以"惆怅"七字渲染其花将败,以"唯有"七字再现花未尽败,以"应吹尽"七字忧伤花之尽败,笔锋几转,语意几折,最后托出把火夜看,恋花的难舍之情,惜花的夜赏之痴,委婉深致,馀韵无穷。

所以白氏此诗一经写出,后人不断争相模仿,如李商隐的"客散酒醒深夜后,更持红烛赏残花"(《花下醉》),苏轼的"只恐夜深花睡去,故烧高烛照红妆"(《海棠》),白氏那种惜花的惆怅情愫,在义山、东坡诗中已融入优雅的风趣情致之中。尽管后者历来为人们所称赏,其构思更精巧,意境更优美,可也不应当抹煞白居易开创之功劳。

江楼月

元和四年(809)春,元稹使东川复审狱刑案件,离开长安,路经嘉陵江夜宿驿楼中,时月光明亮,望江波荡漾,思绪万千,作了一首题作《江楼月》的七律寄白居易;白居易作了《酬和元九东川路诗十二首》,题下原注:"十二篇皆因新境,追忆旧事,不能一一曲叙,但随而和之,唯予与元知之耳。"其中第五首亦题作《江楼月》,系同题。"江楼月"指嘉陵江和曲江池楼明月夜。

嘉陵江曲曲江池,明月虽同人别离。
一宵光景潜相忆,两地阴晴远不知。

谁料江边怀我夜，正当池畔望君时。

今朝共语方同悔，不解多情先寄诗。

这首诗从结构上可分两部分：前两联"忆旧"，后两联"述新"。

嘉陵江曲曲江池，明月虽同人别离。一宵光景潜相忆，两地阴晴远不知——写离别之后，两人彼此思念之情景。首联分写两地：一在嘉陵江边，一在曲江池畔，头上同一轮明月，清晖相照，两人却相处异地，望月伤别，不禁别离之情涌上心头。颔联写相互忆念，夜不成眠，便由"人有悲欢离合"，想到"月有阴晴圆缺"（苏东坡语），谁能知道千里相隔，那里能看到明月不能？诗人以"一宵"言其"相思"时间之长，以"潜"喻思念之深。嘉陵江边、曲江池畔，"两地阴晴远不知"，多么婉曲动人！诗的意境堪称别具一格：首联人虽分两地，尚可同赏一轮明月；颔联却担心乌云遮月，连共享一轮清晖也不能，表现出朋友之间更为朴实诚挚的友谊。

谁料江边怀我夜，正当池畔望君时。今朝共语方同悔，不解多情先寄诗——由"追怀往事"转而写对"往事"的看法。"谁料"、"正当"反映出二人推心置腹、彼此信赖的真挚情谊。"谁料"以懊悔之情，进而表现相互体切入微的感情。尾联写早知如此，还不如早早寄诗抒怀，以免因幽思望月而尝尽思虑之苦。"共语"、"同悔"使双方的思念之情更见深沉。

白居易写给挚友元稹的诗很多，如《正月十五夜月》《八月十五日夜溢亭望月》及《客中月》……但比较起来，这首《江楼月》独具特色，别创一格。在意境创造方面是其他咏月赏月诗无法比拟的。通篇都写彼此双方的真挚思念之情，看似全诗句句抒情，其实情寓于景，情与景高度融合而天衣无缝。每句诗都是情语，又都是景语，仔细回味都使人产生联想。尤其是前两联，那江楼绰约、明月团圆，以及诗人凝立吟赏的情景，酷肖实景，胜似实景，比之于实写景色更诱人、更动人，更耐人寻味！

望驿台

元和四年(809)三月三十日作。元稹于是年三月七日，以监察御史奉旨往东川按狱，一路尽管鞍马劳顿，还写了一组诗，《望驿台》即其中一首，是为思念其妻子韦丛所作。白居易稍后写了十二首和诗，其中就有这首《望驿台》，与元稹同题，题下原注"三月三十日"。《望驿台》,是白氏组诗《酬和元九东川路诗十二首》其十一。而"望驿台"未知所指。

> 靖安宅里当窗柳,望驿台前扑地花。
> 两处春光同日尽,居人思客客思家。

这首诗是白居易的和诗,与元稹原诗同题为《望驿台》。

靖安宅里当窗柳——写元稹的妻子韦丛。元稹同韦丛住在长安朱雀门东第二街靖安北街,靖安宅里自然住着韦丛。"当窗柳"犹言韦丛怀念丈夫。古代,特别是唐人,有折柳送行的习俗。柳丝柔长,随风飘拂,古诗中往往以之意寓怀念行人情思不绝。读者似乎可以想象到韦丛当窗凝望,思念丈夫归来的情景。

望驿台前扑地花——写元稹思念韦丛的情境。元稹在望驿台前同样在思念韦丛。诗中"当窗柳"、"扑地花",对文互义;"柳"、"花"同指一物,即柳絮、柳花。是写元稹、韦丛对柳絮飞花,同感春尽彼此思念。元稹一人独宿驿站,面对春意阑珊,落红满地,分外思念妻子。"扑地花"很富有诗意,联想贴切,设比巧妙!

两处春光同日尽——是说韦丛所居靖安里同元稹所处望驿台两处,元氏在望驿台所作题下原注"三月尽";白氏在长安所作题下原注"三月三十日"。当时使用夏历,以正月至三月为春季,故将三月末一日作为春季的最后一天,所以说"春光同日尽"。这句可以说妙语双关,"春光"是指春天,又指美好的时光;"尽",是春光尽,也是人各天涯的感伤。于是第四句就顺理成章地拓出。

居人思客客思家——一种离愁,两地相思,值此春尽之日,彼此的思念就更加深切了。

这首诗的关键和中心,全在一个"思"字。"当窗柳"是居人闺中的相思;"扑地花"是客中驿旅的相思。一、二两句均以比喻形象传情,不言思而思字隐含诗中,两人倍加思念。三、四句层层推进,"两处春光同日尽"写"三月三十日"希望相见而未能相见的失望,相思刻骨;"居人思客"、"客思家"更进一层,由"春光同日尽"的含蕴之妙,直逼"思"字,而且两个"思"字连珠爆发,不但缀合全诗,而且点明诗旨,巧妙收结,力透纸背,力重千钧。全诗就这样紧扣"思"字,含蓄蕴藉,层层深入地展示给读者,耐人寻思。

其次,这首和诗同元稹的原诗——"可怜三月三旬足,怅望江边望驿台。料得孟光今日语,不曾春尽不归来。"二者在格律上,同样采取平起仄收式,而同原诗不同之处在起句便用对句,而且对仗极工稳,使诗具备了声情并茂的形式整饬之美。在内容上,三、四句两方对举,采用对句,见出双方相思同样深切,感情同样真挚,从而使内容与形式和谐一致、完美结合,加之韵律上由对起而散收,章法上求严谨有变化,又增加了诗歌的声韵之美。

村　夜

元和六年(811)至元和八年(813),诗人丁忧居渭村。六年四月,其母陈氏卒,女金銮子夭折,十月迁葬祖镡、父季庚于下邽。时,诗人贫病交加,元稹不时分俸济其困乏。《村夜》大约作于元和七年。这是一首描写农村夜景的小诗。

> 霜草苍苍虫切切,村南村北行人绝。
> 独出前门望野田,月明荞麦花如雪。

霜草苍苍虫切切——首句即点明了时节,"霜草"说明是秋天已来临了。"苍苍"、"切切"两个叠音词,形容初秋霜草青苍茂盛的样子和秋虫又细又急的细碎鸣叫声。幽静、凄清,使人产生如耳闻其声、身临其境的感觉:行人绝迹,万籁俱寂。

村南村北行人绝——写诗人在户外,月色之下,听到虫声切切后,自然而然地意识到村南村北行人都绝迹了。

独出前门望野田,月明荞麦花如雪——写夜深人静时,诗人独自散步,站在田野上抬头远望时,眼前展现出一幅美丽动人的奇异景致:月光映照着一片白色荞麦花,更显得白茫茫一片。《带经堂诗话》云:"稻花、豆花、麦秀、黍离,皆以入诗。荞麦为五谷最下之品,而其花殊娇艳。……自田野间物,讵可植之庭中?"说明诗人对荞麦花情有独钟。

景是平常之景,表现手法也是一般的白描,但却极富情致、意境幽深。有道是"一切景语皆情语"(王国维《人间词话》),诗人没有直接抒情,但整首都抒情。借景物的变换写出了人物情感的变化。诗中景物的幽凄与诗人的孤寂心境相一致,情与景的结合,寓情于景,产生了一种奇妙的艺术效果:景因情而显得更美,情因景而充分抒发,使意境更广大、更深远,创造了意想不到的艺术境界,取得了"意在言外"的感染效果。

"独出前门望野田"（又作"独出门前望野田"、"自起开门望野田"）关联上下，既是诗中的过渡，使描写对象（村庄与野田）转换；又是两联之间的转折，展示出另一幅奇妙的画面。全诗从景物的变换，到人物情感的变化，描写灵活自如、不露痕迹，既朴实无华，又浑然天成，诚然"一味真朴，不假装点，自具苍老之致，七绝中之近古者"（《唐宋诗醇》）。

夜　坐

《夜坐》同题二首，一为七绝，一系五律。二者所写内容大体相同。诗人元和初居渭村时所作。这里选五律。

> 斜月入前楹，迢迢夜坐情。
> 梧桐上阶影，蟋蟀近床声。
> 曙傍窗间至，秋从簟上生。
> 感时因忆事，不寝到鸡鸣。

斜月入前楹，迢迢夜坐情——写诗人在斜月已经照到厅堂前柱子的夜深时分，还久久独坐难以入睡。"迢迢夜坐"照应题目。"迢迢"，犹言时间很久。

梧桐上阶影，蟋蟀近床声——写诗人夜坐，已经是梧桐树影上阶、蟋蟀声近床了。《诗经·豳风·七月》有"七月在野，八月在宇，九月在户，十月蟋蟀，入我床下。"之句，意思是说：天气一天天冷了，蟋蟀由田野、檐庭、室中，一直入到我的床下。夜里也一样，初夜、深夜、天亮，一刻比一刻寒冷。

曙傍窗间至，秋从簟上生——写晨曦初照窗户天快亮时，竹席（簟）生凉，还是不能入睡。

感时因忆事，不寝到鸡鸣——说明夜坐达旦不寐的原因，是由于"感时"、"忆事"，所以不能安寝，直到鸡叫天色大亮。

白居易差不多同一时期写了两首《夜坐》诗，另一首七言律诗是："庭前尽日立到夜，灯下有时坐彻明。此情不语何人会？时复长吁一两声。"对照两首诗一是"不寝到鸡鸣"，一是"灯下有时坐彻明"。为什么？自然有其拿不起又放不下的理由；诗人始终没有说明白，当然有难言之隐。写诗者未曾明言，解诗者又何必宁要猜测! 诗人尚且如是,解诗者又何必不然。好在"感时因忆事"给了我们一点笼统的答案。"感时"者,感叹时不我遇;"忆事"者,哪能事事如意? 总之,诗人是国事、家事、天下事,没有不上心的,诚难怪他夜坐达旦! 既然诗人都说"此情不语何人会?"那么我们何须硬要"会"! 诗中所写无非秋夜景物。"斜月"、"树影"是视觉中的景物;"蟋蟀近床声",是从听觉上描写秋夜寂静;"秋从簟上生",是触觉上的一种细微感受。全诗运用白描手法,描写细腻、真切,清新自然,别具一格。

燕子楼三首并序

《燕子楼三首》大约作于元和十年(815)。是对司勋员外郎张仲素《燕子楼》三首的和诗。白居易在本诗小序中对燕子楼的故事及两人作此诗的缘由作了交代。

燕子楼在彭城(今江苏省徐州),张尚书(愔)第中小楼,名妓盼盼曾居此楼。二人唱和即为盼盼所作。旧说张尚书为愔父张建封,误,因张建封已于贞元十六年(800)去世。

徐州故张尚书有爱妓曰盼盼,善歌舞,雅多风态。予为校书郎时,游徐、泗间。张尚书宴予,酒酣,出盼盼以佐欢,欢甚。予因赠诗云:"醉娇胜不得,风袅牡丹花。"一欢而去,迩后绝不相闻,迨兹仅一纪矣。昨日,司勋员外郎张仲素绩之访予,因吟新诗,有《燕子楼》三首,词甚婉丽。诘其由,为盼盼作也。绩之从事武宁军累年,颇知盼盼始末,云:"尚书既殁,归葬东洛。而彭城有张氏旧第,第中有小楼,名燕子。盼盼念旧爱而不嫁,居是楼十馀年,幽独块然,于今尚在。"予爱绩之新咏,感彭城旧游,因同其题,作三绝句。

满窗明月满帘霜,被冷灯残拂卧床。
燕子楼中霜月夜,秋来只为一人长。

钿晕罗衫色似烟,几回欲著即潸然。
自从不舞霓裳曲,叠在空箱十一年!

今春有客洛阳回,曾到尚书墓上来。
见说白杨堪作柱,争教红粉不成灰。

新解

白居易诗序对燕子楼的往事和作此诗的缘由说得很明白。序开首就点明盼盼的身份和擅长,接着忆昔:还是贞元末年他做校书郎时,到江苏徐州、安徽泗县游览,时张愔尚书宴请,在酒兴正浓时,他请出爱妓盼盼劝酒,大家非常高兴,我因此赠诗,诗中有两句是"醉娇胜不得,风袅牡丹花"。大家尽欢而散,此后就再也没有听到关于盼盼的传闻。"迨",及,到。"兹",此,这。"仅",用在数词前,表示多到、几乎达到。"纪",一说十年为一纪;一说十二年为一纪;又两说一千五百年为一纪,一世为一纪。诗中犹言及今已十多年了。接着说,昨天张员外造访,因吟咏新诗,他有《燕子楼》三首,词语很婉丽,诘问其缘由,说是为盼盼所作。张仲素字缋之,曾任武宁军节度使、检校工部尚书,很了解盼盼后来的情况,他说"张愔尚书殁后,归葬故乡东洛。而彭城有张愔旧宅第,宅第中有小楼,名叫燕子楼。张愔死后,盼盼念旧日恩爱而不另嫁,住在燕子楼已十馀年,一个人幽寂孤独,至今还在。"块然",孤独的样子。我爱缋之所新写的诗,感叹当年彭城旧游情景,因此用《燕子楼》同一题目,作了这三首绝句。

第一首绝句写盼盼寒夜孤眠难以入睡的凄凉情景。张仲素的原诗是:"楼上残灯伴晓霜,独眠人起合欢床。相思一夜情多少,地角天涯未是长。"写盼盼"相思一夜"的不眠,"残灯"、"晓霜"为"伴",两人同睡的"合欢床"却一人独眠,想想相思"情多少"?回答是"地角天涯未是长"!一夜如此,都十多年了,今后还如此继续下去!怎奈此长夜?

满窗明月满帘霜,被冷灯残拂卧床。燕子楼中霜月夜,秋来只为一人长——白居易的和诗则从另一个角度去写。明月满窗霜满帘,"被冷"因天寒,"灯残"因夜长,诗人不写晓起,而写"拂床"。"拂卧床"一语双关,暗写盼盼的侍妾身份,又写昔日为张愔拂床伺枕席,而今为自己拂卧床。都是写月夜灯残霜冷人独眠,相互衔接,又不显雷同。常言道"愁多知夜长"、"欢娱恨宵短",女主人埋怨好像"秋来""霜月夜"就只为她一人长!

第二首绝句写盼盼对待昔日歌舞时所穿戴首饰衣物的态度。张仲素的原诗是:"北邙松柏锁愁烟,燕子楼中思悄然。自埋剑履歌尘散,红袖香销已十年。"写盼盼怀念张愔,哀叹自己,想象北邙墓地愁烟惨凄,哀婉自己孤寂无依;张愔死后,她埋掉张愔的剑履遗物,断绝歌舞,"红袖香销已十年了"。

而白居易的和诗则从另一个侧面写盼盼怎样对待昔日歌舞时的首饰衣物。

钿晕罗衫色似烟,几回欲著即潸然——写张愔死后,盼盼再也不登歌台舞榭,以前头上戴的钿钗已失去光彩,罗衫已褪了颜色,几次欲穿着,但睹物伤情,泪流满面,"女为悦己者容",伊人已去,又为谁妆扮呢?

自从不舞霓裳曲，叠在空箱十一年——对前两句作交代，"自从不舞霓裳曲，叠在空箱十一年。"为什么"不舞"呢？为什么不着钿衫、叠在空箱十一年呢？一切都为张愔。所以这首诗只字未提张愔，但句句都因张愔而发。"霓裳羽衣曲"是唐明皇时代的名曲，这里暗示盼盼歌舞艺术的高雅绝俗。结句一个"空"字，守空房、卧空床、"空箱"、"空闺"、"空帏"……给人留下多少回味的馀地！

第三首绝句借"有客洛阳回"所说，写对"彭城旧游"的回忆。此"客"正是张仲素。张仲素的原诗是："适看鸿雁洛阳回，又睹玄禽逼社来。瑶瑟玉箫无意绪，任从蛛网任从灰。"写盼盼因节候之变化而叹年华之易逝。前两句起句写去年鸿雁从洛阳飞回，次句写今春燕子将近社日飞来。女主人想象，鸿雁传书，鸿雁每年秋从北飞向南，她却认为它从洛阳向东飞到徐州，一定会带信来，然而人已长眠怎能写信？那么玄禽——燕子呢？春分前后社日燕子由南而北双飞双宿。鸿雁使她睹物思人，燕子使她叹惋人不如鸟。正因为如此，引出下两句，女主人面对瑶瑟玉箫如此贵重的乐器，任凭它蒙上灰尘罩上蛛网而不顾。以景衬情，似断却连。而白居易的和诗则通过间接描写抒发对盼盼的深切同情。

今春有客洛阳回，曾到尚书墓上来。见说白杨堪作柱，争教红粉不成灰——写今春有客从洛阳回，他曾到北邙张愔尚书墓上祭扫。并且说那里的白杨树已足以作柱子了，"十年树木"，已经十年过去了，人生能有几个十年！"十年生死两茫茫"，光阴流逝，哪能不教"红粉不成灰"？诗人对盼盼充满了同情。感今思昔，寄寓深沉，令人怎不感慨万千。

同题两组唱和之作，严格遵循了"唱和"从内容到形式的要求。原唱代盼盼抒发"念旧爱而不嫁"的生活和感情，和诗则抒写了诗人对盼盼这种生活和感情的同情、敬重和感叹。在内容上彼此相和相应。这是唱和之诗最主要的要求。题材相同，主题相同，体裁相同，用韵又是同一韵部，押韵各字的先后次序都相同，既是和韵，又是次韵。两组诗又同中见异，尽管白诗在艺术上的难度更高一筹，但总的来看，正如沈祖棻、程千帆先生所评价的："这两组诗如两军对垒，工力悉敌，表现了两位诗人精湛的艺术技巧，是唱和诗中的佳作。"

张愔生前同张仲素、白居易都是挚友。盼盼，《白居易集》又作"眄眄"(miǎn)。序中说她"善歌舞，雅多风态"。又喻之为"风袅牡丹花"。按说她完全可以另适他人，但却无心歌舞，任其钿衫变色、舞袖香销，诚难怪连白居易、张仲素对她写诗予以同情和赞扬。直到宋代的大词人苏东坡也填词（〔永遇乐〕《彭城夜宿燕子楼梦盼盼因作此词》）加以颂赞。

蓝桥驿见元九诗

这首诗是白居易由左赞善大夫贬谪江州司马后，于元和十年(815)秋从长安赴江州，途经蓝桥驿时所作。题下自注："诗中云：'江陵归时逢春雪。'""蓝桥驿"，是唐代从京师通往河南、湖北交通要道上的一个驿站(古代供传递文书、官员往来及运输等中途住宿、休息之处。《新唐书·百官志一》记载："凡三十里有驿站，驿站有长。")，在陕西蓝田县东南。"元九"，即元稹，以排行而称元九，时任通州司马。元和十年正月，元稹奉诏由唐州回京都，路过蓝桥驿，写了一首诗。八个月之后，白居易自长安赴江州任所，也路经蓝桥驿，读了元稹的诗，才作了这首七言绝句。

对这段史事，译注元白诗的学者说法不一。顾肇仓、周汝昌先生认为当时元微之写了《西归绝句》十二首，其十一曰："云覆蓝桥雪满溪，须臾便与碧峰齐。风回面市连天合，冻压花枝著水低。"白居易读了此诗，写了《蓝桥驿见元九诗》。《唐诗鉴赏辞典》(上海辞书出版社)赖汉屏认为元微之写了《留呈梦得子厚致用》："泉溜才通疑夜磬，烧烟馀暖有春泥。千层玉帐铺松盖，五出银区印虎蹄。暗落金乌山渐黑，深埋粉堠路浑迷。心知魏阙无多地，十二琼楼百里西。"且题下原注："题蓝桥驿"。笔者认为前者诗的内容，似与白氏诗相吻合；后者题下自注"题蓝桥驿"，又同白氏诗后两句"每到驿亭先下马，循墙远柱觅君诗"一致，且元稹诗中"玉帐"、"银区"也是写雪，但白诗系七绝，元诗系七律，似又有疑问，是故两说并述，以就教于方家。

　　　　蓝桥春雪君归日，秦岭秋风我去时。
　　　　每到驿亭先下马，循墙远柱觅君诗。

这首诗看似平淡，其实蕴含深沉，诗人胸中压抑着多少抑郁和不平。

蓝桥春雪君归日——写元稹。元稹元和五年(810)因劾奏豪宦违法十馀案等，为执政者所恶，罚俸，遭辱，被贬为江陵府士曹参军。元和十年春奉诏还京，路经蓝桥驿，当时正遇春雪，故有"蓝桥春雪君归日"之说。

秦岭秋风我去时——写自己。白氏初贬江州，时在秋八月，满目飘零，诗人的《东南行》记贬江州有"秦岭驰三驿"，三驿即蓝田驿、蓝桥驿、商山驿。由于贬赴江州，道经蓝桥驿，所以说"秦岭秋风我去时"。一个时在初春，桃李争艳之际，西归长安；一个时当仲秋，秋霜红叶，东贬江州。两人或归来、或贬去，都要经过商州，蓝桥驿更是必经之地。当时驿站很多，官贵、诗客多在驿亭留诗。所以三、四句云：

每到驿亭先下马，循墙远柱觅君诗——把诗人每到一处驿站，急忙下马，循墙远柱寻找元稹题诗的形象活生生地浮现在读者面前，如画图，如素描，"言浅而深，意微而显"，真是"友谊可贵，题咏可歌"，共同的遭遇，更是可泣！在平淡诗句之后，隐含着多少胸中块垒。

一首七绝，极其平淡，但在遣词用字、细节描写方面达到了极高的境界。写元稹奉诏回京，着一"春"字，充满希望，落一"归"字，无限温暖，似乎"春风得意马蹄疾"；而等待他的是被贬江陵士曹参军五年，正月回到长安，三月又远谪通州司马，这就是所谓"蓝桥春雪君归日"的结局。而"秦岭秋风我去时"，则是诗人自己被贬赴任，着一"秋"字，瑟瑟凉意，缀一"去"字，生离死别，而却"秋气堪悲未必然"；尽管被一贬再贬，枫叶荻花，诗人还是走马上任，我去也。无论是对朋友的关切，还是对自己的命运，两位诗人的人生道路，秋风摇落，在欢笑之中含着眼泪，在轻松之中无比沉痛。春雪，秋风；西归，东去。春去秋来、雪紧风疾；西来东去、归迟去急。升沉变化的沉痛感情，完全埋在心底！在感情上喜悦自知、悲戚自忍。在用词上，无论是"春"的希望、"归"的温暖，还是"秋"的悲凉、"去"的无奈，对仗工整、色彩鲜明，足见记时叙事之妙用，极尽抒情写意之能事。

尤其值得提及的是结处别开生面，以人物的行动收结，以细节来刻画形象，收到了七绝往往难以达到的艺术效果。这种细节描写通过"循"、"远"、"觅"三个字传神：循墙、远柱、觅诗，七字一句中三个动词连在一起，既准确地描摹出诗人仔细寻找、一一辨认的动人传神情景，又形象地表现出诗人急切心情和迅捷的行动。正是通过上述传神的细节描写，在优美节奏旋律的烘托下，将人物的形象及内心活动，淋漓尽致地展现在读者面前，不仅使人们深深地为他对朋友的诚挚情意所感动，而且使人们深深地为他的遭遇贬斥、沦落天涯产生无限同情。

白　鹭

古诗中写鹭，多写白鹭。白鹭，又称白鸟、白鹭鸶、雪衣、雪衣公子、风标公子、雪客、雪禽、白雪客。全身色白似雪，头部有冠羽，背上蓑羽特长，超出体外，羽枝松散。黄眼，黑嘴，黑脚。有候鸟、留鸟之分，又有小、中、大之别，以小白鹭最常见。性好群居，春夏多活动于湖沼岸边或水田之中，以小鱼虾、水生动物为食，分布较广，从东北到海南都可见到。李白、刘长卿、刘禹锡、李嘉祐等均有同题诗作。

人生四十未全衰，我为愁多白发垂。

何故水边双白鹭，无愁头上亦垂丝？

人生四十未全衰，我为愁多白发垂——人生四十正当年，但诗人不这样写；他用"未全衰"来形容。便为下一句作好了铺衬，"我为愁多白发垂"，正因为如此，虽未全衰，但已经衰老了！为什么？给读者留下了思考的馀地。

何故水边双白鹭，无愁头上亦垂丝——诗人看着水边的双白鹭，不禁若有所思地问：白鹭啊！为什么你无忧无愁，头上也垂着白丝？"垂丝"，《埤雅》云："鹭色雪白，顶上有丝，毿毿然，长尺馀，欲取鱼则弭之。"《尔雅翼》亦云："鹭……头上有长毛十数枚，长尺馀，毿毿然与众毛异……"唐诗人张祜《鹭鸶》诗有"好似沧波侣，垂丝趣亦同。"都是对"垂丝"的解释。

人正当四十，英姿焕发，诗人却因愁而白了头；可是成双成对的、"闲"立水边的白鹭并无忧愁，何以白丝垂头呢？诗人有愁，而无从渲泄，也不敢公开流露，于是"移情于物"，借此表现内心隐含着的伤感之情。这种"以物衬情"的艺术手法，既幽默风趣，又强烈地反映了诗人的主观色彩！个中真谛，耐人寻味。《柳亭诗话》曰："杨诚斋全用其意"。并引杨诚斋诗"君道愁多头易白，鹭鸶从小鬓成丝"及宋子虚诗"吴霜两鬓早先秋，闻道愁多会白头。溪上鹭丝浑似雪，想应无那一身愁。"无疑是对白诗的最佳诠释。与同时诗人的咏鹭诗作比较，白诗富有意蕴，别具一格。

浦中夜泊

浦，涯也。水边、江边。白居易因上书请求缉拿刺杀宰相武元衡的凶手，得罪权豪世要，被贬为江州司马。诗人于元和十年(815)八月被赶出京都，九月抵达襄阳，之后浮汉水，入长江，东达九江，在寂寞的贬谪途中，写了许多小诗，如《舟中读元九诗》、《江夜舟行》、《江上吟元八绝句》、《舟夜赠内》等。本诗也是其中一首。

暗上江堤还独立，水风霜气夜棱棱。

回看深浦停舟处，芦荻花中一点灯。

新解

白居易写了很多与"夜"、"月"相关的诗,《浦中夜泊》是其中很独特的一首。

暗上江堤还独立,水风霜气夜棱棱——即紧扣题目,为下句铺垫,也为全诗伏笔。前两句描写诗人步出船舱,走上江堤,顿感江风寒冷刺骨,霜气凛冽袭人,并缀一叠词"棱棱",不仅摹绘出江边秋夜的寒意,同时活画出诗人在江堤寒风中凄冷的情态。

回看深浦停舟处,芦荻花中一点灯——写诗人伫立寒风中的江堤上,"回看""夜泊"处的情景。"回看"二字绝妙,且含蕴丰富,既有站立江堤寒风中对舱内温暖的眷恋,又有一片漆黑夜色中欲有所发现的意愿。结句"芦荻花中一点灯",在景致变化中使诗人心情为之一振,由"水风霜气"一抑中,情调为之一扬。"芦荻花"生长于低洼阴湿处或浅水中,秋季开白花,照应第二句"水风霜气"。诗人回看"深浦停舟处",为浓厚夜幕所笼罩,为茂密芦荻所遮蔽,漆黑模糊夜色深沉,那既不显眼又不足道的"一点灯",俨然"黑暗王国中一线光明,诗人心目中一丝暖意"。"灯"前置以"一点",正面写灯,侧面烘托,使夜色更浓更广,使深沉的夜色具有了视觉形象,是以明写暗艺术手法的巧妙使用,因而收到了意想不到的艺术效果。

新评

全诗二十八字,所烘托的景象,形象贴切地衬托出"浦中夜泊"的情景。景象平易,但却自然天成;布局巧妙,又独具匠心。写夜泊,选择了江堤上回看的独特视点,形象地写出了一个没有月色、连视觉也失去作用的秋夜。之所以说"独特",是由于全诗视角不凡、立意不俗、选材别致、烘托深广,由第二句的感觉,到三、四句转向视觉。尤其是写与"夜"与"月"有关的诗,白居易作品中举不胜举,除了著名的《琵琶行》《燕子楼》之外,还有《村夜》《江夜舟行》《襄阳舟夜》《舟夜赠内》《雨夜忆元九》《曲江夜归闻元八见访》等等,一般写夜景离不开月色的烘托,有月才具备韵味,有月才景色绚丽,有月才使人流连……而《浦中夜泊》,没有月色,避开白描,用侧面烘托的独特视角,生动地写出了"浦中夜泊"的别致景象。诚如《札璞》所推许的"乐天《浦中夜泊》……自家泊舟之景,却是自家从堤上回看得之,船中人不知也。此意最婉曲。"确然是一首"喜深而不宜浅,喜婉曲而不宜平直"的七绝佳作。

舟中读元九诗

题解

此诗为元和十年(815)秋,白居易被贬江州途中作。六月,诗人因上疏请求急捕刺杀武元衡的凶手，被贬出长安，九月达襄阳，而后浮汉水，入长江，东去九江，在谪戍途中小舟上读元九的诗卷时写了这首诗。元稹和诗题作《酬乐天舟泊夜读微之诗》，诗题稍有差异，也许是定稿时改动的。诗曰："知君暗泊西江岸，读我闲诗欲到明。今夜通州还不睡，满山风雨杜鹃声。"元稹是春天由唐州还长安，三月又出任通州司马。

把君诗卷灯前读，诗尽灯残天未明。
眼痛灭灯犹暗坐，逆风吹浪打船声。

这是一首含蕴深沉的小诗。

把君诗卷灯前读，诗尽灯残天未明——写诗人一个人拿着诗卷，就着微弱的灯光吟读，诗卷读完了，灯也点残了，但天还未明。说明他无眠，心有所思，毫无睡意。"把"，动词，拿着，捧着。

眼痛灭灯犹暗坐，逆风吹浪打船声——写诗人眼睛疼痛，油尽灯灭，还在黑暗之中坐着，为什么呢？每个读者恐怕到此都会提出疑问。就这样一直坐着，夜深人静，万籁俱寂，入耳而来的只有"逆风吹浪打船声"。"犹"，还，仍。在诗句中起着重要的转折作用。

一首小诗，基调凄苦。诗人由读诗而忆人，自己被贬江州，诗卷的作者也被贬通州，为主持正义反被贬斥，心潮起伏，怎能入睡？"逆风吹浪打船声"，具有极大的象征意义，充溢着极其复杂的情感，公理人情，悲愤交加，正所谓"人心之动，物使之然也。感于物而动，故形于声。"（《礼记·乐记》）触景而生情，诗人被压抑的满腔激情，汹涌澎湃，"去国怀乡，忧谗畏讥"，公理、私情，都煎熬着诗人，使他难于安睡。诗人遣词用语，"灯残"、"诗尽"、"眼痛"、"暗坐"乃至"天未明"，所展现的环境、氛围、感情、色彩，都给读者以沉重的压抑之感，使人难于承受。再结以"逆风吹浪打船声"，要使人爆炸了！诗人用前三句蓄势，似叙事，最后一句才抒情，恰如一股激流，咆哮着冲出闸门而不可遏止。像《琵琶引》一样，收到了"铁骑突出刀枪鸣"的最强烈的艺术效果。

这首小诗在艺术上的另一个特点是：在重复用字的"犯复"中，使读者毫无知觉。一首七言绝句之中，竟然出现了三个"灯"字，由"灯前"、"灯残"到"灭灯"，一点也没使人感到重复，而且在音律上收到了一句连接一句，句句紧逼，蝉联婉曲的回环盘旋之感。真是"字字沉着，二十八字中无限层折。"（《唐宋诗醇》）

放言并序(选二)

《放言》五首是元和十年(815)白居易被贬赴江州途中所作。在本诗序中说明了他写这五首诗的意图。抒发对人生真伪、祸福、贵贱、贫富、生死、荣辱的看法，宣泄胸中之块垒。今选两首。

> 元九在江陵时，有《放言》长句诗五首，韵高而体律，意古而词新。予每咏之，甚觉有味，虽前辈深于诗者，未有此作。唯李颀有云："济水至清河自浊，周公大圣接舆狂。"斯句近之矣。予出佐浔阳，未届所任，舟中多暇，江上独吟，因缀五篇，以续其意耳。

（一）

> 朝真暮伪何人辨？古往今来底事无？
> 但爱臧生能诈圣，可知宁子解佯愚？
> 草萤有耀终非火，荷露虽团岂是珠？
> 不取燔柴兼照乘，可怜光彩亦何殊？

序——诗人说明他写作本诗的缘由。是元九《放言》长句诗五首的续诗、和诗。

"元九"，即元稹。元和五年，元稹被贬为江陵士曹掾（晋称"士曹掾"，唐称"士曹参军事"，掌河渠、舟桥、采冶诸事的七品小官）；元和十年时已调任通州司马。元稹在江陵期间，写了《放言》长句诗（七言为长句，五言为短句），表达了"死是等闲生也得，拟将何事奈吾何"（其一）、"纵使被雷烧作烬，宁殊埋骨飚为尘"（其三）、"两回左降须知命，数度登朝何处荣"（其五）的心情。时白居易已贬江州司马，元稹闻讯，写了《闻乐天授江州司马》。白居易写了《放言五首》，对元稹长句诗给予高度评价，并以李颀的《杂兴》诗中"济水"两句比并。也就在赴江州任所途中，江上舟中写了本诗。"体律"，指"律诗"，体制合于格律。"李颀"，唐代诗人，开元进士，擅写律诗，序中所引二句诗见他的《杂兴》。"济水"，源出河南济源西王屋山，故道过（黄）河，东入山东，东北流与黄河并行入海。"周公"，姓姬名旦，周成王叔父，周公摄政，管叔、蔡叔、霍叔"三叔"因嫉妒而造作流言蜚语中伤他，于是避居于东，后成王悔悟，迎归，并命他率师东征，戡定东南（详见《尚书·金縢》）。"接舆狂"，

"接舆,楚人,姓陆名通,字接舆"(《论语·微子》疏),因昭王政令无常,他佯狂不仕,时人谓之"楚狂"。孔子到楚国,二人相遇,接舆行歌而过:"凤兮凤兮,何德之衰!往者不可谏,来者犹可追。已而已而,今之从政者殆而!"意在劝孔子避乱隐居。孔子下车想同他讲话,他趋而避之。"出佐浔阳",指被贬江州;"未届所任",还没到达任所;"因缀五篇",因而写了《放言五首》;"缀",连字成文;"续其意","续",连,连续,连接。

朝真暮伪何人辨? 古往今来底事无——《放言》五首其一,起联直截了当连续发问,以反问的句式与口气,早晨还煞有介事地像真的一样,到日暮却被揭穿是假的。自古及今,古往今来什么样朝真暮伪的事没有出过? 犹言朝真暮伪的怪事古今皆有,很难分辨。"底事无",是说什么样的怪事没有呢!

但爱臧生能诈圣,可知宁子解佯愚——颔联则连续用典,亦以反诘的语气质问。"臧(zāng)生",春秋时人,名叫臧武仲,《左传·襄公二十二年》杜预注:"武仲多知,时人谓之圣。"但孔子斥之为要挟君主的奸诈之徒。"宁子",即宁武子,《论语·公冶长》说他是一个"邦有道则知(智),邦无道则愚。其知可及也,其愚不可及也"的大智若愚的人。一个奸而"诈圣",一个智而"佯愚",同属作伪,真假判然,但人们却只称道臧武仲这个假圣人,而又有谁知晓宁武子这样的贤人呢?

草萤有耀终非火,荷露虽团岂是珠——腹联连续使用比喻,说明草萤(萤火虫)再有光亮终究不是火;荷露(露珠)虽很圆润但它绝非珍珠。然而人们往往被它们表面的假象所蒙蔽、所欺骗。

不取燔柴兼照乘,可怜光彩亦何殊——末联承上,示人以辨别真伪之法。在草萤、露珠之喻的基础上说明,如果不拿燔火、明珠来比较,哪里能识别它们的真伪呢? "燔(fán)柴",古代的一种祭祀仪式,"燔柴于泰坛"(《礼记·祭法》),将玉帛及其他祭品同用积柴焚烧以祭天,诗中作名词用,意即大火。"照乘",珍珠名,《史记·田敬仲完世家》"有径寸之珠,照车前后各十二乘者十枚"。"殊",区别、不同。诗人提出对草萤、荷露,以燔柴、照乘比较、辨伪的方法。"不取"、"可怜"则是对真伪不辨的感叹。

《放言五首》其一,通篇议论、说理。由于诗人善于借助形象和比喻,把抽象的说理议论化为具体的艺术形象进行阐述。连续发问,连用典故,连拟比喻,连连反诘,自始至终连珠式运用"何人"、"底事"、"但爱"、"可知"、"终非"、"岂是"、"不取"、"何殊",质疑、反诘、肯定、否定……步步紧逼,环环设问,跌宕起伏,波澜横生,是一个忠于职守而横遭贬斥的知识分子,因胸中抑郁、如鲠在喉不吐不快的一声呼喊! 从而发出"古往今来底事无"的感慨。诗人坚信"草萤有耀终非火""荷露虽团岂是珠"，假的就是假的，假的只能蒙骗一时！

（三）

赠君一法决狐疑，不用钻龟与祝蓍。
试玉要烧三日满，辨材须待七年期。
周公恐惧流言后，王莽谦恭未篡时；
向使当初身便死，一生真伪复谁知？

赠君一法决狐疑，不用钻龟与祝蓍——《放言五首》其三，诚如首句所说：赠给你一个判断真伪的方法。首句直截了当，抓住人心，而且进一步告诉人们：不用相信什么钻龟、祝蓍之类。那决狐疑、判真伪的方法是什么呢？没有直接道出，起到了吸引读者的作用。"狐疑"，传言狐性多疑。"钻龟"、"祝蓍(shī)"，都是古代占卜的方法，前者以龟甲占卜吉凶，后者以蓍茎占卜祸福。

试玉要烧三日满，辨材须待七年期——颔联很婉转地告诉人们辨别真伪的方法。句下作者分别自注："真玉烧三日不热"，"豫章木生七年而后知"。很简单，那就是用时间去考察、用事实来检验。着眼于正面的说明。

周公恐惧流言后，王莽谦恭未篡时——颈联用历史上周公和王莽的具体事例来证实，说明只有等待时间，事实会告诉你真伪。"周公"，即周公旦，他辅佐周成王时，一些人怀疑他会篡权自立，但事实证明他对成王一片赤诚；"王莽"，汉元城人，在其未代汉时，伪装谦恭，迷惑了很多人，最终还是篡权自立，事实证明他谦恭是假，取而代之才是真，《汉书》本传所谓"爵位愈尊，节操愈谦"掩盖了其真。"流言后"又作"流言日"。

向使当初身便死，一生真伪复谁知——尾联是全诗的关键所在。"向使"，假使，假若。假若周公、王莽他们当初就死去，又有谁能知道他们一生的真伪呢？

《放言五首》其三，是组诗中一首富于哲理的好诗。既告诉了人们辨别真伪之法，又是诗人自我慰藉之词。白居易同友人元稹遭际贬谪，他坚信终会澄清事实，辨明真伪，正义终会战胜邪恶，真相终会大白！在艺术表现手法上，以议论入诗，既曲折婉转，又富于情韵。以"决狐疑"为主旨，以"试玉"、"辨材"从正面叙述；用"周公"、"王莽"从反面论说。寓哲理于形象之中，用具体事例揭示普遍规律。以小见大，蕴含深沉，耐人寻味。末二联"特其佳句耳，其间安时处顺，造理齐物，履忧患,婴疾苦,而其词意,愈益平澹旷达,有古人所不易到,后来所不可及者。"
宋人楼钥《跋白乐天集目录》给予极高的赞誉。

庾楼晓望

题解

　　题目即点明了时间、地点。庾楼,传为东晋时庾亮镇守江州(今江西省九江市)
时所建,故称之曰"庾楼"。庾楼濒临大江,矶石突兀,出江岸百有馀步。元和十年
(815)六月初三日武元衡上朝,刚刚走出靖安坊东门,被人暗中以箭射伤,并杀死取
其颅骨而去。白居易因上表请求缉拿凶犯,而得罪权贵,诏贬刺史不行,又追诏改
贬江州司马。《庾楼晓望》即在贬江州时所作。反映了诗人的孤寂郁闷和乡思情怀。

独凭朱槛立凌晨,山色初明水色新。
竹雾晓笼衔岭月,蘋风暖送过江春。
子城阴处犹残雪,衙鼓声前未有尘。
三百年来庾楼上,曾经多少望乡人。

新解

　　独凭朱槛立凌晨,山色初明水色新——写诗人登楼远望时对山川景物的初步
印象。这是一个春日的清晨,诗人独登庾楼,依凭红色的栏杆远望,入目而来的首
先是"山色初明水色新":曙光洒遍山川,照亮大地。晨曦中远山的轮廓渐渐明晰,
江水的颜色格外清新,蒙眬中一派水光山色!

　　竹雾晓笼衔岭月,蘋风暖送过江春——切题,写诗人抬头远眺和俯视大江的
山水景色。晨光升起,景物明媚。举头眺望,是落下的半月衔山,就是这衔住山岭
的半月,又被翠竹晃荡、晨雾笼罩,一片朦胧迷茫的景象。低头俯视,乃吹拂浮萍
的江面晨风,就是这吹拂江蘋的晨风,把春天吹送过江,把暖意吹到人间。严冬将
尽,春天来了,诗人遭贬的心灵创伤似乎得到了一点慰藉。

　　子城阴处犹残雪,衙鼓声前未有尘——笔锋陡转,由上联的写远景,转而写近
景。写诗人目光所及的城垣阴冷处的"残雪",衙鼓尚未敲响,无人头攒动,无车马
声喧,另一番阴冷、寂静的感觉。使诗人不禁产生了某种孤寂、忧伤的心情。

　　三百年来庾楼上,曾经多少望乡人——写诗人因眺望水光山色、晨曦衔岭、竹
雾笼月而得到的片刻欣慰,又被"残雪"的阴冷和街衢的寂静所笼罩,不禁产生了
伤感的情愫。于是乎一种思念故乡、思念亲人的乡思之情油然而生:三百年来庾

楼上多少思乡的游子、逐客，触景生情，怀念故乡、怀念亲人，而今自己也成了个中的一人。

全诗眺望远山、俯视江水，由望山、望水到望城、望乡、望亲人，时时处处紧扣"望"字；"凌晨"、"初明"、"竹雾"、"笼月"、"残雪"、"衙鼓声前"，字字句句不脱"晓"字。在"庾楼晓望"中，充分表达了诗人的炽热感情。

本诗在艺术技巧上，字字句句、时时处处紧扣题目，不离"晓"、"望"二字；在遣词用字上，明白晓畅，通俗易懂，如同江水清新明丽。而在思想内容上，具有独到之处，是诗人由"达则兼济天下"向"穷则独善其身"的转化。白氏由青年时期的"苦乏衣食资"、"方知为吏难"，到中年的"唯歌生民病"、"未免折腰役"，到晚年的"不如作中隐"、"佛容为弟子"，由儒而道而佛，儒、道、释融为一体(当然是以儒为主导地位)，是他由生活遭遇、官场沦落逐渐认识并付诸行动的。"元和之贬"可以说是一个大转折。《庾楼晓望》一诗正是白居易受到贬斥的沉重打击后，由敢于与邪恶势力斗争，向只求避灾远祸、缄默不语的转折。由过去"兼济天下"的大志向"独善其身"的转变。诗歌正是通过诗人登楼所见的山川景色描写，所反映的孤独寂寞，曲折地透漏出这种无可奈何的转变。尾联结句更见"感慨情深"，"结十四字，如生铁铸成，有千钧之力"(《唐宋诗醇》)。

题元十八谿居

诗题原本误作"元八"，"元"下脱"十"字；今据本集诗补正。元十八，即元集虚，河南人，隐于庐山，是白居易贬江州时结识的朋友。"元八"另有其人，叫元宗简，时在长安为官，未到过庐山。元集虚就隐居在庐山南部的五老峰下。本诗大约写于白居易被贬为江州司马的元和十一年、十二年(816—817)。

溪岚漠漠树重重，水槛山窗次第逢。
晚叶尚开红踯躅，秋房初结白芙蓉。
声来枕上千年鹤，影落杯中五老峰。
更愧殷勤留客意，鱼鲜饭细酒香浓。

这是一首向为人们称道的七言律诗。诗从作者赴友人"谿居"途中写起，娓娓道来，层层推进，在读者面前展示出一幅"娟静"（《唐宋诗醇》）而又优美的友人隐所及主客欢融无间的画面。

溪岚漠漠树重重，水槛山窗次第逢——起联，写诗人途中"次第"所见，是徒步行进中看到的景物：潺潺的溪流，迷蒙的岚气，重重的树林，如同电影拍摄中的蒙太奇镜头推移一样，一个个镜头依次而来。再往前推移，则是有序的水槛，洞开的小窗，这些意象既有层次感，又气势阔大，烘托了山岚的朦胧，渲染了谿居的幽邃。

晚叶尚开红踯躅，秋房初结白芙蓉——颔联，则实写谿居的周围环境，是近景。展示出一幅红踯躅、白芙蓉在不同季节绽放斗艳的优美境界。踯躅，阴历四、五月开红花，近似杜鹃花，呈漏斗状。芙蓉，一说指白莲花。此处实指木芙蓉，即木莲，秋天开白花，从晋时庐山就以产白莲著名。"晚叶"对"秋房"，秋房是指莲蓬，多种工具书、鉴赏类辞典擅自改"秋房"为"秋芳"，大错特错。这里诗人巧妙地选择红踯躅、白芙蓉，取其红白强烈对比，并分别冠以"尚开"、"初结"，给人以此开彼谢、四季常花的美好意象和绝妙境界。

声来枕上千年鹤，影落杯中五老峰——腹联，由实写转为虚拟。前两联已给了读者以虚无缥缈的人间仙境之感，本联则用"千年鹤"、"五老峰"的典故和实物，进而强化这种超然物外的感觉。"千年鹤"化用典故，据《搜神后记》载："丁令威学道于灵虚山，后化鹤归辽，徘徊空中而言曰：'有鸟有鸟丁令威，去家千年今始归；城郭如故人民非，何不学仙——冢累累！'遂高上冲天。"又，浔阳西有鹤门洞，《太平寰宇记》"江州"条记述："……按《郡国志》云：陶侃微时，丧母，忽有二客来吊，化为双白鹤飞去。后因以名焉。""五老峰"，指庐山东南最高的五个山峰。《太平寰宇记》载："五老峰在庐山东，悬崖突出，如五人相逐、罗列之状。"元十八即居于峰下。"影落杯中"是说坐在居处饮酒就能够玩赏山景。这里借用典故，意在说明主人是一位超凡脱俗的世外高人。着一"落"字"更超妙"。诗人同元十八在此绝俗雅淡的谿居中，对坐饮酒品茗，不只窗外的山川景物尽收眼底、令人神往，就连五老峰也倒影杯中。想象之奇，刻画之妙，使人赞叹不已。

更愧殷勤留客意，鱼鲜饭细酒香浓——末联，则更进一步显示了谿居的惬意、主人的殷勤和主客的欢融无间与深挚友谊。

诗人将远景宏观与近景特写巧妙地连接弥合，鲜明地刻画"谿居"环境的优雅脱俗。尤其是腹联想象奇妙、对仗工巧、用典不露痕迹、遣词不蹈俗套，于亦幻亦真、亦虚亦实之中，使读者无比神往、激赏不已！"通首娟静，腹联对句更超妙"《唐宋诗醇》，确属的评！

西　楼

　　元和十一年(816)，在江州作。以被贬斥之人仍然关切着朝廷安危。"西楼"，指江州西城门楼。

　　　　　小郡大江边，危楼夕照前。
　　　　　青芜卑湿地，白露沉寥天。
　　　　　乡国此时阻，家书何处传？
　　　　　仍闻陈蔡戍，转战已三年。

　　小郡大江边，危楼夕照前——首联点明地点、时间。说明江州西城门楼在大江之滨，夕阳晚照之下。江州浔阳郡，在唐代为上州，因仅辖浔阳、彭泽、都昌三县，所以称之为"小郡"。"大江"，长江。"危楼"，高楼，指西楼。

　　青芜卑湿地，白露沉寥天——颔联写西楼所在地的环境、节令。丛生的茂草长满低洼的湿地，已经白露时节，天空阔大旷荡，秋高气爽。"青芜"，形容茂草丛生的样子。"白露"，二十四节气之一；每季六个节气，秋天包括"立秋，处暑，白露，秋分，寒露，霜降。""沉寥"，空阔旷远之貌。《楚辞·九辩》有"沉寥兮天高而气清"之句。

　　乡国此时阻，家书何处传——颈联写家乡此时由于战争道路阻隔，家里来的书信无法传递。"何处传？"以问句出之，犹言无法传递。"乡国"，家乡；诗人家居陕西下邽，时因河南东南及中部有吴元济据蔡州抗拒唐王朝，道路阻塞。

　　仍闻陈蔡戍，转战已三年——尾联具体点明战争的地点及持续时间之长。"仍"言其战争持续时间之长。先点明战争发生的地点，而最后才说明战争持续的时间。"陈蔡戍"，自元和九年(814)八月吴元济据蔡州，唐宪宗派遣各镇军马数十万人围攻，相持不下，持续三年，直到元和十二年(817)冬才讨平。陈、蔡为唐代的两个州，属河南道，相当于今河南东南及中部一带。"戍(shù)"，戍守，派兵守卫。

　　这首诗题作《西楼》，因楼而写其所在地点、时节及环境。诗人站立城楼，秋高气爽，引发乡国之思，说明家书无法传递是因"此时阻"。为什么"阻"呢？尾联才归结到原因。诗人在西楼忆念家乡，等待家书。而杜甫《春望》诗云："烽火连三月，家书抵万金。"所以《唐宋诗醇》誉之曰："神似杜甫。"

大林寺桃花

大林寺在庐山牯岭以西，香炉峰顶。这首诗是白居易在江州司马任上同友人游庐山大林寺所作。诗人有《游大林寺序》："余与河南元集虚、范阳张允中……东林寺沙门法演、智满……寂然凡十七人，自遗爱草堂历东西二林，抵化城，憩峰顶，登香炉峰，宿大林寺。大林穷远，人迹罕到。环寺多清流苍石，短松瘦竹。……山高地深，时节绝晚。于时孟夏月，如正二月天，梨桃始华，涧草犹短；人物风候，与平地聚落不同。初到，恍然若别造一世界者。因口号绝句云：'人间四月芳菲尽，……'……时元和十二年四月九日乐天序。"清楚地交代了写这首诗的背景、时间。

人间四月芳菲尽，山寺桃花始盛开。
长恨春归无觅处，不知转入此中来。

庐山乃避暑胜地，时序比山下要晚，所以才有诗中所描写的情景。

人间四月芳菲尽，山寺桃花始盛开——正是古人所说"'土气有早晚，天时有愆伏'，如平地三月花春，深山四月方花"的节候。这两句即给人以迥然有别的感觉，一方面"人间"已是春去花落、芳菲凋零；另一方面"山寺"却是艳若红霞、桃花盛开。"芳菲尽"、"始盛开"在强烈的对比中相互呼应；"始"与"尽"既相应又对比。表面上看似记事写景，心灵内实是由叹逝到惊喜的情感变化历程。诗的发端"人间"现实世界，"山寺"则无异"仙境"，与平地聚落不同，"恍然若别造一世界者"。

长恨春归无觅处，不知转入此中来——诗人在惊叹之中，由第一、二句的实笔写实，一转而为虚笔抒情。诗人本来"恨"春去匆匆，无影无踪，无处寻觅，但眼前山寺的景象使他认识到自己惜春、怨春，错怪了春。原来它悄悄"转"到山里来了。"春"好像有了人的意识。"不知"，明知而故作不知！

《游大林寺序》将山中景色摹绘如画，重在"人物风候，与平地聚落不同，初到恍然若别造一世界者。"而《大林寺桃花》则突出描写由惜春归、恨春去，到骤然又见山中春浓的无比惊诧的喜悦心情。这种惊喜之情，是在"长恨春归无觅处"的情态下，异常惊讶地发现春"转入此中来"。用拟人化的手法，把春光的典型代表物桃花写得美艳无比又活灵活现，恰如天真可爱的小姑娘，调皮地山下山上转来转去。立意新颖，构思巧妙，仅仅二十八字，既戏趣雅谑、不同凡俗，又出人意表、惹人喜爱，历代都给予极高评价。《柳亭诗话》卷二五云："白香山与元集虚十七人，游庐山大林寺。……乃作诗曰……梅花尼子行脚归，有诗曰：'着意寻春不见春，芒鞋踏破岭头云。归来笑捻梅花嗅，春在枝头已十分。'二绝可谓得禅机三昧矣。"同苏东坡"百舌无言桃李尽，柘林深处鹁鸪鸣，春色属芜菁"（〔望江南〕），辛稼轩"城中桃李愁风雨，春在溪头荠菜花"（〔鹧鸪天〕）在立意上异曲同工、颇多相似，不愧为唐人绝句中之珍品。

深山之中气温比平原地带稍低一些，山下桃李花谢，山中却桃李花盛开，如此一个平常的自然现象，但在诗人笔下人格化：山下的"春色"偷偷跑到山中来，诗人一见大为喜出望外。如此构思、想象，真的把"春"姑娘写活了。

建昌江

此诗为元和十一年(816)至十三年(818)诗人在江州任司马时作。"建昌江"，即修水，源出江西修水县西，流入鄱阳湖。江流经江州附近。诗人到渡口时写了这首绝句。

建昌江水县门前，立马教人唤渡船。
忽似往年归蔡渡，草风沙雨渭河边。

诗写渡口所见，但蕴藏很复杂的心情。

元和六年(811)四月，白居易因丧母，丁忧居渭村。九年(814)服满，冬授太子左赞善大夫。翌年六月，因首先上疏请求朝廷急捕刺杀武元衡的贼子，反被诬陷，以非谏官先言事及诬说其母看花坠井而死，连续被贬为江州司马。元和十一年即赴任江州。从此以后，诗人"避祸远嫌，不复谔谔直言"。这是白居易宦场生涯与创作诗文的一个显著的转折点。

这首诗给我们勾勒了一幅淡墨风景图，渡口、小船；草风、沙雨，又是一幅水边待渡画。图画背后则是一首情思幽远的抒情诗。

建昌江水县门前,立马教人唤渡船——写"待渡",在"立马教人唤渡船"。

忽似往年归蔡渡,草风沙雨渭河边——仍写"待渡",但在"草风沙雨渭河边"。前者建昌江(即修水)在江州附近;后者渭河在渭南县。前者是修水渡,后者是蔡渡。王士祯《居易录》载:"予过江西建昌县,南渡修水,岸上有亭,贮白乐天诗碣,一绝句云云……爱其风调,然未详察蔡渡所在。偶阅《渭南县图经》云:渭水至临潼县交口渡,东入渭南境,又东折至县城北,曰上涨渡。又东南流,曰下涨渡。又东北折而流,曰蔡渡。以汉孝子蔡顺得名,其地有蔡顺碑;与乐天故居紫兰村正隔渭河一水耳。"

前两句写建昌江水横流过县城前,城郭屋宇倒映水中,清幽见底;江州司马执辔立马,教人唤渡船,展示出一幅幽静的待渡图,是实景实情实写;后两句则是另一条水,即渭水,是另一渡口,即蔡渡,是想象中的情景。一实一虚,虚实相应,写所异。结句写岸边青草随风摇曳,似雪如银的细沙铺满滩头,飘下蒙蒙小雨,使渡口一片扑朔迷离。两幅画面,一在眼前,一在脑际,于是无限往事,涌上心头,无限归思,交织一起,衬托出诗人的幽独心情。

全诗四句二十八字,融诗画于一炉。两幅"待渡图",一实一虚,一真一幻,出语平淡,造境幽远,正是白诗的独特艺术风格。

第三句以"忽似"一转,随着诗人思绪的跳跃而跳跃,妙在展示出一个新的意境。想必诗人经常思念渭村旧居,梦牵魂绕,浮想联翩,在建昌江唤渡船,一转而成渭河蔡渡口。全诗转得好,结得妙。恰如钟惺所赞许的"看古人轻快诗,当另察其精神静深处……此乃白诗所由出,与其所以传之本也。"(《唐诗归》)本诗由"轻快"而"静深",全赖此一转得之也。

赠内子

《赠内》("生为同室亲")、《赠内》("漠漠暗苔新雨地")、《寄内》("桑条初绿即为别")都是白居易写给妻子的诗。而《赠内子》则是从另一个角度着笔,表现了诗人对妻子清贫困苦生活的惋惜和安慰。

白发方兴叹,青娥亦伴愁。
寒衣补灯下,小女戏床头。
暗澹屏帏故,凄凉枕席秋。

贫中有等级，犹胜嫁黔娄。

白发方兴叹，青娥亦伴愁——"白发"是诗人自称，"方兴叹"又作"长兴叹"，是诗人对家中贫困生活的忧叹。"青娥"又作"青蛾"，旧指青春女子，此指诗人年轻的妻子。白居易三十六岁结婚，妻子比他小很多岁，故称妻子"青娥"。"白发"对"青娥"，"方兴叹"对"亦伴愁"，工对精巧。"伴愁"，说妻子陪伴自己发愁，极其巧妙，也非常恰当地表现出夫妻二人相依相慰的情景。

寒衣补灯下，小女戏床头。暗澹屏帏故，凄凉枕席秋——是日常生活中两个镜头：一是勤俭贤淑的妻子，一是天真无邪的小女；一个灯下补缀寒衣，一个床头玩耍嬉戏。接着写由于屏风帏帐遮挡的缘故，家里暗淡无光；由于枕头竹席入秋的原因，床帐显得凄凉。"枕席"，又作"枕簟"（diàn，供坐卧的竹席）。从几个细节和事物写诗人、妻子与环境的贫困、凄凉。

贫中有等级，犹胜嫁黔娄——以自我安慰作结。"贫中有等级"，苏仲翔先生认为即俗语所谓"比上不足比下有馀"，是"知足"的意思。"黔娄"，春秋时齐国的隐者，廉贫自守，不汲汲于富贵，鲁国请他做宰相，齐国聘他做卿士，一律拒绝。家庭贫极，死时因被子太短连尸首都盖不住。意思是妻子嫁给自己总比嫁给黔娄要强一点吧！

这首诗同其他几首赠妻子的诗比较，不是对妻子清贫自守的劝诫、恳求，而是对妻子清贫自守的惋惜、安慰。长诗《赠内》（"生为同室亲"）是语重情深的告诫、恳求；七绝《赠内》（"漠漠暗苔新雨地"）是情义深长的叮咛、关照。三首诗各具一格。结束两句是诗人与妻子相互宽慰、相濡以沫情感的表现。"贫中有等级，犹胜嫁黔娄"，诗人聊以自慰，给妻子说嫁给自己比嫁给黔娄还要强得多，使读之者破涕为笑，使诗歌意境得以升华。这首诗也是诗人"知足"思想的反映。似为他一生出处进退乃至安身立命的理论根据，也就是苏渊雷先生断言的"决定他（白居易）中年以后退出政潮、保和任运的主要契机"。

赠韦炼师

这是一首题赠之作。韦炼师，具体不详何人。韦姓炼师，似乎是女性，女道士。炼师是道士，不论男女，都可称为炼师。这位女性炼师，与诗人或许有一段情缘，或许是有所寄托。白居易有2800馀首诗，除少数讽喻诗外，闲适诗最多。在其古调和近体诗中，有很好的诗，也有不少打油诗之类，可以说其诗"如长江大河，挟泥沙以俱下"。《赠韦炼师》就是很有代表性的一首闲适之作。

> 浔阳迁客为居士，身似浮云心似灰。
> 上界女仙无嗜欲，何因相顾两徘徊。
> 共疑过去人间世，曾做谁家夫妇来。

类似这样的平淡之作尚有不少，比如《枯桑》、《浔阳春》等。

浔阳迁客为居士，身似浮云心似灰——写自己，"浔阳迁客"如《琵琶行》所述，被贬为江州司马，抑郁气愤，充满"天涯沦落之恨"。那直言敢谏的拾遗风采逐渐为"乐天知命"的状态所替代，由元和谏官一变而为"醉吟先生"、"香山居士"，对政事及民生疾苦亦少关切，以致于"身似浮云心似灰"，心如死灰则麻木不仁，甚而至于想入非非。于是引出下文。

上界女仙无嗜欲，何因相顾两徘徊——竟然说什么：你作为上界女仙是没有情欲的，却为何眷顾留恋着我？"顾"，眷顾、顾念；"徘徊"，留恋不舍的样子。

共疑过去人间世，曾做谁家夫妇来——进一步抒写：好像以前在这个人世间，我们二人曾经结成夫妻了。

"诗无达诂"，因为读者生活经历的千姿百态，读了这首诗后的感受恐怕也会千种百样。在其大量闲适诗中，有些诗比起他的"讽喻诗"毫不逊色，但很多诗不可否认地融入"独善其身"的消极因素。且勿论"讽喻"、"感伤"、"闲适"的分类合理与否，就从总的倾向上看，毕竟属于两种不同风格的诗，这是一个存在着复杂的思想矛盾的值得深究的事实和问题。在诗歌的形式上变化也很大，五言、七言、杂言；六句、八句、长篇排律；这种变化多端而且通俗易懂、甚至俚俗的诗，后来人们称之为"长庆体"或"元和体"。"元和体"，对青年诗人来说，是个新兴的名词，当时直至后代竞相效法、模仿，到了宋代，即唐诗的一派，它同"西昆体"等一样，不再受人轻视。但对于正统诗人而言，仍然是一个被轻视的名词。选释本诗，聊备一格，读者需要知道白居易诗中尚有大量的闲适之作应予以研究评价。

问刘十九

这首诗也是元和十一、十二年被贬斥江州时所作。是一首招饮之作。刘十九，即刘轲，河南登封人，隐居于庐山，著有《翼孟》《豢龙子》等书，也是白居易被贬江州时结识的世外高人。行辈略晚于诗人，元和末年中进士。

绿蚁新醅酒，红泥小火炉。
晚来天欲雪，能饮一杯无？

这是一首诚邀友朋围炉对坐、饮酒畅谈的招饮小诗。

绿蚁新醅酒，红泥小火炉——开门见山，即摆出"酒"——"绿蚁"。"绿蚁"，酒之别称（"蚁"，俗作"蚁"。《说文》《尔雅》均作"蚁"）。《释名》曰："酒有泛齐，浮蚁在上泛泛然。"古代的酒，即今之米酒，亦即醪糟酒。新造者，未经过滤，酒面浮有米渣，呈淡绿色，细似蚂蚁，故称之为"绿蚁"。"醅"，未经漉过的酒。第二句写小火炉烧得正旺，新酒红火，屋暖飘香，正等着你来痛饮一场。

晚来天欲雪，能饮一杯无——天色已晚，忙里偷闲，而且一场暮雪快要飘下来，好朋友您能否来饮一杯？"无"，疑问词，用法与"否"、"吗"相同。如此好时机，除了围炉对饮，还有什么能消此欲雪的黄昏夜晚呢？诚如《唐诗评注读本》所说："用土语不见俗，乃是点铁成金手段。"一个"无"字，"妙作问语，千载下如闻声口也"。

"酒逢知己千杯少"，酒与朋友缺一不可。"独酌无相亲"不成！"无人竭浮蚁"（杜甫《对雪》）也不行！诗人杜甫为有酒无朋而感慨系之；白居易则是为此而欲雪对酒有所待，刘十九是可以招之而来的，他不像杜子美那样茫然而无所待。

诗人的人生态度是"达则兼济天下，穷则独善其身"，所以"气盛言直"（《精选评注五朝诗学津梁》），正是《唐诗快》所谓"岂非天下第一快活人"！有唐一代，饮酒赋诗几成风习，"饮酒益精明"、"忘形到尔汝"。《唐人绝句精华》云"白居易之好客，有酒则呼友同饮"。二人围炉对坐，把酒共饮，极富诗意，也令人神往，使人心醉！

白诗向有"妇孺都解"之评。这首诗短短二十字，从首句直截了当点出酒，就层层渲染，遣词用字如"信手拈来，都成妙谛，诗家三昧，如是如是"（《唐诗三百首》）。同时，给人留下充分想象的馀地和回味的空间。无怪乎后人给予极高的评价："寻常之事，人人意中所有，而笔不能达者，得生花江管写之，便成绝唱。"（《诗境浅说续编》）

南湖早春

南湖，鄱阳湖的南部。鄱阳湖分南湖、北湖。星子县婴子口以北为北湖，以南为南湖。这首诗大约于元和十二年（817）春被贬江州时作。

风回云断雨初晴，反照湖边暖复明。
乱点碎红山杏发，平铺新绿水蘋生。
翅低白雁飞仍重，舌涩黄鹂语未成。
不道江南春不好，年年衰病减心情！

风回云断雨初晴，反照湖边暖复明。乱点碎红山杏发，平铺新绿水蘋生。翅低白雁飞仍重，舌涩黄鹂语未成——是描写南湖早春时节的景色景物。首句写风停云散雨后天气方转晴，太阳返照在南湖边既暖和又明媚。一派雨过天晴的景色：杏花像乱点碎红才开始绽放，水蘋像平铺水面新绿吐芽。五、六句写动物：由于早春天气尚寒冷，所以白雁翅重只能低低地飞，黄鹂舌涩发不出悦耳的鸣叫声。均系早春的特征。"水蘋"，又名四叶草、田字草，春天生长在水田、池塘、湖泊中。无论动物、植物，或者动景、静景，都是南湖早春特有的景象。

不道江南春不好，年年衰病减心情——诗人的议论。"不道"，不能说，别说。不能说是江南春天不好，是自己年年衰弱有病心情不佳造成的。

诗的前六句描写南湖早春时节明媚动人的秀丽风光，后两句表现了诗人被贬谪以后的抑郁消沉情绪。可谓是以美景衬托忧郁而越发忧郁。诗人紧紧扣住一个"早"字铺写南湖春色。"乱点碎红"说明山杏是早发的；"平铺新绿"说明水蘋是刚绿的。早春犹寒、空气潮润，白雁翅重只能低飞，黄鹂舌涩仅是微啼。写植物是静景，写禽鸟是动态，动静相宜，情景交融，描绘了一幅江南早春图。

醉中对红叶

本诗是白居易晚年作品。诗以临风秋树和霜染红叶比喻醉酒老人，亦自比，悲秋而伤老也。

临风杪秋树，对酒长年人。
醉貌如霜叶，虽红不是春。

临风杪秋树，对酒长年人——先给人以感慨不已的两种意象：临风直立的晚秋树木，对酒而饮的年迈老人。"杪"（miǎo），本为树木的末梢。引申为年月季节的末尾。杪秋，即晚秋、秋末，亦作"秋杪"。孟浩然《夜登孔伯昭南楼》有"再来值秋杪，高歌夜无喧"。"秋杪"、"杪秋"意同。"长（zhǎng）年"，老年，暮年。如"桑叶落而长年悲也"（《淮南子·说山》），"睹长年负薪而有饥色"（汉刘向《说苑·贵德》）。即所谓"言老迈之迥非少年也，感慨欲绝"。

醉貌如霜叶，虽红不是春——用比喻，"一意凡两见"：醉酒状貌如同霜染的红叶，颜色虽红艳却非青春。"醉貌"，即醉颜。"不是春"，是说面红因为酒醉，像霜打红叶，秋气催老，绝非青春光彩。流露出悲秋叹老之情。

诗很短，但是历代评论很多。《冷斋夜话》说："'……醉貌如霜叶，虽红不是春。'东坡《纵笔三首》诗云：'儿童误喜朱颜在，一笑那知是酒红。'凡此之类，皆夺胎法也。学者不可不知。"所谓"夺胎之法"，惠洪又在《冷斋夜话》卷二中引黄庭坚曰："诗意无穷，而人之才有限。以有限之才，追无穷之意，虽渊明、少陵不得工也；然不易其意而造其语，谓之换骨法；窥入其意而形容之，谓之夺胎法。"《瓯北诗话》卷四："香山集中亦不免有拙句、率句、复调、复意……又有词意相同者"。即举"醉貌"二句，《蓝田刘明府携酊相过与皇甫郎中卯时同饮醉后赠之》"貌偷花色老暂去"言其"一意凡两见"。《唐诗真趣编》则评论曰："言老迈之迥非少年也，感慨欲绝。""奇情至理，得之眼前，此亦所谓会心处初不在远也。"见仁见智，任人评说。

李白墓

诗人于贞元十五年(799)二十八岁时在宣州(今属安徽宣城)作。秋，白居易为宣州刺史崔衍送往长安应进士考试。

李白墓，在安徽当涂县西北采石矶边，牛渚山(亦即青山)东麓。据范传正《唐左拾遗翰林学士李公新墓碑》记载："……因云：'先祖(李白)志在青山，遗言宅兆(茔墓)；顷属多故，殡于龙山东麓，地近而非本意。坟高三尺，日益摧圮；力且不

145

中国家庭基本藏书

及,知如之何？'闻之悯然,将遂其请。因当涂令诸葛纵会计在州,得论其事。纵亦好事者……便道还县,躬相地形,卜新宅(坟穴)于青山之阳,以元和十二年正月二十三日迁神(棺枢)于此,遂公之志也。西去旧坟六里,南抵驿路三百步,北倚谢公山,——即青山也。"本诗是白居易游历江南时途经宣州李白墓地时所作。

采石江边李白坟,绕田无限草连云。
可怜荒垄穷泉骨,曾有惊天动地文。
但是诗人多薄命,就中沦落不过君。

采石江边李白坟,绕田无限草连云——写诗人路过李白墓地所见荒凉的景况。"采石",即牛渚山麓,突出长江之中,南北过江津渡之处。史载:"牛渚山一名采石,在县北四十五里大江中。"(《旧唐书·地理志·宣州》)墓地四周长满旺茂的荒草,连着白云伸向天边。"草连云",极言墓地一片荒芜、野草茂盛的状况。

可怜荒垄穷泉骨,曾有惊天动地文——写诗人目睹荒坟而引起的想象。可怜一代诗坛俊杰如今被深埋在九泉之下,他生前曾经挥毫写下那么多惊天地泣鬼神的壮丽诗篇。"荒垄",荒坟;《方言》云:"冢,秦晋之间谓之坟,或谓之垄""穷泉",亦即"九泉"、"黄泉",极言墓穴深挖到出泉水之处。"惊天动地文",犹言李白诗文声势之浩大,震天动地,如范传正所谓"由是慷慨自负,不拘常调,器度宏大,声闻于天"。李阳冰《草堂集序》对李白诗推崇备至:"陈拾遗(陈子昂)横制颓波,天下质文,翕然一变。至今朝诗体,尚有梁陈宫掖之风。至公(李白)大变,扫地并尽,今古文集,遏而不行;惟公文章横被六合,可谓力敌造化欤!"这两句一联,形式上对偶,语法修辞上即所谓"流水对"。

但是诗人多薄命,就中沦落不过君——白居易发抒感慨。是说凡是诗人自古多薄命,但说起一生沦落,其中没有超过你的了。犹言数你最为沦落。"就中",当中,其中。

论内容,因为白居易途经李白墓,心潮起伏,感慨无限,才写了这首诗。李白作为盛唐诗坛一代巨擘,傲物恃才,万世仰慕,但仕途坎坷,最后竟然客死当涂。即使生前诗文惊天动地,然而死后不过一抔黄土。白居易思古而念今,想到自己尚未入仕,李白前车之鉴,预感到自己今后,于是感慨不已,写下这首诗!诗中"可怜荒垄穷泉骨,曾有惊天动地文"一联即所谓"流水对",后来,尤其是宋代,诗人多仿效李白这种修辞方法和艺术风格。

赠江客

元和十年(815),诗人被贬官为江州司马,此诗为诗人赴江州任所或元和十三年(818)迁忠州刺史离江州时所作。"江客",指何人未详。或系孤宿江上的渔人,或为江上邂逅之游旅,抑或属假托。这是一首赠人的小诗。

江柳影寒新雨地,塞鸿声急欲霜天。
愁君独向沙头宿,水绕芦花月满船。

江柳影寒新雨地,塞鸿声急欲霜天——首句写地下,犹言江边之柳在一场秋雨过后,连柳影都给人一种凄寒的感觉;第二句写天上,是说秋天从塞外飞向南方的大雁,一行行避霜南翔,掠过天空而去,还发出凄厉的叫声。以江柳写静,以塞鸿拟动。

愁君独向沙头宿,水绕芦花月满船——诗由景及人,诗人对江客十分关切,为之独宿"沙头"(一作"江头")而忧愁,尤其是在"水绕芦花月满船"的秋月之夜。末句由人又及景,一片芦花、哀鸿的凄凉景象。

这首诗与其说是赠江客,毋宁说是假托江客以抒发诗人遭贬时的抑郁心情。诗人抒情,往往是触景而发。一位充满激情,一心"兼济天下"、"救济人病,裨补时阙"、直言讽谏的朝廷命官被一贬再贬,自然胸中块垒,愤郁不平,无从发泄!秋来江景萧瑟,水冷霜寒,对于一个遭贬之人更是十倍萧瑟、百倍凄凉。但诗人没直抒胸臆、一吐为快,而是借秋日江柳、寒鸿、芦花、冷月,替江客而"愁"的曲折含意,抒发个人被压抑被迫害的愁思情怀!也只有白居易才是如此。那新雨江边的凄寒柳影,那霜天空际的哀鸣塞鸿,那独向沙头的独宿江客,那水绕芦花的冷月小船,在此江边秋月夜凄清景象的特定环境下,诗人触景生情的缕缕愁思不言而喻!正是《唐诗笺注》所说:"'愁君'句不止说江客,连自己亦在内。"

夜入瞿唐峡

题解

　　唐宪宗元和十三年(818)十二月，诗人由江州司马调任忠州(今重庆忠县)刺史。翌年(819)春，乘舟自江州溯江而上，赴忠州任所，途经三峡时，写了这首诗。瞿唐峡，即瞿塘峡，又称夔峡，长江三峡之一。还包括风箱峡、错门峡，西起重庆市奉节县白帝城，东至巫山县大宁河口。白帝至大溪间长8千米的峡谷为三峡中最短的峡，但两岸悬崖陡峭、江流湍急、江面狭窄、山势峻险，号称"天堑"。其西口曰"夔门"，素有"夔门天下险"之称。

瞿唐天下险，夜上信难哉！

岸似双屏合，天如匹帛开；

逆风惊浪起，拔笐暗船来。

欲识愁多少？高于滟滪堆！

新解

　　瞿唐天下险，夜上信难哉——首联，起句劈首而来，对句直呼"夜上信难哉！"一"险"一"难"就抓住了要害，这正是瞿唐峡最主要、最突出的两大特点。原来西入峡口处有巨石——滟滪堆，奇石突兀，湍流击石，激浪分崩，是三峡著名的险滩(可惜1958年疏浚航道时被炸毁)。首联一险一难两字，统摄全诗，展开了对"江流如矢，驰雷奔电"的长江天险的描述。

　　岸似双屏合，天如匹帛开——颔联，写峭崖绝壁，铺展其"险"。险到何种地步？悬崖似刀劈斧削的石屏对立，从江面向上观望，只有一条狭窄的缝隙可以看到天空，如同展开的一匹白绢，两面对峙的石屏正向内合拢，给人一种巨大的压抑之感。

　　逆风惊浪起，拔笐暗船来——颈联，叙行路艰难，渲染其"难"。难到什么程度？逆风如惊涛骇浪的掀山倒海，催动白浪翻卷疾奔。纤夫们拉着竹子绞成的精大缆索(即笐，读niàn，系舟用竹索)，在漆黑的夜里逆水行船。逆江而上难，"难于上青天"！

　　欲识愁多少？高于滟滪堆——尾联，抒情，收束全诗。即将出峡之际，诗人忽然发现了滟滪堆。当时正是枯水季节，水位下降，滟滪堆高耸江心。瞿唐之"险"，船行之"难"，使诗人不仅联想到自己仕途之"险"，宦游之"难"：揭露权豪，得罪当朝，政治上屡遭打击，几被贬抑。由江峡夜行之"险"与"难"，推及人生，赋予"险"与"难"以极其深刻的社会内容。

诗人由被贬斥江州司马到调任忠州,途经三峡,写夜入瞿唐峡,突出悬崖之"险"与行船之"难",正是个人仕途之"险"与宦游之"难"的侧面反映。人生之险与难比之于山川行船之险与难,更"险"、更"难"!全诗不仅体势奔荡,而且章法谨严,巧妙地将自然景物艰险同社会人生艰险结合在一起,使读者从江峡之"险"、"难",体味到人世的"险"、"难",给人以震撼、以启迪! 同时,不禁使人联想到历代诗人"愁如海"、"水流无限似侬愁"及"归兴高于滟滪堆"等名诗隽语。

鹦 鹉

鹦鹉,又称"鹦母","鹦鹉","鹦哥"或"陇客"等。种类很多,全世界二十九种;我国有七种,均被列为濒危野生动物、国家二级重点保护野生动物。其羽毛美丽,有白、赤、黄、绿之分。尤其是经过训练能模仿人说话、唱歌,人多以笼养之。鹦鹉概系攀禽,头部圆;嘴坚利,上嘴大而弯曲,具利钩,下嘴短小;舌大而柔软;足部外趾可转动,善攀援。常栖于热带森林,营巢树洞。我国常见的有"绯胸鹦鹉"、"虎皮鹦鹉"。前者产于海南、云南、两广一带;后者亦称"娇凤"、"阿苏儿",原产澳洲,我国无野生者,均系笼养。

> 竟日语还默,中宵栖复惊。
> 身囚缘彩翠,心苦为分明。
> 暮起归巢思,春多忆侣声。
> 谁能坼笼破?从放快飞鸣!

竟日语还默,中宵栖复惊——写笼中鹦鹉被囚禁笼中的痛苦情状:终日"语还默",半夜"栖复惊"。一"还"一"复"将鹦鹉的痛苦不堪写得极度感人,令人同情。

身囚缘彩翠,心苦为分明——写被囚入笼中的原因,"缘",就是因为"彩翠"艳丽的羽毛,鹦鹉自己心里也明白。

暮起归巢思,春多忆侣声——进而写鹦鹉,日暮时引发了归巢的思念,春天来到忆念伴侣的鸣声。思巢忆侣,拟人真切!

谁能坼笼破? 从放快飞鸣——写鹦鹉的希望。谁能打破笼子,让我自由飞翔、自由鸣唱?"坼"(chè),裂开,打破。

全诗极富人情味,读来感人至深,亦发人深思。

【新评】

　　诗人以极为细腻动人的笔触,通过对笼中鹦鹉被囚心理活动、生活情况的描绘,一方面表现了对鹦鹉由于羽毛艳丽、天资聪颖而招致囚禁、痛苦万状境遇的同情;一方面反映了鹦鹉对放飞鸣唱自由生活的向往追求。在细腻的描摹之中,深深寄寓了诗人对封建社会人情世态、官场黑暗的厌恶和感叹。白居易还有一首七绝《红鹦鹉》:"安南远进红鹦鹉,色似桃花语似人。文章辩慧皆如此,笼槛何年出得身!"也正是这种感叹更清楚的体现。诗人还有一首题作《鹦鹉》的七律("陇西鹦鹉到江东"),由写鸟到写人(歌舞妓),借鸟喻人,以人比鸟,寓意深刻,意在讽谏。

竹枝词四首

【题解】

　　《竹枝词》,本系巴渝一带民歌。《乐府诗集》卷八十一载:"《竹枝》本出于巴、渝。唐贞元中,刘禹锡在沅、湘,以俚歌鄙陋,乃依骚人《九歌》,作《竹枝》新辞九章,教里中儿歌之,由是盛于贞元、元和之间……"元和十四年(819)春,四十八岁的白居易自江州司马迁忠州刺史,携弟行简从江州启程。三月十一日,同自通州司马迁虢州长史的元稹相遇于峡口,泊舟夷陵(今湖北宜昌),流连三日而别。二十八日抵忠州。

　　唐代顾况、刘禹锡也有拟作。以七言绝句的形式咏地方习俗风物,后世多模仿写各地风土人情。

　　　瞿唐峡口水烟低,白帝城头月向西。
　　　唱到竹枝声咽处,寒猿暗鸟一时啼。

　　　竹枝苦怨怨何人? 夜静山空歇又闻。
　　　蛮儿巴女齐声唱,愁杀江楼病使君!

　　　巴东船舫上巴西,波面风生雨脚齐。
　　　水蓼冷花红簇簇,江蓠湿叶碧凄凄。

　　　江畔谁人唱竹枝? 前声断咽后声迟。

怪来调苦缘词苦，多是通州司马诗。

《竹枝词》四首专咏竹枝。

第一首写"冷烟斜月"之景、"猿鸟悲咽"之声，"质而不俚，此为古调"（《诗式》）。瞿唐峡乃巫山三峡之一，在巴东（今重庆市奉节县东南）。《太平寰宇记·夔州》："瞿塘峡在州东一里，古西陵峡也；连崖千丈，奔流电激，舟人为之恐惧。"

瞿唐峡口水烟低，白帝城头月向西。唱到竹枝声咽处，寒猿暗鸟一时啼——首句"水烟低"，一作"冷烟低"，形容"不朝即暮之时"；第二句"月向西"，描写"风景凄然之候"；"白帝城"，在奉节东白帝山上。《太平寰宇记·夔州》："后汉初，公孙述据蜀，自以承汉土运，故号曰白帝城。""声咽"（yè），言其唱到凄苦之处，声音哽塞。"寒猿暗鸟"，《水经注》引渔歌有"巴东三峡巫峡长，猿鸣三声泪沾裳"之句；《太平寰宇记》有巫山鸟飞山，"言山高，鸟飞不能越也"。"寒"、"暗"极写凄清愁苦之状。

竹枝苦怨怨何人？夜静山空歇又闻。蛮儿巴女齐声唱，愁杀江楼病使君——即第二首，开端即发出"竹枝苦怨怨何人"的疑问。诗人并未回答这个问题，却说在静夜空山中又听到了苦怨声，而且是"蛮儿巴女齐声唱"。"歇"，看似平常但寓意深刻，言其间隔之短、次数之繁。"蛮儿巴女"，当时对湖北、四川一带少男少女的称谓。古代称楚国为荆蛮，称四川为巴蜀，故有此语。末句犹言"苦怨"之声愁坏了自己。"杀"，形容达到了极点的意思。"病使君"，自指；"使君"，古时对州郡长官的敬称。"江楼"，一作"江南"。

巴东船舫上巴西，波面风生雨脚齐。水蓼冷花红簇簇，江蓠湿叶碧凄凄——为第三首，点出具体地名。巴东、巴西一带正是"竹枝词"流行的地域。东汉末，益州牧刘璋置巴郡、巴东、巴西三郡，合谓"三巴"。巴东，指今重庆奉节、巫山、云阳一带；巴西，指今四川阆中一带。舫（小船）从巴东到巴西，江上刮风下起雨，好似波面生风，雨丝、雨点疾急、迅捷一齐飘下。"水蓼"二句，即是江面风雨过后的景色。水蓼，是生长水边、开白色带红五瓣小花的蓼科植物；江蓠，即芎劳，香草名，叶大的为江蓠，叶细的为蘼芜，主祛风湿的药用植物，《楚辞·离骚》有"扈江蓠与辟芷兮"之句。"水蓼冷花"、"江蓠湿叶"分别缀以"红簇簇"、"碧凄凄"，间以"冷"、"湿"，尽管给人一种阴凉之感，但活画出雨后水蓼花红、江蓠叶绿的一派生机，将一幅色彩鲜明、意境清丽的雨中行舟图展示在读者面前。

江畔谁人唱竹枝？前声断咽后声迟。怪来调苦缘词苦，多是通州司马诗——为第四首，首句又一发问，但与第二首不同之处在于紧接着就有了回答。回答不是直接说明"谁人"，而是"唱竹枝"的梗塞、迟滞的凄苦之声，只闻其声未见其人！

照应第一首"唱到竹枝声咽处"。三、四句则是对第二句的说明。"怪来",怪不得;"缘",原来。怪不得声调凄苦,原来是唱词苦愁。那么唱词是谁写的呢?"多是通州司马诗"。"通州司马",指元稹;元和十年三月底,元稹因以监察御史往东川复查刑狱,揭发了节度使以下许多官员贪赃枉法事,为权贵所忌,被贬为江陵士曹参军,四年后迁为通州司马。"多",大概,有肯定之意。

刘禹锡《竹枝词》序云:"四方之歌,异音而同乐。岁正月,余来建平,里中儿联歌《竹枝》,吹短笛击鼓以赴节。歌者扬袂睢舞,以曲多为贤。聆其音,中黄钟之羽。卒章激讦如吴声,虽伧伫不可分,而含思宛转,有淇澳之艳。昔屈原居沅、湘间,其民迎神,词多鄙陋,乃为作《九歌》,到于今荆、楚鼓舞之。故余亦作《竹枝词》九篇,俾善者飏之,附于末。后之聆巴歈,知变风之自焉。"其实此九首之外,刘禹锡还有《竹枝词》二首(即"杨柳青青江水平"、"楚水巴山江雨多"),"东边日出西边雨,道是无情还有情"就是个中名句。白居易这四首也是模仿此体之作。

历代诗评家对白居易的《竹枝词》第一首给予很高的评价。有"冷烟斜月之景,竹枝悲咽之声,即寒猿暗鸟尚不胜情,况可使愁人听之耶?"(《唐诗解》)有"猿鸟闻其悲唱,俱不胜情面一时啼唤,然则愁人听之,当何如凄怆乎?"(《古唐诗合解》)而《诗式》、《诗境浅说续编》则对第一首全诗逐句评解:一谓"首句'冷烟低',言不朝即暮之时也;二句'月向西',言风景凄然之候也。两句为三句伏根,盖此时唱竹枝,其言不能不悲凉矣。具此两层意思,但说猿鸟一层,不必明言人何以堪一层,而自含在其中,此因物以寄兴,最能含蓄者也。"一曰"首句唱'竹枝'之地,次句唱'竹枝'之时。后二句言唱至最凄咽处,峡口之寒猿暗鸟,同时惊起而啼,异类皆为感动,极言其音调之悲。王渔洋诗'断雁哀猿和竹枝',殆本此诗也。"惜对第二、三、四首绝无评判!

后宫词

白居易有《后宫词》两首,这里选一首。另一首云:"雨露由来一点恩,争能遍布及千门?三千宫女燕脂面,几个春来无泪痕!"均系抒写宫女孤凄生活的"宫怨诗"。唐代,尤其是中晚唐之际,失宠嫔妃的宫怨悲剧成为一个严重的社会问题,所以反映后宫女子悲苦命运的诗文很多。这首代宫女所作的怨词,也是她们心灵深处久久隐藏的凄惨的悲鸣。

泪湿罗巾梦不成，夜深前殿按歌声。

红颜未老恩先断，斜倚薰笼坐到明。

全诗以极其浅显通俗而又简洁明快的语言，抒写"红颜未老"的失宠嫔妃的孤寂和幽怨。封建帝王三宫六院七十二妃，"后宫佳丽三千"，荒淫无度，醉生梦死，歌舞升平，喜新厌旧，数不清的年轻嫔妃被抛弃、被打入冷宫。诗人深谙其内幕，对这一社会问题，不仅屡上奏折苦谏，而且连连写诗讽咏。

泪湿罗巾梦不成，夜深前殿按歌声——先实写，后虚写；实写人物，虚写歌声。失宠的宫女"泪湿罗巾"、"梦不成"。因为失宠被贬入冷宫，昔日被宠幸的欢乐时光连梦都梦不成，那么只能以泪洗面湿透罗巾了。第二句同首句形成强烈的对比，被新宠幸的嫔妃夜深了还在前殿轻歌曼舞、寻欢作乐；那隐隐约约的"按歌声"，在失宠宫女的心灵深处该是何等巨大的震撼，又是何种酸痛的滋味？前后映照，两相对比，失宠新宠，一悲一欢，一衰一兴，天壤之别，在含蓄之中形成极其强烈的反差。

红颜未老恩先断，斜倚薰笼坐到明——诗笔回转，颇耐品味。按说"色衰宠弛，情之常也"，而却红颜未老竟失宠，等于把矛头对准封建皇帝，"非有夺爱在中，即为谗妒使然也"，一腔幽思，"斜倚薰笼坐到明"。"薰笼"，竹笼焚香，薰衣使之具有香气，也可以取暖。"斜倚"，状其懒散逼真；"坐到明"，个中多少幽怨！无比深刻地反映了当时宫女被抛弃的遭遇和命运。结句一位宫女斜倚薰笼，一直坐到天明也未入睡，那夜永难熬、等等盼盼、觅觅寻寻的动作情态形象生动，言绝而意未绝，留给读者以无尽的思索。

本诗直致明快，"十分幽怨，十分寂寞，禁宫中辄唤奈何"。诗人写宫女的流泪、梦不成、听歌声、斜坐直至天明一系列的动作，从侧面描写人物心绪变化，一种幽思，层层怨怅，极尽往复回环、缠绵悱恻之能事。盼君王而终不得，只好上床；宠幸而不可复得，退求好梦；梦不成而愁苦难耐，泪湿罗巾，却传来新宠的"按歌声"；红颜未老而被贬斥，幽居冷宫；夜深沉斜倚薰笼，直坐到天明……步步企盼，层层幽怨。夜来难寐，等候君临，满含希望；按歌声声，君王新欢，写其失望；君恩断绝，斜倚坐待，只好苦望；坐到天明，君王未来，完全绝望。泪湿罗巾，苦思冥想，是幻想；醒时难盼，求宠梦境，乃梦想；恩断无悔，仍然坐等，成痴想；坐到天明，白等一场，终空想。由希望而失望，由苦望而绝望；从幻想到梦想，从痴想到空想……千回百转，一气贯通，层层深入，自然浑成，言少而意丰，词显而情浓。

夜 筝

题解

题作《夜筝》，犹言夜间听赏弹筝。"筝"，一种拨弦乐器，传为秦时蒙恬所造，形似瑟。其弦古代由五弦增加到十二弦、十三弦、十六弦；今经改革已增加到十八弦、二十一弦，乃至二十五弦。参见《风俗通·声音·筝》。《隋书·乐志下》载："丝之属四：一曰琴……二曰瑟……三曰筑……四曰筝，十三弦，所谓秦声，蒙恬所作者也。"参观成都前蜀主王建墓，墓中有弹古筝图：一人盘腿而坐，膝上放筝，左手抚琴，右手弹拨。题又作《听夜筝》。

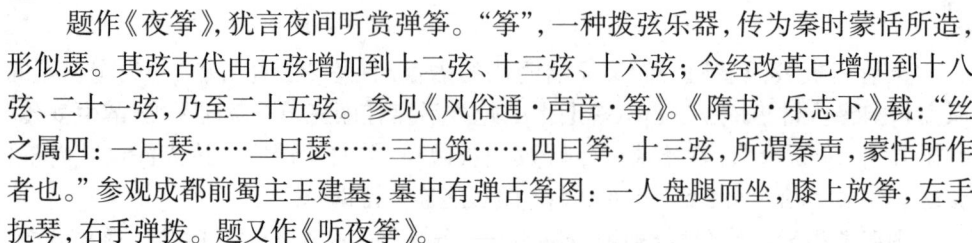

紫袖红弦明月中，自弹自感暗低容。
弦凝指咽声停处，别有深情一万重。

新解

诗人的长诗《琵琶行》是对琵琶本身绘声绘色的铺陈描写。周啸天先生认为《夜筝》是《琵琶行》的一个精妙的缩本，全力贯注的这一笔，不就是《琵琶行》"冰泉冷涩弦凝绝，凝绝不通声暂歇。别有幽愁暗恨生，此时无声胜有声"一节诗句的化用么？诚然。

紫袖红弦明月中——发句"紫袖"、"红弦"一指弹筝者，一代筝。前者如"皓齿歌，细腰舞"（李贺《将进酒》）的"皓齿"指歌者、"细腰"代舞者一样，是以部分代整体，指弹者。"紫袖红弦"不只是写出其修饰装扮之美，更主要的是暗示出弹者的乐妓身份。"明月中"点明时间是"月夜"，浔阳江头彼一明月夜，与此一明月夜，"月白风清，如此良夜何？"（宋苏轼《后赤壁赋》）固然"月色醉远客"，但"无丝竹管弦"、"无酒不成欢"，也正如"举酒欲饮无管弦"一样，明月、紫袖、觞咏、红弦，缺一不可。使读者产生了一系列美好的联想。

自弹自感暗低容——则写弹筝。弹给谁听的呢？因本诗又题作《听夜筝》，可见是有听者的。所以"自弹自感"别有情意在，连用两个"自"字，意在突出弹筝者的专心致志、全神贯注。唯其"自弹"，才能显示弹奏技巧之高、手法娴熟、得心应手；唯其"自感"，才能完全沉浸于乐曲之中，弹者动情，方能感人。诗人将弹筝者的灵感和真情、状貌和情态模拟得神形兼备、惟妙惟肖。而"暗低容"又给人一种酸楚之感，个中透露的乃弹筝者身世之叹，虽有《琵琶行》中琵琶女的"低眉信手续续弹"，却无琵琶女的"说尽心中无限事"。留给人的是无穷的想象、无比的同情，"含不尽之意在言外"。一首小诗，"暗低容"三个字蕴含着万语千言。

弦凝指咽声停处，别有深情一万重——描写弹筝竟至"弦凝"、"指咽"、"声停"，万籁俱寂，顷刻无声。"弦凝"，是乐曲音符突然停顿之无声；"指咽"，是泣诉的情绪达到极点时戛然而止的无声；"声停"，是音乐休止的停顿，也有"弦凝"的停顿和"指咽"的停顿，凡停顿之处就无声。一首小诗不可能如《琵琶行》那样大肆铺陈、渲染和描摹、形容，而"弦凝"、"指咽"、"声停"处，不是无声的沉寂，而是与声情攸关的休止，正是这"于无声处"——"别有深情一万重！"

在白居易的笔下，《琵琶行》所描写的是琵琶声情并茂的有声之美；《夜筝》所描写的是古筝停顿休止的无声之美，而且"此时无声胜有声"！

《夜筝》不同于《琵琶行》的铺陈，它所采取的是"睹影知竿"之法。清刘熙载《艺概》说，"绝句取径深曲"，且"正面不写写反面，本面不写写背面、旁面，须如睹影知竿乃妙"。一首短小的绝句，不能如写叙事诗那样，展开事件、铺陈始末，而只能选取一个瞬间、一个侧面、一个停顿之处，以点代面，管中窥豹，使读者产生丰富的联想、无穷的回味，才能达到"睹影知竿"的目的和效果。

勤政楼西老柳

"勤政楼"，《旧唐书·睿宗诸子·让皇帝宪传》载："玄宗于兴庆宫南置楼，西面题曰花萼相辉之楼，南面题曰勤政务本之楼。"诗以柳写人，借景抒怀。"老柳"系唐玄宗开元年间(713—741)所植。

半朽临风树，多情立马人。
开元一株柳，长庆二年春。

这首五绝，如五律的颔联、颈联，纯由对句组成。

半朽临风树，多情立马人——首句以"半朽"描写临风树，次句以"多情"形容立马人。结尾二句点明时间，开元长庆二年，上下百有余年。此时诗人五十一岁。以知命垂暮之年对半朽临风之树，焉能不怆然动容！东晋之际桓温北征途中，看见自己昔日手植柳树皆已十围粗壮，就曾感慨"木犹如此，人何以堪！"对树伤怀，自古已然，诗人怎能不伤情驻马凝立？那么，立马人"多情"，树又何如呢？宋代诗人辛稼轩曾有"我见青山多妩媚，料青山见我应如是"（〔贺新郎〕《甚矣吾衰矣》）

名家选集卷

的感叹。在白居易看来,老柳又何尝不如是,这就把读者带入物我融合而一的境界。"树"半朽,"人"多情;"树"又何尝不多情,"人"又何尝不"半朽"?"半朽"与"多情",是诗人自许;"树"和"人",又是诗人自指,物我合一,情景交融,寥寥十字,韵味无穷,纯用优美的画笔。

开元一株柳,长庆二年春——则纯属史笔。"开元一株(一作枝)柳"补叙了"临风柳"的年龄;"长庆二年春"补叙了诗人的年龄,开元(713—741)系唐玄宗年号,长庆二年(822)为唐穆宗年号,上下相差百馀年。把百年历史、自然变迁、人世沧桑隐含在十字之中,使人不能不佩服诗人的大手笔、大胸襟。展现出"勤政楼西老柳"一幅生动的历史画卷。

本诗四句皆作对语,语气贯注,"不著一字,尽得风流"。《唐人万首绝句选评》说:"语似率易,而'开元'、'长庆'四字中,寓无限俯仰悲感。"前两句言勤政楼乃当日紫禁朝天之地,今衰柳临风,驻马徘徊,怆然怀旧。后两句言自开元至长庆,其间国运之隆替,耆旧之凋零,等于无痕春梦,剩有当年垂柳,依依青眼,阅尽沧桑。"诗仅言开元之树、长庆之人,不着言诠,而含凄无限也。"(《诗境浅说续编》)仅仅二十字,即勾勒出一幅临风立马图,使读之者大有"语短情长,意境苍茫"之叹!

暮江吟

《暮江吟》的写作时间说法不一。近人高步瀛定为长庆二年(822)秋诗人由京城赴杭州任刺史时在江行途中所作。"暮江",傍晚时的江。隋唐时诗作多提到,如"暮江平不动"(隋杨广《春江花月夜》)、"地卑荒野大,天远暮江迟"(杜甫《遣兴》)等。"吟",吟咏,诗人面对暮江有感而发的诗,是"杂律诗"之一,在其七百多首五七言绝句中,这是一首以写景见长的名作。

"杂律诗"的特点是"或诱于一时一物,发于一笑一吟,率然成章",自然而然地表现内心深处的情愫。当时由于宦官专权,朋党相争,诗人为避免卷入政争的漩涡,自求外任,此诗正表现了离开京城赴杭州途中有所解脱的愉悦心情。

> 一道残阳铺水中,半江瑟瑟半江红。
> 可怜九月初三夜,露似真珠月似弓。

一道残阳铺水中,半江瑟瑟半江红——《暮江吟》十分明确,吟咏夕阳斜晖、新月乍起时分暮江的景色。"一道残阳铺水中"是总写,"言残阳铺水,半江之碧,如瑟瑟之色,半江红,日所映也"(《升庵诗话》卷三)。"一道",一条也。与"一道月光横枕前"(元稹《使东川·望喜驿》)、"一道八江自此来"(刘禹锡《酬杨八副使将赴湖南途中见寄一绝》)同,形容一条而非一片。"铺",铺展,动词。白居易诗中"乱峰围绕水平铺"(《春题湖上》)、"平铺一合锦筵开"(《柘枝妓》),都是平铺,犹言在平静的江面上铺成一长条,写出秋日晚霞清爽、柔和的神韵和意蕴。诗人的观察非常细腻敏锐,此时此刻落日已近地平线,晚霞照射的江面呈红色,未照射的部分是碧色。梁简文帝《述羁赋》"远山碧,暮江红","红"、"碧"对举,也是"半江红"的意思。"瑟瑟",一种碧色宝石,一说即碧玉、青玉。杨慎《升庵诗话》:"瑟瑟,珍宝名,其色碧,故以瑟瑟影指碧字。此言残阳照红,半红半碧耳。"《唐书·于阗国传》:"德宗遣内给事朱如玉之安西,求玉于于阗,得瑟瑟百斤。"李时珍曰:"碧者唐人谓之瑟瑟,红者宋人谓之靺鞨。"(《本草纲目·宝石》)宋人诗中像"江平风轻波瑟瑟"(楼钥《次韵赵子野石城钓月图诗》),即指碧色。在白居易其他诗中,如"枫叶荻花秋瑟瑟"言其枫叶赤、荻花白、秋色碧。其他如"嵩碧伊瑟瑟"、"中心瑟瑟流"、"瑟瑟麑全匡"、"未秋已瑟瑟"、"凝成瑟瑟胚"、"春风瑟瑟波"、"水面风驱瑟瑟波","诸诗'瑟瑟'对'斑斑'、'苍苍'、'猩猩',岂是萧瑟乎?"(杨慎《升庵外集》)都是言色,"宝石如珠,真者透碧"(《通雅》)。总之,"瑟瑟"在诗中指斜晖照不到的江水。残阳照到处呈红色;而照不到之处仍为碧色。

可怜九月初三夜,露似真珠月似弓——写九月初三夜。据天文学家验证,每月初三,月出极早,弯钩似弓,日落月出,露水亦生,滴滴如珠。"露似真珠月似弓"极其精练逼真而又形象生动地概括了秋天初月的美好形象:天空一弯新月如弓,地上草间露水滴滴似珠。其形珠、弓,其色碧、红,诉诸视觉,既给人以实感,又给人以美感。如诗如画,诗情画意,俨然一幅绚丽多彩的秋江暮色图。

这首诗是诗人自求外任,赴杭州任刺史途中所见,随口吟成的一首格调清新、意象明丽的七言绝句。不仅语言通俗、构思精巧,而且比喻新奇、工致入画,同时巧妙地运用了重言错综的句式,两用"半江",连缀二"似",不顾近体诗绝句避讳"重字"之忌,成功地加强了意象的鲜明性、情感的真挚性,使诗歌的音韵具备了循环、复沓的和谐之美及严谨流动的声情之美,成为运用"重字"难能可贵的范例。爱新觉罗·弘历赞其"写景奇丽,是一幅着色秋江图"(《唐宋诗醇》卷二四)。半碧半红,色彩绚丽,历历在目。

这幅着色秋江图,摹晚霞江景、写新月寒露、状难写之景,如在目前。一个"铺"字十分精当,准确地写出了太阳落山时光线投在大地上的角度,此时的阳光几近铺在江面上，所以才出现"半江瑟瑟半江红"的奇异景象。又以"九月初三夜"准确的时间入诗，未知何指？而且前冠以"可怜"二字，颇费猜测。有的论者断言："明记时日，多有事在……或有所指，但已无考。"（《唐人绝句精华》）见仁见智，各得其妙。

"可怜"，可爱也。从这首诗所透露的消息，可以看出，白氏已非"不以嘲风雪弄花草为能事"者，更非"避祸远嫌，不复谔谔直言"的元和谏官了。

诗人经过细致观察，摄取典型景物，准确把握特征，写景真切动人，比喻妥帖入微，巧妙地将红日西沉的黄昏和一弯新月的夜晚的江景、月色连成一幅色彩缤纷、景物变幻的图画。这幅画，诗虽四句，却划分两组：一组是一道残阳斜铺江中，光芒射处一片红色，日光照射不到处仍呈碧色；而另一组则暮色苍茫，晶莹的露水如闪动的粒粒珍珠，碧蓝天空的月亮像一弯弯的弓。构成黄昏到夜月初升时这一段时间推移之中的美丽景色——暮江图，同时也就寓情于景了！

钱塘湖春行

钱塘湖，即杭州西湖。三面环山，二峰耸峙，湖中的白堤、苏堤，将湖面分割为里湖、外湖、后湖，山清水秀，四时风光旖旎，洵为游览胜地。唐穆宗长庆二年（822），已逾知命之年的白居易因秉政者用非其人，力请外任，如顾学颉《白居易年谱简编》所说："正月上疏论河北用兵事。请专委李光颜、裴度任东西二帅及省行营粮科事；不听。时国事日荒，朋党倾轧，两河再乱，民生益困，乃求外任。七月自中书舍人除杭州刺史……十月一日至杭。"到杭州的第二年（823）或第三年（824）春游西湖时写了这首诗。靳极苍先生考订认为，白氏在杭州三年，其《留题郡斋》明明白白地说："歌山吟水嘲风月，便是三年官满时。"因而把本诗写作时间定为长庆三年初春。"行"不同于《琵琶行》的"行"，非诗体歌行，而是观赏游览之行。

> 孤山寺北贾亭西，水面初平云脚低。
> 几处早莺争暖树，谁家新燕啄春泥？
> 乱花渐欲迷人眼，浅草才能没马蹄。
> 最爱湖东行不足，绿杨阴里白沙堤。

孤山寺北贾亭西，水面初平云脚低——发句先点明所到的地方，接着写所到之处湖水的状况。如题所示，钱塘湖是个什么样子呢？不同季节各不相同：早春时节是"西日笼黄柳，东风荡白𬞟。小桥装雁齿，轻浪踅鱼鳞。画舫牵徐转，银船酌慢巡……"（《早春西湖闲游，怅然兴怀，……偶成十八韵寄微之》），"湖上春来似画图，乱峰围绕水平铺。松排山面千重翠，月点波心一颗珠。碧毯绿头抽早稻，青罗裙带展新蒲……"（《春题湖上》）都是春季特有的景象。本诗描绘的"春行"则是另一番景象，足见诗人绝非一次游赏西湖风景。这次来，是骑马游赏，远远就看到孤山，它把西湖分成后湖、外湖，一峰独耸，别无依傍，故曰孤山，山上有孤山寺，为南朝陈文帝所建。诗人有好几首诗都是描写孤山、西湖胜景的（《孤山寺石榴花示诸僧众》《孤山寺遇雨》等）。来到贾亭西湖边，"贾亭"，系"贞元中贾全为杭州（刺史），于西湖造亭，为贾公亭，未五六十年，废"（《唐语林》），那湖水"水面初平云脚低"，由于春水初涨，远处的天光、近前的湖色，云气低垂、天光水色连成一片，使人产生"云脚低"之感。

几处早莺争暖树，谁家新燕啄春泥？乱花渐欲迷人眼，浅草才能没马蹄——写春回大地，由写湖到写春，初春之际，寒风料峭，早出之莺求偶而鸣，选择向阳的树枝停留；初来之燕口衔春泥筑巢而准备产卵孵雏。莺燕都是报春的使者。"早""新"二字互文见义。"几处"、"谁家"，俱言其多；"争"、"啄"把莺啭燕舞的场面描摹如画。"乱花"、"浅草"都是初春的独特形象，不知名的野花、春风吹又生还不高的草，"渐"、"才"程度副词，花开逐渐使人眼为之迷，草短才能遮没马蹄。仰望是"早莺"、"新燕"，俯视则"乱花"、"浅草"，均系一派初春的蓬勃景象。

最爱湖东行不足，绿杨阴里白沙堤——前两句写湖，中间四句咏春，这两句则是诗人自己发抒感想。西湖早春被诗人描绘得生意盎然、俨然如画，结句却说明湖东"更"美，尤其是那"绿杨阴里白沙堤"，给读者留下悬念。"白沙堤"，即白堤，又名断桥堤。不是白居易所筑之在钱塘门北的白堤（详见《唐诗别裁集》卷一五）。

八十年代末，有的评论家、注释家，将本诗误以为前四句以"孤山"句生发而出，是写湖上春光；后四句专写"湖东"景色，归结到"白沙堤"。于是又有"前面先点明环境，然后写景；后面先写景，然后点明环境。诗以'孤山寺'起，以'白沙堤'终，从点到面，又由面回到点，中间的转换，不见痕迹，结构之妙，有如无缝天衣"的评述。究竟孰是孰非，尚需仔细斟酌和求证。

诗人善于捕捉早春独有的景色，用"早莺争暖树"、"新燕啄春泥"和"乱花迷人眼"、"浅草没马蹄"动态的、静态的景物描写，勾勒出一幅优美动人的西湖春景图。全诗写西湖风光，"首领笔，言自孤山北贾亭西行起，下五句历写绕湖行处春景，七、八以行不到之湖东结，遥望犹有馀情。"（《唐诗绎》）均以形象出之。即如"水面初平云脚低"亦是形象地状湖面之辽阔、水天相接。且"句句回旋，曲折顿挫，皆从意匠经营而出"（《唐宋诗举要》），"随物赋形，所在充满"（《漫南诗话》）。西子湖三面环山、风姿绰约、轻妆淡抹；白沙堤桃花如云、绿柳如茵、花红柳袅，徜徉其中，真有飘飘欲仙之感。

诗人描写钱塘湖春景，是在行进中展开的。那水天相接、云脚低垂的雨后景色；那早莺争暖、新燕衔泥的莺燕鸣声；那乱花迷眼、浅草如茵的生机盎然……早春的景物，有早春的报春使者，有早春的咏春歌手，它们传递着春的信息，展示着春的活力，洋溢着春的意趣。而且诗人并非单纯写景，其诗"象中有兴，有人在"（方东树《续昭昧詹言》）；"象中有兴"说明景物形象之中有"兴"（感情也）在，也有人在。之所以说"有人在"，是诗人始终在诗中，虽说没有直接抒发兴会，但诗人无处不在。"早莺"、"新燕"中有人在寒冬过尽、乍见春色时的喜悦心情。尤其是"几处"（不是处处）、"谁家"（不是家家）、"渐迷"、"才能"几个关键性词语，使诗人骑马缓行、张望顾盼、边行边吟的形象一直贯穿在诗的字里行间。这就是"有人在"。而诗人那热爱早春风光的喜悦心情充溢诗中、跃然纸上，即所谓"象中有兴"也。总之，全诗首尾呼应、章法有序，情寓于景、象中有兴，俨然一幅赏心悦目的春景图。

江楼夕望招客

"江楼"，又名望海楼，或望潮楼，亦名东楼。在杭州城东。唐穆宗长庆三年(823)春初在杭州作。白居易另一首诗《东楼南望八韵》有"江楼对海门"句，亦即此楼。楼高十馀丈，登楼可以望海观潮。

海天东望夕茫茫，山势川形阔复长。
灯火万家城四畔，星河一道水中央。
风吹古木晴天雨，月照平沙夏夜霜。
能就江楼销暑否？比君茅舍校清凉。

海天东望夕茫茫，山势川形阔复长——首句写仲夏之夜，登上江楼，极目远眺，海天暮色，"茫茫"一片，写出海上夜色。次句推展画面，山川形势，气象壮阔。

灯火万家城四畔，星河一道水中央——次联泼墨挥洒，江城万家灯火四面闪烁,天际银河倒映在江心。同首联所写海天茫茫、山高水阔,相互辉映。都是"夕望"之景。

风吹古木晴天雨,月照平沙夏夜霜——腹联使用了"晴天雨"、"夏夜霜"两个形象比喻。前者将风吹古木树叶的萧瑟声同雨声联系,说明酷似雨声;后者将皓月临照平沙的银白色同霜色比并,说明形如秋霜。以强烈的主观想象把互相矛盾的自然现象通过艺术的对接,合情合理,使景色透射出一股清凉气息。所以苏东坡极为赞赏,说"白公晚年诗极高妙"(宋赵令畤《侯鲭录》卷七)。"平沙",平地也。吴地人泛指水边、水中可以为田者为"沙"。

能就江楼销暑否? 比君茅舍校清凉——尾联以问答的形式,以江楼、茅舍消暑"校清凉",亲切、诙谐,因口吻而使人物形象跃然纸上。

后人对这首诗有很高的评价,《昭昧詹言》卷一八云:"起点叙,次句中联皆夕望中景。招客收。……清切有真趣。""茫茫"正是海上夜色的特点。诗总揽全局,展示馀杭山川形胜,描画出了俯瞰杭州灯火万家、星河灿烂的美丽夜景,生动细致地表达了诗人风吹古木、月照平沙的主观感受。写景风格清丽,韵味醇厚,"章法变化,条理井然"(薛雪《一瓢诗话》),描写景物由远及近,由暗及明。"风吹古木"晴天何以有雨,"月照平沙"夏夜怎能落霜? 看似矛盾,然而诗人正是将此矛盾的现象,通过艺术的想象:风吹古木飒飒作响,如同晴空飞雨;月照平沙雪白明丽,酷似夏夜降霜。其声萧飒,其色银白,使整个景物鲜亮生色,充分显示出古代名城的风韵与神采。诚然"高瞻远瞩。'坐驰可以役万景',他人有此眼力,无此笔力。"(清·爱新觉罗·弘历《唐宋诗醇》卷二五)

<h2 style="text-align:center">江楼晚眺景物鲜奇吟玩成篇
寄水部张员外</h2>

这首诗是长庆三年(823)诗人在杭州任刺史时所作。时张籍官水部员外郎,属尚书省工部。张籍以乐府诗著称,同另一诗人王建的乐府诗被名之曰"张王乐府"。张、王同白居易、元稹、李绅等参加当时以反映现实为主要内容的"新乐府"运动。白居易对张籍的乐府诗评价很高,两人相互赠和诗作很多。对本诗张籍的答和是《答白杭州郡楼登望画图见寄》:"画得江城登望处,寄来今日到长安。乍惊物色从诗出,更想工人下手难。将展书堂偏觉好,每来朝客尽求看。见君向此闲吟意,肯

中国家庭基本藏书

恨当时作外官？"有的版本题作《江楼晚眺景物鲜奇吟玩成篇寄水部张籍员外》，一字之别。江楼，杭州城东楼，又称"望海楼"。

> 澹烟疏雨间斜阳，江色鲜明海气凉。
> 蜃散云收破楼阁，虹残水照断桥梁。
> 风翻白浪花千片，雁点青天字一行。
> 好著丹青图写取，题诗寄与水曹郎。

　　澹烟疏雨间斜阳，江色鲜明海气凉——首联，先写天空，起句就是一幅"西湖烟雨图"，忽而烟雨迷蒙，忽而斜阳夕照，写尽景色变幻。第二句写江面，江水颜色绿蓝分明，海风送来凉意。"间"，时断时续也。"海气"，从海上吹来的风。

　　蜃散云收破楼阁，虹残水照断桥梁——颔联，起句用"海市蜃楼"写幻影，结句用"残虹映水"写变化。"蜃"，诗中指"蜃楼"，亦称"海市"。海边或沙漠中，由于空气冷热骤然变化，光线折射，常常将城市的楼台树木的影像反射在空中，古人认为是蜃呼气所成，而谓之"海市蜃楼"。"破"字绝妙，说明"海市蜃楼"很快就幻灭。《史记·天官书》就有"海旁蜃气像楼台"之句。"虹残水照断桥梁"形容雨后天空出现的彩虹，好似拱桥，随着虹影渐次消残，或者水波荡漾，虹在水中的倒影活像一座桥梁。"断"字点缀，形象地说明因水波晃动，虹影如断桥一般。

　　风翻白浪花千片，雁点青天字一行——腹联，则先写江面，后写天际。风吹浪翻，江面好像泛起花朵千千片；雁阵飞来，天际俨然点染着一行字迹。

　　好著丹青图写取，题诗寄与水曹郎——尾联，写诗人因登楼晚眺，鉴于景物鲜奇，便请丹青妙手画了一幅"西湖秋色"图，自己题上这首诗，寄给在长安的好友张籍。"图写"，描绘；"取"，语助词。

　　这首描绘西湖秋色的诗，是题画诗。而题画诗其本身就是一幅绝妙的画。正是王摩诘所谓"诗中有画，画中有诗"！诗人以敏锐的观察力，善于捕捉蜃散、虹残、风翻白浪、雁点青天这些瞬间即逝的景物或者易于变幻的景象，以形象明快的诗笔，描绘成一幅多姿多彩的画图，正像张籍收到诗和画后，答诗所说的"乍惊物色从诗出，更想人工下笔难"中的"物色从诗出"，其景象俨然如在眼前。那淡烟、疏雨、斜阳、蜃楼、楼阁、残虹、桥梁、浪花、雁行等一系列纷繁零乱的景象，被诗人组合成一幅完整美好的秋景图，动静幻化，浓淡对比，极富变化之致！

中　隐

题解

　　约作于唐文宗大和三年(829),白氏以太子宾客分司东都后几年之内。时诗人年近花甲。"中隐"可以说是白居易的创造发明。"中隐"观念由来已久,早在先秦时代,士大夫处世不外乎"仕"与"隐"两途。孔子说:"天下有道则见,无道则隐。"(《论语·泰伯》)孟子谓:"士穷不失义,达不离道……穷则独善其身,达则兼善天下。"(《孟子·尽心上》)仕途艰险,"出仕,有宦海风波之险;归隐,有生计无着之虞。"白氏的"中隐"观念则切实可行,影响深远。何为"中隐"?诗中作了很理性的阐发。

　　　　　　大隐住朝市,小隐入丘樊。
　　　　　　丘樊太冷落,朝市太嚣喧。
　　　　　　不如作中隐,隐在留司官。
　　　　　　似出复似处,非忙亦非闲。
　　　　　　不劳心与力,又免饥与寒。
　　　　　　终岁无公事,随月有俸钱。
　　　　　　君若好登临,城南有秋山;
　　　　　　君若爱游荡,城东有春园。
　　　　　　君若欲一醉,时出赴宾筵,
　　　　　　洛中多君子,可以恣欢言;
　　　　　　君若欲高卧,但自深掩关,
　　　　　　亦无车马客,造次到门前。
　　　　　　人生处一世,其道难两全:
　　　　　　贱即苦冻馁,贵则多忧患。
　　　　　　唯此中隐士,致身吉且安。
　　　　　　穷通与丰约,正在四者间。

　　大隐住朝市,小隐入丘樊——说明"大隐"、"小隐"之所为,他们处于"仕"与"隐"之间,实则如《庄子·让王》所说:"身在江海之上,心居乎魏阙之下。"亦即常言所谓"身在山林而心存魏阙"。是以"隐"成为"仕"(做官)的"终南捷径"。

丘樊太冷落，朝市太嚣喧——指出"小隐入丘樊"太冷落，"大隐住朝市"又太嚣喧。既照应上，又引起下。

不如作中隐，隐在留司官。似出复似处，非忙亦非闲。不劳心与力，又免饥与寒。终岁无公事，随月有俸钱——即所谓"中隐"。蹇长春在其《白居易的"中隐"观念及影响》中论述得很详细。"中隐"，即在出处进退之间"执两用中"，走中间道路。"隐"在"留司官"，也就是诗人早在元和十三年(818)四十七岁时在《江州司马厅记》中所提出的"吏隐"：自求外任，或者担任闲散之职。十一年之后，几经迁徙，即大和三年(829)又由罢刑部侍郎，而以太子宾客分司东都，仍然是一闲散官职。"不知湖与越，吏隐兴何如？"（《寄微之及崔湖州》）说明白居易以外任地方、闲散官为"吏隐"。这首诗则由"吏隐"而过渡到了"中隐"。"中隐"就是"似出复似处，非忙亦非闲。不劳心与力，又免饥与寒。终岁无公事，随月有俸钱。"多么安闲舒适的仕隐生涯！既不同于"相逢尽说休官去，林下何曾见一人！"又有别于"翩然一只云中鹤，飞来飞去宰相衙"（清蒋士铨〔临江梦〕《隐奸》）。

君若好登临，城南有秋山；君若爱游荡，城东有春园。君若欲一醉，时出赴宾筵，洛中多君子，可以恣欢言；君若欲高卧，但自深掩关，亦无车马客，造次到门前——诗人采用排比句式，进一步渲染、铺排"中隐"生涯那种"进不趋要路，退不入深山"，乐天知命、安稳闲雅、出处舒适的优雅无虞。诗人不厌其烦地说：你如果喜欢登山临水，"城南有秋山"；如果喜爱游赏逸荡，"城东有春园"；如果想一醉方休，"时出赴宾筵"；如果想恣纵欢言，"洛中多君子"；如果想悠闲高卧，"但自(尽可)深掩关"；这里也没有车马来客，仓促到门前。真有"门庭冷落车马稀"之感！"君子"，犹能言善辩之士。"掩关"，关窗闭户。"造次"，造然，仓促。

人生处一世，其道难两全：贱即苦冻馁，贵则多忧患。唯此中隐士，致身吉且安。穷通与丰约，正在四者间——写诗人力倡"中隐"观念的深层用心和理性思考。说明人生一世，"入仕"做官、"隐遁"入山其道难于两全：贫贱时则苦于受冻挨饿，富贵时又怕多忧愁祸患。"唯"，只有这种"中隐"之士，才能获得吉利、安康；或穷困，或通达，或丰赡，或歉约，正在四者之间。"致"，招来，导致，获得。

白氏这种"中隐"观念，更直截了当地说，就像他在其另一首诗中所说的"进不趋要路，退不入深山。深山太濩落，要路多险艰。不如家池上，乐逸无忧患。"（《闲题家池寄王屋张道士》）

白居易晚期由"兼济天下"而趋于"独善其身"，形成"中隐"观念。这种观念的形成，与其身世也有直接关系。他"出身寒微，故易于知足，……迄可小康，即处之泰然，不复多求"（《瓯北诗话》卷四）尤其是他"上遵孔周训，旁鉴老庄言"，加之屡次遭贬，尤其江州之贬，深晓宦途风险，从元和十三年(818)到太和三年(829)，经历了十一年由"吏隐"过渡到"中隐"的阶段。对白氏而言，在思想上很复杂，既有儒家的"乐天知命"，又有道家的"知足知止"，于是成为封建社会出处进退"执两用中"的一种典型。它既不同于屈原那种忠君爱国、以身殉道，终因壮志难酬而忧愤沉江一死；又不同于陶潜那种退隐田园、消极避世，虽说息影山林，而并非无意于世事。诗人处在当时的社会历史条件下，顺"时"("时势的泰否，世运的兴替")认"命"("个人"的遭逢、际遇)，无可奈何，在其《达理二首》《初入峡有感》《咏拙》等诗中一再慨叹"况吾时与命"、"时来不可遏，命去焉能取"、"性命苟如此，反则成苦辛。"于是他认"命"了，"时耶？命耶？吾其无奈彼何……"(《无可奈何歌》)"穷通不由己，欢戚不由天。命即无奈何，心可使泰然。"(《咏怀》)"赋命有厚薄，委心任穷通。通则为大鹏，举翅摩苍穹。穷则为鷦鷯，一枝足自容。"(《我身》)……直至老年，诗人仍然慨叹不已，但却以恬淡自处，这就是诗人大半生的人生领悟和仕途体验。

　　白居易始终坚持务实态度，他对屈原的以身殉道和陶潜的清高避世，认为无可取。在《王夫子》一诗中所流露的"行道佐时须待命，委身下位无为耻。……命苟未来且求食，月俸犹堪活妻子。"正是着眼于生计活命问题。亦即："则隐又有三者之不同矣。"(《见闻搜玉》)诗人所持的"似出复似处"的态度，及诗人所走的"中隐"的道路，毕竟是通达务实的后人可学可及的现实人生追求，因而为后世很多人所肯定和效仿。譬如北宋大诗人苏东坡兄弟，明末"公安三袁"(宗道、宏道、中道)兄弟都喜爱白氏旷达的处世态度和率真诗风。《唐宋诗醇》则褒誉之曰："胸中无罣碍，乃得此空明洒脱之境。"

　　正因为"中隐"观念在封建时代的宦海沉浮中，既不与污浊的官场同流合污，又不至于招致灭顶之灾，故白居易抒发"中隐"生活情趣的"闲适诗"倍受士人喜爱，广为流传。

春题湖上

　　本诗约于唐穆宗长庆四年(824)春作于杭州。白居易是长庆二年任杭州刺史的，任期三年，即所谓"翠黛不须留五马，皇恩只许住三年"(《西湖留别》)。他有很多诗是写杭州的，也是在杭州写的，尤其是三年任满前春日，写了好几首热爱和留恋杭州的诗，如："黄纸除书到，青宫诏命催，僧徒多怅望，宾从亦徘徊。"(《留天竺灵隐两寺》)"遥知兴未足，即被诏征还。"(《因严亭》)《正月十五日夜月》"无妨思帝里，不合厌杭州"，是虽欲回帝京，但也舍不得离开杭州。而"借问连宵直南省,何如尽日醉西湖"(《湖上醉中代诸妓寄严郎中》),则因爱杭州西湖而不愿意离开。直到这年五月杭州刺史任满"除太子右庶子",非回长安不可时,才有了"抛得杭州去"的思想,也才写了这首诗。综上所述,本诗作于长庆四年五月是可以定论的。

> 湖上春来似画图,乱峰围绕水平铺。
> 松排山面千重翠,月点波心一颗珠。
> 碧毯线头抽早稻,青罗裙带展新蒲。
> 未能抛得杭州去,一半勾留是此湖。

　　这首诗纯用白描手法,无一典故,无一僻字,绘出西湖之美。首句"湖上春"既指出地点,又点出时间;"画图"是诗人的感觉,又是西湖实景,也是全诗"诗眼","下五句皆实写画图中景"(《唐宋诗醇》)。关于西湖之美,白居易的《馀杭形胜》、《重题别东楼》,前者"馀杭形胜四方无,州傍青山县枕湖。绕郭荷花三十里,拂城松柏一千株"摹夏日景色;后者"湖卷衣裳白重叠,山张屏障绿参差"状秋天气象。本诗则写湖上之春。

　　湖上春来似画图,乱峰围绕水平铺——系目之所观:总体看"乱峰围绕水平铺",众多的群山环抱,围绕西湖,湖似"水平铺",有如"慢牵好向湖心去,恰似菱花镜上行"(《湖上招客送春汛舟》),湖水平平铺地,静谧美丽,是人们初看西湖的总体印象。以下四句分别细写:

　　松排山面千重翠——与"万株松树青山上"(《夜归》)异曲同工。比喻"乱峰"山上松树成排,层层相叠,"千重翠"色耸立入云。

　　月点波心一颗珠——在上句"远看"、"四周看"的基础上,是"近看"、"上下看"。诗人选取的是一个夜间的特殊镜头:月到中天,在波心呈现出像珠子般又圆又亮的形象。"点"字绝妙,同其另一首诗中"雁点青天字一行"(《江楼晚眺》)用法相同。"排"、"点"对仗,足见诗人锻字炼句之高超技巧。

　　碧毯线头抽早稻——写水足稻苗像有人抽一样向上长得很快。这里也是诗人在写他的政绩。长庆二年白居易到杭州任刺史,由于连年大旱,他发动百姓增筑钱塘湖堤,蓄水灌田千馀顷,即《别州民》诗所云"税重多贫户,农饥是旱田,唯留一湖水,与汝救凶年。"所谓"唯留一湖水",是写西湖堤外早稻,在水分充足的情况下,像毯子上的线头一样向上长得很快,早稻因堤成水足而丰收在望。

　　青罗裙带展新蒲——又由堤外回望湖边。"处处回头尽堪恋,就中难别是湖边"(《西湖留别》),为什么?因为湖边"青罗裙带展新蒲"。"蒲",草名,生长水边,有青、翠、绿、碧多种,叶细长似兰。这句是描写湖边新蒲正向湖中伸展,就如妇女青罗裙的飘带;叶青绿泛光泽像罗绮那样美丽可爱。

未能抛得杭州去,一半勾留是此湖——正因为前六句写西湖美如画,无处不可爱,所以才有此结句。"勾留",停留、留连,逗留不去。然而"皇恩只许住三年",除书、诏命,"勾留"不成,"未能抛得",还非"抛得"不可。去留之际,诗人写了许多诗表示对杭州的留恋,直到离杭回京路上,还作了《杭州回航》诗,诗曰"自别钱塘山水后,不多饮酒懒吟诗。"诗人对杭州西湖充满着爱怜之情,确有流连不忍离去之意。

全诗八句四韵,咏叹西湖春色之美,直抒诗人对西湖的爱慕流连深情。诗以"湖"字起结,"奇极"。"前解写山月之胜,后解写物色之胜,总写得'湖上春'三字。"(《古唐诗合解》)诗中无一美字,却处处是美的形象;无一恋字,而句句是恋的情愫。"松排"、"月点",栩栩如生,动态可见;"千重翠"、"一颗珠",比拟真切,对仗极工;"抽"、"展",形象生动,如见其"抽"而向上长,"展"而往前伸。"碧毯线头"二句物态新出;末二句赞叹万千,"以不舍意作结,而曰'一半勾留',言外正有馀情。"(《唐宋诗醇》)"一半勾留",湖未尝留人,而人自不能抛舍。"若说全被勾留,岂不是个游春郎君,不是白傅口中语矣。"千锤百炼,明白晓畅,正是白居易作为一个天才诗人接受我国民间文学优良传统的结果。诗人犹似丹青妙手,几笔勾勒挥洒,即绘出一幅西湖美景图——"乱峰围绕,春水平铺,山松叠翠,月点波心",稻田如碧毯,新蒲似罗裙。"月点波心一颗珠"更是神来千古绝笔,既写出明月之皎洁圆润,又写出微风不动、水波不兴的静谧景象,诚然"状难写之景如在目前。"所以,本诗不仅是白居易山水诗中的杰作,亦是历代描写西湖景色诗中的名篇。西湖十景中的"翠题春晓"、"平湖秋月"、"三潭印月"诸景观,似可从中找出相应的诗句。综观全诗,这首诗确如一幅画:它以"春"为背景,以"湖"为中心,描摹出一幅有山有水、有主次、有陪衬,对比强烈、衬染分明、层次清晰、色彩丰富、自然浑成的西湖春景图。

<h1 style="text-align:center">宿湖中</h1>

《宿湖中》即夜宿湖中。"湖",太湖。唐敬宗宝历元年(825),白居易54岁,三月四日除苏州刺史,五月五日到任。某秋日夜泛太湖,写了这首吟诵太湖的七言律诗。苏州,古称吴县,系吴郡治所。自楚汉之际置吴郡,历代多所改废。隋开皇九年(589)废吴郡,大业初又改吴州为吴郡,唐武德四年(621)改名苏州,天宝元年

(742)复为吴郡,乾元元年(758)又改苏州。由于历史的原因,白居易在苏州刺史任上所作诗文常常直称"吴郡"(《去年罢杭州今春领吴郡惭无善政聊写鄙怀兼寄三相公》等),故说此诗"为白氏守吴郡时夜泛太湖的作品"。

水天向晚碧沉沉,树影霞光重叠深。
浸月冷波千顷练,苞霜新橘万株金。
幸无案牍何妨醉,纵有笙歌不废吟。
十只画船何处宿,洞庭山脚太湖心。

太湖,在江苏省南部。古称震泽、具区、笠泽。由长江和钱塘江下游泥沙堰塞古海湾而成,"中国三大淡水湖"之一。湖中有数十个岛屿,最大的是洞庭西山。湖光山色,风景秀丽。沿湖盛产稻、麦和枇杷、柑橘等,素有"鱼米之乡"的称誉。

水大向晚碧沉沉,树影霞光重叠深。浸月冷波千顷练,苞霜新橘万珠金——描摹太湖秀丽风光,千顷碧波,万株柑橘,是一幅按时序展开的风景画。首联是向晚时初入太湖所见景色:烟波浩渺,水天一色;树影婆娑,晚霞万道。"向晚"是游湖的开始时间,此时湖水、蓝天依旧碧绿,随之渐渐暗淡下去,"碧"字缀以"沉沉",摹尽当时湖色变幻的景象。继以黄昏时刻,晚霞、树影交相重叠,彩笔难描,句尾着一"深"字,一箭双雕、一石二鸟,不只暗喻暮色之"深",而且暗示秋光之"深"。颔联是进入湖心所见景色:朗月升起,澄澈千顷;繁霜降临,新橘金黄。此刻皓月升空,银光满湖,千顷水面,如白色素练;新橘经霜,果实满枝,华光辉映,呈金色一片。迷人的湖光夜色,令人陶醉。

幸无案牍何妨醉,纵有笙歌不废吟。十只画船何处宿,洞庭山脚太湖心——抒写诗人纵情山水的广阔情怀。夜宿湖中,吟诵赋诗。颈联先交代此游的缘由,诗人趁公务闲暇,良宵美景,听歌赏舞,开怀畅饮。尾联写诗人流连忘返,夜宿湖上,照应题目,点明题旨。末句使人觉得意犹未尽,馀韵不绝,不尽之意在诗外。

《宿湖中》前四句写景,后四句抒情。写夜泛太湖,烟波壮阔,比之于描写西湖,又自不同,表现了诗人高超的写实手法和艺术技巧。全诗写景记事兼备,结构相当完整。尤其是写景部分浓墨重彩、气象阔大,描绘向晚至黄昏、夜宿至天明景色的变幻,突出了碧、红、白、黄的色调变化,那千顷白练、万树金黄,不同于西湖早莺争暖树、新燕啄春泥,更使人赏心悦目、开阔眼界。尾联"十只画船何处宿?洞庭山脚太湖心"。如《瓯北诗话》所云:"香山出身贫寒,故易于知足……俱不觉沾沾自喜，鸣其得意。"含不尽之意在言外。"十只画船"何所用？不妨引其《泛太湖书事寄微之》"玉杯浅酌巡初匝，金管徐吹曲未终"作一补充。当时游赏挟妓是官宦的常事，白居易"追历守杭、苏，无处不挟妓出游，李娟、张态、商玲珑、谢好、陈笼、沈平、心奴、胡容等，见于吟咏者，不一而足。"游虎丘"摇曳双红旆，娉婷十翠娥"（《夜游西武丘寺八韵》）句下亦注有"容、满、蝉、态等十妓从游也。"《宿湖中》未具体写到"十只画船"所载何人，故给读者留下想象的馀地。

天津桥

大约是大和六、七年（832—833）诗人任河南尹时所作。"天津桥"：即诗中之"津桥"。东都洛阳，洛水从西面流经上阳宫南，流到皇城端门外，分为三道，上各架桥，南为星津桥，中为天津桥，北为黄道桥。开元年间，改修天津桥，星津桥毁，二桥合而为一。

> 津桥东北斗亭西，到此令人诗思迷。
> 眉月晚生神女浦，脸波春傍窈娘堤。
> 柳丝袅袅风缲出，草缕茸茸雨剪齐。
> 报道前驱少呼喝，恐惊黄鸟不成啼。

题作《天津桥》，看似写景，直到末联才知道诗人的"醉翁之意"。

津桥东北斗亭西，到此令人诗思迷——起联，出句发语即照应题目，点明地址。"津桥东北斗亭西"发生什么事啦？"到此令人诗思迷。"原来这里风光旖旎、诗情画意，使人迷惘而不知所措。"斗亭"：在洛水通远渠分流处，设有控制蓄泄水量的斗门，上置桥，桥上有亭，即斗门亭。桥东北斗亭西，当时是景物极佳的游赏之地。接着两联写景物之美。

眉月晚生神女浦，脸波春傍窈娘堤——颔联，以美女喻景物。"眉月"、"脸(jiǎn)波"指代人。新月初生一弯似眉，而称眉月；"神女浦"，据顾肇仓、周汝昌先生说，上阳宫西有神都苑，苑中有洛浦亭，隋杨广所筑，其苑地当洛、谷二水汇流处，依义可称浦，疑即神女浦。"脸波"，即眼波。"目下颊上"为脸，唐宋诗词文人直接用以为眼睛。白居易的另一句诗"睡脸初开似剪波"，波指美目顾盼光彩流动，似水波一般澄澈。脸读作"敛"，作"面"解，是后起的用法。月似蛾眉，水如美目，又同"神女浦"、"窈娘堤"名称相关合。"窈娘堤"，元微之诗有"窈娘堤抱古天津"之句。"窈娘，唐武则天时左司郎中乔知之婢，因貌美善歌，为武承嗣所强占。知之愤而成病，作《绿珠篇》以讽。窈娘得诗，遂悲痛自尽(见《新唐书·外戚传》及孟棨《本事诗·情感》)。后借以指美女。

柳丝袅袅风缲出，草缕茸茸雨剪齐——腹联，由上联写月、写水，到写水边柳、岸上草。诗人巧妙地设比，以柳丝代柳条，坐实"丝"字，想象这袅袅柳丝是春风缲出吹绿的；以春草如缕，坐实"缕"字，想象这茸茸草缕是春雨剪裁齐整的。一缕春风，一场春雨，嫩柳飘拂，芳草如茵。使人不禁想起写景名句"春风又绿江南岸"，"草色青青柳色黄"、"柳絮池塘淡淡风"……

报道前驱少呼喝，恐惊黄鸟不成啼——末联，是诗人的感慨。"报道"：告诉，命令。"前驱"：古代官贵出行骑马坐轿，前有仪仗队开道，随侍人役"喝道"，驱赶行人避开行路。下文的"呼喝"即此。"恐惊"，恐怕惊吓。"黄鸟"，古诗中黄鸟何指，其说不一。这里则是指"黄莺"。"不成啼"，啼叫不成声。

《天津桥》看似写景，意蕴深含。"报道前驱少呼喝"足以看出诗人心内深处的块垒。白居易所表现的情感，在比喻、在用典、在含蓄中，深含内蕴，意脉不露。以景衬情，却"情异于景"，直到尾联才流露出来。因此，这首诗对后代诗人产生了很大影响。

宋人诗话中对《天津桥》有好几处评价。吴聿说："乐天云：'眉月……'涪翁(黄庭坚晚号)用此意作《渔父词》云：'新妇矶边眉黛愁，女儿浦口眼波秋。'"(《观林诗话》)黄彻说："乐天云：'报道……'坡云：'鬓丝只好对禅榻，湖亭不用张旌旗。'蔡君谟云：'因傍低松却飞盖，为闻山鸟辍鸣驺。'若俗士，正务以此夸张俗眼，又岂识数公意！"(《碧溪诗话》)

同李十一醉忆元九

元和四年(809)作于长安。当年元稹以监察御史于三月七日离开长安，往东川(今四川三台县，唐代为东川节度使所在地)奉使审案。元稹走后，诗人同弟弟白行简与李建三人游曲江、慈恩寺，后到李建家饮酒。饮酒时记挂好友元稹赴川行程，作了这首诗。"李十一"，即李建，字杓直。唐人喜欢以行第相称，因李建排行第十一，故称李十一；元稹排行第九，故称元九。因饮酒时计算元稹行程，想必今日已经到达梁州。元稹如期到达梁州汉川驿后，梦见同诗人一道春游曲江，而且作了《梁州梦》诗及序，记述梦中事。白行简《三梦记》及孟棨《本事诗》均有记述。白居易同元稹，政治上志同道合，诗歌上共称"元白"。二人友情颇深，患难与共，相互唱和诗很多,本诗仅是个中之一,且是刚刚分别四、五天,并于同一日赋诗相忆念。

> 花时同醉破春愁,醉折花枝作酒筹。
> 忽忆故人天际去,计程今日到梁州。

这首诗是白居易曲江春游、而好友元稹刚刚离去之际,"即景生情,因事起意"之作。

花时同醉破春愁——又作"春来无计破春愁"。据当时白行简《三梦记》所记,此说应当是正确可信的。而《白氏长庆集》却作"花时同醉破春愁"。其实旧时因印刷落后和传抄之故,以及作者自己事后推敲改易,出现舛误、异文是正常现象。但就本诗而言,事出有因,笔者很赞成陈邦炎先生的说法,行简所记乃初稿原字句,《白氏长庆集》所录则是最后定稿。改"春来无计"为"花时同醉",在章法上更合理,在承转上更贴切。律诗讲究起承转合,首句"起",次句"承",三句"转",末句"合"。

醉折花枝作酒筹——"酒筹"是饮酒行令时所用的筹码。在首句与次句关系上,改后"花时同醉"与"醉折花枝"二句承接得更紧密,在上下两句中"花"字与"醉"字重复颠倒使用,更有相映成趣之妙。

忽忆故人天际去——就首句与第三句的关系而言,"春愁"原是"忆故人"的伏笔,若首句一开始就说"无计破春愁",到第三句将无法显示转折。如此一改动,先说春愁已因花时同醉而破,而后在第三句中用"忽忆"两字陡然一转,才见波澜起伏之美,从而跌出全诗的风神。

计程今日到梁州——"梁州"又作"凉州",显然是错误的。在唐代,凉州指甘肃西部一带,而梁州则指陕西南部一带。当时元稹往东川,陕西乃必经之路,不可能绕道甘肃,否则也不可能按本诗、白行简记所说的日期按时抵达,故应作"梁州",况《才调集》卷五也作"梁州"。"计程"由转句"忽忆"而来,是"忆"的深化,主要体现着情意的表达。按常理,故人或亲人别后,居者总是不断忆念,常常会计算此时是正在途中某处或此时已到达目的地。"今日到梁州",诗人意念所及,深情所注,即席拈来,信手写出这句,非常符合实际和常情,给人以极其真切之感。

诗人在短短的一首诗中,对朋友元稹行程的计算是非常准确的。他写这首诗时,元稹正在梁州,同时写了一首《梁州梦》并序。诗曰:"梦君同绕曲江头,也向慈恩院院游。亭吏呼人排马去,忽惊身在古梁州。"序谓"是夜宿汉川驿,梦与杓直、乐天同游曲江,兼入慈恩寺诸院;倏然而寤,则递乘及阶,邮使已传呼报晓矣。"白行简《三梦记》所记白诗已如上述,所记元稹《梁州梦》亦略有不同,但所记日期、事实悉同,并说:"日月与游寺日月率同。盖所谓此有所为而彼梦之者矣。"《本事诗》也有"……千里神交,合若符契。友朋之道,不期至欤!"的记述。

总之,这首诗"前二句以近者言,后二句以远者言,此诗家之远近格。"(《唐诗绝句类选》)诗人即席拈来,不事雕饰,"意浅情深"、"情文相生"(《删订唐诗解》),以极其朴素浅显的语言,表达了极其真挚亲切之情谊。

白诗、元诗,一写于长安,一写于梁州;一写居者之忆,一写行人之思;一写真事,一写梦境,诗中所述"合若符契"。两诗写于同一天,押的同一韵;两情"千里神交",异地同思,相互感应,无论是内容之感人、艺术之魅力,无不给人以真与美的享受。尤其是在文字结构上,首二句写"与李十一花时同醉,借解春愁,以花枝作酒筹,想见其风趣",后两句写"我辈欢娱,而故人行役,遥记征程辛苦,计此日可抵梁州。非特临筋怀远,其平日之抢指征程,关心驿路,可知矣"(《诗境浅说续编》)。同元稹的《梁州梦》一样,如实写来,既未渲染,又未雕琢,无限相思,一片真情,全在其中。

在语词运用上,虽朴素、浅显,但"语尚真率,然浅而不俚,方是妙境,此诗得之"(《唐诗解》)。所谓"元轻白俗",但如"此诗浅而较真,犹胜填词一格"(《增定评注唐诗正声》)。这正是白居易诗"老妪可解"的最大特色。

杨柳枝词八首(选四)

此诗约大和末年(833—835)再官太子宾客分司时在东都洛阳作。"杨柳枝",宋王灼《碧鸡漫志》载:"《杨柳枝》,《鉴戒录》云:'《柳枝》歌,亡隋之曲也。'前辈诗云:'万里长江一旦开,岸边杨柳几千栽。锦帆未落干戈起,惆怅龙舟更不回。'……则知隋有此曲,传至开元。《乐府杂录》云:'白傅作《杨柳枝》。'予考乐天晚年,与刘梦得唱和此曲词,……又作《杨柳枝二十韵》……注云:'洛下新声也。'刘梦得亦云:'请君莫奏前朝曲,听唱新翻《杨柳枝》。'盖后来始变新声,而所谓乐天作《杨柳枝》者,称其别创词也。"之外,还有《杨柳枝词》:"一树春风千万枝,嫩于金色软于丝。永丰西角荒园里,尽日无人属阿谁?"《杨柳枝》本为唐教坊曲名。歌词形式如"一树春风千万枝",系七言绝句,此题专用以咏柳。

其 一

六幺水调家家唱,白雪梅花处处吹。

古歌旧曲君休听，听取新翻杨柳枝。

六幺水调家家唱，白雪梅花处处吹——《六幺》《水调》《白雪》《梅花》均系曲调名称。《六幺》：一名"绿腰"，又名"乐世"、"录要"，是当时流行于京城的琵琶曲名。元微之《琵琶歌》有"曲名《无限》知者鲜，《霓裳羽衣》偏婉转；《凉州大遍》最豪嘈，《六幺散序》多笼撚。"《水调》：系一种音调的总名称，后来依之所制的曲子即称《水调歌》。唐代又出现《新水调》。诗人有《听水调》诗："五言一遍最殷勤，调少情多似有因。不会当时翻曲意，此声肠断为何人？"据记载："水调第五遍，五言，调声最愁苦。"此曲共有十一叠(又称"遍"或"段")，前五叠为歌，其他为"入破"。《白雪》：本是古典名曲，唐高宗曾以其自作的雪诗《白雪》作曲辞，又有吕才所制《白雪》琴曲。《梅花》：即《梅花落》，本为笛曲，唐代大角曲有《大梅花》、《小梅花》诸曲名。

古歌旧曲君休听，听取新翻杨柳枝——上述均系当时最流行的古旧曲。所以第三句说"古歌旧曲君休听"。那么，听什么呢？第四句作了回答。"新翻杨柳枝"：即新创作的《杨柳枝》曲调。刘禹锡有"请君莫奏前朝曲，听唱新翻《杨柳枝》。"都是七言四句诗的形式，但音节和绝句不完全相同。这些曲词多为名实相符的咏杨柳之作。

其　二

陶令门前四五树，亚夫营里百千条。
何似东都正二月，黄金枝映洛阳桥。

陶令门前四五树，亚夫营里百千条——"陶令"：晋陶渊明，曾官彭泽县令，故称"陶令"。"门前四五树"，源于陶氏《五柳先生传》"宅边有五柳树，因以为号焉"的故实。"亚夫"：汉周亚夫，为绛侯周勃之子，文帝时匈奴入侵，乃使刘礼、徐厉、亚夫三将军分别驻霸上、棘门、细柳。文帝亲赴诸营犒赏军队，到刘礼的霸上、徐厉的棘门，随行人等径直驰入，如入无人之境；但到周亚夫驻的细柳营时，军士戒备极严，没有将军命令，任何人也不许进入；皇帝只得以符节传命，才准放行。皇帝进入大营，亚夫持兵器揖而不拜，只以军礼相见。文帝出军门后叹赏道："嗟乎，此真将军矣！曩者霸上、棘门军，若儿戏耳，其将固可袭而虏也！至于亚夫，可得而犯耶？"(《史记·绛侯世家》)"细柳"，本名细柳仓，在陕西咸阳西南二十里。

此时已不一定与柳树有关系,而后世诗人多用为咏柳的典故。

何似东都正二月,黄金枝映洛阳桥——"何似",这里不作"岂如"或"哪里像"解,而是把两种事物并举相比予以品评比较。"东都",唐代称洛阳为东都。第四句"黄金枝"特指正二月间的杨柳刚发芽的浅绿嫩黄枝条。"洛阳桥",专指洛阳皇城端门南之天津桥。《两京记》:"自端门至定鼎门,七里一百三十七步,隋时种樱桃、石榴、榆、柳,中辟御道,通泉流渠。今杂植槐柳等树两行。"白氏的《天津桥》诗有"柳丝袅袅风缲出",就是咏桥边之柳。

其 三

依依袅袅复青青,勾引清风无限情。
白雪花繁空扑地,绿丝条弱不胜莺。

依依袅袅复青青,勾引清风无限情——"依依"、"袅袅"、"青青"三个重叠联绵词,将春柳娇柔、轻盈、青嫩的飘拂之态活画出来。那婀娜多姿,确然"勾引"了"清风无限情。"将柳条人格化。

白雪花繁空扑地,绿丝条弱不胜莺——"白雪花繁",形容飘飘升浮的杨花、柳絮;"绿丝条弱"描摹杨柳枝条如丝一般柔嫩娇弱,"不胜莺"——连一只黄莺儿落在枝条上也禁不住,足见枝条之柔弱!"胜",应读平声,犹"任"、"堪"之意;"不胜"即"不堪"、"不任"、"难当"也。

其 四

红板江桥青酒旗,馆娃宫暖日斜时。
可怜雨歇东风定,万树千条各自垂。

红板江桥青酒旗,馆娃宫暖日斜时——"红板江桥":苏州系水乡,水多桥多,且当时多为木板桥,涂以红色。诗人居苏州刺史任多年,在另一首诗中写到"红栏三百九十桥",足见当时水乡木桥之多。"青酒旗":《容斋随笔》记载,当时酒旗也叫酒帘,即张挂在酒店门口的望子,当时多以青色布制作,到宋代还有以青白两色布做酒旗的。"馆娃宫":古代吴宫名。本吴王夫差为西施所造。在今苏州西南灵岩山上,灵岩寺即其旧址。历代诗人多写到馆娃宫,如左太冲的《吴都赋》、李太白的《西施》、唐伯虎的〔江南春〕《次倪元镇韵》等。白氏本诗其五亦有"苏州杨柳任君夸,更有钱塘胜馆娃"之句。

可怜雨歇东风定，万树千条各自垂——"可怜"：犹可爱之意。把红板江桥青酒旗及馆娃宫前，雨歇风定之后，杨柳枝条雨后垂下的状貌描绘得如在目前。

这里选解的是第一、二、三、四首。一、二首多使用典故，重在渲染氛围和环境；三、四首重于摹写描绘，重在摹画优雅的景色。诗人运用渲染、衬托、描摹、比拟、勾勒、重叠种种修辞手法，尤其是吸收民间曲辞、民歌的平易、浅显、明白、晓畅的优点，使曲辞优美动听、琅琅上口。历代诗评、诗论家都给予很高的评价："此曲(指其一)拍无过六字者，故曰'六幺'。"(《碧鸡漫志》)"刘禹锡云：'金谷园中莺乱啼，铜驼陌上好风吹。城东桃李须臾尽，争似垂杨无限时。'张祜云：'凝碧池边敛翠眉，景阳楼下缩青丝。那胜妃子朝元阁，玉手和烟弄一枝。'薛能云：'和风烟树九重城，夹路春阴十万营。惟向边头不堪望，一株憔悴少人行。'三诗皆仿白(指其二)。"《唐人绝句精华》云："诗人作《柳枝词》多有寓意，非纯粹咏物也。此二首(指其三、其四)前首讥之，后首怜之也。前首(指其三)首二句写其得意之态，后二句则讥其无可贵处。后首(指其四)以红板桥比卑微者，馆娃宫比尊贵者。末二句见盛时一过，则同样无聊，故皆可怜也。于此知白居易盖有庄子'齐物'之思想。"

唐诗人薛能有《柳枝词》五首，末篇说："刘白苏台总近时……未有侬家一首诗。"自注云："刘白二尚书继为苏州刺史，皆赋《杨柳枝》词，也多传唱，虽有才语，但文字太僻，宫商不高耳。"《容斋随笔》批评薛能"格调不能高，而妄自尊大……大言如此；但稍推杜陵，视刘、白以下蔑如也。今读其诗正堪一笑。"且认为白诗"红板江桥……""其风流气概，(薛能)岂能所仿佛哉！"有的评论还认为"(其四)可怜雨歇……""无意求工，自成绝调。"(《初白庵诗评》)"(其三)咏杨柳未有不咏其舞风者，此独以风定着笔，另一种风致。只写景，不入情，情自无限。"(《唐诗摘钞》)"(其四)于闲冷处传神，情味悠然。"(《唐人万首绝句选评》)

浪淘沙

白居易写有《浪淘沙》六首，这里选的是第四首。属于诗人晚期诗作。《浪淘沙》属唐教坊曲名，《乐府诗集》列入"近代曲辞"。刘禹锡也有此题诗作。五代、北宋之际，诗人沿用此名另制新体，已成词牌名之一。唐人多以七言绝句入曲。直到南唐李后主才把它演为词牌，双调五十四字。宋人在字数上略有增减。词牌〔浪淘沙〕同这首《浪淘沙》诗是不同文学体裁，不能混为一谈。

借问江潮与海水，何似君情与妾心，

相恨不如潮有信，相思始觉海非深。

新解

借问江潮与海水，何似君情与妾心——诗以闺妇的口吻，连用比喻：以"江潮"喻"君情"，以"海水"喻"妾心"。"江潮"是有信的，潮涨、潮落也有一定的规律；"海水"是极深的，深到不可见底。闺妇希望君心像潮水一样讲"信用"，该回来时就回来；而闺妇对丈夫的情深似海，"君情"与"妾心"冠以"何似"（哪里像），使比喻别有一番新意在其中。

相恨不如潮有信，相思始觉海非深——笔锋陡然，使全诗波澜迭起。"相恨不如潮有信"，闺妇久盼不见夫归，君情无信，怎能不恨丈夫不如潮有信；"相思始觉海非深"，闺妇之"恨"，是由爱而生恨，恨而爱弥坚，恨而相思更甚，这才开始感到海水其实并不深，她的相思更比海水深。比白居易早生24年、先逝17年的诗人李益也写过一首《江南曲》诗，诗曰："嫁得瞿唐贾，朝朝误妾期；早知潮有信，嫁与弄潮儿。"白诗中"江潮"、"潮有信"即取李诗之意，但在用法上和意蕴上别出新意。这样一来，闺妇较之"瞿唐贾妾"，相思之情显得更深长、更迫切，也更感人。在用法上的别出新意，使全诗的意境更深邃。

新评

这首诗巧妙地运用比喻手法，翻用李益诗意，别出心裁，在短短二十八字中把一个闺妇思夫的深切相思之情，写得婉转曲折、生动感人！在郭茂倩编辑的《乐府诗集》所收录的同代诗人同题七绝中（刘禹锡九首、皇甫松二首、白居易六首），这一首是具有代表性的一篇，也是脍炙人口的描写爱情的名篇。

忆江南三首

题解

《忆江南三首》，是白居易晚年在洛阳所创作。题下小注："此曲亦名《谢秋娘》，每首五句。""忆江南"，《乐府诗集》云："一曰《望江南》。《乐府杂录》曰：'《望江南》本名《谢秋娘》，李德裕镇浙西为妾谢秋娘所制，后改为《望江南》。'"并列入"近代曲辞"。到晚唐、五代之际，成为词体。《忆江南》最早见于《教坊记》，是曲调名之一。此依"忆江南"曲调的音节所作。

江南好，风景旧曾谙：
日出江花红胜火，春来江水绿如蓝。

能不忆江南？

江南忆，最忆是杭州：
山寺月中寻桂子，郡亭枕上看潮头。
何日更重游？

江南忆，其次忆吴宫：
吴酒一杯春竹叶，吴娃双舞醉芙蓉。
早晚复相逢？

　　江南好，风景旧曾谙：日出江花红胜火，春来江水绿如蓝。能不忆江南——其一，首两句突兀而来："江南好，风景旧曾谙"。谙，谙熟、熟悉。白居易曾官杭州、苏州和江州，所以对江南十分熟悉。"日出"二句具体描述"旧曾谙"的优美江南风景，而只选择了"日出江花"、"春来江水"两个有代表性的事物。春日东升映照江面一片红，春天到来江水因环境变幻似绿又蓝，这是江南特有的风光。"绿如蓝"，蓝作为蓼科植物，叶可制青绿染料。此指深绿色。《荀子》："青出之于蓝，而胜于蓝。"据说蓝有三种——"蓼蓝，染绿；大蓝，如芥，浅碧；槐蓝，如槐，染青。"（参见《通志》）。"如"、"胜"对举互义。"如"古义同"似"，有"胜过"之意，犹"强如"、"强似"。

　　江南忆，最忆是杭州：山寺月中寻桂子，郡亭枕上看潮头。何日更重游——其二，承上"能不忆江南"，"忆"什么？"最忆是杭州。"诗人在几首诗的自注中对"桂子"作过说明："旧说杭州天竺寺每岁秋中有月桂子堕"（《东城桂》）；"天竺尝有月中桂子落"（《留题天竺、灵隐两寺》）。诗人宋之问也有"桂子月中落，天香云外飘"的诗句。月中落桂子，自系神话传说。《南部新书》所说"杭州灵隐寺多桂，寺僧曰：'此月中种也。'至今中秋望夜，往往子坠，寺僧亦尝拾得。"足以说明是僧人自神其说、自炫其寺而已。"郡亭"，指杭州署衙内花园亭子，古代州郡衙署里均有花园谓之"郡囿"。浙江流到杭州城东南称钱塘江，"钱塘观潮"至今闻名中外，每年八月中秋人山人海争相观潮，即"看潮头"。钱塘潮奇观，诗人是终生难忘的，自然有"何日更重游"的企盼。

　　江南忆，其次忆吴宫：吴酒一杯春竹叶，吴娃双舞醉芙蓉。早晚复相逢——其三，"吴宫"指代苏州。春秋时吴都苏州，吴王夫差在苏州西南灵岩山为西施建造"馆娃宫"，故有"吴宫"之称。"竹叶"，系酒名。"苍梧竹叶清，宜城九酝醝"（张华诗句）、"三杯竹叶酒"（庾信诗句）均指此酒，但非吴地所产，诗中仅代指酒而已。

"春",春季;当时许多名酒以"春"字为名,妙语双关。"吴娃",与"馆娃宫"的"娃"同义,指美女。"醉芙蓉",《杜阳杂编》曰:"宝历二年浙东贡舞女二人,一曰飞鸾,一曰轻凤,每歌舞罢,上令内人藏之金屋宝帐,恐风日所侵故也。宫中语曰:'宝帐香重重,一双红芙蓉。'""芙蓉"冠以"醉"字,极写舞伎之俊美。正因为美,所以盼望"早晚复相逢"。"早晚",犹"何时",至今南方口语尚有"多早晚"的说法。

【新评】

《忆江南》是诗是词,历代论者虽乏具体述说,但就《忆江南三首》、《忆江南词三首》题名即可见其一斑。可以断言,《忆江南》是由诗而词的过渡形式。尽管只有三首,但这实属创举,施蛰存先生认为,是白居易晚年创造的新体诗,采用三、五、七杂言,使诗的音调更易于谱曲歌唱。到唐末,这种诗被称为"长短句",还属于歌行中的一种新体,很快就与温庭筠的〔菩萨蛮〕、刘禹锡的〔竹枝词〕、韩偓的〔生查子〕一起,被名为"曲子词",成为一种文学类型,即宋朝"一代之文学"——词。于是,〔忆江南〕由《教坊记》中的曲调名成为句法形式固定的词调名。

此后,唐代的新歌曲名,就像乐府古题一样,广为诗人所采用,但无须顾及这首歌曲的原始内容。如刘禹锡和《忆江南》格调所作《春词》以及与《忆江南》同题的词,内容并非忆念江南。曲调名只不过仅仅代表一种特定句式体裁的名词,经过晚唐五代而北宋,在词这种新的文学体裁发展完善时被确定下来。

与梦得沽酒闲饮且约后期

【题解】

本诗于唐文宗开成三年(838)以太子少傅分司东都洛阳时作。时诗人已六十七岁。"梦得",刘禹锡字,时为太子宾客,与白居易同在洛阳。太子少傅,太子宾客,均属闲职。二人为挚友。诗人作《醉吟先生传》自云:"性嗜酒,耽琴,淫诗。凡酒徒、琴侣、诗客,多与游。游之外,栖心释氏,通学小中大乘法。与嵩山僧如满为空门友,平泉客韦楚为山水友,彭城刘梦得为诗友,安定皇甫朗之为酒友。……""沽酒",买酒。"约",相约。"期",约会之期。

少时犹不忧生计,老后谁能惜酒钱?
共把十千沽一斗,相看七十欠三年。
闲征雅令穷经史,醉听清吟胜管弦。
更待菊黄家酝熟,共君一醉一陶然。

题中作"闲饮",其实个中包含着极其复杂的情感和心境。

少时犹不忧生计,老后谁能惜酒钱?共把十千沽一斗,相看七十欠三年——写朋友聚饮。既有"不忧生计"的兴奋,又有"不惜酒钱"的豪放;既有共同把盏的欢快,又有相看不服老的精神。然而共同赋闲、遭冷遇的感情,充溢在字里行间;政治抱负与沧桑之感,乃至世情冷暖隐含其中,大有不堪回首之叹!这就是由"少时"到"老后",回顾生平的感慨。"共把",承上启下,是忧是喜,亦忧亦喜,神态逼真,情感微妙!正是方东树《昭昧詹言》卷一八所云:"起得突兀老气,挥斥奇警,可比杜公。妙在第四句,自外来招之人伴,而融洽成一片,故妙。后半平衍而已,却本色。""十千沽一斗",十千钱买斗酒。"斗",系古代量酒器具,曹子建《名都篇》"美酒斗十千。"王维《少年行》"新丰美酒斗十千。"言其酒美价贵。"相看",谓两人同庚(岁)。白居易同年正月所写《新岁赠梦得》诗有"与君同甲子",即六十七岁;三年之后《偶吟自慰兼呈梦得》诗题下自注:"予与梦得甲子同,今俱七十。"

闲征雅令穷经史,醉听清吟胜管弦。更待菊黄家酝熟,共君一醉一陶然——"闲征"二句具体写题中所说"闲饮"的过程,着重于行酒令、听清吟的细节描写。尾联照应题中"约后期",酒还未喝尽,又相约来日,于是把正在进行的聚饮推向未来,着一"更"字,拓出友情、诗情,"更上一层楼"的境界。"闲征雅令",指引经据典择出优美文句以行酒令。"闲",看似闲而实未闲,二人借行酒令怡情养性是假;"醉",似醉非醉,二人聆听清吟排遣愁闷才是真。确如有的赏析者所说的"虽有高芳雅洁的情怀、匡时救世的志向和满腹经纶的才学,却只能引经据史,行行酒令,虚掷时光"。而醉只能醉人,不能醉心;丝竹管弦动听,"却无法像知己的'清吟'那样奏出心灵的乐章,引起感情上的共鸣"。诗人把"闲征"、"醉听"的旨趣写足,把内心抑郁的愁闷释放得淋漓尽致。尾联写此番"闲饮"、"醉听",意犹未尽,于是相期于重阳佳节,再来痛饮家酿的菊花酒。结句"共君一醉一陶然",真的"陶然"(快乐、快活)吗?个中既有挚友的深情厚谊,又隐含着壮志难酬的愁闷哀叹。在酒醉中希求"陶然"和超脱,只能是愁更愁,其本身就是一种更难排遣的痛苦。"穷",用作动词,穷尽,犹广征博引;"听",读去声。

白居易有"空门友"、"山水友"、"诗友"、"酒友"。其《醉吟先生传》称刘梦得为"诗友",其实既是"诗友"、又是"酒友"、"山水友",三者兼而有之。二人唱和很多,还如《新岁赠梦得》、《偶吟自慰兼呈梦得》、《与梦得同登栖灵塔》、《和刘郎中学士题集贤阁》、《和刘郎中曲江春望见示》、《酬梦得秋夕不寐见寄》、《答梦得闻蝉见寄》《答梦得八月十五日夜玩月见寄》等等。白刘二人关切民生疾苦,关心朝政,敢于直言极谏,做到了"达则兼济天下",但"穷则"并非"独善其身",在大量诗作中旁敲侧击、婉言讽喻,为朝廷出谋划策,为百姓上书请命。

全诗"诗境自然,不假雕镂,而写来总异凡俗"(《唐诗笺注》)。写"闲饮",却蕴含着身世之感。发句起得突兀奇绝,次句以"老后"相对;三句写沽酒,四句又嵌入年龄;从看似"闲饮",到推及人生;从今日共饮、行令、清吟,到相约后期,言简意赅,语淡情深,赋体格律而不嫌板滞,颇见诗人的艺术功力。

春尽日宴罢感事独吟

题下原注:"开成五年三月三十日作。""开成",唐文宗李昂年号。开成五年,即公元840年。"春尽日",由于三月三十日是三月的最后一日,俗谓之"月尽"。又是阳春三月春天的最后一天,故说春尽日,亦即发句所说"五年三月今朝尽"。时诗人已六十九岁。"感事",有感于事,即元方回说:"为病风痹遣二妾,故有是作。"(《瀛奎律髓》卷四四)全诗表现了诗人对歌女樊素的深切怀念之情。

> 五年三月今朝尽,客散筵空独掩扉。
> 病共乐天相伴住,春随樊子一时归!
> 闲听莺语移时立,思逐杨花触处飞。
> 金带缒腰衫委地,年年衰瘦不胜衣。

五年三月今朝尽,客散筵空独掩扉——首联,出句照应题目,点明时间;对句写客走席空我独自把门关上。"掩扉",关门。

病共乐天相伴住,春随樊子一时归——颔联,写病魔缠身,同自己相伴而住;春色相随,与樊素归去不返。时白乐天年届古稀,病重体衰,《病中诗十五首序》云:"开成己未岁,余蒲柳之年,六十有八。冬十月甲寅旦,始得风痹之疾:体瘰目眩,左足不支,盖老病相乘时而至耳……"第一首《初病风》也说:"六十八衰翁,乘衰百疾攻。""肘痹宜生柳,头旋居转蓬。"从前一年冬十月始病,到今年(五年)三月春暖阳生,病转轻,能够拄着拐杖行走。"樊子",即白氏家妓樊素,有的版本即作"春随樊素一时归"。白居易的文章《不能忘情吟序》云:"妓有樊素者,年二十馀,绰绰有歌舞态,善唱《杨枝》,人多以曲名名之,由是名闻洛下。籍在经费中,将放之……素闻马嘶,惨然立且拜,婉娈有辞。辞毕涕下。予闻素言,亦憨默不能对。"

闲听莺语移时立,思逐杨花触处飞——颈联,写诗人放樊素鬻骆马后的无比思念之情。以物喻人,因物思人。闲听莺歌入神良久地站着,思念追逐着飘舞的杨花到处飞转。"移时",即历时;"立",站立。杜子美有"何处莺啼切,移时独未休"(《上牛头寺》)"触处",犹言随时、随处。李义山有"过水穿楼触处明,藏人带树远含清。"(《月诗》)古诗中"莺语"、"杨花"均象征春色,这里则因樊素善歌《杨柳枝》,人以杨枝呼之。"听莺语"、"逐杨花"即喻樊素,是诗人对樊素的思念与寻觅。

金带緅腰衫委地,年年衰瘦不胜衣——尾联,写自己腰带日趋变松,衣服也渐渐变宽拖在地上,年复一年身体越来越消瘦连衣衫都撑不起来了。"緅"(zhuì),本是用绳子拴系而下垂。这里"緅腰"是说因人消瘦腰带向下松滑。"委地"是说因人消瘦衣衫拖在地下。由于人瘦了,自必腰带松弛、衣衫变大。

白氏爱妓樊素妙龄多姿,能歌善舞,人称"杨柳"。白氏在《别柳枝》诗中说:"两枝杨柳小楼中,袅娜多年伴醉翁。"多年相伴,感情深厚,后因年老多病被遣去,白氏写了好几首追慕思念的诗,此其中之一首。本诗题中有"感事"二字,即有感于是。诗中写家宴才散,当然会想起樊素。樊氏号"杨柳",歌喉似莺啭,诗人用"莺语"、"杨花",尤其是"听莺语"、"逐杨花",都是对樊素的思念。对"莺语"、"杨花"的爱恋入迷情态,正是融情入景,因景思人。《唐宋诗醇》卷二六"未免有情,谁能遣此? 然亦不堪回想矣。"或比或喻,或明或隐,字字句句都表现了诗人那深切诚挚的思念!

览卢子蒙侍御旧诗多与微之唱和感今伤昔因赠子蒙题于卷后

这首诗大约作于唐文宗开成五年(840)或唐武宗会昌元年(841)。此时元稹(字微之)已去世十年了(大和五年即831年七月二十二日卒,年仅五十三岁)。"卢子蒙",白居易晚年与"香山九老"之一的卢子蒙交往密切,元稹生前与卢子蒙唱和诗多。诗人浏览卢氏旧诗,看到元稹与卢的唱和诗,感今伤昔,写了这首诗,赠给子蒙,写在其旧诗卷后。

早闻元九咏君诗,恨与卢君相识迟。
今日逢君开旧卷,卷中多道赠微之。

181

相看掩泪情难说，别有伤心事岂知？

闻道咸阳坟上树，已抽三丈白杨枝。

这首诗可以说是诗人笔蘸浓墨、和着热泪所写，题在卢子蒙侍御旧诗卷后，是一首赠诗。

早闻元九咏君诗，恨与卢君相识迟——首联，写早就听说元稹与你的唱和诗，只恨同你相识太迟了。大有相识相见恨晚之叹！"早"与"恨"前置，突出了相识恨晚。"君"字两用，表示敬畏。"早"，一作"昔"。

今日逢君开旧卷，卷中多道赠微之——颔联，写今天遇到你，翻览你的旧诗，才知道很多是赠给元稹的。"旧卷"，旧诗卷；"多道"，多是写给……。三用"君"字。在叙事之中，笔锋陡转，忆及元微之，为下句抒情蓄势。

相看掩泪情难说，别有伤心事岂知——颈联，转入抒情，两位老朋友泪眼"相看"，那瞬间老泪纵横的神态立即浮现目前，其情难言，而且该说什么呢？"此时无声胜有声"！从情感上撕心裂肺，从结构上神完气足。"掩泪"，一作"泪眼"。

闻道咸阳坟上树，已抽三丈白杨枝——尾联，宕开一笔，转换空间，死者已矣，生者悼之，用"闻道"领起，又以之转过，想到元微之远在咸阳的坟墓，但诗人却未直接写坟墓，而着笔于"坟上树"。年复一年"已抽三丈白杨枝"，言它(坟墓)而及此(坟上树)，倍加凄切伤情！

这首诗前四句叙事，后四句抒情。追念往事，深情自见。首联将元稹与卢子蒙相对论诗、睥睨当世谈笑风生的情境呈现在读者面前。颔联以"多道赠微之"，转入下半阕四句。用"相看"、"闻道"分领两联：一写眼前、而今，两人泪眼相对其情难说。"别有伤心事岂知？"真的不知吗？以疑问句出之，更见出伤心和难言之隐——忠心耿耿为百姓为朝廷极言直谏，元白二人多次因谏而遭贬，就是对这句诗的索解和答案。诗人不好明言、不便明言，也不能明言、不敢明言，含蕴深沉，让读者去思索，留下一片令人回味的馀地。一写遥远、想象，元稹卒于武昌任所，翌年七月葬于咸阳。诗人想十馀年了，坟上之树想必"已抽三丈白杨枝"了。由眼前到遥远的咸阳墓地，时间的转换、空间的跳跃、诗境跌宕。坟树三丈，黄土一抔；树犹如是，人何以堪！随着岁月的流逝，人的悼念之情日深！

总之，全诗一气连贯，直抒胸臆。叙事已堪悲，抒情更堪哀。抑郁低婉的韵律，反而变得浏亮哀远，由"四支"之韵，发为变徵之音，收到了极其强烈的音乐效果。作为怀友的名篇，既具备了真挚、深沉的共同特点，又增添了一种凄怆的独特色彩。

开龙门八节石滩诗并序二首（其二）

题解

这首诗是唐武宗会昌四年(844)在洛阳所作。时白居易已年逾古稀，即诗第二首发句所说："七十三翁旦暮身。"白氏已于两年之前(会昌二年)，罢太子少傅，以刑部尚书致仕。"龙门"，东都洛阳龙门潭，潭南有八节滩九峭石。"开"，开凿。诗人自施家财开凿，以利舟楫。

东都龙门潭之南，有八节滩、九峭石，船筏过此，例反破伤。舟人楫师，推挽束缚，大寒之月，裸跣水中，饥冻有声，闻于终夜。予尝有愿，力及则救之。会昌四年，有悲智僧道遇，适同发心，经营开凿，贫者出力，仁者施财。於戏！从古有碍之险，未来无穷之苦，忽乎一旦尽除去之。兹吾所用适愿快心，拔苦施乐者耳；岂独以功德福报为意哉？因作二诗，刻题石上。以其地属寺，事因僧，故多引僧言见志。

> 七十三翁旦暮身，誓开险路作通津。
> 夜舟过此无倾覆，朝胫从今免苦辛。
> 十里叱滩变河汉，八寒阴狱化阳春。
> 我身虽殁心长在，暗施慈悲与后人。

序较长，原本脱"并序"，据《全唐诗》补。先介绍了八节滩、九峭石之险，危及船筏。尤其是寒冬腊月，舟人推挽，"裸跣水中"，饥馁冻冷。于是诗人有愿施家财，与僧道友，同心经营，"贫者出力，仁者施财"，经营开凿。同时，诗人一再表白开滩在于"适愿快心，拔苦施乐"，因而作此诗刻于石上。又八节滩地属佛寺，开凿有僧参与，所以在诗中多引用僧言以见志。唐显庆二年(657)在洛阳建东都，天宝初年定为东京。"龙门潭"，在洛阳西南龙门山下。龙门山即伊阙山，其东为香山，其西为龙门，相传大禹疏凿此山以通水流。两座山相对而立，石壁如削，望之若门，地势险要，伊水流经其间。"例反破伤"，犹言倾覆，说明八节滩之险，船只过往，不是翻船沉溺，便是被撞损毁。"楫"，船桨，长曰棹，短曰楫。"楫师"，即摇桨之船工。"推挽束缚"，泛指用尽办法推挽行船。束缚，用绳捆绑舟船防止坏裂。"裸"，裸体赤身；"跣"(xiǎn)，光着腿脚下水。"悲智僧道遇"："悲智僧"，指心地慈悲的僧人。佛教语"悲智"本指慈悲、智慧二者，"释迦诸佛，皆乘弘誓(弘愿)，悲智双具……"

中国家庭基本藏书

《法事赞》）；"道遇"，相遇于道，有萍水相逢之意。"适同发心"："适同"，恰好相同；"发心"，即"发心恻隐。"（《汉书·宣元六王传》）意思是开始动心有意。佛家以发求道之心为发心。诗中妙语双关。"仁者"，指有钱而肯行善积德的人。旧以有钱人多"为富不仁"，故称"拔一毛而利天下"者为"仁者"。"於戏"，赞叹声，相当于"呜呼"、"乌乎"。"忽乎"，忽然。"兹吾所用……者"，即这就是我之所以……的缘故。"功德福报"，佛家语。即"功谓功能，善有资润福利之功，故名为功。此功是善行家德：名为功德。"（《大乘义章》）佛家认为作善事就能收到"福报"。"地属寺"，寺不知何指。按，当时龙门山有十寺。其中石窟寺，在伊阙口，北魏孝明帝熙平初胡太后所立，最为驰名；香山寺，白居易曾重修，并经常往游。

这首诗共二首，此其二。为了便于解评，兹将其一照录如下："铁凿金锤殷若雷，八滩九石剑棱摧。竹篙桂楫飞如箭，百筏千艘鱼贯来。振锡导师凭众力，挥金退傅施家财。他时相逐西方去，莫虑尘沙路不开。"主要写凭借众力，自施家财，开凿险滩。

第二首写开龙门八节石滩后，所带来的舟楫之便。

七十三翁旦暮身，誓开险路作通津——首联，写自己虽是七十三岁年过古稀的旦暮之人了，但还是誓愿开凿险滩使它成为通津坦途。"旦暮身"，犹言生命不多久了，即所谓"君老矣，旦暮之人。"（《史记·晋世家》）犹言生命短促，不久人世。"通津"，渡口，崖岸。

夜舟过此无倾覆，朝胫从今免苦辛——颔联，写开凿之后，夜晚舟船通过没有倾覆的危险；早晨涉水过滩从此免除无限的苦辛。"朝胫"：本指"商王受（即殷纣王）……斫朝涉之胫，剖贤人之心"（《尚书·泰誓》）。孔传云："冬月见朝（清晨）涉水者，谓其胫（腿）耐寒，斩而视之……"诗中借指序中所说"大寒之月，裸跣水中"之人。

十里叱滩变河汉，八寒阴狱化阳春——颈联，以比喻手法写八节滩的喜人变化。"叱滩"，本湖北秭归县西三峡中的险滩名，诗中以之比八节滩。"河汉"，古指天空的银河，诗中借喻平流大川，便于通航行舟。"八寒阴狱"，原诗人自注："八寒地狱，见《佛名》及《涅槃经》，故以八节滩为比。"按说"八寒地狱"本指八大地狱外十六小地狱中的八个寒冷地狱，名曰"八寒冰地狱"，与"八炎火地狱"对应。"河汉"喻清浅；古诗中有"河汉清且浅"之句。"阳春"，温暖的春天。这两句写八节滩由险恶的"十里叱滩"变成平流通航如河汉川流，由阴森的"八寒阴狱"化为温暖和煦的艳阳春天。

我身虽殁心长在，暗施慈悲与后人——尾联，写八节滩开凿通航了，诗人说即使我身虽殁但心意长在，暗中不为人知地把恩惠、善事留予后人。"暗施（shī）"，暗地里施惠于人。"慈悲"，佛家语，"爱怜曰慈，恻怆曰悲。"（《大乘义章》）佛家《智度论》以"大慈，与一切众生乐；大悲，拔一切众生苦。"诗中"慈悲"则指"善事"、"善心"、"善念"。

历代对这首诗评论不多，但却意见相左。清代大学者纪晓岚认为"鄙俚至极，殆于不足掊摘。"然无名氏则说"'叱滩'，过此叱咤其险，今如'河汉'之直。'阴狱'，如寒门有八节，今皆变为'阳春'也。"（《瀛奎律髓汇评》）其实白氏此诗仍具有其平易诗风之特点，但佛家语颇多，不能不说是缺陷。研究音律者，不能不注意"变河汉"三字是"仄平仄"，与诗律要求的"平仄仄"格式不同而成为"拗体"。

白云泉

这首诗大约写于宝历年间(825—826)诗人在苏州刺史任上。当时，朋党倾轧，宦官专权，唐宪宗被宦官杀死，穆宗在位仅四年，敬宗上台才二年，于宝历二年又被宦官杀死。就是在唐敬宗短暂的两年中白居易写了此诗。

白云泉，在苏州西南二十里的天平山上，据史籍记载："此山在吴中最为峭崒高耸，一峰端正特立"（《吴郡志》卷十五）、"巍然特出，群峰拱揖"（《吴郡图经续记》卷中《山》）。山上山岩峻峭青松翁郁；山腰建亭，"亭侧清泉，泠泠不竭，所谓白云泉也"。泉水清洌晶莹，自白居易题此绝句后，"名遂显于世"，有"吴中第一水"之誉。白云泉是天平山半山腰的名胜。吴中，即苏州。天平山有"枫、泉、石三绝"之誉。

天平山上白云泉，云自无心水自闲。
何必奔冲山下去，更添波浪向人间。

天平山上白云泉——起句即点明白云泉之所在，交代了题目。尽管无什么令人惊讶的，但却给人以清静闲雅之感，青山、白云、山泉，俨然人间仙境。他远离朝廷，遭到贬官，"兼济天下"之志渐减，"独善其身"的"知足保和"思想增长，名山胜水的壮美景色在诗人眼中也是那么闲静。

云自无心水自闲——白云悠闲自在，舒卷自如，了无牵挂；泉水清澄透彻，淙淙流泻，从容不迫。状云绘水，描摹"云无心以出岫"的情状，形容"水性自云静"的境界，与其说是对云水悠闲自得的情韵神态的绝妙拟写，毋宁说是诗人此时此际自我心灵感受的袒露与写照。两个"自"字连用，自由自在、逍遥自得。云水与诗人，物我融会、物我契合，移情注景、景中寓情。当时，已经五十四岁的白居易，由元和谏官被贬为江州司马，到杭州、苏州刺史，实际上过着一种亦官亦隐的生活。仕途的坎壈、官场的失意、政争的严酷，诗人的斗争锐气顿挫，那种"至宝有本性，精刚无与俦。可使寸寸折，不能绕指柔。愿快直士心，将断佞臣头"（《李都尉古剑》）的气概早已烟消云散，而"悟已往之不谏，知来者之可追。实迷途其未远，觉今是而昨非"（《归去来兮辞》）的心态也已根深蒂固，他在杭州、苏州的诗中亦多有反映和流露。于是引出"何必奔冲山下去，更添波浪向人间"的感慨。

何必奔冲山下去，更添波浪向人间——其实，诗人面对白云泉是有感而发的。宝历中，白居易身为苏州刺史，"清旦方堆案，黄昏始退公。可怜朝暮景，消在两衙中"（《秋寄微之十二韵》）。公务极其繁冗，今日面对白云泉，不禁产生企慕之情，所以才发出"何必"、"更添"的质问和希望。这里一种期望尽早脱离俗务，也就是"既无可恋者，何以不休官"的情绪的流泻，表现了诗人晚期"随遇而安，出世归隐"兼济之志别移的情感。

这首七绝运用象征手法，写景抒情，景中寓志，寄托遥深，意在象外。写景深得云泉山水之神韵，抒情恰收意在言外之妙谛，抒情与写景紧密结合，言近旨远，理趣盎然，二十八字，"小小题目，说得高超，唤醒热中人不少"（《精选评注五朝诗学津梁》）。在技巧上，诗人摹绘白云、泉水的优美飘逸神姿情态，使之人格化、形象化；点击个人闲适独善心志向往，饶具风趣与清新之感。如清文人田雯所说："乐天诗极清浅可爱，往往以眼前事为见得语，皆他人所未发。"（《古欢堂集》）全诗"兴发于此而义归于彼"，风格浅淡朴质、明快简练，恰似一幅明丽素洁的淡墨山水染色图。

寄韬光禅师

《寄韬光禅师》之外，诗人还有一首《招韬光禅师》。禅师，对僧人的尊称。韬光禅师，唐代杭州寺僧，白居易任杭州刺史时为空门之友，后移锡虔州（治所在今江西赣州）。诗题又作《书天竺寺》。天竺寺在浙江杭州灵隐山飞来峰南。白居易诗尚有"山名天竺堆青黛，湖号钱塘写绿油"（《答客问杭州》）诗句。天竺山上有上、中、下三天竺寺。上寺系五代后晋天福（高祖石敬瑭年号，936—944）年间建，吴越王钱俶改建号曰天竺观音看经院；中寺为宋太平兴国元年（976）吴越王建，号崇寿院；下寺是隋开皇（581—589）中由晋慧理翻经院改建。诗中所指同李白《送崔十二游天竺寺》，即下天竺寺。

《舆地纪胜》卷三二载："(赣州,即唐代虔州)天竺寺白乐天诗在水东三里。白乐天赠韬光禅师墨迹旧存,眉山老苏尝至寺观焉。后四十年,东坡南迁再访,惟见石刻。"诗中所写指杭州天竺寺,今杭州市北高峰南、灵隐寺西北存有韬光禅师结庵遗址。而刻石在虔州,是韬光禅师移锡虔州后所刻,即苏东坡"惟见"者。《东坡题跋》即云:"唐韬光禅师自钱塘天竺来住此山,乐天守苏日以此诗答之。庆历中,先君游此山,犹见乐天真迹。"

> 一山门作两山门,两寺元从一寺分。
> 东涧水流西涧水,南峰云起北峰云。
> 前台花发后台见,上界钟清下界闻。
> 遥想吾师行道处,天香桂子落纷纷。

一山门作两山门,两寺元从一寺分。东涧水流西涧水,南峰云起北峰云。前台花发后台见,上界钟清下界闻——据南宋《咸淳临安志》载:"灵隐、天竺两山由一门而入","灵山之阴,北涧之阳即灵隐寺,灵山之南、南涧之阳即天竺寺。二涧流水号钱源,泉绕寺峰南北而下,至峰前合为一涧,有桥号合涧。"由此可知宋之前杭州灵隐山南北麓各有一寺,一座山门相通,两寺联成一寺。所以才有前六句"一山门作两山门,两寺元从一寺分。东涧水流西涧水,南峰云起北峰云。前台花发后台见,上界钟清下界闻。"结构十分新颖。第五、六句就灵隐、天竺两寺之地势而言,山坡上下各一寺,所以才能前后台花开互见、上下寺钟声相闻。苏轼《西菩寺》"白云自占东西岭,明月谁分上下池"即化此诗意而出。

遥想吾师行道处,天香桂子落纷纷——是想象,因为韬光禅师离开天竺寺,驻锡虔州寺庙,两地相隔甚远,故曰"遥想";"行道",指宣讲佛经;"天香",形容拜佛拈香的香火之气;"桂子",桂花;"天香桂子",其香氤氲,是"桂子月中落,天香云外飘"(宋之问《灵隐寺》)的化用,表现讲经诵佛香烟缭绕有如桂子飘香的氛围和场面。

全诗"音节紧凑,意致连绵,活字活句,贯若连珠,极富山歌的情调,确是七言律中创格,为后人开无数法门"(苏仲翔注解)。清人陈衍指出:"此七言律创格也。惟灵隐、韬光两寺实一寺,一山门实两山门者,用此格最合。其馀'东西涧','南北峰'、'前后台'、'上下界',无一字不真切。故此诗不可无一,不能有二。惟东坡能变化学之。"(《石遗室诗话》卷一九)

187

苏东坡少时曾听他父亲(即"眉山老苏")说过,天竺寺里有白乐天手书的墨迹。四十七年后,苏东坡刺杭州,在游天竺寺时访问了和尚,方知白居易手写本已佚,但尚有石刻诗碑在。于是苏东坡也写了一首诗:

香山居士留遗迹,天竺禅师有故家。

空咏连珠吟叠璧,已亡飞鸟失惊蛇。

林深野桂寒无子,雨抱山姜病有花。

四十七年真一梦,天涯流落泪横斜。

领联是模仿白诗原作句法。"咏连珠"、"吟叠璧",是指原诗的句法;"亡飞鸟","失惊蛇"是说白诗墨迹已失(怀素草书有"飞鸟出林,惊蛇入草"之誉)。由于苏轼这首诗,白居易《寄韬光禅师》的句法,后来就被称为"连珠格"。《海录碎事》引张祜诗"杜鹃花落杜鹃叫,乌臼叶生乌臼啼"也是连珠格(参阅施蛰存先生《白居易:闲适诗十一首》)。《石洲诗话》云:"白公《天竺》诗,……出以连珠体,自令人不觉。此等处,皆足见古人之脱化。"《唐诗成法》则认为:"韬光诗此为第一,最切最真。但重字一连六句,嫌于急口令,离之则双美,合之则两伤,信哉!"

◎文

三游洞序

元和十四年(819)春,诗人同弟弟白行简,自江州启程赴忠州刺史任。时元稹自通州司马迁虢州长史,于三月十一日,相遇于峡口,停舟夷陵(今湖北宜昌市),留别三日。本文即记述了诗人同元稹、白行简三人,舟至下牢戍,翌日游石洞,各赋古调诗二十韵书于石壁之事。因三人始游,故曰"三游"。序,即记三人游洞赋诗刻石之事。

平淮西之明年冬[1],予自江州司马授忠州刺史[2],微之自通州司马授虢州长史[3]。又明年春[4],各祗命之郡[5],与知退偕行[6]。三月十日,参会于夷陵。翌日[7],微之反棹送予[8],至下牢戍[9]。又翌日,将别未忍,引舟上下者久之[10]。酒酣,闻石间泉声。因舍棹进策[11],步入缺岸[12]。初见石如叠如削,其怪者如引臂[13],如垂幢[14]。次见泉,如泻如洒。其奇者如悬练[15],如不绝线。遂相与维舟岩下[16],率仆夫芟芜刈翳[17],梯危缒滑[18],休而复上者凡四五焉[19]。仰睎俯察[20],绝无人迹;但水石相薄[21],磷磷凿凿[22],跳珠溅玉,惊动耳目。自未讫戍[23],爱不能去。俄而峡山昏黑,云破月出,光气含吐[24],互相明灭,晶莹玲珑[25],象生其中[26],虽有敏口[27],不能名状[28]。既而通夕不寐[29]。迨旦将去[30],怜奇惜别,且叹且言[31]。知退曰:斯境胜绝[32],天地间其有几乎? 如之何俯通津绵[33],岁代寂寥委置[34],罕有到者[35]? 予曰:借此喻彼,可为长太息[36];岂独是哉? 岂独是哉? 微之曰:诚哉是言[37]! 矧吾人难相逢[38],斯境不易得;今两偶于是,得无述乎? 请各赋古调诗二十韵[39],书于石壁;仍命予序而纪之[40]。又以吾三人始游,故目为三游洞。洞在峡州上二十里北峰下[41],两崖相廞间[42]。欲将来好事者知[43],故备书其事[44]。

[1]平淮西:元和十二年(817)七月,以裴度兼彰义节度使、淮西宣慰招讨使,韩愈为行军司马,率诸道军往讨淮蔡叛军。十月,李愬雪夜袭蔡州,生擒吴元济,淮西乱平。 明年冬:元和十二年十月淮西乱平,

第二年十二月，白居易由江州司马迁忠州刺史。

[2] 授：任命；任用。　刺史：唐时为一州行政长官。

[3] 微之：元稹字微之。　司马：州府佐官。唐高宗改治中，无具体职掌，多以贬官任。　长史：唐朝都护府、都督府、诸州均置长史，系幕僚之长，多以闲散、贬谪官员任，无实职。

[4] 又明年春：元和十四年春天。当年三月二十八日，白居易抵忠州任。

[5] 祗（zhī）命：奉命。　之：到。　郡：忠州又称南宾郡。

[6] 知退：白行简字。

[7] 翌日：次日。

[8] 反棹（zhào）：犹言调转船头。棹，船桨。

[9] 下牢戍：地名，即下牢关，在宜昌市西。戍，本为防守、守边，文中作防御营垒解。

[10] 上下：上下往返。

[11] 策：拐杖。

[12] 步：步行。

[13] 怪：犹言奇形怪状。

[14] 垂幢：垂筒形饰有羽毛、锦绣的旗。

[15] 悬练：悬挂的白练幕。

[16] 维：系，挽。　岩下：石窟或洞穴下。

[17] 仆夫：本驾驭车马的人。文中指仆役。　芟芜：除去丛生的杂草。　刈：割取；割除。　翳：泛指遮蔽覆盖物。

[18] 梯危：攀登危崖。　缒（zhuì）：缘绳垂下。

[19] 休而复上：指反复上下。

[20] 睇：视，望。　察：仔细察看。

[21] 薄：搏击，拍击。

[22] 磷磷（líng）：形容泉水清澈明净的样子。　凿凿（zuò）：形容山石鲜明的样子。

[23] 未：十二地支第八位，未时相当于十三时到十五时。　戌：十二地支第十一位，戌时相当于十九时至二十一时。

[24] 含吐：形容出没、隐现。

[25] 晶莹：明亮闪光貌。

[26] 象：状貌，图象。

[27] 敏口：好口才。

[28] 名状：形容、描摹其形状。

[29] 通夕不寐：整夜不眠。

[30] 迨旦：及至天亮。

[31] 且叹且言：一边叹赏一边说话。

[32] 斯：此，这。　胜绝：绝妙。

[33] 津：渡口，水陆要隘。　绵：延续；弥漫。

[34] 岁代：年年代代。　寂寥：冷落萧条。　委置：闲置；弃置。

[35] 罕：少。

［36］长太息：深深地叹息。

［37］是言：这话。

［38］矧（zhěn）：况且。

［39］古调（diào）诗：省曰古调。《白氏长庆集》有"古调诗"若干卷，均系五言古诗，相对近体律绝而言，指汉魏以来形成的古体诗。　韵：声音相应和，押韵。除首句可押可不押韵外，偶句入韵。

［40］序：序言、小序。本文就是一小序。

［41］峡州：长江自重庆奉节瞿塘峡以下，至湖北宜昌，称峡江。依所在地，亦称峡州。

［42］嵌（qiàn）：通"嵌"。凹陷、夹峙貌。

［43］将来：犹以后。

［44］备书其事：详细记述这件事。

　　元和十三年(818)十二月二十日，四十七岁的白居易奉诏除忠州刺史。第二年春，诗人携行简自江州司马任启程赴忠州。忠州，又称南宾郡，户只六千，是个下州，尽管如此，但毕竟是刺史，所以决定赴任。诗人明白，这完全是崔群援挽之力，所以在《除忠州寄谢崔相公》诗中极其恳切地感谢说："提拔出泥知力竭，吹嘘生翅见情深。……感旧两行年老泪，酬恩一寸岁寒心。忠州好恶何须问，鸟得辞笼不择林！"一个被贬谪为司马的人，得到"量移"，而且升为刺史，所以兴奋地说"生还应有分，西笑问长安"（《自江州司马授忠州刺史仰荷圣泽聊书鄙诚》）。诗人的感情是真实的。

　　三月十一日，船泊夷陵，与元稹相遇于峡口，留别三日。元白阔别五载，一旦相晤，真是难舍难分。到第三天，"将别未忍，引舟上下者久之"时，闻石间泉声，发现一山洞，于是三人入洞，洞天奇石嶙峋，水石相薄，跳珠溅玉，景致奇绝，三人各赋古调诗二十韵，白居易作序，命名为"三游洞"。终因"各限王程"，不敢多留，怏怏而别。

与元九书

　　《与元九书》是唐宪宗元和十年(815)写给元稹的信。元稹与白氏齐名，世称"元白"，他们的诗歌称"元白体"。元氏的诗歌中也有许多讽喻诗，语言比较通俗。在诗歌成就上虽比不上白居易，但也有很高成就。

　　这封信是诗人论诗歌的一篇重要文章。论作诗之大旨，主张"文章合为时而著，歌诗合为事而作"，强调诗歌"补察时政，泄导人情"的作用。所谓"志在兼济，行在独善"，所谓"奉而始终之"的道，"言而发明之"的诗，正是力主为人和作诗一致。另外，文中还记述了诗人年轻时勤奋求学的情形，以及其诗为上层统治者扼腕、切齿，为人民群众拍手称誉的情形，有助于了解诗人的为人和诗歌的成就。

月日[1]，居易白[2]，微之足下[3]：

自足下谪江陵至于今，凡枉赠答诗仅百篇[4]。每诗来，或辱序[5]，或辱书，冠于卷首，皆所以陈古今歌诗之义，且自叙为文因缘与年月之远近也[6]。仆既受足下诗，又谕足下此意，常欲承答来旨[7]，粗论歌诗大端，并自述为文之意，总为一书[8]，致足下前。累岁已来，牵故少暇，间有容隙，或欲为之[9]，又自思所陈亦无出足下之见[10]，临纸复罢者数四[11]，卒不能成就其志[12]，以至于今。今俟罪浔阳[13]，除盥栉食寝外无馀事[14]，因览足下去通州日所留新旧文二十六轴[15]，开卷得意，忽如会面。心所畜者[16]，便欲快言，往往自疑，不知相去万里也[17]。既而愤悱之气思有所泄[18]，遂追就前志[19]，勉为此书。足下幸试为仆留意一省[20]。

[1]"月日"至"足下幸试为仆留意一省"：这是全文八部分中的第一部分，先叙述写此信的原因。月日：系草稿，故未实写月份和日子。

[2]白：即告、启之意。

[3]足下：对他人的敬称。

[4]仅：近的意思。不能解作"仅仅"。"仅百篇"，不是说少。

[5]辱序：是说元稹不辞委曲，在白诗前写上序。这里的"辱"乃谦逊的说法。

[6]因缘：即缘由。 远近：犹先后。

[7]来旨：来信的主旨。

[8]总为一书：总起来写成一封书（信）。

[9]为之：写那封信。之，指代"总为一书"的"书"。

[10]无出：未超出……之外。

[11]数四：一再，犹再三再四。

[12]卒：最终。

[13]俟罪：即"待罪"，犹今之"任职"，昔日官吏时时都有获罪而失职的危险，故常谦逊地说"待罪"。

[14]盥（guàn）栉（zhì）食寝：即洗脸、梳头、吃饭、睡觉。

[15]轴：卷。唐代的书稿是抄写在长条纸上，以便用轴卷起来。下文的"开卷"即打开轴卷（读）。

[16]畜：同"蓄"。

[17]相去：相隔。去，即离。

[18]愤悱之气：愤，即"心求通而未得"；悱，即"口欲言而未能"。《论语·述而》曰："不愤不启，不悱不发。"

[19]前志：亦即上文"不能成就其志"的"志"。犹言以前的心意、心愿。

[20]仆：白氏的谦称。 省：察、看的意思。

夫文尚矣[1]。三才各有文[2]。天之文，三光首之[3]；地之文，五材首之[4]；人之文，六经首之。就六经言，《诗》又首之。何者？圣人感人心而天下和平。感人心者莫先乎情[5]，莫始乎言[6]，莫切乎声，莫深乎义。诗者，根情，苗言，华声，实义[7]。上自贤圣，下至愚骏，微及豚鱼，幽及鬼神，群分而气同，形异而情一[8]。未有声入而不应[9]，情交而不感者[10]。圣人知其然，因其言经之以六义[11]，缘其声纬之以五音[12]。音有韵，义有类[13]。韵协则言顺，言顺则声易入；类举则情见，情见则感易交。于是乎孕大含深，贯微洞密[14]，上下通而一气泰[15]，忧乐合而百志熙[16]。五帝三皇所以直道而行，垂拱而理者[17]，揭此以为大柄，决此以为大宝也。故闻“元首明，股肱良”之歌[18]，则知虞道昌矣；闻五子洛汭之歌，则知夏政荒矣。言者无罪，闻者作戒[19]，言者闻者莫不两尽其心焉[20]。洎周衰秦兴[21]，采诗官废[22]，上不以诗补察时政[23]，下不以歌泄导人情，乃至于谄成之风动[24]，救失之道缺。于时六义始刓矣[25]。国风变为骚辞[26]，五言始于苏、李[27]。苏、李、骚人皆不遇者[28]，各系其志[29]，发而为文。故“河梁”之句止于伤别[30]，泽畔之吟归于怨思[31]，彷徨抑郁，不暇及他耳。然去《诗》未远，梗概尚存[32]。故兴离别则引双凫一雁为喻[33]，讽君子小人则引香草恶鸟为比[34]。虽义类不具，犹得风人之什二三焉[35]。于时六义始缺矣。晋、宋已还[36]，得者盖寡。以康乐之奥博[37]，多溺于山水；以渊明之高古[38]，偏放于田园。江、鲍之流[39]，又狭于此。如梁鸿《五噫》之例者[40]，百无一二焉。于时六义寖微矣[41]，陵夷矣。至于梁、陈间，率不过嘲风雪，弄花草而已。噫，风雪花草之物，三百篇中岂舍之乎？顾所用何如耳[42]。设如“北风其凉”[43]，假风以刺威虐也；“雨雪霏霏”[44]，因雪以愍征役也；“棠棣之华”[45]，感华以讽兄弟也；“采采芣苢”[46]，美草以乐有子也[47]：皆兴发于此而义归于彼。反是者可乎哉？然则“馀霞散成绮，澄江净如练”[48]，“离花先委露，别叶乍辞风”之什[49]，丽则丽矣，吾不知其所讽焉。故仆所谓嘲风雪，弄花草而已。于时六义尽去矣。唐兴二百年，其间诗人不可胜数[50]。所可举者，陈子昂有《感遇》诗二十首[51]，鲍防有《感兴》诗十五首[52]。又诗之豪者，世称李、杜。李之作，才矣奇矣，人不逮矣，索其风雅比兴，十无一焉。杜诗最多，可传者千馀首。至于贯穿今古，罗缕格律[53]，尽工尽善，又过于李。然撮其《新安吏》《石壕吏》《潼关吏》《塞芦子》《留花门》之章，“朱门酒肉臭，路有冻死骨”之句[54]，亦不过三四十首。杜尚如此，况不

193

逮杜者乎？

[1]"夫文尚矣"至"况不逮杜者乎"：这是文章的第二部分，主要谈诗歌的作用和诗道之隆盛。 尚矣：意即起源久远、历史悠久。

[2]三才：天、地、人。

[3]三光：日、月、星。

[4]五材：即"五行"，水、火、木、金、土。

[5]莫先乎情：言首先是情。

[6]莫始乎言：没有比言早的。始，初。

[7]根情，苗言，华声，实义：以植物之根、苗、华（花）、实比喻诗的情、言、声、义之关系。

[8]群分而气同，形异而情一：即种类不同而具有的气质同，形状不同而怀有的情感同。群，类。分，区别。

[9]应：反应。

[10]交：接触。

[11]六义：风、雅、颂、赋、比、兴，分别为《诗》的三种体裁和三种表现方法。

[12]五音：表示声音清浊抑扬的宫、商、角、徵（zhǐ）、羽。

[13]音有韵，义有类：意即五音有韵律（体裁），六义有类分（表现方法）。

[14]孕大含深，贯微洞密：孕、含、贯、洞系动词，大、深、微、密乃名词。意思是包涵道理之博大精深者，贯通事物之隐微细密者。

[15]一气泰：天地之气通泰。

[16]百志熙：人人心意和乐。

[17]垂拱而理：即无为而治，意思是垂衣拱手而治。《尚书·武成》有"垂拱而理"，二者意思相同。"理"，唐代高宗名李治，为避讳而以"理"字代"治"字。下文的"人情"，亦为避唐太宗李世民讳，而以"人"字代"民"字。

[18]元首明，股肱（gōng）良：出自《书·益稷》。意思是有了明君与良臣，诸事都安宁。

[19]言者无罪，闻者作戒：《诗经·大雅》："言之者无罪，闻之者足以戒。"

[20]两尽其心：即互尽其心。两，此处作"互"字用。

[21]洎（jì）：及。

[22]采诗官：周朝设此官到民间采集诗歌。《汉书·艺文志》、《汉书·食货志》均有相关记载。

[23]补察：补救、考察（就过失而言）。

[24]谄成：歌颂成绩。谄，有谄媚之义。

[25]刓（wán）：削，挖。

[26]骚辞：《离骚》、《楚辞》。

[27]五言：五言诗。

[28]骚人：文中指《离骚》作者屈原。

[29]系：作动词用，即切合。

[30]河梁：指李陵《与苏武》诗中"携手上河梁"一首。

[31]泽畔之吟：屈原《楚辞·渔父》："屈原既放，游于江潭，行吟泽畔。"

[32]梗概：指《诗》的大概。

[33]双凫：苏武《别李陵》有"双凫俱北飞，一凫独南翔"之句。"兴离别"之"兴"，即"赋比兴"的兴，诗歌先言他物以引起所咏之事叫"兴"。

[34]讽君子小人则引香草恶鸟为比：王逸说："《离骚》之文依《诗》取兴，引类譬喻。故善鸟

194

香草以配忠贞，恶鸟臭物以比谗佞。"（《离骚序》）

[35] 风人：诗人。

[36] 宋：南朝宋。　已还：以来。

[37] 康乐：指南朝宋谢灵运，袭封康乐公。

[38] 渊明：晋人陶潜。

[39] 江、鲍之流：指南朝梁人江淹、南朝宋人鲍照。

[40] 梁鸿《五噫》：梁鸿，东汉人。他作《五噫歌》，讽刺帝王。汉章帝认为他不该作这样的歌，便寻找他。鸿因此而更名改姓，同妻子避居齐鲁一带。

[41] 寖（jìn）：渐。

[42] 顾：只看，但看。

[43] 设如：譬如，比如。"北风其凉"：《诗经·邶风·北风》中句子。《诗序》云："《北风》，刺虐也。"

[44] 雨雪霏霏：《诗经·小雅·采薇》中句子。雨雪，下雪。雨，作动词用，落。

[45] 棠棣之华：《诗经·小雅·常棣》中句子。《诗序》云："《常棣》，燕（通'宴'）兄弟也。"棠棣即常棣。

[46] 采采芣苢（fú yǐ）：《诗经·周南·芣苢》中句子。《诗序》云："《芣苢》，后妃之美也。和平则妇人乐有子矣。"

[47] 美草：赞美草（芣苢）。美，作动词。

[48] 馀霞散成绮，澄江净如练：谢朓《晚登三山还望京邑》中诗句。

[49] 离花先委露，别叶乍辞风：鲍明远《玩月城西门廨中》中诗句。

[50] 不可胜数（shēng shǔ）：数也数不完。

[51] 陈子昂有《感遇》诗二十首：《旧唐书》本传说有《感遇》诗三十首，《新唐书》本传说三十八首。按：《全唐诗》录三十八首。有"唐初，文章承六朝徐风，子昂始变雅正"之说。

[52] 鲍防有《感兴》诗十五首：《新唐书》本传说他"善辞章""于诗尤工"，《全唐诗》录其诗八首，其中只有《杂感》一首，未见有《感兴》诗。

[53] 罗缕格律：犹言格律运用极其纯熟。罗缕，委曲。

[54] 朱门酒肉臭，路有冻死骨：杜甫《自京赴奉先县咏怀五百字》中诗句。

仆常痛诗道崩坏[1]，忽忽愤发[2]，或食辍哺[3]，夜辍寝，不量才力，欲扶起之[4]。嗟乎！事有大谬者[5]。又不可一二而言[6]，然亦不能不粗陈于左右[7]。

[1] "仆常痛诗道崩坏"至"然亦不能不粗陈于左右"：这是文章的第三部分。这一部分很短，诗人说自己面对诗道崩坏，意欲扶起之，但事与愿违，实在做不到。

[2] 愤发：即愤激。

[3] 或：有时，每每。　辍：罢。　哺：吃。

[4] 欲扶起之：想振兴诗道。之，代指"诗道"。

[5] 事有大谬者：事情有大不对的，即事与愿违。事，即下文所说"志未就而悔已生，言未闻而谤已成"，"得罪于文章"。

[6] 一二而言：一点两点地说，一一地说。

[7] 左右：对对方尊敬之词。说不敢直接向对方陈述，而是通过其左右的执事人员转达。

仆始生六七月时[1]，乳母抱弄于书屏下，有指"无"字"之"字示仆者，仆虽口未能言，心已默识[2]。后有问此二字者，虽百十其试[3]，而指之不差，则仆宿习之缘已在文字中矣[4]。及五六岁便学为诗。九岁谙识声韵。十五六始知有进士[5]，苦节读书[6]。二十已来，昼课赋，夜课书，间又课诗，不遑寝息矣[7]。以至于口舌成疮，手肘成胝，既壮而肤革不丰盈[8]，未老而齿发早衰白，瞥瞥然如飞蝇垂珠在眸子中也，动以万数[9]。盖以苦学力文所致[10]，又自悲矣。家贫多故[11]，二十七方从乡赋[12]。既第之后[13]，虽专于科试[14]，亦不废诗。及授校书郎时，已盈三四百首。或出示交友如足下辈[15]，见皆谓之工，其实未窥作者之域耳[16]。自登朝来[17]，年齿渐长，阅事渐多。每与人言，多询时务；每读书史，多求理道。始知文章合为时而著，歌诗合为事而作[18]。是时皇帝初即位[19]，宰府有正人[20]，屡降玺书[21]，访人急病[22]。仆当此日，擢在翰林[23]，身是谏官[24]，手请谏纸[25]。启奏之外，有可以救济人病[26]，裨补时阙，而难于指言者，辄咏歌之[27]，欲稍稍递进闻于上[28]。上以广宸聪[29]，副忧勤[30]，次以酬恩奖[31]，塞言责[32]，下以复吾平生之志[33]。岂图志未就而悔已生[34]，言未闻而谤已成矣[35]。又请为左右终言之。

注释

［1］"仆始生六七月时"至"又请为左右终言之"：这是文章的第四部分。这一部分记叙学诗的经过，不仅提出自己写作诗文的主张，而且说明自己作诗为人的意图。

［2］识（zhì）：记。

［3］百十其试：十次百次地试。"其"下用作名词，文言中一种句式结构。

［4］宿习之缘：即宿缘、前因。

［5］始知：才知晓，才知道。

［6］苦节：苦行。

［7］不遑（huáng）：无暇。

［8］肤革：肌肉。

［9］"瞥瞥然"二句：犹言眼睛昏花，好像一晃一晃地飞着蝇子、挂着珠子，动不动以万数。

［10］力文：即尽力于为文。

［11］多故：多事。

［12］二十七方从乡赋：二十七岁才由乡贡入京应进士试（见《旧唐书》本传、元稹《白氏长庆集序》）。

［13］既第：即考中进士。第，作动词，犹言考中。

［14］专于科试：专致力于"才识兼茂"、"明于体用"等分科考试。

［15］交友：至交、朋友。

［16］未窥作者之域：没窥见作者的境地，亦即还达不到作者的水平。

［17］登朝：入朝做官。

［18］文章合为（wèi）时而著，歌诗合为事而作：犹言诗文的创作，应反映当前的时代和事情。合，应该。

［19］皇帝：指唐宪宗。

［20］宰府：相府。

［21］玺书：诏书。

［22］人：即民。为避唐太宗李世民之讳，改"民"为"人"。

［23］擢在翰林：入翰林为学士。

［24］谏官：指拾遗的官职。

［25］手：亲手。　谏纸：写谏章的纸。白诗中有"月惭谏纸二百张"之句。

［26］人病：即民疾。

［27］辄：往往。　之：代"可以救济人病，裨补时阙，而难于指言者"。

［28］闻于上：闻于皇上。下文中"上……次……下"中的"上"也指皇上。

［29］宸（chén）：特指帝居或皇帝的言行。　聪：指皇帝的见闻。

［30］副：帮。　忧勤：指皇帝的忧民勤政。

［31］恩奖：指朝廷的恩奖。

［32］言责：谏诤的职责。

［33］复：酬，偿。　志：志向，志愿。

［34］志未就：志愿未实现。

［35］言未闻：诗未闻于上。　谤：诽谤。

凡闻仆《贺雨》诗[1]，而众口藉藉[2]，已谓非宜矣。闻仆《哭孔戡》诗[3]，众面脉脉[4]，尽不悦矣。闻《秦中吟》[5]，则权豪贵近者相目而变色矣。闻《乐游园》寄足下诗[6]，则执政柄者扼腕矣[7]。闻《宿紫阁村》诗[8]，则握军要者切齿矣[9]。大率如此，不可遍举。不相与者[10]，号为沽名[11]，号为诋讦[12]，号为讪谤[13]。苟相与者，则如牛僧孺之戒焉[14]。乃至骨肉妻孥皆以我为非也[15]。其不我非者，举世不过三两人。有邓鲂者[16]，见仆诗而喜，无何而鲂死[17]。有唐衢者[18]，见仆诗而泣，未几而衢死。其馀则足下，足下又十年来困踬若此[19]。呜呼！岂六义四始之风[20]，天将破坏不可支持耶？抑又不知天之意不欲使下人之病苦闻于上耶[21]？不然，何有志于诗者不利若此之甚也[22]？

然仆又自思关东一男子耳，除读书属文外[23]，其他懵然无知，乃至书画棋博可以接群居之欢者[24]，一无通晓，即其愚拙可知矣。初应进士时，中朝无缌麻之亲[25]，达官无半面之旧[26]，策蹇步于利足之途[27]，张空拳于战文之场[28]。十年之间，三登科第[29]，名入众耳，迹升清贯[30]，出交贤俊，入侍冕旒[31]。始得名于文章，终得罪于文章，亦其宜也。日者又闻亲友间说[32]，礼吏部举选人[33]，多以仆私试赋判传为准的[34]，其

197

馀诗句亦往往在人口中。仆恧然自愧[35]，不之信也。及再来长安，又闻有军使高霞寓者欲娉倡妓[36]，妓大夸曰：“我诵得白学士《长恨歌》，岂同他妓哉？”由是增价。又足下书云，到通州日，见江馆柱间有题仆诗者[37]，复何人哉[38]？又昨过汉南日[39]，适遇主人集众乐娱他宾[40]，诸妓见仆来，指而相顾曰：“此是《秦中吟》《长恨歌》主耳[41]。”自长安抵江西，三四千里，凡乡校佛寺逆旅行舟之中往往有题仆诗者[42]，士庶僧徒孀妇处女之口每每有咏仆诗者。此诚雕虫之戏[43]，不足为多，然今时俗所重正在此耳。虽前贤如渊、云者[44]，前辈如李、杜者，亦未能忘情于其间哉。古人云：“名者公器，不可以多取。”[45]仆是何者，窃时之名已多。既窃时名，又欲窃时之富贵，使己为造物者[46]，肯兼与之乎？今之迍穷[47]，理固然也。况诗人多蹇。如陈子昂、杜甫各授一拾遗，而迍剥至死[48]。李白、孟浩然辈不及一命[49]，穷悴终身[50]。近日孟郊六十，终试协律[51]，张籍五十，未离一太祝。彼何人哉！彼何人哉！况仆之才又不逮彼。今虽谪佐远郡[52]，而官品至第五，月俸四五万，寒有衣，饥有食，给身之外，施及家人，亦可谓不负白氏之子矣[53]。微之，微之，勿念我哉！

注释

[1]“凡闻仆《贺雨》诗”至“勿念我哉”：这是文章的第五部分，这一部分既写了自己由写诗而被谤，又叙了自己由写诗而名彰。同时又说自己的被谤不见得无过于同时的著名诗人。 《贺雨》诗：写久旱得雨，言君要明、臣要直，劝诸事要善始善终。

[2]众口藉藉：成语，犹众口嚣嚣，聒噪不停。

[3]《哭孔戡（kān）》诗：即《孔戡诗》，悼惜孔戡之死，有才而不被重用。

[4]众面脉脉：众人含怒的样子。

[5]《秦中吟》：包括《重赋》、《轻肥》、《歌舞》、《买花》等十首讽喻诗，讽刺剥削者的奢靡荒淫。

[6]《乐游园》：一作《登乐游园望》，通过写自己诗友的死或被贬，讽刺执政者。

[7]扼腕：扼着手腕，表示痛恨之极。

[8]《宿紫阁村》诗：一作《宿紫阁山北村》，讽刺军人掠夺财物。

[9]握军要者：指掌握兵权的人。

[10]不相与者：不相识之人。

[11]沽（gū）名：沽名钓誉。

[12]诋讦（dǐ jié）：恶语攻击。

[13]讪（shàn）谤：讥笑诽谤。

[14]如牛僧孺之戒：元和初，牛僧孺条陈失政，对策鲠直，触怒权臣，被贬斥。文中之意是友人引牛僧孺为戒，劝诫白居易不要在诗中抨击时政。

[15]妻孥（nú）：妻子和孩子。

[16]邓鲂（fáng）：白居易同时代人，诗风似陶渊明，因怀才不遇，三十岁即去世。

〔17〕无何：不久，未几。

〔18〕唐衢：白居易同时代人，年五十不遇而卒，遗作千首。

〔19〕困踬：穷愁困顿。

〔20〕四始：《毛诗·大序》称"风、雅（小雅和大雅）、颂"为"四始"。郑玄曰："始者，王道兴衰之所由。"

〔21〕下人：即下民。

〔22〕若此之甚：如此厉害。

〔23〕属（zhǔ）文：写文章。

〔24〕接……欢：联欢。　群居：文中指与众友相处。

〔25〕中朝：朝廷之上。　缌（sī）麻：古丧服中仅服三个月、最轻的一种孝服。"缌麻之亲"即指较为疏远的亲戚。

〔26〕达官：犹显贵。　半面：意犹一面之交。　旧：作名词，即故旧朋友。

〔27〕蹇（jiǎn）：跛。　利足之途：功名仕进之路。

〔28〕张空拳于战文之场：意为在科场毫无凭借。战文，比文章以取胜。

〔29〕十年之间，三登科第：诗人于贞元十六年（800）登进士第；十八年（802）以吏部试书判拔萃登科；元和元年（806）应"才识兼茂，明于体用"科试入第四等。

〔30〕清贯：侍从之官，犹如清班。

〔31〕冕旒（liú）：文中指代皇帝。冕，皇冠；旒，冕之垂珠。

〔32〕日者：犹近日。　间（jiàn）说：私语。

〔33〕礼吏部：即礼部、吏部。唐代礼部主进士考试；进士及第后，由吏部再考试，方能授职。

〔34〕私试赋：指诗人应试所作《性习相远近赋》、《求玄珠赋》、《汉高皇帝亲斩白蛇赋》等。　判：指诗人应试所作判词百道。

〔35〕恧（nǜ）然：惭愧貌。

〔36〕高霞寓：范阳人。元和中随诸将讨王承宗，累功拜振武邠宁节度使。　娉：同"聘"。　倡妓：歌女。

〔37〕江馆：近江的客舍。

〔38〕复何人哉：又是什么人呢？

〔39〕昨：犹往日，不是今所谓"昨天"。　汉南：汉水之南。

〔40〕众乐：许多乐人。

〔41〕主：主人，诗的作者。

〔42〕逆旅：旅店。

〔43〕雕虫之戏：细微而不足称道的技能。是谦逊说法。汉扬雄《法言·吾子》："或问'吾子少而好赋？'曰：'然。童子雕虫篆刻。'俄而曰：'壮夫不为也。'"

〔44〕渊、云：指汉宣帝时王褒，字子渊；王莽时扬雄，字子云。二人均以赋著称。

〔45〕名者公器，不可以多取：《庄子·天运》云："名，公器也。不可多取。"

〔46〕使：假使，假如。　造物者：指天。

〔47〕迍（zhūn）穷：困穷。迍，本作屯，《易》卦名。

〔48〕迍剥：均系《易》卦名，困厄，凶多吉少之卦。

〔49〕一命：指官的最低等级，一命之士。《周礼·春官·典命》郑玄注："王之下士，一命。"周时任命官自一命至九命。

［50］穷悴（cuì）：困穷、困顿。悴，忧。

［51］试：未正式任命。　协律：协律郎，唐时系正八品。

［52］佐：江州司马是主官刺史的佐贰之官，故曰"佐"。唐制，州分上中下。上州司马，从（zòng）五品下阶。

［53］不负白氏之子：不辜负作为白家之子，有不辱先人之意。

　　仆数月来[1]，检讨囊帙中[2]，得新旧诗，各以类分，分为卷首[3]。自拾遗来[4]，凡所适所感，关于美刺兴比者，又自武德讫元和，因事立题，题为《新乐府》者，共一百五十首，谓之讽谕诗。又或退公独处[5]，或移病闲居[6]，知足保和，吟玩情性者一百首[7]，谓之闲适诗。又有事物牵于外，情理动于内，随感遇而形于叹咏者一百首，谓之感伤诗。又有五言、七言、长句、绝句[8]，自一百韵至两韵者四百馀首，谓之杂律诗。凡为十五卷，约八百首。异时相见[9]，当尽致于执事[10]。

　　微之！古人云："穷则独善其身，达则兼济天下。"[11]仆虽不肖，常师此语[12]。大丈夫所守者道，所待者时[13]。时之来也，为云龙[14]，为风鹏[15]，勃然突然，陈力以出[16]；时之不来也，为雾豹[17]，为冥鸿[18]，寂兮寥兮[19]，奉身而退。进退出处[20]，何往而不自得哉！故仆志在兼济[21]，行在独善[22]，奉而始终之则为道[23]，言而发明之则为诗[24]。谓之讽谕诗，兼济之志也；谓之闲适诗，独善之义也。故览仆诗，知仆之道焉。其馀杂律诗，或诱于一时一物，发于一笑一吟，率然成章，非平生所尚者，但以亲朋合散之际，取其释恨佐欢，今铨次之间[25]，未能删去，他时有为我编集斯文者[26]，略之可也[27]。

　　［1］"仆数月来"至"略之可也"：这是文章的第六部分。这部分叙述诗人搜集、编次自己所作诗，及将这些诗分类的标准。同时，阐发其诗或发明"兼济"之志，或阐说"独善"之义。"兼济天下"抑或"独善其身"，乃白居易始终奉行之道。

　　［2］检讨：搜寻、收集。　囊帙（zhì）：指书函之类。

　　［3］卷首：卷头、卷别。

　　［4］拾遗：左拾遗，官名。

　　［5］退公：公事办完，退朝，犹今下班。

　　［6］移病：古代辞职往往移书称病，故曰移病。

　　［7］知足保和，吟玩（wàn）情性：知道满足，保养元气，吟咏玩赏，顺适性情。

　　［8］五言、七言，长句、绝句：指五言、七言长句，五言、七言绝句。长句，指三韵以上的诗，古

诗一般是两句为一韵，此指绝句言。

　　[9]异时：他日，将来。

　　[10]致于：送予。　执事：犹左右，即今办事人员。

　　[11]穷则独善其身，达则兼济天下：《孟子·尽心上》作"穷则独善其身，达则兼善天下"。"穷""达"意即不见用、见用；"善""济"用如动词。

　　[12]师：以……为师，取法。

　　[13]时：时机，机遇。

　　[14]为：作为，成为。　云龙：行云之龙。传说龙嘘气而成云。

　　[15]风鹏：抟风之鹏。《庄子·逍遥游》有"鹏之徙于南冥"、"抟（tuán）扶摇而上者九万里"之句。

　　[16]陈：布。　出：进。

　　[17]雾豹：《古列女传》："南山有玄豹，雾雨七日而不下食者……"文中用以表示深藏不露。

　　[18]冥鸿：《法言·问明》："鸿飞冥冥，弋人何篡焉？"（弋人，射鸟者；篡，取也。）文中用以表示远引不出。

　　[19]寂：静。　寥：空旷。

　　[20]进退出处：进、出，入仕、仕进；退、处，隐退、退居。

　　[21]志：志气、志向。

　　[22]行：修身、律己。

　　[23]奉而始终：贯彻始终。　道：圣贤之道。

　　[24]发明：阐发。

　　[25]铨次：衡量编选。

　　[26]编集：编辑。

　　[27]略：省略，删削。

　　微之，夫贵耳贱目，荣古陋今[1]，人之大情也[2]。仆不能远徵古旧。如近岁韦苏州歌行[3]，才丽之外，颇近兴讽。其五言诗又高雅闲澹，自成一家之体。今之秉笔者谁能及之[4]？然当苏州在时，人亦未甚爱重，必待身后然后人贵之。今仆之诗，人所爱者悉不过杂律诗与《长恨歌》已下耳[5]。时之所重，仆之所轻。至于讽谕者意激而言质[6]，闲适者思澹而词迂[7]，以质合迂，宜人之不爱也。

　　今所爱者，并世而生，独足下耳。然千百年后，安知复无如足下者出而知爱我诗哉[8]？故自八九年来，与足下小通则以诗相戒[9]，小穷则以诗相勉[10]，索居则以诗相慰[11]，同处则以诗相娱。知吾罪吾，率以诗也。如今年春游城南时[12]，与足下马上相戏，因各诵新艳小律[13]，不杂他篇，自皇子陂归昭国里[14]，递吟递唱不绝声者二十里馀。樊、李在傍[15]，无所措口[16]。知我者以为诗仙，不知我者以为诗魔。何则？劳心灵[17]，役声气[18]，连朝接夕，不自知其苦，非魔而何？偶同人[19]，当美景，或花时宴罢，或月夜酒酣，一咏一吟，不知老之将至。虽骖鸾鹤游蓬瀛者之适[20]，无以加于此焉[21]，又非仙而何？微之，微之！此吾所以与足下外形骸，脱踪迹，傲轩鼎，轻人寰者[22]，又以此也。

当此之时，足下兴有馀力，且与仆悉索还往中诗[23]，取其尤长者[24]，如张十八古乐府[25]，李十二新歌行[26]，卢、杨二秘书律诗[27]，窦七元八绝句[28]，博搜精掇[29]，编而次之，号《元白往还诗集》。众君子得拟议于此者[30]，莫不踊跃欣喜，以为盛事。嗟乎！言未终而足下左转[31]，不数月而仆又继行[32]。心期索然[33]，何日成就，又可为之叹息矣。

又仆尝语足下，凡人为文，私于自是[34]，不忍于割截[35]，或失于繁多，其间妍蚩益又自惑[36]。必待交友有公鉴无姑息者讨论而削夺之[37]，然后繁简当否得其中矣。况仆与足下为文尤患其多。已尚病之[38]，况他人乎？今且各纂诗笔[39]，粗为卷第[40]，待与足下相见日，各出所有[41]，终前志焉[42]。又不知相遇是何年，相见在何地，溘然而至[43]，则如之何！微之，微之，知我心哉！

注释

[1]"微之，夫贵耳贱目，荣古陋今"至"知我心哉"：这是文章的第七部分。这部分说明诗人自己所看重的诗是什么，并说明只有元稹跟自己看法一致，回忆了昔日出游唱和之乐。最后提议各自编纂自己的诗文，等再次相见时一同商议编集。 贵耳贱目，荣古陋今：贵、贱、荣、陋均作动词用。

[2]大情：即常情。

[3]韦苏州：韦应物，贞元初曾任苏州刺史。 歌行：泛指题作"歌"、"行"、"歌行"或体制形式相类的古体诗。

[4]秉（bǐng）笔者：即执笔者，作者。

[5]已：同"以"。

[6]讽谕者意激而言质："讽谕诗"意思激切而言语质直。

[7]闲适者思澹而词迂："闲适诗"思虑恬淡而文词徐缓。

[8]安知：怎么知道，哪里知道。 复：再。 出：文中犹言出生。

[9]通：指仕途顺利。

[10]穷：指被贬斥。

[11]索居：散居。

[12]城南：长安城南。

[13]小律：指八句的律诗。

[14]皇子陂、昭国里：均在长安城南。诗人住在昭国里，有《昭国闲居》诗。

[15]樊、李：一说樊宗宪、李景信，一说攀宗师、李建。

[16]措（cuò）口：置喙，犹插嘴。

[17]劳：劳苦。

[18]役：役使。

［19］偶：动词，相伴。　同：志同道合，志趣相同。"偶同人"，指与志同道合者为侣。

［20］骖：驾、乘。　鸾：似凤凰一样的鸟。　蓬瀛：蓬莱、瀛洲，传说中的两座仙山。

［21］无以加于：没法高于、没法超过。

［22］外形骸，脱踪迹，傲轩鼎，轻人寰：外、脱、傲、轻，均用作动词。意即以躯体为外物，摆脱与俗人往来的踪迹，蔑视轩鼎富贵，轻视人间（寰）。

［23］还往：交往。

［24］尤长：特好、特长。

［25］张十八古乐府：张十八即张籍，排行十八。古乐府，白居易有《读张籍古乐府》诗，见前。

［26］李十二：李绅，官至同平章事。

［27］卢、杨二秘书：卢拱、杨巨源，均做过秘书郎。

［28］窦七元八：窦巩、元宗简。

［29］掇（duō）：拾取。

［30］拟议：犹考虑、计划。

［31］左转：降职、贬官。古代尊右卑左，故左有"降"之意。

［32］继行：接着走了。

［33］心期：心意。

［34］自是：自以为是，自以为好。

［35］割截：删除、删削。

［36］妍蚩（yán chī）益又自惑：好坏且又自己分辨不清。妍蚩，即美丑。蚩，同"媸"。益，更，越发。

［37］交友：朋友，作名词。　姑息：过分宽容。　削夺：即删削、删除。

［38］病之：病作动词，即以为不好。

［39］纂（zuǎn）：纂集、编纂。　笔：指文章。

［40］粗：大致、大略。　卷第：卷次。

［41］出：拿出。

［42］终前志：了却夙愿。

［43］溘（kè）然：突然、奄忽，指死。

　　浔阳腊月[1]，江风苦寒，岁暮鲜欢[2]，夜长无睡[3]。引笔铺纸，悄然灯前，有念则书，言无次第[4]，勿以繁杂为倦[5]，且以代一夕之话也[6]。微之，微之，知我心哉！

　　乐天再拜[7]。

 注释

　　［1］"浔阳腊月"至"乐天再拜"：这是文章的第八部分。最后这一部分记叙诗人写这封信时的心情。浔阳：江州治所，今江西九江市。

　　［2］鲜欢：少欢。

　　［3］无睡：无法入睡。

　　［4］言无次第：言词紊乱。

　　［5］勿以：不要以，不要因为。

[6]且：权且，姑且，聊。　以：用以，用来。

[7]乐天再拜：是信后的落款。乐天，古人称呼时，同辈间习惯呼字，如开篇称"微之"。按说自称应称名，如开篇自称"居易"。结句又自称"乐天"，是好友之间不拘形式、不拘礼仪的做法。再拜，行两次拜礼。

诗人以书信的形式，论作诗的大旨和主张，是白居易也是有唐一代一篇论诗歌的重要文章。"文章合为时而著，歌诗合为事而作"的主张，强调诗歌"补察时政，泄导人情"的作用，和"志在兼济，行在独善"，"奉而始终之"的圣贤之道，"言而发明之"的诸体诗作，以及年轻时刻苦求学的情形，中晚年诗歌为统治者扼腕、切齿，为百姓们交口称誉的情状，都表现了诗人为人及写诗的一致。

《与元九书》是一篇对古今中外诗坛颇具影响的诗歌理论文章。他论述了诗歌的起源问题，论述了诗歌的内容与形式问题，涉及诗歌反映现实、揭露矛盾以及诗歌的作用和衡量诗作的标准，使"诗歌创作论"进一步系统化。

◎ 附　录

白居易年谱简编

唐代宗大历七年(772)，一岁

　　正月二十日生于郑州新郑县(今属河南省)东郭宅。乳名阿连。刘禹锡生；韩愈五岁。

大历八年(773)，二岁

　　祖父锽卒于长安。柳宗元生。

大历十一年(776)，五岁

　　始学写诗。翌年祖母卒。

大历十四年(779)，八岁

　　元稹生。五月，代宗卒。

唐德宗建中元年(780)，九岁

　　"谙识声韵"。父季庚授徐州彭城县令。

建中二年(781)，十岁

　　白季庚与刺史李洧坚守徐州，拒降将李纳；因功授徐州别驾。

建中三年(782)，十一岁

　　因两河用兵，"藩镇混战"，离河南荥阳避难越中。

建中四年(783)，十二岁

　　继弟金刚奴生。德宗因兵变逃往奉天(今陕西乾县)；朱泚据长安称帝。

唐德宗兴元元年(784)，十三岁

　　因行营副元帅李怀光叛，德宗于二月逃往梁州。六月，李晟收复长安；七月，德宗还长安。

唐德宗贞元元年(785)，十四岁

　　只身南游苏杭。韦应物为苏州刺史，房孺复为杭州刺史。

贞元三年(787)，十六岁

　　自越中至长安，以《赋得古原草送别》等谒顾况。顾况为之延誉。

贞元四年(788)，十七岁

　　作《王昭君》诗。贾岛生。

贞元七年(791),二十岁

在徐州符离家居攻读。

贞元十年(794),二十三岁

在其父任所襄阳。白季庚卒于襄州别驾任所,年六十六岁。丁忧开始。

贞元十一年(795),二十四岁

在滑州李翱家认识唐衢。符离家居,丁忧。

贞元十五年(799),二十八岁

秋由宣州刺史送往长安应进士试。后赴洛阳省亲。

贞元十六年(800),二十九岁

二月,以第四名中进士第,东归省亲。

贞元十八年(802),三十一岁

试书判拔萃科,与元稹、王起等同及第。元白订交。

贞元十九年(803),三十二岁

春授校书郎。始假居长安常乐里。十月在许昌。杜牧生。

贞元二十年(804),三十三岁

二月在洛阳。后即徙家卜居渭上(下邽)。游曲江。

唐顺宗永贞元年(805),三十四岁

为校书郎。二月因顺宗支持韦执谊、王伾、王叔文革除弊政,为宦官所恶。八月传位太子纯(宪宗)。游开元观。

唐宪宗元和元年(806),三十五岁

罢校书郎。与元稹迁居华阳观。四月,应"才识兼茂明于体用科",与元稹等同及第。白因对策切直而入四等(乙等),授盩厔尉。识陈鸿,十二月同游仙游寺。

元和二年(807),三十六岁

调充进士考官,暮秋补集贤院校理。十一月五日授翰林学士。娶杨虞卿从妹在此后。

元和三年(808),三十七岁

为制策考官。四月二十八日拜左拾遗、翰林学士。力谏王锷不可为宰相;极言考官杨于陵、王涯不当贬。为府试官。

元和四年(809),三十八岁

屡陈时政,请降系囚、蠲租税、放宫人、绝进奉、禁掠卖良人,又论裴均违制进奉银器、吐突承璀不当为制将统领。女金銮子生。始作《新乐府》。

元和五年(810),三十九岁

上疏请罢讨王承宗兵、论元稹不当贬,皆不听。五月改官京兆府户曹参军。

元和六年(811),四十岁

四月母陈氏卒,丁忧居渭村。迁葬祖、父于下邽。居渭村三年多,贫病交加,元稹分俸济生。长女金銮子病夭。

元和八年(813),四十二岁

服除,仍居渭村。奇寒,大雪。

元和九年(814),四十三岁

居渭村务农。冬授太子左赞善大夫。"赁居于昭国坊"。

元和十年(815),四十四岁

六月因首上疏请急捕刺杀武元衡凶手,遭诬被贬为刺史;王涯上言不宜治郡,又追诏改贬江州司马。八月初全家到达江州任所。

元和十一年(816),四十五岁

在江州司马任。夏,兄幼文自宿州携弟妹六七人至。

元和十二年(817),四十六岁

春在庐山香炉峰、遗爱寺间筑草堂,三月二十七日迁居。四月九日,与元集虚共22人聚于草堂,并游大林寺。兄幼文于闰五月卒于下邽。淮西乱平。

元和十三年(818),四十七岁

在江州司马任上。白行简自东川至。十二月迁忠州刺史。宪宗诏天下求方士、迎佛骨。

元和十四年(819),四十八岁

春自江州浔阳起程,溯江而上,与行简同行。时元稹自通州司马迁虢州长史,三月十一日相遇于峡口,停舟夷陵,留三宿而别。二十八日抵忠州刺史任所。

元和十五年(820),四十九岁

冬自忠州召还,拜尚书司门员外郎。十二月充重考订科目官。宪宗服丹药暴卒。

唐穆宗长庆元年(821),五十岁

正月拜尚书主客郎中、知制诰,加朝散大夫,始著绯,又转上柱国。四月充重考试进士官。十月转中书舍人。十一月充制举考策官。白行简授左拾遗。

长庆二年(822),五十一岁

正月上疏论河北用兵事,及省行营粮料事,不听。时两河再乱,民生益困,朋党倾轧,国是日荒,居易求外任。七月自中书舍人除杭州刺史。因宣武军乱,汴路不通,取道襄汉路赴任,十月一日抵杭。

长庆三年(823),五十二岁

在杭州游灵隐寺、孤山寺。冬,元稹迁越州刺史,十月经杭州,元白欢会,数日而别。别后，二人诗简往来多唱酬。

长庆四年(824)，五十三岁

"在杭修筑湖堤，蓄水，可灌田千顷；濬城中李泌六井，以供饮用。"五月任期满离杭，除太子右庶子、分司东都。始卜居洛阳履道里。冬，元稹编《白氏长庆集》五十卷，并为之序。穆宗服方士金石药卒。唐敬宗即位。

唐敬宗宝历元年(825)，五十四岁

三月四日除苏州刺史。五月五日莅任。白行简五十岁，迁主客郎中，加朝散大夫、著绯。

宝历二年(826)，五十五岁

秋以眼疾免郡事。冬与刘禹锡相遇于扬子津，自楚州伴游开元寺，翌年春归洛阳。白行简卒。十二月宦官刘克明杀敬宗。枢密使王守澄等迎立穆宗第三子昂(文宗)。

唐文宗大和元年(827)，五十六岁

三月征拜秘书监，赐金紫，复居长安新昌坊第。十月，文宗诞节，诏白居易与沙门、道士于麟德殿论三教异同。冬奉使至洛阳。

大和二年(828)，五十七岁

正月除刑部侍郎，封晋阳县男。三月末回到长安。

大和三年(829)，五十八岁

春因病免东归，以太子宾客、分司东都。自此不复出。九月，元稹自越征为尚书左丞，二人会于洛阳。冬生子阿崔；女儿阿罗十三岁，会弹琴。编《刘白唱和集》。

大和四年(830)，五十九岁

三月独游玉泉寺。夏宿香山寺。闰十二月除河南尹。刘禹锡为礼部郎中、集贤殿直学士。元稹代牛僧孺为武昌节度使。

大和五年(831)，六十岁

"春到府视事"。子阿崔夭。七月元稹卒于武昌任所，年五十三岁。九月游坊口。十月下旬，刘禹锡出任苏州刺史，途经洛阳，二人朝觞夕咏，留十五日，居易为饯行。

大和六年(832)，六十一岁

在洛阳河南尹任。为元稹撰墓志，将所馈润笔钱全布施香山寺，自称"香山居士"。

大和七年(833)，六十二岁

四月二十五日以病免河南尹，再授宾客分司。七月末，与张仲方等夜游龙门。编《刘白吴洛寄和集》。

大和八年(834)，六十三岁

在洛阳，任太子宾客，分司东都。

大和九年(835)，六十四岁

九月除同州刺史，不拜。十月改太子少傅、分司东都，封冯翊县侯。自编《白氏长庆集》六十卷，藏于庐山东林寺。

唐文宗开成元年(836)，六十五岁

自编《白氏文集》六十五卷，藏于东都圣善寺。刘禹锡授太子宾客，分司东都。

开成二年(837)，六十六岁

三月三日与东都留守裴度、太子宾客刘禹锡等十多人修禊于洛滨。秋，烧丹不成。除夕，独酌。

开成三年(838)，六十七岁

二十年如一日持斋。自云："性嗜酒、耽琴、淫诗，凡酒徒、琴侣、诗客多与之游。游之外，栖心释氏……与嵩山僧如满为空门友，平泉韦楚为山水友，彭城刘梦得为诗友，安定皇甫朗之为酒友。……"

开成四年(839)，六十八岁

二月以《白氏文集》六十七卷藏于苏州南禅院。十月"得风痹之疾"，因家计困难，拟"放妓卖马"。三月，裴度卒。

开成五年(840)，六十九岁

入春，"风疾稍痊"。正月，文宗卒。中尉仇士良、鱼弘志等拥兵杀太子成美，迎立武宗(李炎)。

唐武宗会昌元年(841)，七十岁

春，病愈，往访刘梦得。

会昌二年(842)，七十一岁

罢太子少傅，以刑部尚书致仕。"生活艰难，情思甚苦"。刘禹锡卒。九月，武宗欲以白居易为相，李德裕排斥而罢。

会昌三年(843)，七十二岁

在洛阳，家居。

会昌四年(844)，七十三岁

春，"随兴漫游，与世相忘"。"施家财"，开凿龙门八节石滩，以利舟楫。

会昌五年(845)，七十四岁

三月，于履道里宅为"七老会"。夏，又同僧如满、李元爽为"九老图"。编成《白氏文集》七十五卷。

会昌六年(846)，七十五岁

"老病频仍"，照例持斋。八月，病卒。赠尚书左仆射，谥曰"文"；十一月，葬于龙门。三年后，李商隐为之撰墓碑铭。

正月，武宗卒；立皇太叔忱，即唐宣宗。

白居易著作主要版本

白氏文集　文学古籍刊行社影印宋绍兴本，现存最早的白集刻本

白氏文集　明马元调刊本

白氏长庆集　四部丛刊影印日本那波道圆翻宋本

白氏长庆集　七十一卷　商务印书馆本

白香山诗集　清汪立名一隅草堂刊本

白香山集　日本那波道圆本

唐文粹　一名《文粹》　总集　宋姚铉编

文苑英华　总集　北宋李昉等奉敕编

全唐诗　总集　清彭定求等奉敕编

全唐文　总集　清董浩等奉敕编

白居易集　顾学颉校点　中华书局本

白居易集笺校　朱金城　上海古籍出版社

白居易研究主要著述

白居易诗选　顾肇仓　周汝昌　作家出版社本

白氏讽谏　宋单刻本　中华书局版

元白诗选　苏仲翔　古典文学出版社本

白居易诗评述汇编　陈友琴编　科学出版社

古典文学研究资料汇编——白居易卷　陈友琴编　中华书局

白居易诗译析　霍松林　黑龙江人民出版社

白居易生活系年　王拾遗　宁夏人民出版社

白居易评传　褚斌杰　人民文学出版社

白居易年谱　朱金城　上海古籍出版社

白居易研究　王拾遗　上海文艺联合出版社

白居易与音乐　刘兰　上海文艺出版社

白居易家谱　白书斋著　顾学颉注释编纂　中国旅游出版社

白文公年谱　宋　陈振孙

白香山年谱　清　汪立名

《白居易集》名言警句

△言者志之苗,行者文之根。(《读张籍古乐府》)(第002页)

△因小以明大,借家可喻邦。(《凶宅》)(第004页)

△至宝有本性,精刚无与俦。可使寸寸折,不能绕指柔。(《李都尉古剑》)(第009页)

△无波古井水,有节秋竹竿。(《赠元稹》)(第012页)

△不爱杨柳枝,春来软无力。(《酬元九对新栽竹有怀见寄》)(第021页)

△生为同室亲,死为同穴尘。(《赠内》)(第024页)

△篇篇无空文,句句必尽规。(《寄唐生》)(第026页)

△惟歌生民病,愿得天子知。(《寄唐生》)(第026页)

△安得万里裘,盖裹周四垠。稳暖皆如我,天下无寒人。(《新制布裘》)(第041页)

△是岁江南旱,衢州人食人!(《轻肥》)(第046页)

△高者未必贤,下者未必愚。(《涧底松》)(第061页)

△可怜身上衣正单,心忧炭贱愿天寒。(《卖炭翁》)(第065页)

△明月好同三径夜,绿杨宜作两家春。(《欲与元八卜邻先有是赠》)(第083页)

△行宫见月伤心色,夜雨闻铃肠断声。(《长恨歌》)(第096页)

△春风桃李花开日,秋雨梧桐叶落时。(《长恨歌》)(第097页)

△在天愿作比翼鸟,在地愿为连理枝。天长地久有时尽,此恨绵绵无绝期。(《长恨歌》)(第099页)

△冰泉冷涩弦凝绝,凝绝不通声渐歇。别有幽愁暗恨生,此时无声胜有声。(《琵琶行并序》)(第103页)

△同是天涯沦落人,相逢何必曾相识!(《琵琶行并序》)(第106页)

△野火烧不尽,春风吹又生。(《赋得古原草送别》)(第113页)

△两处春光同日尽,居人思客客思家。(《望驿台》)(第120页)

△感时因忆事,不寝到鸡鸣。(《夜坐》)(第122页)

△草萤有耀终非火,荷露虽团岂是珠?(《放言并序》)(第131页)

△试玉要烧三日满,辨材须待七年期。(《放言并序》)(第133页)

△翅低白雁飞仍重,舌涩黄鹂语未成。(《南湖早春》)(第144页)

△醉貌如霜叶,虽红不是春。(《醉中对红叶》)(第145页)

△可怜荒垄穷泉骨,曾有惊天动地文。(《李白墓》)(第146页)

△弦凝指咽声停处,别有深情一万重。(《夜筝》)(第154页)

△一道残阳铺水中,半江瑟瑟半江红。(《暮江吟》)(第156页)

211

△几处早莺争暖树,谁家新燕啄春泥？（《钱塘湖春行》）(第 158 页)

△风吹古木晴天雨,月照平沙夏夜霜。(《江楼夕望招客》)(第 160 页)

△松排山面千重翠,月点波心一颗珠。(《春题湖上》)(第 166 页)

△浸月冷波千顷练,苞霜新橘万株金。(《宿湖中》)(第 168 页)

△柳丝袅袅风缲出,草缕茸茸雨剪齐。(《天津桥》)(第 169 页)

△依依袅袅复青青,勾引清风无限情。(《杨柳枝词八首》)(第 174 页)

△相恨不如潮有信,相思始觉海非深。(《浪淘沙》)(第 175 页)

△日出江花红胜火,春来江水绿如蓝。(《忆江南三首》)(第 176 页)

△闲听莺语移时立,思逐杨花触处飞。(《春尽日宴罢感事独吟》)(第 180 页)

△我身虽殁心长在,暗施慈悲与后人。(《开龙门八节石滩诗并序二首》)(第 183 页)

△峡山昏黑,云破月出,光气含吐,互相明灭,晶莹玲珑,象生其中,虽有敏口,不
　　能名状。(《三游洞序》)(第 189 页)

△诗者,根情,苗言,华声,实义。(《与元九书》)(第 193 页)

△每与人言,多询时务；每读书史,多求理道。始知文章合为时而著,歌诗合为事
　　而作。(《与元九书》)(第 196 页)

图书在版编目（CIP）数据

白居易集/（唐）白居易著；孙安邦，孙翰铖解评．
—2 版 . —太原：三晋出版社，2008. 6（2024.5 重印）
（中国家庭基本藏书·名家选集卷）
ISBN 978 - 7 - 80598 - 933 - 4 - 02

Ⅰ.白… Ⅱ.①白…②孙…③孙… Ⅲ.唐诗—选集
Ⅳ.I222.742

中国版本图书馆 CIP 数据核字（2008）第 091016 号

白居易集

著　者：（唐）白居易		解 评 者：孙安邦　孙翰铖	
责任编辑：朱慧峰		审 订 者：孙安邦	
封面设计：敬人工作室		版式设计：敬人工作室	
责任校对：朱慧峰		责任印制：李佳音	

出版发行：山西出版集团·三晋出版社
地　　址：太原市建设南路 21 号
电　　话：（0351）4956036（咨询）　　4922268（邮购）
传　　真：（0351）4922102
网　　址：www.sxskcb.com
邮　　编：030012

印刷装订：山西新华印业有限公司
（本书如有破损、缺页、装订错误，请与本社联系调换）

开　　本：787mm×960mm　　1/16
字　　数：240 千字
印　　张：14.25
版　　次：2008 年 6 月第 2 版
印　　次：2024 年 5 月第 5 次印刷
书　　号：ISBN 978 - 7 - 80598 - 933 - 4 - 02
定　　价：55.00 元